EMILY ELGAR

Schweige nun still

GOLDMANN
Lesen erleben

Buch

Eine junge Frau wird in die Station für Koma-Patienten des St. Catherine Hospital eingeliefert, nachdem man sie bewusstlos in einem Straßengraben gefunden hat. Ein tragischer Unfall mit Fahrerflucht? Im Bett neben Cassie liegt Frank, der am Locked-in-Syndrom leidet: Er nimmt alles wahr, kann sich aber nicht mitteilen. Die Menschen um ihn herum verhalten sich so, als wäre Frank gar nicht da. Und so ist er es, der als Einziger die Puzzleteile von Cassies Vergangenheit zusammensetzt und erkennt, dass sie noch immer in tödlicher Gefahr schwebt. Denn jemand aus ihrer nächsten Nähe würde alles tun, damit das Schweigen gewahrt bleibt, niemals ans Licht kommt, was wirklich geschehen ist …

Autorin

Nach ihren Studienjahren in Edinburgh verbrachte die in Südengland geborene und aufgewachsene Emily Elgar mehrere Jahre als Reiseschriftstellerin in Südafrika. Später arbeitete sie von New York und Istanbul aus für eine internationale NGO. Inzwischen ist sie in ihre Heimat zurückgekehrt und lebt mit ihrem Mann in der Nähe von London, wo sie für eine Wohltätigkeitsorganisation tätig ist, die sich für Frauen in Not einsetzt. Mit »Schweige nun still« legt Emily Elgar ihr international vielbeachtetes Romandebüt vor.

Emily Elgar

Schweige nun still

Psychothriller

Aus dem Englischen
von Karin Diemerling

GOLDMANN

Die englische Originalausgabe erschien 2017 unter dem Titel
»If You Knew Her« bei Sphere.
An imprint of Little, Brown Book Group, London.

Textnachweis:
Motto: Paulo Coelho: Elf Minuten. Aus dem Brasilianischen von Maralde Meyer-Minnemann. Copyright der deutschsprachigen Ausgabe © 2003, 2006 Diogenes Verlag AG Zürich

1. Auflage
Deutsche Erstveröffentlichung März 2018

Neumarkter Str. 28, 81673 München
Umschlaggestaltung: UNO Werbeagentur, München
Umschlagmotiv: Arcangel/Mark Fearon
Redaktion: Alexander Groß
An · Herstellung: kw
Satz: KompetenzCenter, Mönchengladbach
Druck und Bindung: GGP Media GmbH, Pößneck
Printed in Germany
ISBN: 978-3-442-48686-1
www.goldmann-verlag.de

Für meine Schwester Amy

Im Leben stehen wir schließlich auch dauernd mit einem Fuß im Märchen und mit dem anderen am Abgrund.

Paulo Coelho, *Elf Minuten*

Prolog

Die Nacht zieht sie in eine eisige Umarmung, als sie die schmale Straße entlanggeht, immer tiefer in die melassedichte Dunkelheit hinein. Die kalte Luft sticht mit jedem Atemzug in ihre Lunge, doch ihre Beine fühlen sich geschmeidig an, ihres neuen Ziels gewiss. Sie hört den Bach neben sich gurgeln, und die Zweige der Weißbirken knacken über ihr wie arthritische Finger.

Plötzlich leuchtet der Mond mit seinem fleckigen, freundlichen Gesicht auf sie herab und übergießt ihren Weg mit Silber wie eine gute Fee. Kurz lächelt sie zu ihm hinauf, ehe er wieder hinter einer schnell ziehenden Wolke verschwindet. Sie fühlt sich im Einklang mit allem, als wäre, leise seufzend, eine unbekannte Kraft in ihr freigesetzt worden, durch die sie mit der Welt im Takt schwingt. Vergnügt beginnt sie zu summen, von sich selbst überrascht, irgendetwas Erfundenes, Kindliches. Es ist nur Unsinn, aber das ist ihr egal, und sie schämt sich nicht.

Warum hat sie noch nie zuvor bemerkt, wie einfach das Leben sein kann?

Ihr Summen geht in Namenslaute über. Gedehnt und gelassen ruft sie: »Maisie!« Bleibt stehen und ruft wieder, lauter diesmal. »Maisie!« Lauscht. Die Stille der Nacht ist eine Präsenz für sich, dicht und anhaltend. Jeden Augenblick wird es in der Hecke rascheln, ein leises Krachen, wenn Maisies flinke Pfoten dünne Zweige brechen. Doch im Moment ist da nur diese vollkommene Stille. Sie beschließt, sich keine Sorgen zu machen. Maisie wird über eine Wiese in der Nähe streifen, alle Muskeln angespannt vom Adrenalin, die Schnauze auf dem Boden, taub für alles außer der Vielzahl von Gerüchen um sie herum. Sie rückt den Schulterriemen ihrer Tasche zurecht, ruft noch einmal und geht weiter die vertraute, schlaglöcherdurchsetzte Landstraße entlang.

Aufblitzende Scheinwerfer von hinten erschrecken sie, als wäre sie bei etwas Privatem gestört worden, das niemanden etwas angeht. Sie kennt das Auto und winkt, wirft einen seitlichen Schatten auf den Asphalt, ihre Arme grotesk lang.

Dann setzt sie sich in Trab, weiter vorn ist eine Ausweichstelle, wo sie miteinander sprechen können. Doch es ist, als hätte sie durch ihr Laufen den Wagen erst auf sich aufmerksam gemacht, hätte irgendeine Schwäche zu erkennen gegeben. Die Scheinwerfer richten sich wie der starre, instinktgesteuerte Blick eines Raubtiers auf sie, das Beute gewittert hat. Sie spürt sie immer schneller herankommen, auf sich zupreschen. Ein Schrei dringt aus ihrer Kehle, doch der Wind reißt ihre Stimme mit sich fort, als würde diese woanders gebraucht, in einem anderen Drama. Das Auto gibt ein tiefes Knurren von sich, dicht hinter ihr jetzt.

Die Tasche rutscht ihr von der Schulter, und ihr Kopf fährt herum, als der Wagen sie an der Hüfte erwischt. Sie fühlt ihre Knochen splittern, leicht wie Porzellan, und dreht sich durch den Aufprall um sich selbst, eine verrückte Pirouette bis zum Rand des Grabens. Ihre Füße können nicht mithalten, und sie stürzt. Dornen reißen ihre Hände auf, als sie versucht, sich an der Hecke festzuhalten, doch es sind nur Brombeersträucher und lose Zweige, die ihren Fall nicht einmal bremsen. Sie hört sich schreien, weit entfernt, als käme es von jemand anderem. Es klingt wie ein auf die Schlachtertheke geknalltes Stück Fleisch, als ihr Kopf auf etwas Hartem aufschlägt.

Das Bachbett ist schmal, und sie passt genau hinein, wie in einen Sarg. Ihr Herz pumpt mit solcher Macht Energie durch ihren Körper, dass sie nichts anderes spürt. Selbst das eiskalte Wasser, das um sie herumströmt, sich einen neuen Lauf um dieses Hindernis suchen muss, sticht nicht mehr. Es riecht nach Nässe und Fauligem, und ihr Atem bildet dünne Wolken, lauter kleine Geister, die aus ihr entfleuchen und sich in der Nacht auflösen.

Der Nachthimmel ist immer noch tintenschwarz, und Regentropfen prickeln auf ihrem Gesicht wie rasche, feuchte Küsse. Das Auto ist über ihr zum Halten gekommen, mechanisch hechelnd.

Sie führt eine Hand zwischen ihre Beine und hält sie sich vor die Augen. Kein Blut. Gott sei Dank, kein Blut. Maisie, die ungezogene Maisie, bellt. Sie hört Schritte oben auf dem Asphalt. Sie halten inne, doch dann entfernen sie sich zu ihrer Erleichterung wieder. Die sanfte Stille vor Tagesanbruch hüllt sie ein, deckt sie in ihrem neuen Bett zu. Sie fühlt sich zärtlich gehalten von dem Bach, gewiegt von seinem leisen Murmeln, und beschließt zu schlafen, nur für ein Weilchen, denn wenn sie aufwacht, wird alles klar sein – und sie wird wieder frei sein.

I

Alice

Ich setze mich zu ihm, auf den gewohnten Stuhl. Sein Kopf ist mir zugewandt, und er wartet geduldig darauf, dass ich beginne. Mit einer Begrüßung rechne ich nicht, und das ist auch gut so, denn von ihm kommt nie eine. Er wartet einfach ab, profimäßig, denn früher oder später fange ich stets an zu reden.

»Hallo, Frank. Frohes neues Jahr. Ich hoffe, Sie haben Weihnachten gut überstanden. Es ist schön, Sie wiederzusehen.« Ich lächle ihn an.

Er regt sich nicht, zuckt mit keiner Miene.

»Es kommt mir vor, als wäre ich eine Ewigkeit weg gewesen.« Ich blicke mich um, sein spärliches kleines Abteil sieht aus wie immer. Nach all dem Regen ist das helle Januarlicht, das durch das Fenster hereinströmt und die Staubpartikel in der Luft einfängt, eine wahre Erholung.

»Weihnachten war ganz nett. Ich hatte Ihnen doch erzählt, dass David und ich nach New Forest fahren würden, um meine Familie zu besuchen, nicht wahr? Also, Claire, meine Schwester, hat unsere Eltern in die ausgebaute Scheune umgesiedelt, damit Martin und sie und die Kinder ins Haupthaus ziehen können. Ich dachte, es würde mir nichts ausmachen, aber es war doch ziemlich merkwürdig, das Haus, in dem wir aufgewachsen sind, voll mit anderen Sachen zu sehen. Na ja, David meinte, dass meine Eltern glücklich über das neue Arrangement wirken, und das ist ja schließlich die Hauptsache.«

Der Plan war von meiner anderthalb Jahre jüngeren Schwester Claire ausgebrütet und dann zielstrebig ausgeführt worden. Sie hatte verkündet, es sei doch absurd, dass unsere Eltern in ihrem großen georgianischen Haus mit vier Schlafzimmern herumgeisterten, während sie sich mit ihrer Familie in einer engen Mietwohnung drängen müsse. Der Umbau der alten, rußgeschwärzten Scheune war von meinem Mann David, der Architekt ist, entworfen und innerhalb eines knappen halben Jahres fertiggestellt worden. Meine Eltern hatten ihre Vogelbücher, ihre Teebecher und ihren alten Eichentisch genommen, an dessen einer Längsseite immer noch »Alice Taylor« eingeritzt steht, und waren in ihrer gewohnt bescheidenen Art in ihr neues Zuhause hinübergeschlurft. Für den Rest hatte Claire einen Container gemietet.

Frank wartet darauf, dass ich weitererzähle.

Ich rutsche auf meinem Stuhl herum. »Die Kinder waren süß. Harry, mein fünfjähriger Neffe, hat vor Kurzem Kopfläuse gehabt und entdeckt, dass in Alice ›lice‹ wie ›Läuse‹ steckt. Daraufhin hat er mich die ganze Weihnachtszeit über ›Bäh-lice‹ oder ›Alice im Läuseland‹ gerufen. David fand das todkomisch. Ich habe Martin gegenüber angedeutet, dass er das Harry mal verbieten könnte, aber entweder hat er es nicht verstanden, oder er wollte nicht. Bei Martin weiß man nie so genau.«

Ich habe mir immer noch kein endgültiges Urteil über meinen phlegmatischen, achselzuckenden Schwager gebildet. Entweder ist er ein stilles Genie oder alles andere als eine Leuchte. David meint, er hätte einfach einen Weg gefunden, sich das Leben leicht zu machen, und dann wäre er allerdings ein Genie, denn er ist immerhin mit meiner Schwester verheiratet.

»Claire und ich sind uns zum Glück nicht allzu sehr auf den Wecker gegangen, aber einen kleinen Zwischenfall gab es doch, ausgerechnet am Weihnachtstag.« Ich beuge mich vertraulich zu Frank vor. Mit den meisten Leuten kann ich nicht so über die Kinder reden, deshalb genieße ich es jetzt regelrecht. »Ich hatte Harry gerade beim Baden beaufsichtigt und war hinunter in die Küche gegangen, wo ich Claire doch tatsächlich dabei ertappte, wie sie Weintrauben für Elsa schälte … Trauben schälen, also ehrlich! Ich meine, für ein Baby, okay, aber für eine Dreijährige? Claire hat mir offenbar angesehen, was ich dachte, denn sie fühlte sich sofort bemüßigt zu erklären, dass Elsa sie mit Schale nicht essen würde. Kurz darauf ist zum Glück David hereingekommen und hat mich davon abgehalten, ihr die Meinung zu sagen.«

Letzteres stimmt nicht ganz. Davids Gegenwart hat zwar einen ausgewachsenen Streit verhindert, aber ich hatte mich zuvor nicht davon abhalten können zu murmeln: »Sie hat dich um den kleinen Finger gewickelt«, als Claire sich über ihren neuen Küchentisch beugte und mit dem Fingernagel eine Traube bearbeitete, während Elsa in ihrem Hochstuhl saß und gegen die Tischkante trat wie ein kleiner Diktator.

Claire sah mich scharf an. »Was hast du gesagt, Ali?«

Elsa hatte aufgehört, gegen den Tisch zu treten, ihre Wangen rotfleckig von Traubensaft, und schien ungehalten über meine Einmischung, wo doch alles gerade so schön glatt für sie lief.

»Also wirklich, Claire, du schälst immer noch Trauben für sie?«

Claire war mit der Traube fertig und gab sie Elsa, die sie sich schnappte, ohne mich aus den Augen zu lassen, und mit ihrer pummeligen Faust gierig in den Mund schob.

»Ich möchte einfach, dass sie mehr Obst isst, und das ist die einzige Möglichkeit«, erklärte meine Schwester mühsam beherrscht. Elsa saugte an der Traube herum und versuchte, ihre glitschige, hautlose Oberfläche mit den Zähnen zu fassen zu bekommen. Claire trank einen Schluck Wein. »Lass mich einfach machen, Alice, ja?«, sagte sie, was im Klartext hieß: »Du hast keine Kinder, also kannst du das nicht verstehen.« In dem Moment kam David herein, perfektes Timing wie immer. Sein Weihnachts-Papierhütchen war unten ausgerissen, und seine früh ergrauten Haare quollen wirr darunter hervor. Er merkte sofort, dass ich angetrunken und müde genug war, um einen kleinlichen Streit vom Zaun zu brechen.

»Komm mit, Alice, und hilf deinem Dad und mir, Martin und deine Mum zu schlagen.« Sie hatten begonnen, Brettspiele im Wohnzimmer zu spielen, während ich Claire mit den Kindern geholfen hatte. David kann Streitereien nicht ertragen, also folgte ich ihm hinüber, Elsas Hochstuhl ausweichend, um Trivial Pursuit zu spielen. Beim Hinausgehen sah ich etwas, das an einen hellgrünen Augapfel erinnerte, aus Elsas Mündchen hervorlugen. Später ist David dann auf die geschälte Traube getreten, und ich habe mich bei Claire entschuldigt, und wir haben über die Traubenspur gelacht, die David über die Schieferfliesen gezogen hatte.

An dieser Stelle meiner Geschichte würde ein Therapeut vielleicht fragen: »Und was hat die Bemerkung Ihrer Schwester für Gefühle in Ihnen ausgelöst?« Aber nicht Frank, das ist nicht sein Stil.

Also erzähle ich weiter. »Aber sonst war es wirklich schön. Mum und Dad waren lieb und still wie üblich. Immer noch total vernarrt in Harry und Elsa. Sie finden es wunderbar, sie ganz in ihrer Nähe zu haben. Das war wohl früher das Normale: Die Großeltern halfen mit bei der Kindererziehung und brachten ihren Enkeln Sachen bei, erzählten ihnen, wie es war, als sie noch Kinder waren, und so weiter.« Ich unterbreche mich und schlucke, nicht sicher, wie ich in dieses Bild einer heilen Großfamilie hineinpasse. Rasch wechsle ich das Thema und frage mich flüchtig, ob Frank es merkt. »Danach hatten wir Simon, Davids Dad, für ein paar Tage zu Besuch, und an Silvester waren wir bei Jess und Tim – das ist das befreundete Paar aus der Nachbarschaft, von dem ich Ihnen erzählt habe –, also alles ganz ruhig und gemütlich, noch mehr Brettspiele und Wein.« Ich zucke die Achseln. »Es war nett.«

Simon, der Witwer ist, seit Davids Mutter Marjorie vor fünf Jahren ihrem Brustkrebs erlag, hat eine neue Liebe namens Golf gefunden und wirkt recht zufrieden. Mehr fällt mir nicht zu erzählen ein. Frank scheint jedoch zu ahnen, dass ich ihm etwas verschweige – ein Versprechen, das ich jüngst gegeben habe und ständig aus meinen Gedanken zu verscheuchen versuche wie eine lästige Fliege.

Ich lehne mich auf dem Besucherstuhl zurück. Frank hat sich in der Weihnachtspause nicht verändert. Sein Kopf mit dem ausgemergelten Gesicht ruht schwer auf dem Kissen und wird halb von dem Beatmungsgerät verdeckt. Ein dicker blauer Plastikschlauch verbindet ihn damit und erinnert an den Tentakel eines Kraken, der brutal aus dem Luftröhrenschnitt in seiner Kehle ragt. Sein Körper ist zusammengeschrumpft, nur noch eine Strichzeichnung, aber sein Kopf wirkt hart und kompakt wie eine Marmorbüste. Der Beatmungsapparat und die Monitore hinter ihm klicken und piepen endlos die Sekunden hinweg. Sie kommen mir heute lauter und aufdringlicher vor als sonst.

Lucy, Franks Tochter, hat mir einmal erzählt, dass er einen breiten südenglischen West-Country-Akzent hat. Ich habe eine Schwäche für Akzente. Schade, dass ich ihn wahrscheinlich nie werde sprechen hören. Er ist nur noch ein Schatten des alten Frank, den ich von Fotos kenne. Seine Haut ist fahl von der Krankenhausluft, und seine Haare liegen weiß und dünn wie gezupfte Baumwolle um seinen Schädel.

Als er vor zwei Monaten hier aufgenommen wurde,

waren sie noch kastanienbraun, so wie meine. Ich erinnere mich, dass eine meiner Kolleginnen, Carol möglicherweise, gesagt hat, wir könnten Geschwister sein. Vielleicht war es diese Bemerkung, die mich dazu bewogen hat, viel mit ihm zu sprechen. Vielleicht tue ich es aber auch, weil er schon so lange hier ist und die Wochen vergehen, ohne dass er Besuch bekommt, oder einfach deshalb, weil er ein so guter Zuhörer ist.

Mein Gefühl sagt mir, dass Frank mehr bei Bewusstsein ist, als seine Gehirnscans und Testergebnisse zeigen, aber Gefühl und Erfahrung zählen nichts hier auf 9B, alles muss durch Apparate und Kurvendiagramme belegt werden, bevor etwas unternommen wird. Als Frank hier ankam, war es, wie mit einer leeren Kiste zu reden – er war weit weg, keine Ahnung, wo –, aber wenn ich jetzt bei ihm sitze, spüre ich seine Gegenwart. Ich weiß, dass er mir zuhört. Ohne einen Muskel zu bewegen oder ein Wort zu sagen, hat er mich kurz vor Weihnachten sogar getröstet, am Jahrestag meiner ersten Fehlgeburt. Ich habe ihm davon erzählt, während ich seinen Luftröhrenschnitt säuberte, ich glaube, zur Überraschung von uns beiden. Dann habe ich ihm von den sieben weiteren erzählt und sogar von denen, von denen David nichts weiß – wie mein Körper still und gründlich winziges Leben ausgelöscht hat, als würde man ein Glas über eine Kerzenflamme stülpen. Es ging mir besser, nachdem ich mit Frank gesprochen hatte. Vermutlich ist es ein Vorteil, dass er sich nicht rühren kann und ich nicht dieses halb verhohlene Mitleid mit ansehen muss wie bei den meisten anderen. Ich streichle über seine flaumigen

Haare, weich wie Atemhauch auf meinem Handrücken. Dieser Jahresbeginn bedeutet das Ende der Versuche und den Anfang des Sich-damit-Abfindens, dass wir keine eigenen Kinder bekommen können. Ich habe es David versprochen, habe eingesehen, dass acht Jahre des Versuchens genug sind, dass wir nicht mehr verkraften können. Es ist vorbei.

Leicht betreten beiße ich mir auf die Unterlippe. Ich sollte es nicht zur Gewohnheit werden lassen, so viel über mich selbst zu reden – das ist nicht fair Frank gegenüber –, also ziehe ich meine Hand weg und sehe mich um. Die Schwestern, die an Weihnachten Dienst hatten, haben das Fußende seines Betts mit violetten Lamettagirlanden geschmückt. Sie haben es gut gemeint, aber inzwischen sieht es ein bisschen albern aus.

Ich stehe auf, froh, etwas zu tun zu haben, und wickle die Girlanden ab. Dabei stelle ich mir vor, dass Frank denkt: *Gott sei Dank*, und sage lächelnd: »Gern geschehen, Frank«, als ich sie in den Papierkorb werfe.

Abgesehen von dem Lametta und einem Plastikweihnachtsmann samt Schlitten und Rentieren, die irgendwie hinterhältig aussehen, als würden sie gespaltene Zungen in ihren Mäulern verbergen, ist 9B diesmal glimpflich davongekommen. Der einzige weitere Schmuck in Franks Abteil sind ein paar an der Seite seines Nachttischs angebrachte Weihnachtskarten. Ich lasse sie vorläufig hängen.

Ich höre Stimmen vom Eingang der Station – die anderen Schwestern von der Tagesschicht treffen ein. In fünf Minuten habe ich Visite, also verabschiede ich mich von Frank und betrete den breiten Flur von Station 9B des St. Catherine's Hospital oder »Kate's«, wie es im Volksmund heißt. 9B ist eine kleine Intensivüberwachungsstation mit vier betriebsfähigen Bettplätzen. Unsere Patienten hier balancieren alle auf ihrem persönlichen Hochseil zwischen Leben und Tod. Wir Schwestern wechseln uns im Allgemeinen bei der Pflege ab, aber seit Frank im November aufgenommen wurde, biete ich mich immer an, ihn zu übernehmen.

Meine weißen Turnschuhe quietschen auf dem billigen, dunkelgrünen Linoleumboden, als ich zum anderen Ende der Station gehe, das Geräusch so vertraut wie das eines kochenden Teekessels. Alles scheint wie immer, aber über Weihnachten hat sich unterschwellig etwas verändert, und es liegt eine Ahnung von neuen Möglichkeiten in der Luft. Es gibt neue Mitarbeiter und frische Terminkalender, und der Teppichboden im Schwesternzimmer ist gereinigt worden. Der Geruch ist jedoch der gleiche geblieben, ein allgegenwärtiger Dunst aus zerkochten Kartoffeln und antiseptischer Handseife. Besucher empfinden ihn als stickig, aber wenn man hier arbeitet, gewöhnt man sich daran.

Ich will mich gerade zu dem nachfeiertäglichen Geplauder gesellen, das wie Schaum aus dem Schwesternzimmer hervorquillt, als Dr. Sharma, einer der Fachärzte der Station, steif aus seinem Büro herausmarschiert, bereit für die Visite. Er sieht viel älter aus als siebenundvierzig und wirkt heute noch akkurater und pingeliger als sonst, als hätte ihm der Weihnachtsmann ein Dampfbügeleisen, ein Lineal und eine Dose

Fixierspray gebracht. Sein kleiner Oberlippenbart ist pechschwarz, wie auch seine Haare, glänzend und perfekt symmetrisch. Seine Schultern bilden zwei rechte Winkel, und die drei Kulis in der Brusttasche seines Kittels – schwarz, blau und rot – sind ordentlich aufgereiht und stets griffbereit. Es ist geradezu beunruhigend. Wie kann jemand wie er in einer Umgebung voller Pisse und Kotze arbeiten? Mir ist immer ein bisschen unwohl dabei, wenn ich Visite mit ihm mache, als würde ich ihn indirekt beschmutzen, indem ich über Wundliegegeschwüre und Stuhlgang spreche.

Im Schwesternzimmer höre ich Mary mit der neuen jungen Schwester namens Lizzie schwatzen. Lizzie lacht über irgendetwas, das Mary gesagt hat. Sie hatten beide über die Feiertage Dienst, und Mary kann ein bisschen gewöhnungsbedürftig sein, weshalb ich froh bin, dass sie sich offenbar gut verstehen.

Ich nehme die Mappe mit den Stationsunterlagen vom Empfangstresen. Sharma macht seine Runde stets gern mit der ranghöchsten diensthabenden Schwester statt mit den jeweiligen Pflegekräften der einzelnen Patienten. Ich vermute, damit er nicht mit zu vielen von uns sprechen muss. Als Stationsschwester bin ich heute an der Reihe.

»Hallo, Dr. Sharma. Wie war Ihr Weihnachtsurlaub?«

»*Bonum*, danke. Sollen wir anfangen?« Sharma würzt seine Rede gern mit Latein, was Mary regelmäßig auf die Palme bringt – »Dieser aufgeblasene Arsch. Für wen hält der sich, Julius Cäsar?« –, aber mich lediglich zum Lachen.

Zurzeit gibt es nur drei Patienten auf 9B. Caleb in

Bett zwei, dem seine krebsbefallene Milz entfernt worden war, bekam kurz nach Weihnachten eine üble Infektion. Er wollte nicht mehr, wie man so sagt. Obwohl er schwach wie ein Lamm war, fand er noch die Kraft, sich die Infusionsnadel herauszureißen, durch die die Antibiotika in seinen Arm gepumpt wurden. Seine Frau Hope hat uns nach seinem Tod eine Dankeskarte geschrieben, die noch an der Pinnwand hinter dem Empfang hängt. Im Winter ist meistens viel los hier – Lungenentzündungen bei den Alten und Unfälle durch Straßenglätte und zu viel Feierei bei den Jungen. Höchstwahrscheinlich wird Calebs Bett bis heute Abend wieder belegt sein.

Die Visite beginnt bei Bett eins: ein Herzpatient namens George Peters, der sich von einer kürzlich überstandenen Lungenentzündung erholt. Dr. Sharma ist schnell mit ihm fertig und geht zu Ellen Hargreaves in Bett vier weiter, einer Neunundachtzigjährigen mit multiplem Organversagen, Demenz und Darmkrebs, bevor er schließlich zu Frank Ashcroft kommt. Frank ist für ihn der problematischste Patient auf der Station; nicht wegen seiner Symptome, sondern wegen seines lang andauernden Aufenthalts. Die meisten Patienten bleiben höchstens ein paar Wochen hier, während Frank nun schon zwei Monate bei uns liegt. Auf dem Weg zu seinem Bett kommen wir an Lizzie vorbei, die mir lächelnd zuwinkt und errötet. Sie bezieht bereits Calebs Bett frisch, das Franks gegenübersteht, und klebt Sticker mit der Aufschrift »Ich bin sterilisiert« auf alles, was von der Schwesternhelferin zum neuen Gebrauch vorbereitet wurde.

»Kein Lametta für Mr Ashcroft, wie ich sehe«, bemerkt Dr. Sharma, als wir am Fußende von Franks Bett stehen. Seine Sprechweise hat immer noch Anklänge an Hyderabad; Akzente können nicht so leicht weggebügelt werden.

»Ach so, nein, ich habe es schon abgenommen.«

»Können Sie bitte dafür sorgen, dass all das andere Zeug ebenfalls entfernt wird?«, sagt er, während er auf Franks Patientenakte blickt.

Ich beiße mir auf die Unterlippe.

»Schön, Frank Ashcroft, fünfzig, unser Hirnstamminfarkt. Einen Monat im Koma und jetzt vermutlich SRW, da einige unwillkürliche Augenbewegungen beobachtet wurden. Das EEG ergab eine extensive Schädigung bei einiger Aktivität der oberen und unteren Hirnbrücke. Er wird seit seiner Ankunft mechanisch beatmet, ist das korrekt?«

Sharma weiß natürlich über Franks Zustand und Behandlung bestens Bescheid, aber er geht gern pro forma alles noch einmal mit mir durch. Ich nicke.

»Es wurde für angezeigt erachtet, die selbstständige Atmung anzuregen und seine Zwerchfellfunktion zu untersuchen, deshalb haben wir es mit einer Reduzierung der künstlichen Beatmung versucht, doch er hat einen weiteren leichten Schlaganfall erlitten.«

»Ja, genau.«

Sharma mag gefügige Schwestern. Er hat entschieden, das Frank am »Syndrom reaktionsloser Wachheit«, umgangssprachlich »Wachkoma« genannt, leidet, nachdem er sich seine Scan-Ergebnisse ein paar Minuten lang und Frank selbst weniger als zwei Minuten angesehen hatte. Das Verfahren für eine SRW-Diagnose sieht die Bestätigung durch zwei weitere Fachärzte vor. Sharma hat bisher erst eine Bestätigung. Sollte er mit seiner Diagnose durchkommen, würde das praktisch das Ende für Frank bedeuten. Er würde in eine andere Einrichtung verlegt werden, eine Art Warteraum des Leichenschauhauses, wo man ihn am Leben erhalten würde, bis er eine Infektion bekäme und die Antibiotika nicht mehr wirkten. Ich muss auf etwas Besseres für ihn hoffen, denn wozu das Ganze sonst?

»Soweit ich weiß, hat er keine nennenswerten Angehörigen. Niemanden, der sich um ihn kümmert, meine ich?«

Ich wünschte, ich könnte ihn zum Schweigen bringen. Frank liegt schließlich direkt vor uns.

»Er hat eine Tochter«, sage ich leise. »Ihre Besuche sind recht unregelmäßig. Von seiner Frau lebt er getrennt. Ein paar Freunde und seine Mutter haben ihn ein- oder zweimal besucht, aber die Mutter ist inzwischen ins Ausland gezogen. Sie wollte an Weihnachten kommen, aber es war wohl zu teuer. Sonst weiß ich von niemandem.«

Sharma wirft einen stirnrunzelnden Blick auf Frank und dann wieder auf seine Aufzeichnungen. »Nun, wie Sie wissen, ist er schon sehr lange hier, das verbraucht enorme Ressourcen. So ist das nun mal heutzutage, fürchte ich. Wir müssen eine andere Unterbringungsmöglichkeit für ihn finden. Ich habe gehört, dass ein Pflegeheim in Reading plant, in neue medizinaltechnische Ausstattung zu investieren. Ich werde mich mal erkundigen.« Schon zückt er den blauen Kuli, und damit ist die Vormittagsvisite beendet. Ich stelle mir vor, wie Sharma sich wieder in sein Büro zurückzieht, mit dem roten Kuli Summen addiert und ausrechnet, wie viel Geld Franks Leben uns kostet.

Kurz darauf spähe ich durch das quadratische Fenster in der Tür zum Schwesternzimmer. Carol – eine Oberschwester mittleren Alters mit kurzen, dauergewellten Haaren, spontanem Lachen und großen Brüsten, die ihr Rückenschmerzen verursachen – sitzt an ihrem Schreibtisch, der mit Handbüchern, Bestimmungen und Leitfäden, Listen und Memos übersät ist. An der hinteren Wand des kleinen Raums ohne Außenfenster hat sie ein gerahmtes Foto der gesamten festen Belegschaft der Neuner-Stationen aufgehängt. Alle Schwestern hassen es, weil unsere müden Gesichter durch das Neonlicht grau und alt aussehen, aber wir mögen Carol zu sehr, um es abzuhängen.

Mit meinen fünf Jahren auf dem Buckel bin ich die Zweitdienstälteste auf 9B. Meine Freundin Mary, die Carol gerade gegenübersitzt, eine Mince Pie zum halben Preis isst und eine Tasse Tee dazu trinkt, trägt mit ihren zwanzig Dienstjahren die Krone davon.

Mary geht auf den Ruhestand zu, ist klein und, um mit ihren eigenen Worten zu sprechen, »unaufhaltsam am Schrumpfen«. Obwohl sie ständig isst, bleibt sie dünn. Sie hat kurz geschnittene graue Haare und große, vorstehende Augen, die immer größer werden, je mehr sie sieht, wie sie behauptet. Sogar die Ärzte verehren Mary, von der man weiß, dass sie Patienten schon schneller und zutreffender diagnostiziert hat als die erfahrensten Spezialisten. In der Abgeschiedenheit des Schwesternzimmers redet sie mit einer Mischung aus Mitleid und Verachtung über sie und nennt sie die »Ologen«, ihr Sammelbegriff für die Neurologen, Anästhesiologen, Pharmakologen, Onkologen, Kardiologen und so weiter, die jeden Tag auf der Station vorbeischauen und wie nervöse Insekten von Bett zu Bett schwirren, ehe sie sich schnell wieder in den geschützten Raum ihrer Schreibtische und Bücher zurückziehen.

Carol und Mary umarmen mich. Wir erkundigen uns gegenseitig nach unseren Feiertagen, bevor Mary die Tirade wiederaufnimmt, die ich unterbrochen habe.

»Die Ologen kapieren's einfach nicht. Sie kapieren überhaupt nichts.«

Sie ist sauer. Sie hatte Caleb mit ihrer gewohnten Sorgfalt und Aufmerksamkeit gepflegt, und dann ist er über Weihnachten gestorben. Calebs wohlhabende Familie hat den behandelnden Ärzten Karten für ein England-Rugbyspiel als Dankeschön geschickt, den Schwestern dagegen ein Dutzend Doughnuts.

»Die denken, dass alles Wissenswerte in einem Buch zu finden ist. Die meisten machen sich nicht mal die Mühe, sich die Patienten richtig anzusehen, geschweige denn, mit ihnen zu sprechen. Wir hingegen haben Tag für Tag den engsten Kontakt mit ihnen und ihren Angehörigen, wir bekommen alles mit. Krankenschwestern sind wie die Klinikeinrichtung. Alle anderen kommen und gehen, die Ologen werden befördert, die Patienten werden entlassen oder sterben, aber wir bleiben, treu und zuverlässig, damit man sich auf uns setzen, an uns lehnen, uns womöglich ein bisschen herumschubsen kann.«

Carol gluckst amüsiert, woraufhin Mary ihre großen Augen verdreht. Ich wende mich dem Dienstplan zu, damit sie mich nicht grinsen sehen. Ich kenne das, ich weiß, wie gereizt Mary manchmal auf Carols ewige Fröhlichkeit reagiert. Sie kommt zu mir und drückt meine Schulter mit ihrer schmalen, kräftigen Hand, die in den vergangenen zwei Jahrzehnten so viele Kranke und Sterbende gehoben, gewaschen, massiert und gestreichelt hat.

»So, alles auf Anfang, was? Frohes neues Jahr.« Damit geht sie hinaus auf die Station und ruft nach unserer medizinisch-technischen Assistentin. »Sue, hey, Sue!«, hören wir noch, ehe die Tür hinter ihr zufällt.

Ich setze mich zu Carol, auf Marys gerade geräumten Platz. Sie schüttelt lächelnd den Kopf mit Blick zur Tür. »Gut, dass sie sich nie ändert, was?«

Sie hat bereits eine Brille auf der Nase, tastet nun aber nach ihrer Lesebrille, die irgendwo oben in den dichten Locken ihrer Dauerwelle sitzt.

»Allerdings«, sage ich. »Sie redet davon, in Rente zu gehen, weißt du. Ich bin nicht sicher, ob sie sich nur wichtigmachen will oder ob sie es ernst meint. Jedenfalls kann ich mir den Laden hier nicht ohne sie vorstellen.«

Carol nickt bestätigend, während sie die Brille wechselt und einen Ordner aufschlägt. »So, was liegt heute an?«

Als Stationsschwester bin ich teils Managerin, teils Pflegerin. Im Kate's müssen die Stationsschwestern auf den drei Intensivstationen auch Hunderte von Verwaltungsaufgaben erledigen. 9B hat einen festen Stamm an Pflegepersonal, der durch sogenannte »Springer« ergänzt wird. Es sagt einiges über die merkwürdige Krankenhaushierarchie aus, wie das Maß an Patientenkontakt den Platz in der Nahrungskette des medizinischen Fachpersonals bestimmt. Viele Arbeitsstunden mit den Patienten – Pflegeassistentinnen, Aushilfen, Reinigungspersonal, Schwestern und Pfleger – bedeuten Plankton und Krill, während wenig oder gar keine Zeit mit ihnen – das gilt für die meisten der »Ologen« – einen zu Haien und Walen in diesem seltsamen Ozean macht. Trotz meiner zunehmenden administrativen Pflichten würde ich jedoch nie den direkten Kontakt zu den Patienten aufgeben wollen. Ich habe Medizin am University College London studiert, bin aber beim ersten Abschnitt der Ärztlichen Prüfungen durchgefallen. Ich war damals natürlich am Boden zerstört und sauer auf meine Eltern, die vorsichtig andeuteten, dass mir die Pflege vielleicht eher liege. Wie sich herausstellte, hatten sie recht, der menschliche Teil der Medizin liegt mir deutlich mehr. Ich verabreiche Medikamente, wechsle die Bettwäsche, tröste Verwandte und halte Sterbenden bis zum letzten Atemzug die Hand. Ich bin bei ihnen. Es ist mir recht, Plankton zu sein.

»Gut, schauen wir mal«, sagt Carol und studiert den Plan. »Also, du machst mit Frank weiter. Das Klinikum Brighton hat ein Bett für eine dreißigjährige

Kopftraumapatientin, GCS 4, angefragt, aber sie wird nicht vor heute Abend oder morgen früh eintreffen. Lizzie macht Bett zwei gerade für sie fertig. Wenn du Ellen Hargreaves übernehmen würdest, das wäre gut, sie hat heute alle möglichen Termine. Paula hat gesagt, es geht ihr schlecht, besonders nachts, da regt sie sich sehr auf. Schreit um Hilfe, als wäre sie wieder im Krieg, die Arme. Ach so, und hier steht etwas von Mundgeschwüren und dass ihre Magensonde überprüft werden muss. Wir haben um zwei eine Besprechung mit ihren Kindern. Und wenn du die Nachmittagsvisite machen, mit George Peters' Familie sprechen könntest – er hatte eine Springerschwester über Weihnachten, und ich denke, sie brauchen ein bisschen Zuspruch. Dann mit dem Pflegeplan loslegen, das wäre toll. Ich habe auch überlegt, Ali … würde es dir etwas ausmachen, Lizzie in den kommenden Wochen ein wenig im Auge zu behalten? Nur um sicherzugehen, dass sie hier gut Fuß fasst.« Sie zeigt mir wieder ihr breites Grinsen, das ich erwidere, ehe ich zurück auf die geschäftige Station gehe und den langen Tag in Angriff nehme.

Kurz vor halb acht abends biege ich in unsere Auffahrt an der Blackcombe Avenue 22 ein. David und ich wohnen hier seit unserer Heirat vor sieben Jahren. Es ist eins von diesen hinter immergrünen Sträuchern fast verborgenen Häusern, die viel kleiner wirken, als sie eigentlich sind. Die Haustür lugt wie in einem Kinderbuch aus dem Gebüsch heraus, ein freundliches Auge. Das Haus stammt aus den fünfziger Jahren, ein zweistöckiger Rotklinkerbau, und galt zu dem Zeitpunkt, als wir es kauften, als unbeschreiblich hässlich – vielleicht haben die vorigen Besitzer deshalb die vielen Büsche gepflanzt. Mittlerweile aber spricht man von »retro«. David meint, die Fünfziger seien wieder cool, was er schon die ganze Zeit prophezeit habe, und wir lägen voll im Trend. Er bezeichnet den Baustil als »Old Hollywood«, einen Ausdruck, den er bestimmt in einer seiner Architekturzeitschriften aufgeschnappt hat und jetzt immer benutzt, um mich zum Lachen zu bringen und mir einen Vorwand zu liefern, ihn »Archi-Trottel« zu nennen. Es ist jedoch ein nicht unzutreffendes Etikett, das muss ich zugeben. Das Haus hat einen Balkon nach hinten, mit einer Glasschiebetür und Blick auf den sanft abfallenden Garten. David war sofort von den großzügigen Proportionen und der Möglichkeit, einen Anbau hinzuzufügen, begeistert gewesen, ich von den drei Schlafzimmern und der Möglichkeit, eine Familie zu gründen. Jetzt ist es natürlich so, dass wir zwei Gästezimmer haben.

Drinnen ist alles dunkel, also muss David weg sein. Er arbeitet für den örtlichen Baugenehmigungsausschuss, und das seit einem halben Jahr von zu Hause aus, was seinem kostenbewussten Chef gut in den Kram passt und ihm selbst auch, da er so mehr Zeit für seine eigenen architektonischen Projekte herausschinden kann. David behauptet, das wird das Jahr, in dem er seine Arbeitszeit beim Ausschuss reduzieren und endlich als selbstständiger Architekt arbeiten wird. Seine Stelle im Ausschuss, wo er strittige Bauanträge für die Kommunalverwaltung bearbeitet und erörtert, war stets nur als Übergangslösung gedacht gewesen, höchstens für ein Jahr, bis wir uns in unserem neuen, halbländlichen Leben in Sussex eingerichtet haben. Doch als die Finanzkrise zuschlug und die Leute sich keine kostspieligen Umbauten ihrer Eigenheime mehr leisten konnten, während Supermärkte wie Tesco immer noch Parkplätze brauchten, musste David die Zähne zusammenbeißen und seine Anstellung behalten. Abends redeten wir oft darüber, dass es nur für ungefähr ein weiteres Jahr sei, bis die Wirtschaft sich wieder erhole.

David ist also nicht im Haus und hat Bob, unseren schwarzen Labrador, mitgenommen. Ich taste nach dem Lichtschalter an der Wand, streife meinen Mantel ab und lasse meine Handtasche mit einem Plumps auf den Steinfußboden in der Diele fallen. Claire hat unser Haus mal als »erwachsenenordentlich« bezeichnet. Keine dreckigen Turnschuhe, kein Holzspielzeug auf dem Boden verstreut. Keine Sicherheitsschlösser an den Schränken oder Nachttöpfchen hinter der Toilette.

Unsere Küche ist eine Bauernküche in Miniatur mit einer kleinen Speisekammer und großen Fenstern zum Garten hinaus. David wäre etwas Moderneres lieber gewesen, aber ich hatte schon immer eine kleine Schwäche für den Landhausstil. Ich steige über Bobs zernagte Schlafmatte hinweg und gucke in den Kühlschrank. Am liebsten hätte ich ein Glas Wein, aber wir versuchen immer, den »trockenen«, sprich alkoholfreien, Januar durchzuhalten, also schenke ich mir ein Glas Wasser aus dem Sodastreamer ein und lehne mich an das trogartige Spülbecken, um eine SMS an Jess zu schreiben.

Wollt ihr nächsten Donnerstag zum Abendessen zu uns kommen? David möchte über den Anbau mit euch sprechen. Ich bringe ihn dazu zu kochen, und wir könnten einen netten Abend daraus machen. LG

Als ich sie abschicke, geht das Außenlicht an, und durch das Küchenfenster sehe ich David schwitzend in seinem Lycra-Top herantraben. Er dampft wie ein Marathonläufer, atmet schwer und stützt sich mit der flachen Hand an der Mauer der Einfahrt ab, während er mit der anderen seinen Knöchel umfasst und seinen langen Oberschenkel dehnt, wobei sich die Wadenmuskeln des Standbeins unter dem Körpergewicht stark anspannen. Er hält die Stellung nur ein paar Sekunden, dehnt dann die andere Seite. Stretching war noch nie sein Ding, morgen hat er garantiert wieder einen Muskelkater.

An der Haustür ist ein leichtes Kratzen zu hören. Ich öffne sie, woraufhin Bob seinen glatten schwarzen Kopf hereinschiebt, rosa Zunge heraushängend, nach Streicheleinheiten hechelnd. Ich tätschle seine kalte, muskulöse Schulter. Er atmet ebenfalls schwer, schafft es aber dennoch, vor Freude die Stirnwülste hochzuziehen, als ich ihm in seine sanften Augen blicke und ihm versichere, dass er ein guter Junge ist.

David kommt herein und schleudert seine uralten Joggingschuhe von sich. Seine graumelierten Locken kleben an seiner Stirn, als er sich zu einem salzigen

Kuss vorbeugt, und sein forschender Blick prüft kurz, ob alles in Ordnung ist.

Um ihn zu beruhigen, mustere ich sein verschwitztes Lauf-Outfit und sage: »Ich bin beeindruckt. Neujahrsvorsatz Nummer eins.«

Er lacht. »Ich weiß. Dickes, fettes Häkchen für Bob und mich. Wobei ich allerdings sagen muss, dass Bob nicht besonders viel zur Durchhaltemoral beigetragen hat, stimmt's, Bobby?« Bob hat nur noch die Energie, mit dem Schwanz auf den Boden neben seinem Korb zu klopfen, in dem er sich bereits niedergelassen hat. Seine Flanken heben und senken sich mühsam.

David füllt seinen Wassernapf nach, bevor er sich selbst ein Glas aus dem Hahn einschenkt. Er leert es in drei großen Zügen. »Er hat wieder diese Verweigerungsnummer gebracht, weißt du, setzt sich einfach hin, rührt sich nicht vom Fleck und macht dann kehrt und will nach Hause trotten. Ich musste ihn regelrecht mitzerren.«

Ich lache. Bob kann so stur – und schwer – sein wie ein Maultier.

David tätschelt meinen Hintern, als er an mir vorbei zur Spüle geht, um sich mehr Wasser zu holen. »Wie war dein Tag?«, fragt er.

Ich lasse die Post, die ich flüchtig durchgesehen habe, auf den Küchentresen fallen und bücke mich, um meine Turnschuhe auszuziehen. Nach der Weihnachtspause tun mir die Füße mehr weh als sonst.

»Ziemlich vollgestopft«, antworte ich, »aber ganz gut. Weißt du, dass Mary jetzt schon zwanzig Jahre im Kate's ist? Ehrlich, die Frau hat wirklich Durchhaltevermögen. Ich weiß nicht, wie sie das geschafft hat. Das ist überhaupt noch so ein Vorsatz: Ich muss einen Plan machen, mir überlegen, wohin ich will.« Ich bin stolz darauf, dass ich so munter klinge.

In unseren ersten gemeinsamen Jahre, als wir noch in einer winzigen Souterrainwohnung in Hackney lebten – ich eine überforderte Jungschwester frisch von der Ausbildung, David in der Endphase seines Architekturstudiums –, haben wir oft bei einem Bierchen im Pub um die Ecke Zukunftspläne geschmiedet. Mit Hackney verband man zu jener Zeit noch eher hohe Verbrechensraten als Barista-Cappuccinos und Pop-up-Restaurants. Mein Plan sah vor, dass wir mit Ende zwanzig, Anfang dreißig Kinder bekommen würden. Ich würde eine Auszeit von der Krankenpflege nehmen, solange sie noch klein waren, und vielleicht etwas ganz anderes machen, wenn sie in die Schule kamen, zum Beispiel in einer Kunstgalerie arbeiten oder Schmuck designen, irgendetwas Kreatives, das es mir erlaubte, in den Ferien und wenn sie krank waren, zu Hause zu bleiben. David hätte bis dahin sein eigenes florierendes Architektenbüro. Wir würden in einem großen, gemütlichen Bauernhaus am Meer wohnen, und unsere Kinder würden mit Hunden, Hühnern und Ziegen aufwachsen und wären von der übermütigen, rotwangigen Sorte, ohne Angst vor Erwachsenen und der Zukunft. Ich hatte mir alles perfekt zurechtgelegt.

David dreht sich um und nimmt mich in die Arme, anscheinend hat er meine Gedanken gelesen. Ich passe perfekt unter seine Schulter, und er beugt sich herunter, um mich irgendwo aufs Gesicht zu küssen. Seine Lippen landen in der Nähe meiner Augenbrauen.

»Und wie war dein Tag?«, frage ich gedämpft an seiner Brust. Er küsst mich noch einmal, diesmal auf den Mund, ehe wir uns loslassen.

»Ach, ganz gut eigentlich. Ich habe noch ein paar Pläne für Jess' und Tims Anbau gezeichnet, langsam sieht es richtig nach was aus.« Er berechnet ihnen nur einen Freundschaftspreis, aber der Auftrag wird ihm nützen, um sich in der Gegend einen Namen zu machen.

»Klingt toll«, sage ich und öffne eine Handyrechnung, die ich ungelesen gleich wieder zurück auf den Tresen lege. »Ich habe Jess übrigens gerade gesimst und sie für Donnerstag nächster Woche zum Essen eingeladen. Ich dachte, du und Tim könntet an den Plänen rumtüfteln, und Jess und ich könnten mal wieder richtig miteinander quatschen.«

David spült sein Glas aus. »Hört sich gut an. Dann koche ich eine von meinen berühmten Lasagnen.« Er grimassiert in den Kühlschrank hinein. »Was sollen wir zum Abendessen machen? Gott, das ist ja ein Dschungel da drin.« Er meint die Büschel von Spinat und Grünkohl, die ich gekauft habe. Vorsatz Nummer fünf: den Entsafter, den ich David zu Weihnachten geschenkt habe, auch tatsächlich benutzen. Er zerrt das ganze Grünzeug aus dem Kühlschrank, bis er ein altes Stück Cheddar findet, das er direkt auf der Arbeitsfläche zerhackt und in dicken Brocken verspeist. Den Mund voller Käse, bläst er die Backen auf und verdreht die Augen. »Sieht aus, als gäbe es heute lecker

Grünkohl mit Salatbeilage und zum Nachtisch Spinat. Gott, wie mir Weihnachten fehlt.«

Ich lache, als er den Kopf theatralisch auf die Arbeitsplatte sinken lässt, und schnappe mir schnell das letzte Stück Käse.

»Versprich mir, dass das Jahr besser weitergeht«, murmelt er geknickt.

Ich grinse, antworte aber nicht, sondern gehe hinauf ins Schlafzimmer, weil ich mich nicht auf noch mehr Versprechen einlassen will, die ich nicht halten kann.

2

Frank

Als ich noch ein Kind war, vielleicht sechs oder sieben, wurde meine Mum krank. Nichts allzu Ernstes, wie sich bald herausstellte, aber sie musste für ein paar Wochen fort, und mein Bruder und ich kamen zu unseren Großeltern. Sie waren eigentlich ganz lieb zu uns, und trotzdem ist mir vor allem in Erinnerung geblieben, dass ich zum ersten Mal jemanden ernstlich vermisste. Nicht auf so eine unbestimmte, harmlose Art, sondern sehr schmerzlich, als wäre es ein umgekehrter Abnabelungsprozess. Ohne meine Mutter fühlte ich mich wieder wie ein Embryo, nicht selbstständig lebensfähig. Mit jeder Faser meines Wesens wollte ich wieder in sie hinein, dorthin, wo es sicher war, wo ich nie allein war. Dann kamen wir nach Hause zurück, alles wurde wieder normal, und – wie Kinder nun mal so sind – all das Weinen, Sehnen und Rufen nach ihr war schnell vergessen.

Ohne Alice musste ich an diese Wochen zurückdenken, daran, wie ich mich fühlte, als meine Mum krank war. Ich hatte geradezu Panik in den letzten Tagen und habe mich in die Vorstellung hineingesteigert, dass sie nie mehr wiederkommt. Sie hatte mir zwar gesagt, dass sie über Weihnachten freihätte, aber ich war nur von ein, zwei Tagen ausgegangen. Die Aushilfsschwestern über die Feiertage machten sich nicht mal die Mühe, meinen Namen zu lernen. Für sie war ich nur »der Patient«.

Diese Neue, Lizzie, versucht immerhin, ab und zu mit mir zu scherzen.

»Heute mit Truthahngeschmack, Mr Ashcroft«, sagte sie am Weihnachtstag, eine Nikolausmütze auf dem Kopf, als sie eine Spritze in einen der Schläuche entleerte, die sich aus mir herausschlängeln, sodass braune Intensivstationspampe direkt in meinen Magen gepumpt wurde. Nett gemeint von ihr, aber ich würde natürlich keinen Unterschied zwischen Truthahn und Teerbrühe erkennen. Lizzie ist noch unerfahren mit Gemüse wie uns hier, das merkt man. Eigentlich ganz süß, wie sie so vorsichtig ruckend meinen Kopf bewegt. Sie will mir nicht wehtun, obwohl sie nicht weiß, wie viel ich empfinde. Die Wahrheit ist: Wenn sie eine Käsereibe über meine Brust ziehen oder ein Feuerzeug an meine Eier halten würde, würde ich alles fühlen, jeden Kratzer, jedes Versengen, genau wie alle anderen, nur dass ich nicht schreien könnte. Ich könnte nicht mal mit der Wimper zucken.

Ich frage mich oft, inwiefern es für mich hier anders wäre, wenn Dr. Sharma Alices Diagnose vom Locked-in-Syndrom vertraut hätte, statt auf seinem »Syndrom reaktionsloser Wachheit« zu beharren. Was, soweit ich es verstanden habe, ein freundlicher Ausdruck ist für »tot in jeder Hinsicht, die für Lebende zählt«. SRW-Patienten schweben zwischen Leben und Tod, ihr

Gehirn ist leer wie eine Wolke, aber ihre Lunge mit Sauerstoff vollgepumpt. Die Ärzte erhalten einen am Leben, wie Kinder einen Schmetterling an einer Schnur festhalten, sie lassen nicht los, sie spielen ihr Spiel verbissen weiter, denn die Apparate abzuschalten, die Schnur loszulassen würde bedeuten, das Spiel zu verlieren, den Schmetterling davonflattern zu lassen, und das darf nicht sein. Da kann man nichts machen, schätze ich. Die Lebenden sind im Allgemeinen besessen vom Leben.

Das ist also SRW: alle Lichter an, aber niemand zu Hause. Bei mir liegt die Sache ein wenig anders, ich bin zu Hause, aber die Sicherung ist durchgebrannt, und nichts geht mehr. Locked-in-Syndrom, wie Alice es nennt. Eine juckende Nase, Sinn für Humor, Lust auf Sex, eine Stimme im Kopf, den Drang zu scheißen, Reue, all das habe ich, all diese Triebe, Bedürfnisse und Wünsche, so deutlich, kitzelnd und quälend wie eh und je. Aber ich stecke fest, ich kann nichts »tun«. Nicht kratzen, lachen, vögeln, reden, scheißen oder weinen. Es wird alles für mich oder über meinen Kopf hinweg erledigt, mit Ausnahme des Vögelns.

Alice ist immer noch die Einzige, die mich hier drin wahrnimmt, gefangen in meinem Körper wie in einer Zwangsjacke.

Heute Morgen höre ich sie schon, bevor ich sie sehe. Ich kenne ihren Schritt inzwischen genau, er klingt wie die Finger einer Pianistin, die über die Tasten fliegen: leicht und beschwingt, die Fersentöne tiefer, die Zehentöne höher. Erleichterung durchflutet mich und erreicht ihren Scheitelpunkt, als sie in mein Gesichtsfeld tritt.

Alice ist wieder da. Sie ist zurück.

Ein paar Strähnen ihrer gewellten kastanienbraunen Haare haben sich aus dem Knoten gelöst und schwingen nur wenige Zentimeter vor meinem Gesicht. Kleine Fältchen umringen ihre blauen Augen, wenn sie lächelt, sie hat ein Grübchen in der linken Wange, und, ja, da ist sie, die kleine Zahnlücke, wie eine winzige geheime Höhle. Nur in bestimmten Momenten zu sehen. Sie hat mir mal erzählt, dass sie als Studentin extra gespart hatte, um die Lücke schließen zu lassen, dann aber mit dem Geld lieber eine Reise gemacht hat.

»Hallo, Frank. Frohes neues Jahr. Ich hoffe, Sie haben Weihnachten gut überstanden. Schön, Sie wiederzusehen.« Ich möchte, dass sie mich berührt, mir die Hand an die Wange legt und wie meine Mum sagt, dass sie wieder da ist und nun bei mir bleibt. Ich glaube, nicht mal Alice weiß, wie lange zehn Tage sein können, wenn man hier drin gefangen ist. Sie plaudert über ihr Weihnachtsfest, ihre Nichte und ihren Neffen, aber ich merke, woran sie denkt, als sie sich auf die Unterlippe beißt. Könnte ich ihr doch nur sagen, dass ich weiß, wie die Einsamkeit an einem nagt, wie die Wut einen aufzehrt, könnte ich ihr doch versichern, dass wir zwar verschieden sein mögen, sie aber nicht allein ist.

Sie nimmt das Lametta vom Ende meines Betts ab, und ich denke: *Danke, Alice, ist echt nicht mein Ding so was, ehrlich gesagt.* Bei meinen Weihnachtskarten zögert sie kurz, lässt sie aber hängen, und dann ist sie wieder weg, los zur Visite. Ich bin froh, dass sie mir die

Karten gelassen hat, denn ich habe sie bisher erst einmal richtig gesehen, als Lizzie die Umschläge kurz vor Weihnachten geöffnet hat. Seitdem hängen sie an der Seite meines Nachttischs, und nur selten drehen die Schwestern meinen Hals weit genug nach rechts, damit ich sie erkennen kann. Ich habe bloß drei bekommen dieses Jahr, was wohl nur recht und billig ist, da ich schließlich keine einzige verschickt habe. Zum Glück kann ich mich gut an sie erinnern, mein Gedächtnis ist inzwischen beinahe fotografisch. Kleine Gnaden. Eine ist von meiner Mum und meinem jüngeren Bruder Dex, der vor rund einem Jahr mit seiner neuen Frau Bridget nach Costa del Irgendwo gezogen ist. Meine Mutter ist ihnen ein halbes Jahr später gefolgt und hat das Haus in Swindon aufgegeben, in dem wir aufgewachsen sind und in dem sie seit Dads Tod vor neunundzwanzig Jahren allein gelebt hat. Es hat mich ziemlich gewundert, dass Dex etwas für Mum, für die Familie tut, doch dann habe ich herausgefunden, dass die Minicab-Firma, die er gegründet hat, wegen Steuervergünstigungen auf ihren Namen läuft und sie dazu in Costa del Irgendwo gemeldet sein muss. Auf der Karte ist eine Karikatur von einem Weihnachtsmann abgebildet, der mit seinem Schlitten auf einem Hausdach landet. Bestimmt hat meine Mutter sie ausgesucht. Als Lizzie mir die Rückseite vor die Nase hielt, sah ich ihre krakelige Schrift.

Alles in Ordnung hier. Dex' Firma läuft gut, und in den meisten Läden bekommt man englische Lebensmittel, sodass ich nicht auf meine Branston-Pickles und meinen Cheddar verzichten muss, Gott sei Dank! Niemand hat mir gesagt, dass es hier im Winter auch verflixt kalt werden kann, aber das soll sich jetzt bald bessern. Wir besuchen Dich, wenn wir das nächste Mal rüberfliegen. Tut mir leid, dass wir nicht zu Weihnachten kommen konnten, Schatz, aber das Geld ist knapp seit dem Umzug. Hoffe, du hältst die Ohren steif! Alles Liebe, Mum, Dex und Bridget

Dex und Mum haben mich besucht, bevor Mum nach Spanien gezogen ist. Ich konnte ihr Gesicht nicht richtig sehen, weil sie mich nicht anschauen wollte, was ich ihr nicht verübeln kann. Sie saß nur auf dem Stuhl und weinte leise, während Dex um mich herumtigerte, beim Anblick meiner Schläuche das Gesicht verzog und irgendwas murmelte von wegen, wir wären zu Tieren humaner. Er war noch nie der Taktvollste.

Die zweite Karte zeigt eine Winterlandschaft mit einem durch den Schnee hoppelnden Hasen. Sie ist von meinem alten Freund John, einem Bauleiter-Kollegen, mit dem ich jahrelang zusammengearbeitet habe, bevor das mit den Entlassungen anfing. Er hat nicht viel geschrieben, soweit ich mich erinnere. Wer macht das schon, wenn er einen für so gut wie tot hält.

Die letzte – ein schlittschuhlaufender Eisbär – ist von meiner Luce. Sie weiß natürlich, dass mir jemand meine Post vorliest, deshalb hat sie auch nicht viel Privates geschrieben, aber sie hat ein Foto dazugelegt: ich als Weihnachtsmann verkleidet, die fünfjährige Luce mit Rattenschwänzen und einem roten Schottenkleidchen auf meinem Schoß, in unserer neu gebauten Doppelhaushälfte im Summerhill Close am Stadtrand von Brighton. Kurz bevor das Foto gemacht wurde, hatte sie meinen falschen Bart heruntergezogen, mich erkannt und mit großen, staunenden Augen gestammelt: »Daddy! *Du* bist der Weihnachtsmann!« Es wurde dann zu einer Weihnachtstradition für mich, diese Geschichte jedes Jahr zum Besten zu geben. Könnte sie doch jetzt meinen Atemschlauch wegziehen, durch meinen verwesenden Körper hindurchblicken und mich hier sehen, wirklich sehen – »Daddy! *Du* bist es!« –, aber ich verscheuche den Gedanken schnell. Er spielt meinem Kopf sonst übel mit.

Celia, die Frau meines Bettnachbarn George, war fast den ganzen Weihnachtstag bei ihm. Sie hatte morgens den Gottesdienst besucht und einige von ihren Kirchenfreunden mitgebracht. Ich habe den Eindruck, dass die Kirche Celias Ein und Alles ist und Georges dreifacher Bypass sowie die Lungenentzündung, die zu seiner Einkerkerung hier auf 9B geführt hat, die perfekte Plattform für sie darstellen, um Jesus ein für alle Mal in sein runderneuertes Herz zu hämmern. An Weihnachten waren die um George herum gemurmelten Gebete noch länger und klangen noch inbrünstiger als sonst, und Celia übertönte mit ihrem weichen karibischen Akzent alle anderen beim »Amen!«. Eins der Gemeindemitglieder begann »Hark the Herals Angels Sing« zu summen, und als es bei »Glory to the newborn king« angekommen war, hatten alle anderen mit eingestimmt. Ehe ich wusste, wie mir geschah, fand ein spontanes Weihnachtssingen auf 9B statt, und für einen Moment fühlte ich mich hier so zu Hause wie in jedem Haus, in dem ich je gewohnt hatte.

Als es zu Ende war, hörte ich, wie der Vorhang zwischen George und mir beiseitegeschoben und ich zur Schau gestellt wurde. Jemand sog schockiert die Luft zwischen den Zähnen ein. Celia kam auf mich zu und spähte mir ins Gesicht. Ich hatte sie bis dahin erst einmal richtig gesehen, auch wenn ich sie fast jeden Tag an Georges Bett weinen höre. Auf George selbst konnte ich bisher nur einen kurzen Blick erhaschen, er ist so von Schläuchen bedeckt, dass er wie eine krakelige Kinderzeichnung wirkt. Vermutlich denkt er von mir das Gleiche. Ich sah nur ein Büschel weißer Haare und seinen Unterarm bis zur Hand. Seine Haut muss einmal dunkel gewesen sein, aber jetzt ist sie fast kreidebleich, ganz anders als Celias, deren Farbe und matter Glanz an Milchkaffee erinnern. An Weihnachten haben auch ihre Augen geglänzt, entweder vom Heiligen Geist oder von dem süßen Sherry, den ich in ihrem Atem gerochen habe.

Mit kräftiger Stimme, die die Luft zu erfrischen schien, sagte sie: »Frohe Weihnachten, Mr Ashcroft, hier ist eine Kleinigkeit von uns allen von der Kirche des Auferstandenen Herrn.« Sie beugte sich über mich und flüsterte mir ins Ohr: »Es ist eine Bibel«, als hätte sie mir gerade das Wasser des Lebens gereicht, und die anderen auf der Station könnten versuchen, es mir zu stehlen, wenn sie davon erführen. Trotzdem ist es immer schön, wenn jemand es überhaupt für nötig erachtet, in meiner Gegenwart zu flüstern. Sie legte die

Bibel auf meinen Nachttisch, wo sie immer noch sein muss.

Lizzie hat mein zweites Geschenk für mich aufgemacht. Es war ein Schal von Luce, der mich den ganzen Tag gepikst und gekratzt hat wie Sackleinen. Obwohl ich den Schwestern bestimmt leidgetan habe, weil ich an Weihnachten keinen Besuch bekam, bin ich froh, dass Lucy nicht da war. Ich hätte sie nur deprimiert.

Ellen, eine hochbetagte Mitpatientin, hatte ihre stillen, teiggesichtigen Enkelkinder nur ein paar Minuten lang bei sich. Sie muss ziemlich weggetreten gewesen sein, denn sie fing wieder mit ihrem verdammten Geheul an. »Nein! Nein!«, schrie sie. »Die Sirenen!« Die Enkel gingen kurz darauf wieder, hochrot im Gesicht, wohl befürchtend, dass die Schwestern denken könnten, sie hätten sie irgendwie aufgeregt. Sie hätten sich keine Sorgen zu machen brauchen, sie schreit die ganze Zeit so.

Jetzt sehe ich Lizzie dabei zu, wie sie das Bett gegenüber, auf der anderen Seite des Gangs, mit aggressiven Bewegungen frisch bezieht. Sie ist nicht sehr groß und muss sich auf die Zehenspitzen stellen und weit über die Matratze beugen, um die Laken glatt zu ziehen. Sie erinnert mich an eine von Luces Schulfreundinnen. Ihre Wangen sind sommersprossig und prall wie Kissen, und sie hat große nussbraune Augen, die blicken, als hätte sie schon viele Jahre lang Kranke gepflegt. Es liegt eine Fülle an Gefühl in ihnen. Noch zuckt sie bei jedem Alarmgeräusch aus unseren Abteilen zusammen, wird sich aber sicher bald an den Lärm gewöhnt haben. Bald wird sie unterscheiden können, was ein normaler Alarm ist und welcher bedeutet, dass jemand zu entwischen versucht. Als sie fertig ist, sieht das Bett aus, als könnte es auch in einer Kaserne stehen. Sie bemerkt, dass ich die Augen offen habe, und kommt lächelnd herüber.

»Morgen, Mr Ashcroft«, sagt sie, ehe sie meine Augen mit einem in Salzlösung getränkten Wattebausch befeuchtet. Es ist eine Wohltat. Weil ich nicht zwinkern kann, müssen sie mindestens einmal pro Stunde befeuchtet werden, wenn sie offen stehen, sonst trocknen sie aus wie Dörrpflaumen. Alice hat alle Schwestern gebeten, meine Augen jedes Mal zu befeuchten, wenn sie bemerken, dass sie offen sind. Das ist natürlich ein bisschen lästig, weshalb manche sie mir einfach schließen, sobald niemand hinsieht, als wäre ich bereits tot. Ich habe gehört, wie Sharma mein Augenöffnen als »unwillkürlichen Spasmus« bezeichnete, und gestehe ihm das »unwillkürlich« zu, denn meine Lider scheinen ihren eigenen Gesetzen zu folgen. Doch Alice meinte, es könne auch ein Zeichen der Besserung sein, und obwohl ich mich nicht oft dieser Hoffnung hingebe, tue ich es an diesem Morgen, um mich ein bisschen zu verwöhnen.

Lizzie kommt am späten Vormittag wieder, als die Wintersonne sich in die Station ergießt. Sie türmt Handtücher, wasserdichte Unterlagen, Seife und zusätzliche Decken vor mir auf.

»Alice hat zu tun, Mr Ashcroft«, sagt sie. »Sie hat mich gebeten, Sie zu waschen; ich hoffe, das ist Ihnen recht.«

Um ehrlich zu sein, bin ich ein bisschen enttäuscht, dass Alice es nicht macht, aber in meiner Lage kann ich keine Ansprüche stellen. Lizzie hat vergessen, den Vorhang zuzuziehen, und ich mache mich schon auf eine neuerliche Demütigung gefasst, male mir aus, wie Ellens Kinder und Enkelkinder eintreffen und zusehen, wie Lizzie mir den Arsch abwischt wie einem Baby, als es ihr kichernd einfällt und sie den Vorhang um uns herum schließt. »Ein bisschen Privatsphäre muss sein, nicht wahr, Mr Ashcroft?«

Mit einem nassen Seifenlappen fährt sie methodisch über meinen Körper und lässt keinen Quadratzentimeter aus. Dabei redet sie übers Wetter. Das Wasser ist warm. Ich spüre, wie jede einzelne Hautzelle auf ihre Massage reagiert, jede Pore sich öffnet wie ein hungriges Maul. Dann dreht sie mich auf die Seite, um mir den Rücken abzuwaschen. Jede Ganzkörperwaschung fühlt sich an, als würde ich zum ersten Mal von jemandem angefasst, wie eine vollkommen neue Empfindung.

»Mein Dad meint, dass diese Kälteperiode noch ein paar Wochen anhält, so wie letztes Jahr, wissen Sie noch?« Das Wasser fließt über mich hinweg, schwemmt meine alte Haut fort, macht mich neu. Lizzie hält mit ihrem Schwamm an einem Bereich am Rücken inne, der weniger empfindsam ist als der Rest. »Oh, da haben Sie eine wunde Stelle, Mr Ashcroft. Ich verbinde sie nachher gleich.« Aber jetzt, da sie die Stelle berührt hat, nur ganz leicht, merke ich, wie die Haut drum herum anfängt zu pochen und zu brennen, und weiß, was nun kommt. Ich fluche und tobe innerlich, weil das schöne Ritual mir jetzt verdorben wird. Und da, schon geht es los, zuerst nur ein leichtes Prickeln, das sich in Wellen steigert, bevor der ganze Bereich von einem Tsunami aus Juckreiz überrollt wird.

»Meine Mum denkt natürlich nur an ihre Blumenzwiebeln, anscheinend erfrieren die bei zu viel Frost...«

Der Juckreiz gräbt sich in meinen Rücken, der von dem Verlangen entflammt, gekratzt zu werden.

Oh mein Gott.

»... und mein kleiner Bruder redet nur davon, schulfrei zu bekommen, wenn es schneit.«

Bitte, Lizzie, bitte.

Das Jucken breitet sich aus, wandert wie eine Ameisenarmee vom Steißbein hinauf zu den Schulterblättern.

Kratzen! Bitte, bitte!

Ich kann es nicht genießen, als sie mir die Beine und die Füße wäscht, es ist nicht mal dran zu denken. Ich fange an zu zählen, im Takt mit dem Beatmungsgerät, nur so kann ich mich von den Millionen winziger Beine ablenken, die den Juckreiz tiefer in meinen Rücken treten.

Kratzen!

»Mir ist das eigentlich egal, ich mag Schnee, nur Schneematsch kann ich nicht leiden.«

Endlich, als ich bei sechsundfünfzig angekommen bin, rollt sie mich wieder auf den Rücken, und die Erleichterung ist wie eine Decke auf einen Zimmerbrand. Es juckt noch immer, züngelt vom Kreuz aufwärts, aber das Schlimmste ist erst einmal gelöscht.

Als Letztes hebt sie meinen Kopf an, reibt mit dem

Lappen hinter meinen Ohren entlang und tupft sacht meinen Hals ab, wobei sie das Loch mit dem Schlauch in meiner Kehle sorgfältig umgeht. Dann bettet sie meinen Kopf wieder auf das Kissen, mit der üblichen Neigung von fünfunddreißig Grad. »So, jetzt ist's besser, Mr Ashcroft, oder? Frisch und sauber.«

Ich höre ein Rascheln, als sie den Schwamm und den Lappen, das Seifenpäckchen, die Plastikschürze und die Latexhandschuhe, die sie benutzt hat, in den Mülleimer wirft.

Lizzie geht, und ich danke ihr stumm. Sie ist Alice sehr ähnlich mit ihrem fein abgestimmten Herzen. Meine Würde ist ihr wichtiger als ihre eigene, das merke ich. Ich blicke jetzt geradeaus, starre auf das leere Bett gegenüber, den Herzmonitor, den Infusionsapparat und die anderen Maschinen, die nur darauf warten, mit den Venen des neuen Patienten verbunden zu werden. Caleb hat sich mit einem vollen Orchester heulender und piepender Apparate verabschiedet, während Mary das Ganze energisch dirigierte, die Anweisung der Familie befolgend, »alles nur Erdenkliche zu tun«, um den armen alten Caleb am Leben zu erhalten. Ich höre alles, was auf der Station vor sich geht. Eine Begleiterscheinung meines Schwebezustands ist offenbar ein hochsensibles Gehör. Wie ein Blinder, bei dem das Gehör zum Ausgleich schärfer wird, kann ich verstehen, was Leute sagen, die sich am anderen Ende der Station leise unterhalten. Keiner der Ärzte hat das bislang bemerkt, worüber ich froh bin. Ich will nicht noch irgendwelche Schläuche in meinen Ohren haben, und vor allem will ich nicht, dass die Leute nervös und befangen werden, wenn sie in meiner Gegenwart miteinander sprechen. Das ist schließlich meine einzige Unterhaltung. Nie zuvor ist mir aufgefallen, wie viel alle stöhnen und sich beklagen, über das Wetter, die Nachbarn, ihre Kinder. Wie unbedeutend, wie banal, wie köstlich! Ich liebe es zuzuhören, wenn Carol ihre Ballenfüße verflucht oder Mary irgendeinen armen Tropf in Indien zur Schnecke macht, weil sie immer noch nicht online Filme gucken kann. Kleine Gnaden.

Gegen Nachmittag haben sich meine Augen geschlossen. Ein, aus, ein, aus. Ich zähle mit dem Schnaufen meines Beatmungsgeräts mit, während ich lauschend verfolge, wie die Schwestern die letzten Vorbereitungen für den neuen Patienten treffen. Gezielte kleine Schritte beim Überprüfen von Apparaten, Plastikfolie, die von sterilisierten Geräten abgezogen wird. Ein, aus, ein, aus. Ich weiß nie, ob der nächste Atemzug noch kommt, ob ich hier und heute sterbe oder weiter in mir eingeschlossen bleibe und jeden Tag ein wenig mehr verfalle, während aus Monaten Jahre werden und das Leben um mich herum weiterrattert. Menschen werden sich verlieben, Abenteuer erleben, sie werden weinen und schreien, es wird Kriege geben und lange, träge Sommertage, aber ich werde immer noch hier liegen und an die graue Decke starren wie eine Statue und mich nach dem verheißungsvollen Tag sehnen, an dem mein Gefühl sich erschöpft hat und ich so vollkommen abgestumpft bin, dass jede Erinnerung daran, wer ich einmal war, wer ich einmal sein wollte, sanft entschläft. Wenn ich nicht bald sterbe, hoffe ich darauf, dass mir die Hoffnung genommen wird, denn dann können sie meinen Körper weiter vollpumpen, anpiksen und abwischen, aber mein Geist wird eingefroren sein, und Frank wird fort sein.

3

Cassie

In gewisser Weise war es eine Überraschung, dass Jack und Cassie überhaupt Hochzeitsgäste hatten. Schon bevor sie sich verlobt hatten, hatten sie spätnachts – nackt und ineinander verschlungen wie Weinranken – davon gesprochen, in Schottland zu heiraten, an irgendeinem wilden, für sie beide neuen Ort, ganz allein, nur mit zwei Fremden als Trauzeugen. Zu der Zeit waren sie jedoch erst seit ein paar Wochen zusammen, und als sie acht Monate später, aufgeregt und frisch verlobt, auf der Heimreise von Paris waren, wussten sie schon, dass nichts daraus werden würde.

Ihnen war klar, dass es Jacks Mutter Charlotte das Herz brechen würde, wenn sie nicht bei der Heirat ihres einzigen Kindes dabei sein dürfte. Also einigten sie sich auf eine schlichte Zeremonie mit einem kleinen Umtrunk hinterher in der schön ausgebauten alten Scheune hinter Buscombes bestem – und einzigem – Dorfpub, »The Hare«.

Und so wird Cassie nun von Gast zu Gast gereicht wie ein zerbrechliches Geschenk, um vorsichtige Küsschen auf die Wangen, hauchzart und pudrig wie Mottenflügel, entgegenzunehmen. Alle sagen ihr, wie schön sie aussieht, auch die, denen sie noch nie begegnet ist.

»Du siehst fantastisch aus«, verkünden sie. »Jack kann sich glücklich schätzen.«

Cassie streicht das eng anliegende elfenbeinfarbene Spitzenkleid über ihren Hüften glatt, das sie auf Charlottes Insistieren hin hatte anprobieren müssen, und spürt eine zunehmend vertraute Euphorie in sich aufsteigen, als sie antwortet: »Nicht so glücklich wie ich!« Das meint sie ehrlich. Sie hat Glück gehabt. Verdammt viel Glück.

Ihr Blick wandert durch die von schwarzen Balken gestützte Scheune, die Charlotte mit fröhlichen, rotbeerigen Stechpalmenkränzen, zwei Weihnachtsbäumen und Hunderten von Kerzen geschmückt hat, ehe er wie magnetisch angezogen auf Jacks dunklem Kopf zu ruhen kommt. Jack ist stets der Größte in jedem Raum, sein Kopf schwebt über den anderen, als hätte er irgendwie mehr Lebensenergie in sich. Sein Anblick – die klaren, ausgeprägten Züge, das offene Lächeln, das Grübchen in seiner linken Wange – beruhigt und erregt sie zugleich. Er beugt sich herab, um eine ältere Dame zu küssen, seine Tante Torie, wie sie sich zu erinnern glaubt. Die Tante hält seine Hand fest wie ein glückliches Kind einen Ballon und hat eine Spur von rosa Lippenstift auf seiner Wange hinterlassen. Kokett lächelnd blinzelt sie zu ihm hinauf, als würde sie eine eigene, Jahrzehnte zurückliegende Romanze neu durchleben, aber Jack sieht jetzt nicht mehr Tante Torie an, sondern sie, seine frisch Angetraute. Sie geht auf ihn zu, sie öffnen ihre Arme füreinander, so selbstverständlich wie Atemholen, und Jack küsst sie fest auf den Mund. Eine Kamera klickt.

»Meine Frau«, flüstert er mit scherzhaft schottischem Akzent, und sie lächelt ihn an, voller Verzückung darüber, dass sie das nun wirklich ist.

»Mein Mann«, erwidert sie mit einem leichten Neigen des Kopfes.

Zu Hause in der Wohnung in Brixton, in der Cassie aufgewachsen ist und die sie seit einem halben Jahr zusammen bewohnen, haben sie sich schon seit Wochen so genannt, einfach, um auszuprobieren, wie es sich anfühlt. Es fühlt sich perfekt an. Er küsst sie noch einmal, bevor jemand mit einem Löffel an ein Champagnerglas schlägt und sich Schweigen über die Hochzeitsgesellschaft senkt, die einen Halbkreis um Charlotte bildet. Jack und Cassie, die sich an den Händen halten, werden sacht nach vorn gedrängt.

Charlotte fährt sich mit der linken Hand über ihren blonden Bob, wobei ihr Ehering unter den Deckenstrahlern aufglimmt. Cassie hat sie noch nie ohne ihn gesehen, obwohl Mike schon seit zwanzig Jahren tot ist. Ihre Beziehung war offenbar von der Art, die April, Cassies Mum, einmal sanft als Illusion bezeichnete, zu schön, um wahr zu sein, ein süßes Märchen für Leute mit Herzen und Köpfen aus Zuckerguss. Doch Charlottes Ring und sein fester Platz an ihrer Linken beweisen das Gegenteil. April hatte nicht mit allem recht.

Ein paar Gäste plaudern immer noch gedämpft miteinander, sodass Charlotte ostentativ hüstelt. Feine Krähenfüße umgeben ihre blauen Augen, als sie die Gesellschaft anlächelt, die sie in ihrem Sonntagsstaat wie eine Schar exotischer Vögel umringt. Jack legt seinen Arm um Cassie. Sie spürt seine leichte Anspannung – er ist stellvertretend nervös für seine Mum – und streichelt ihm beruhigend die Hand.

Charlotte dankt allen, die bei den Hochzeitsvorbereitungen geholfen haben, sie dankt ihren Cousins für die Weihnachtsbäume und den Freunden der Familie aus dem Ort für die Hochzeitstorte. Die Gäste wenden die Augen nicht von ihr ab und bewegen sich nur, um gelegentlich, ohne hinzusehen, an ihrem Champagner zu nippen. Charlotte legt eine kurze Atempause ein, und Cassie hört auf, Jack zu streicheln, ihre Hand plötzlich feucht, als ihre Schwiegermutter fortfährt.

»Zum Schluss möchte ich noch betonen, was für einer außergewöhnlichen Verbindung wir heute beigewohnt haben. Dem Zusammenschluss zweier außergewöhnlicher Menschen, die eine außergewöhnliche Liebe miteinander teilen. Als ich meiner wunderbaren Schwiegertochter« – Jubelrufe von den jüngeren Gästen – »zum ersten Mal begegnet bin, wusste ich gleich, dass sie etwas Besonderes ist. Mit der schönen Cassie an seiner Seite ist Jacks Glück nun perfekt. Als ihre Beziehung erst ein paar Wochen alt war, kam er eines Tages zu mir und sagte: ›Jetzt hat mein Leben einen Sinn, Mum. Alles hat jetzt einen Sinn.‹ Da wusste ich, dass mein Junge die große Liebe gefunden hat.«

Jack zieht Cassie kurz an sich, bevor er sie wieder loslässt, damit sie applaudieren können. Sie hat ebenfalls ein Champagnerglas in der Hand, sodass das Klatschen nur halb gelingt.

»Natürlich denken wir auch alle daran«, sagt Charlotte, »dass zwei andere sehr besondere Menschen heute nicht dabei sein können.«

Die Atmosphäre im Raum wird ernster, fast drückend. Cassie spürt einen vertrauten Kloß im Hals, der zu groß ist, um ihn hinunterzuschlucken. Doch Charlotte sieht nun direkt zu ihr, ihre Augen freundlich wie immer, und der Kloß löst sich auf.

»Ich bin sicher, ich spreche für uns alle, wenn ich sage, wie gern wir April, Cassies großartige Mum, hier unter uns gehabt hätten. Es macht mich traurig, dass Jack und ich sie nie kennenlernen konnten. Ich habe Erzählungen über eine Frau gehört, die Farben liebte und spätnächtliches Tanzen, eine Frau, die gern lachte und aus vollem Herzen liebte. Wir können diese Lücke in Cassies Leben zwar nie füllen, aber ich denke, April hätte sich darüber gefreut, dass ihre Tochter nun Teil einer neuen Familie ist, die sie liebt und schätzt. Was können Eltern schließlich mehr verlangen, als dass ihre Kinder glücklich sind?« Charlottes Stimme schwankt ein wenig. »Willkommen in unserer Familie, Cassie. Wir lieben dich von Herzen.«

Jacks Arm schlingt sich wieder um Cassies Taille.

»Auch Mike«, fährt Charlotte fort, »Jacks Vater, vermissen wir heute mehr denn je. Viele von euch haben ihn gekannt und wissen, wie überzeugt er von der Ehe war. Er würde sich wünschen, und ich schließe mich ihm an, dass ihr beiden so glücklich werdet, wie wir es waren.« Charlottes Augen schimmern feucht, als sie ihren Sohn ansieht, und sie räuspert sich. »So, jetzt bleibt mir nur noch, euch aufzufordern, eure Gläser auf das Brautpaar zu erheben! Auf Cassie und Jack!«

Wie ein Schwarm bunter Fische, von einer unbekannten Kraft gelenkt, wenden sich die Gäste zu ihnen um und bilden einen Kreis um sie. »Auf Cassie und Jack!«

Jack beugt sie leicht über seinen Arm nach hinten, als er sie unter weiteren Jubelrufen und Applaus küsst. Charlotte, die sich nach beendeter Rede die Augen tupft, kommt auf sie zu.

»Zum Glück gibt es wasserfeste Wimperntusche«, sagt sie, und Cassie hält Jacks Hand fest, während sie Charlotte umarmt.

»Ich habe das ehrlich gemeint, Cas«, flüstert ihre Schwiegermutter ihr zu. »Jedes Wort.«

Cassie will ihr noch einmal ihre Dankbarkeit versichern, doch Charlotte ist schon dabei, Jack zu umarmen, und jemand verlangt mit der Hand auf ihrem Arm sanft nach ihrer Aufmerksamkeit. Sie lässt Jack los, um mit einem von seinen Freunden oder vielleicht seinem Onkel zu sprechen, doch die Hand auf ihrem Arm, stellt sie mit plötzlich flauem Gefühl im Magen fest, gehört Marcus.

Sein Lächeln geht nicht über seinen Mund hinaus. Nicht einmal heute kann sie echte Freude in seinem Gesicht erkennen, seine dunklen Augen bilden ein Vakuum. Soweit sie weiß, sind sie seit Aprils Tod so leer.

»Na, hast du noch eine Umarmung für deinen alten Herrn übrig?« Der alte Scherz wirkt schal wie abgestandene Luft. Nachdem April und Marcus geheiratet hatten, nur ein halbes Jahr, bevor April starb, neckte sie ihn eine Zeitlang gern damit, dass sie ihn in der Öffentlichkeit »Daddy« nannte, um ihn in Verlegenheit und April zum Lachen zu bringen.

Pflichtbewusst umarmt sie ihren Stiefvater. Er ist kleiner, als sie ihn in Erinnerung hat, und fühlt sich schwach und scheu an in seinem staubgrauen Anzug. Sie hält sich gerade und aufrecht, als könnte etwas von seinem Kummer in sie hineinsickern, wenn sie sich entspannt. Wie bei einem zu schweren Schokoladenkuchen kann sie jeweils nur ein kleines bisschen von Marcus verkraften. Sie macht sich sanft los, doch er hält sie am Arm fest, weil er merkt, dass sie gleich wieder entschwinden will.

»Das war eine schöne Rede, nicht wahr?« Seine Augenbrauen hüpfen beim Reden.

»Weißt du, Marcus, wir wollten nicht zu viele Reden, eigentlich hatten wir vor ...«

Ein faltiger Hautsack pendelt unter Marcus' Kinn, als er den Kopf schüttelt und versucht, es sich nicht zu Herzen zu nehmen, dass Cassie sich selbst zum Altar geführt hat, dass er kein Blumensträußchen in seiner Brusttasche trägt und dass es keine Rede vom Stiefvater der Braut gegeben hat.

»Nein, nein, Cas, das wollte ich nicht damit andeuten. Ich fand – wie heißt sie noch gleich ... Charlotte? Nun, Charlotte hat das sehr gut gemacht. Deiner Mum hätte es gefallen.«

Selbst anderthalb Jahre danach scheint es immer noch keinen Marcus ohne April zu geben. Das Kleid schnürt Cassie plötzlich ein, und Marcus' Hand brennt sich in ihren Arm. Sie fühlt sich wieder in dieses Hospizzimmer zurückversetzt, in dem sie auf die leere Hülle ihrer Mutter hinunterstarrte, während Marcus ihr gegenüberstand. Er scheint sie dort festhalten zu wollen, als sollte sie sich nie von Aprils Totenbett entfernen.

»Ach, dich habe ich ja noch gar nicht begrüßt, Marcus!«

Cassie dreht sich dankbar zu der wohlbekannten Stimme um und atmet augenblicklich freier. Nicky, ihre älteste Freundin, hat sie offenbar mit Marcus gesehen und erkannt, dass sie gerettet werden muss.

Nickys lange rote Haare sind zu einem Zopf geflochten, der seilartig über ihrer Schulter hängt. Kleine, lose Strähnen umschweben ihren Kopf wie eine Aura. Nicky hat sich noch nie gern herausgeputzt. Als sie noch ein Teenager war, sagte ihre ältere Schwester einmal zu ihr, dass sie zu groß und kräftig sei für hübsche Sachen, und die Bemerkung setzte sich fest wie eine Klette. Heute trägt sie ein schlichtes, dunkelgrünes knielanges Seidenkleid, das ihrem sommersprossigen Teint schmeichelt.

»Wie geht es dir, Marcus?«, fragt sie und drückt ihm einen ihrer festen Küsse auf die Wange.

Cassie merkt, wie Marcus kurz zu ihr hinschielt, als müsste er daran erinnert werden, wer Nicky ist, obwohl sie sich schon öfter begegnet sind.

Nicky musste sich früher immer Cassies Stöhnen darüber anhören, wie sonderbar Marcus doch sei und wie viel sonderbarer noch die Tatsache, dass er der Freund ihrer Mum sei. Die beiden waren fünf Jahre vor Aprils Tod zusammengekommen. Cassie würde das nie jemandem sagen, nicht einmal Jack oder Nicky, aber sie hatte von jeher den Verdacht, dass April Marcus nur geheiratet hatte, weil sie todkrank war. Weil sie wusste, dass es ihn glücklich machen würde.

Er war ein Beamter im Ruhestand von der Isle of Wight, der noch nie verheiratet gewesen war und auch keine Kinder hatte. Von Anfang an stellte er nicht den Bonvivant dar, den sie sich für ihre Mutter gewünscht hatte, zu farblos, um ein strahlender Held zu sein, aber er machte ihre Mum glücklich, und das machte sie wiederum glücklich. Also hatte sie irgendwann entschieden, dass er ein guter Mann war.

Eine Pause entsteht. Marcus blickt einen Moment gramvoll drein, ehe er zu Nicky sagt: »Lange nicht gesehen.« Er drückt noch einmal Cassies Arm, dann lässt er sie los. »Wie geht es dir, Nicky?«

»Ach, ganz gut, danke. Ich erhol mich gerade von einer weiteren Knieoperation, aber ansonsten ist alles okay. War das nicht eine schöne Trauung?«

Marcus übergeht das und fragt stattdessen: »Habe ich nicht irgendwo gehört, dass du einen neuen Job hast?«

Cassie lässt den Blick über die Schulter ihrer Freundin hinwegschweifen.

»Äh, nein, das war ich nicht. Ich arbeite immer noch als Aushilfe in diesem Büro.« Nicky hält ihre Champagnerflöte leicht schräg, als ein jugendlicher Kellner mit Pickelgesicht ihr nachschenkt. »Das ist eigentlich ganz okay … fürs Erste.«

»Nicky arbeitet in derselben Firma wie ich früher,

weißt du noch, Marcus?«, sagt Cassie, immer noch, ohne ihren Stiefvater anzusehen.

»So ist es leider«, bekräftigt Nicky. »Ich stehe nach wie vor auf der Warteliste für den Ritter in schimmernder Rüstung, der mich von meinem Schreibtisch loskettet und mich auf sein Landgut entführt.«

Marcus lacht verlegen und tritt von einem Fuß auf den anderen. Cassie fragt sich, ob sie jetzt einfach weggehen kann oder ob das Nicky gegenüber unfair wäre.

Ihre Freundin beweist jedoch einen langen Atem. »Und was macht das Leben auf der Isle of Wight so?«, erkundigt sie sich.

»Ach, das Übliche, ist ziemlich ruhig, vor allem zu dieser Jahreszeit.«

Die Unterhaltung schleppt sich dahin. Cassie ist froh, als Charlotte ihren Blick auffängt und sie herbeiwinkt, um ihr einen alten Freund der Familie vorzustellen, einen rundlichen, jovialen Mann, dessen Lippen sich wie zerquetschte Beeren anfühlen, als er sie ihr auf die Wange drückt.

Über seine Schulter hinweg beobachtet sie, wie Beth, eine alte Schulfreundin, Nicky und Marcus unterbricht. Beth und Nicky umarmen sich, und Marcus, plötzlich überflüssig geworden, entfernt sich leicht humpelnd. Seine Hüfte ist im Winter immer schlimmer. Er bewegt sich wie ein verirrter Tourist durch die Hochzeitsgesellschaft, verwundbar und zögerlich in diesem neuen Land, das von viel glücklicheren Menschen bevölkert wird, als er es gewohnt ist. Er tut, als würde er den Weihnachtsbaum bewundern, und findet dann einen Kellner, der sein verschmiertes Glas auffüllt. Das altbekannte schlechte Gewissen meldet sich bei Cassie: Marcus, der ganz allein alt wird. Sie überlegt, sich richtig von ihm zu verabschieden, ihm zu versprechen, ihn bald zu besuchen, und vorzuschlagen, dass sie ja einen Spaziergang über die Klippen machen und in einem Pub zu Mittag essen könnten wie früher, als April noch lebte. Doch Jack fasst sie plötzlich an der Hand.

»Bereit, meine Frau?«

Charlotte nimmt ihren anderen Arm, und dann ist alles so schnell vorbei. Ehe sie sichs versieht, stehen sie draußen mit den restlichen Gästen, und Marcus ist schon in der Nacht verschwunden. Vielleicht besser so.

Nicky reckt die offene Hand zum Himmel. »Es regnet.«

Charlotte spannt einen Schirm auf und hält ihn über Cassie. »Es hat wie aus Kübeln gegossen bei Mikes und meiner Hochzeit, das bringt Glück.«

Als Cassie ihre Freundin und Charlotte zum Abschied küsst, bevor sie mit Jack in den Wagen steigt, der sie zum Flughafenhotel bringen soll, fühlt sie, wie sich die Härchen auf ihren bloßen Armen aufstellen, und weiß nicht, ob es der Regen ist oder etwas anderes, das sie auf einmal so frösteln lässt.

4

Alice

Ich habe nicht viel Zeit für sie. Cassie Jensen riecht frisch, als würde sie noch ein Hauch der Außenwelt umgeben. Aufgrund der Unterkühlung sind ihre Lippen und Augenlider von einem unnatürlichen Eisblau, wie schlecht geschminkt, aber ihre Wangen haben noch diese Fülle eines eigentlich gesunden Menschen, sodass sie mehr lebendig als tot aussieht, wenn auch nur knapp. In ein paar Tagen werden sie ihre Spannkraft verloren haben. Das OP-Team hat ihr jeglichen Schmuck, den sie eventuell getragen hat, abgenommen.

Ich streichle ihren linken Arm, den, der nicht von dem behandelnden Chirurgen mit Nadeln durchstochen wurde wie eine Voodoo-Puppe. Er ist mit dünnen roten Linien überzogen, Schnitte von dem Unfall. Ich halte einen Moment ihre rechte Hand, die warm ist, aber Cassie zeigt keinerlei Reaktion, kein Flattern oder Zucken der Lider. Eine Röhrchen ragt hinten aus ihrem blonden Kopf heraus, dort, wo der Neurochirurg ihren Schädel aufgebohrt und eine temporäre Sonde eingeführt hat, mit der der intrakranielle Druck und die Hirnschwellung überwacht werden. Es sieht aus, als hätte er gute Arbeit geleistet. Der schreckliche Anblick der in ihren Kopf eindringenden Sonde ist diskret mit einem kleinen Verband verdeckt worden, und es wurde nur so viel wie nötig von ihren Haaren abrasiert. Sie hat mehrere schwere Blutergüsse am Hals und auf der Brust und eine hässliche Platzwunde an der Oberlippe. Die Blutergüsse bilden ein farbiges Muster aus kleinen leuchtenden Galaxien auf ihrer sonst hellen, glatten Haut. Wie bei allen neuen Patientinnen und Patienten frage ich mich, wer sie ist, wie ihr Lachen wohl klingt, was sie heute vorhatte. Vielleicht wollte sie sich jetzt gerade mit einer Freundin auf einen Kaffee treffen. Selbst mit ihren Hämatomen, den Schnitten und gebrochenen Fingern sieht sie nicht aus, als würde sie hierhergehören. Sie sieht aus, als würde sie das alles nur vortäuschen.

Ich nehme ihre Akte von dem kleinen Tisch neben dem Bett. Darin heißt es, ihr Hund sei durch das Silvesterfeuerwerk erschreckt worden und in den frühen Stunden des Neujahrsmorgens verschwunden. Cassie Jensen sei in die Dunkelheit hinausgegangen, um ihn zu suchen. Es wird vermerkt, dass ein Schlagloch in der Nähe der Stelle entdeckt wurde, wo sie gefallen sein muss, möglicherweise habe das sie zum Stolpern gebracht. Ferner wird auf dem Formular angegeben, dass es entweder ein Unfall oder ein Verkehrsunfall mit Fahrerflucht war, weshalb Besuch von der Polizei zu erwarten ist.

»Schwester Marlowe?«, höre ich Lizzie von hinter dem Vorhang fragen, die offenbar unsicher ist, ob sie ans Bett treten darf.

»Komm ruhig rein, Lizzie.«

Sie öffnet den Vorhang gerade so weit, dass sie den Kopf hereinstecken kann, und wirft einen schnellen Blick auf Cassie. »Die Angehörigen sind hier.«

»Ihr Mann?«, erkundige ich mich.

»Ja, und ich glaube, ihre Mutter oder so.«

»Also nur zwei Familienangehörige?«

»Jep. Ja, meine ich.«

»Okay, dann führe sie bitte herein. Ach, und Lizzie?« Ihr Gesicht taucht noch einmal im Vorhangspalt auf. »Nenn mich doch Alice.« Sie nickt, und wir lächeln uns an, ehe sie wieder geht.

Ich streiche Cassies schulterlange blonde Haare zurück, um den Verband an ihrem Kopf, so gut es geht, zu verbergen, ein schwacher Versuch, den Schock für die Familie abzumildern. Andere leitende Schwestern delegieren den Kontakt mit den Angehörigen weitestgehend, aber ich übernehme gern das erste Kennenlernen, wenn ich Dienst habe. Wie sich die Familie eines Patienten verhält, hat enorme Auswirkungen auf die Station. Der Umgang mit ihr ist oft ein Balanceakt, Einfühlungsvermögen muss sich mit Sachlichkeit die Waage halten.

Ich höre Schritte und Lizzie in angemessen gedämpftem Ton sagen: »Sie liegt hier«, ehe sie den Vorhang aufzieht. Dann schließt sie ihn wieder hinter einer Frau in den Sechzigern und einem athletisch gebauten dunkelhaarigen Mann, der schätzungsweise ein paar Jahre jünger ist als ich, etwa Mitte dreißig. Ich trete einen Schritt zurück, doch sie bemerken mich gar nicht, wie magnetisch angezogen von Cassies regloser Gestalt.

»Cas, oh Cassie«, sagt ihr Mann, nimmt die Hand, die ich gerade gehalten habe, und küsst sie. Die Frau ist hinter ihm stehen geblieben und legt ihm ihre gepflegte Hand auf die Schulter. »Oh Gott«, schluchzt der Mann, woraufhin die Frau kreisende Bewegungen auf seinem Rücken macht und beschwichtigende Geräusche von sich gibt. Sie trägt Jeans und einen alten, noppigen Kricket-Pullover, Kleider, die man bei einem Notfall schnell überwirft. Der Ehemann hat ebenfalls Jeans an, darüber ein zerknittertes blaues Poloshirt.

Die Frau hebt ihren silbrigen Kopf, als würde ihr plötzlich bewusst, wo sie ist. Sie sieht sich in dem abgeteilten Bereich um und erblickt mich zum ersten Mal. Sie scheint nach etwas zu suchen, doch ich hebe die Hand und sage so behutsam ich kann: »Bitte, lassen sie sich Zeit.« Ich glaube nicht, dass der Mann mich gehört hat. Damit sie sich nicht angestarrt fühlen, trete ich kurz hinaus hinter den Vorhang. Der Ehemann weint immer noch.

»Jack, denk daran«, sagt die Frau, »der Chirurg hat gesagt, dass wir erst einmal erschrecken werden … dass wir sie hier jetzt in ihrem schlimmsten Zustand sehen.« Ihre Stimme klingt zuerst fest, wird jedoch gegen Ende des Satzes brüchig.

Ich warte noch ein paar Minuten, während sie noch mehr Beruhigendes murmelt, dann gehe ich wieder hinein. Beim Rattern des Vorhangs heben sie die Köpfe. Die Frau hat die Arme um ihn gelegt, eine Doppelskulptur von Trauernden. Sie sehen mich überrascht an, als hätten sie vergessen, dass sie sich in einem Krankenhaus befinden. Die Frau löst sich von Jack und kommt mit ausgestreckter Hand auf mich zu.

Ich schüttle sie. »Ich bin Alice Marlowe, die Stationsschwester. Mein Team und ich werden uns um Cassie kümmern, solange sie hier ist.«

»Guten Tag, Schwester. Ich bin Charlotte, Charlotte Jensen, Cassies Schwiegermutter.« Sie lächelt, eine kurze, automatische Reaktion. Ein warmer Hauch von Parfum umgibt sie, ein Duft, den sie wahrscheinlich schon so viele Jahre benutzt, dass er zu einem Teil von ihr geworden ist. Ich wette, er geht von all ihren Kleidern aus.

Im Gegensatz zu dem seiner Mutter ist Jacks Händedruck feucht und kraftlos. Er hat einen rotbraunen Bartschatten, vermutlich haben sie die ganze Nacht auf der OP-Station gewartet.

»Es tut mir sehr leid. Das muss ein schwerer Schock für Sie sein.«

Jack sieht mich kurz an und nickt.

»Gehen wir doch ins Familienzimmer hinüber«, sage ich. »Ich bringe Sie auf den neuesten Stand, und danach können Sie wieder herkommen und noch ein Weilchen bei Cassie sitzen, wenn Sie möchten.«

Sie folgen mir wie Zombies zum Ende der Station. Sobald wir das Familienzimmer betreten, wünschte ich, ich hätte den Weihnachtsschmuck auch hier abgenommen. Die Jensens machen mir nicht den Eindruck, Fans von Plastikrentieren zu sein.

Beide lehnen mein Angebot von Tee oder Kaffee ab. Jemand hat umsichtig drei Stühle zu einem Halbkreis aufgestellt, vermutlich Lizzie. Jack zieht seine Hosenbeine an den Knien hoch, als er sich setzt, eine liebenswerte, altmodische Angewohnheit, und ich frage mich flüchtig, von wem er sie hat.

Charlotte nimmt ein Papiertaschentuch aus dem Päckchen auf ihrem Schoß und reicht es Jack, der es in der Hand hält, als wäre es zu kostbar zum Naseputzen.

Mit der anderen Hand spielt er mit irgendetwas Kleinem, Zierlichem, das funkelt, als das Sonnenlicht darauf fällt. Cassies Verlobungsring und ihr Ehering, schlussfolgere ich. Eine der Schwestern auf der Unfallstation muss sie ihm zur Aufbewahrung gegeben haben. Er wischt sich die Augen und steckt die Ringe in die Brusttasche seines Shirts. Gleich darauf klopft er seine Brust ab, entweder, um sich zu vergewissern, dass die Ringe noch da sind, oder um zu prüfen, ob sein Herz noch schlägt.

Er seufzt schwer. »Entschuldigen Sie, Schwester, das war das erste Mal, dass wir sie seit gestern gesehen haben. Es ist noch schlimmer, als ich dachte.« Seine Mutter legt ihm eine Hand aufs Knie, und er starrt blicklos zu Boden.

»Bitte entschuldigen Sie sich nicht. Es ist ein ungeheurer Schock, einen geliebten Menschen nach einem solchen Unfall zu sehen.«

Ein Handy brummt. Es steht auf Vibrationsalarm, aber Jack entschuldigt sich trotzdem, als er es aus seiner Hosentasche nimmt und den Anruf ablehnt, ohne hinzusehen. Das verschafft mir einen Augenblick Zeit, um die beiden genauer zu betrachten. Die Jensens sind ein attraktives Gespann. Jack ist groß und breitschultrig, doch weder schlaksig noch bullig. Mir ist schon vorhin aufgefallen, dass er die gleichen bernsteinfarbenen Augen hat wie seine Mutter, nur dass das Weiße darin vor Sorge blutunterlaufen ist. Charlottes Gesicht ist ein wenig aufgedunsen, entweder vom Weinen oder vom Schlafmangel oder beidem. Verwischte Spuren von Mascara und Eyeliner umschatten ihre Augen.

»Können Sie uns etwas Neues darüber sagen, wie es ihr geht?«, fragt sie. »Es ist jetzt über vierundzwanzig Stunden her, und der Chirurg war nicht sehr auskunftsfreudig.«

Ich lehne mich auf meinem Stuhl zu ihnen vor. Demselben Stuhl, auf dem ich gesessen habe, als ich Ellens ausdruckslos blickenden Kindern sagte, dass ihre Mutter nie mehr nach Hause kommen würde, für immer in einer Pflegeeinrichtung bleiben müsse. Demselben, auf dem ich geweint habe, als ich sonst niemanden finden konnte, der um Frank weint.

»Cassies Zustand ist zweifellos sehr ernst. Sie liegt im Koma, was jedoch eine natürliche Reaktion des Körpers auf ein extremes Trauma ist.« Ich spreche langsam. Der Schock kann Menschen übel mitspielen, und das ist jetzt die Gelegenheit, ihnen zu versichern, dass Cassie bei uns in den besten Händen ist. »Stellen Sie es sich vor wie ein Gebäude, in dem sich bei einem Notfall aus Sicherheitsgründen alles abschaltet. Cassies Körper hat sich hoffentlich nur vorübergehend abgeschaltet, aus Selbstschutz, um die durch den Unfall verursachten Schäden zu bewerten und anschließend zu reparieren. Glücklicherweise ist sie jung und gesund und atmet vor allem selbstständig. Das Beatmungsgerät ist nur dazu da, ihre Atemwege zu schonen. Der MRT-Scan hat eine starke Schwellung um ihr

Gehirn ergeben, eine Folge des Schädelbruchs, und deshalb hat sie diese Sonde im Kopf, die den von der Schwellung veränderten Hirndruck misst. Wir bauen darauf, dass die Schwellung nur eine kurzfristige Reaktion auf den Unfall ist und in den nächsten Tagen zurückgeht – das müssen wir erst einmal abwarten. Bis dahin könnten weitere Scans und Tests zu falschen Ergebnissen führen.«

Charlotte nickt matt. Ich glaube, sie will sich bei all ihrer Erschöpfung genau einprägen, was ich sage, damit sie ihren Sohn damit beruhigen kann, sollte er sich selbst nicht daran erinnern.

Jack dreht seinen Ehering um den Finger und starrt weiter auf seine Füße. Charlotte tätschelt immer wieder sein Knie, während ich fortfahre.

»Mit etwas Glück muss Cassie nicht lange hierbleiben und kann bald in ein Rehabilitationszentrum verlegt werden, aber bis dahin bekommt sie hier die bestmögliche Pflege für Patienten in ihrer Verfassung. Ich werde dafür sorgen, dass sie es bequem hat und es ihr an nichts fehlt, bis wir mehr wissen. So lange müssen wir uns gedulden, fürchte ich. Ihr Körper braucht Ruhe, und genau die verschafft er sich gerade.«

Charlotte nickt wieder und fragt: »Können wir irgendetwas für sie tun?«

»Es ist gut, wenn Sie herkommen und einfach bloß bei ihr sind. Mit ihr sprechen, wenn Ihnen danach zumute ist. Aber nur, wenn Sie sich stark und ausgeruht genug fühlen. Ich arbeite jetzt schon einige Jahre mit Komapatienten und bin sicher, dass sie unsere Stimmungen und unser persönliches Befinden wahrnehmen.« Ich will die beiden nicht überfordern, Jack wirkt völlig benommen vor Schock. Mit einem aufmunternden Lächeln gebe ich Charlotte die Informationsbroschüre über die Station und meine Kontaktdaten.

»Dr. Sharma, der behandelnde Facharzt, und ich würden gern morgen Vormittag um zehn wieder mit Ihnen sprechen, wenn es Ihnen recht ist?«

Sie nicken. »Um zehn, gut«, wiederholt Charlotte.

»Schön. Wenn Sie noch irgendwelche Fragen haben, finden Sie mich hier auf der Station.«

Jack und Charlotte merken vor Müdigkeit nicht, dass das Gespräch damit beendet ist, also stehe ich auf. »Versuchen Sie, ein wenig zu schlafen«, sage ich noch, als sie sich umständlich erheben.

Sie danken mir, und Charlotte hält meine Hand kurz mit beiden Händen, die sich weich anfühlen von einer reichhaltigen Handcreme. Sogar mit den dunklen Schatten unter den Augen und dem alten Pullover sieht sie toll aus. Ihre glatten blonden Haare sind von aufhellenden weißen Strähnen durchzogen, und die Falten geben ihrem rundlichen Gesicht Struktur, wie die feine Narbung in weichem, teurem Leder. Eine Frau, die sonst stets auf ein gepflegtes Äußeres achtet.

»Maisie, der Hund … sie ist schon öfter weggelaufen«, sagt sie und lässt meine Hand los. »Ich kann das alles nicht fassen.«

Ich lächle ermutigend. »Ruhen Sie sich jetzt erst einmal aus.« Als sie sich zum Gehen wenden, füge ich hinzu: »Oh Verzeihung, was ich zu fragen vergessen habe: Hat Cassie noch andere Angehörige, die wir eventuell kontaktieren sollen? Eltern, Geschwister?«

Charlotte antwortet leise, als hätte sie Angst, dass Cassie uns am anderen Ende des Gangs hören könnte. »Nein, nein, ihre Mutter ist vor zweieinhalb Jahren an Krebs gestorben, und ihren Vater hat sie nie gekannt. Sie hat nur uns, fürchte ich. Aber wir sind eine eng verbundene kleine Familie, nicht wahr, Jack?« Dann hält sie sich plötzlich die Hand vor den Mund.

Jack zieht sie an sich, nimmt sie in den Arm. »Komm, Mum, du bist erschöpft. Wir müssen jetzt nach Hause.« Damit führt er sie sacht hinaus.

Mittags essen Carol, Mary und ich unsere mitgebrachten Sandwiches im Schwesternzimmer. Wir sind in mancher Hinsicht ein seltsames Trio, aber wir haben uns mit der Zeit immer mehr angefreundet und achten aufeinander, wenn ein Patient oder eine Patientin stirbt oder der Beruf uns sonst irgendwie zusetzt. Wie Mary in Anspielung auf unsere erste freundschaftliche Annäherung gern sagt: »Nichts schweißt einen mehr zusammen, als morgens um vier gemeinsam eine Lache Kotze aufzuwischen.«

Mary hält mal wieder Hof, wie meistens, und erzählt uns von der Patientenverfügung, die sie gerade gemeinsam mit ihrem Mann Pat aufgesetzt hat. Seit sie sechzig wurde, ist sie sich ihrer Sterblichkeit bewusster. Hinzu kommt noch, dass wir im November, kurz nach Franks Aufnahme hier, eine Frau in ihrem Alter wiederbelebt haben, indem wir sie mit Chemikalien vollpumpten. Keine von uns wollte das, aber die Familie war verzweifelt und bat darum. Wir rangen der armen Frau noch drei Tage bewusstlosen Dahinvegetierens ab. Hinterher war Mary ungewöhnlich betroffen und drohte damit, für den Rest unserer Tage bei uns zu spuken, sollten wir ihr einmal so etwas zumuten.

»Ich habe mir ein Tattoo zu Weihnachten gewünscht«, sagt sie und streicht mit dem Zeigefinger über ihre Augenbrauen. »Echt jetzt, hier auf die Stirn, die Aufschrift: ›Nicht wiederbeleben‹.«

Carol und ich lachen.

»Lass dir doch gleich noch ›Nicht intubieren‹ auf die Oberlippe tätowieren, wenn du schon dabei bist«, flapst Carol.

Mary reißt eine Tüte Chips auf. »Keine schlechte Idee, Caz, gar keine schlechte Idee.«

»Du hast noch gar nicht erzählt, wie Weihnachten bei dir war, Ali?«, wendet Carol sich an mich.

»Ach, wie immer, ihr wisst schon. Zu viel gegessen und getrunken, Geschenke, die ich nicht wirklich brauche, Mittagsschläfchen, hitzige Debatten bei Trivial Pursuit … all die guten alten Traditionen.«

Sie nicken beide mit vollem Mund. Ich erzähle ihnen nicht, dass ich die ganze Woche zu Hause bei meiner Familie das Gefühl hatte, meine Kinderlosigkeit hinter mir herzuziehen wie einen Elefanten, der in jedes Zimmer hineintrampelt. Meine Mum, die angestrengt nach einem Thema suchte, das nichts mit Harry und Elsa zu tun hatte, das lastende Schweigen meines Vaters hinter seiner Zeitung und das vorsichtige, entschuldigende Lächeln meiner Schwester. In angetrunkenem Zustand hat sie mir einmal gestanden, dass sie ein schlechtes Gewissen habe, weil sie zwei gesunde, hübsche Kinder zur Welt gebracht hat, und dann angefangen, von »anderen Optionen« zu reden, worauf ich aufstehen und weggehen musste. Ich weiß nicht, ob ich je bereit sein werde, über andere Optionen zu sprechen. Dabei verstehe ich sie ja alle und weiß selbst nicht mehr, was ich dazu sagen soll. Manchmal wünschte ich, wir wären eine von diesen Familien, in denen man brüllt und sich anschreit, damit wir unseren Kummer zusammen austreiben, unsere verlorenen Kinder, Enkel, Nichten und Neffen, Cousins und Cousinen gemeinsam betrauern könnten. Vielleicht würde der Elefant dann die Flucht ergreifen und uns in Ruhe lassen, zumindest eine Zeitlang.

Es entsteht eine Gesprächspause, in der nur gekaut und geschluckt wird, bis Carol sagt: »Sie ist hübsch, nicht wahr? Diese Neue, Cassie.«

»Ja, das stimmt«, pflichte ich ihr bei.

»Ich weiß, das ist nicht richtig, aber sie tut mir umso mehr leid, weil sie so jung und hübsch ist.« Die Hälfte des Kekses, den Carol gerade in ihren Tee tunkt, fällt hinein. »Mist«, schimpft sie und versucht, ihn mit dem Teelöffel aus dem Becher zu fischen.

»Was ist eigentlich genau mit ihr passiert?«, fragt Mary, ehe sie sich eine weitere Handvoll Chips in den Mund schiebt.

Ich erzähle ihnen, was ich von Cassies Geschichte weiß. »Sie ist früher von einer Party in der Nachbarschaft nach Hause gegangen, um nach ihrem Hund zu sehen. Das Tier hat sich erschreckt, ist hinausgerannt und sie hinterher, um es zu suchen. Offenbar ist das schon öfter vorgekommen. Ihr Mann ist etwa zwei Stunden nach ihr aufgebrochen und hat die Sirenen gehört, als er gerade ankam. Sie wohnen rund fünfzehn Kilometer von hier entfernt, in der Nähe von Buscombe, es war also eine von diesen gewundenen schmalen Landstraßen, die sie dort draußen haben, keine Beleuchtung, Regen. Und ihr wisst ja, wie frostig es in letzter Zeit war. Auf dem Land muss es noch schlimmer gewesen sein. Die Polizei denkt, dass sie entweder ausgerutscht und schlimm gestürzt ist oder dass es ein Unfall mit Fahrerflucht war.« Mary und Carol schütteln betroffen den Kopf. »Sie ist in einen Bach am Straßenrand gefallen, ziemlich unglücklich, daher die Prellungen. Dann hat sie etwa eine Dreiviertelstunde dort gelegen, bei höchstens vier Grad Wassertemperatur. Man hat sie gerade noch rechtzeitig gefunden. Sharma schätzt, dass sie bleibende Schäden zurückbehalten wird.«

»Na klar«, sagt Mary. »Der alte Doktor Schwarzmaler. Und wie ist die Familie so? Jammern und Wehklagen oder Haltung bewahren?«

»Ein bisschen von beidem, würde ich sagen. Die Armen. Natürlich noch unter Schock.«

»Der Mann sieht ziemlich schnuckelig aus.«

Carol ist der reinste Spürhund, was männliche Attraktivität angeht. Mary und ich sagen nichts dazu, und sie hat offenbar das Bedürfnis, sich zu rechtfertigen.

»Erzählt mir nicht, dass ihr nicht das Gleiche gedacht habt!«

Ich stehe auf, stelle meine Tupperdose ins Spülbecken und frage mich, ob es ein Zeichen der Zufriedenheit oder des Älterwerdens ist, dass ich Jack nicht so gesehen habe, sondern nur, wie nahe er und seine Mutter sich zu stehen schienen, wie offen und ungeniert ihre Zuneigung zueinander war. Andererseits ist es häufig so, dass die nahen Verwandten sich bei einem plötzlichen Schicksalsschlag zusammenscharen, fasziniert vom Drama, und sich dann nach und nach wieder verdrücken, gelangweilt von dem mühsamen, langen Wiederherstellungsprozess.

»Jacks Mutter hat gestern den ganzen Tag mit ihm gewartet, während Cassie im OP war. Jack wollte seine Frau nicht allein lassen, und seine Mum wollte ihn nicht allein lassen, also haben sie beide auch die ganze Nacht durchgewacht«, berichte ich, als es an der Tür klopft und Lizzie hereinschaut.

»Hallo, Liz«, sagt Mary. »Carol hat uns gerade gestanden, dass sie auf Jack Jensen steht. Hast du ihn schon gesehen?«

Lizzie grinst, wird rot und blickt zu mir. »Da sind zwei Polizeibeamte, die Sie sprechen wollen, ich glaube, es geht um Cassie Jensen.«

Ich folge ihr hinaus. Ein Beamter und eine Beamtin warten auf mich, erfahre ich von Lizzie, die sie ins Familienzimmer geführt hat. Die Stühle stehen noch so wie bei meinem Gespräch mit den Jensens. DI Anderson hat eine vorzeitige Glatze und Übergewicht, und sein Kopf glänzt wie ein gepelltes Ei über seinem zu engen Hemdkragen. Bei meinem Eintreten hat er sich übertrieben schnaufend erhoben. Er wirkt nervös und reizbar.

»Entschuldigung, ich hasse Krankenhäuser«, sagt er.

»Wie die meisten Menschen«, erwidere ich, als ich seine feiste Hand schüttle und mich setze.

Anderson stellt mir seine Kollegin vor, Constable Jane Brooks, eine junge Frau mit kurzer Stachelfrisur und alten Piercingnarben an den Ohren, Überbleibsel aus einem anderen Leben. Dann erklärt er, dass sie den Fall auf dem Revier begutachtet haben und nun, da Cassie beträchtliche Prellungen an der rechten Seite aufweist, die dem Zusammenprall mit einem Fahrzeug entsprechen, und sie Reifenspuren am Unfallort gefunden haben, möglicherweise von einem Kombi oder etwas Ähnlichem und von Fahrerflucht ausgehen.

»Die Leute sind außer Rand und Band zu dieser Jahreszeit. Da war so ein Kerl vor ein paar Jahren, hat jemanden kurz hinter Brighton totgefahren, aber Stein und Bein geschworen, es wäre nur ein Dachs gewesen.« Anderson ist der Typ, fürchte ich, der für jede Gelegenheit eine Geschichte parat hat.

»Was sollen wir machen?«, fragt er resigniert. »Sie ist frühmorgens eine dunkle Landstraße entlanggegangen, keine Zeugen, nichts. Wir befragen gerade den Nachbarn, der sie gefunden hat, einen Jonathan Parker. Er hat den Notarzt gerufen, nachdem seine Hunde ihn zu ihr geführt hatten. Die nächsten Verkehrskameras sind mehr als anderthalb Kilometer weit weg an der Hauptstraße, der Brighton Road, deshalb würde ich nicht darauf setzen, dass wir den Dreckskerl kriegen.« Er schüttelt den Kopf. »Wir haben Aushänge in der Gegend verteilt und den Vorfall auf unsere

Website gestellt, aber wie gesagt, ich würde nicht darauf setzen.«

Brooks hält den Kopf schräg geneigt, während Anderson redet, und knetet ihre Finger im Schoß, als müsse sie sich beherrschen, etwas zu sagen. Beim Händeschütteln zum Abschied lächelt sie mich kurz an, es wirkt entschuldigend. Dann gibt sie mir ihre Karte, ehe sie Anderson, der bereits gegangen ist, pflichtgemäß hinausfolgt.

Pünktlich um 19.15 Uhr klopfe ich wie gebeten an Dr. Sharmas Tür. Ich hatte eigentlich schon Feierabend und wollte gerade nach Hause, aber er meinte, es sei dringend, und die Erfahrung hat mich gelehrt, mich nicht über ihn hinwegzusetzen. »*Intrare*«, ruft er, und ich trete ein.

Er sitzt an seinem Schreibtisch in seinem kastenartigen, nichtssagenden Büro, dem er keinerlei persönliche Note verliehen hat. Es gibt keine Familienfotos, keine selbstgebastelten Karten von seinen Kindern, nichts Privates. Er wirkt ein bisschen durcheinander, weniger gleichmütig als sonst. Irgendetwas sagt mir, dass ich ihn mit seinem schwarz glänzenden Kopf in den Händen ertappt hätte, wäre ich zwei Minuten früher hereingekommen. Es muss um einen der Patienten gehen. Hoffentlich nicht Frank. Er fordert mich auf, Platz zu nehmen, und kommt ohne Vorrede zur Sache.

»Bei Mrs Jensen ist unten in der Unfallchirurgie ein Ganzkörper-MRT durchgeführt worden, bevor sie hier zu uns kam.«

»Ja, das dachte ich mir schon.«

»Nun, der Radiologe, ein gewisser …« Sharma blickt kurz auf seine Unterlagen. »Henry Chadwick, schon mal von ihm gehört?« Ich schüttle den Kopf. »Also, Henry Chadwick hat etwas recht Unerwartetes festgestellt. Er hat einen lebenden Fötus gesehen. So unwahrscheinlich es sein mag, Mrs Jensen ist offenbar schwanger.«

»Was?« Es klingt wie ein schlechter Witz. Schwangerschaft – dieses Wort und alles, was damit zusammenhängt, gehört auf eine andere Station, in eine völlig andere Welt als 9B. Aneurysma, Hämorrhagie, Tumor, das sind unsere Worte … aber »schwanger«?

»Sie ist schwanger, *praegnas*, in anderen Umständen.«

»Aber das ist, das ist …« »Unmöglich« will ich sagen, doch mir wird klar, dass das nicht stimmt. Es ist absolut möglich. Höchst unwahrscheinlich zwar – geradezu verrückt, dass ein Fötus das Trauma des Unfalls und dann fast eine Stunde in einem eiskalten Bach überlebt haben soll –, aber dennoch möglich. Mir wird ein wenig schwindlig, als ich es richtig begreife. Sharma und ich starren uns an. Unsere Mienen spiegeln einander wider, vermute ich: aufgerissene Augen, verjüngte Züge, erhellt von etwas so Wunderbarem, Fantastischem, dass ein Lachen in mir hochperlt.

Sharma blinzelt, räuspert sich und senkt den Blick wieder auf seinen Bericht. »Sie ist etwa in der zwölften Woche.«

Ich möchte ihn bitten, langsamer zu sprechen. »In der zwölften?«, wiederhole ich und halte mich an der

Stuhllehne fest, aber Sharma achtet nicht auf mich, sondern sucht Halt bei seinen nüchternen Unterlagen.

»Eine Gynäkologin, eine Dr. Elizabeth Longe, wird morgen früh als Erstes weitere Tests an Mrs Jensen durchführen, um den Fötus zu untersuchen und so weiter. Da Sie die Pflege der Patientin übernommen haben, hielt ich es für das Beste, Sie zu informieren, aber wir werden das erst einmal vertraulich behandeln. Hat die Familie irgendetwas davon erwähnt?«

Ich denke an die Jensens mit ihren geschwollenen Augen, die Augenringe des Ehemanns. Trotz des Schocks hätten sie doch sicher etwas gesagt, wenn sie davon wüssten, oder?

»Nein, nichts.«

Sharma rümpft die Nase, als hätte er etwas Unangenehmes gerochen. »Okay. In dem Fall halte ich es für unerlässlich, Schweigen darüber zu bewahren, bis wir mehr wissen und Gelegenheit hatten, mit dem Ehemann zu sprechen. Seltsam, dass der Hausarzt, Dr. Hillard, auch nichts von einer Schwangerschaft erwähnt hat. Jedenfalls wird Dr. Longe die Tests morgen hier bei uns machen, sodass wir sie nicht zu verlegen brauchen. Wer ist heute Nacht bei ihr?«

Ich sehe die untersetzte, stieläugige Paula vor mir. »Paula Simms.«

Dr. Sharma schürzt leicht den Mund, er hält Paula für nachlässig. »Wie gesagt, das bleibt vorläufig unter uns. Ich habe Mrs Jensens Medikation auf eventuelle negative Auswirkungen auf den Fötus überprüft, in der Hinsicht sollte also alles in Ordnung sein. Wir haben morgen eine Besprechung mit den Angehörigen?«

Ich nicke. »Ja, um zehn.«

Sharma lächelt mich knapp an, bevor er mich entlässt, eine flüchtige Verneigung vor dem wundersamen Überleben dieser neuen, winzigen Existenz.

Leicht euphorisiert verlasse ich sein Büro. Hat Sharma wirklich zwölf Wochen gesagt? Oder habe ich mich verhört? Ich will zur Toilette gehen, um mir Wasser ins Gesicht zu spritzen und ein paarmal tief durchzuatmen, ehe ich meine Schicht, meine Patientin, dieses Wunder, an Paula übergebe, doch bevor ich es dorthin schaffe, fängt mich Carol ab, die schon ihren schwarzen Mantel über ihrer dunkelblauen Oberschwesteruniform anhat.

»Alice, Liebes, bin ich froh, dass ich dich noch erwische. Paula hat gerade angerufen. Sie kommt mal wieder später, irgendwas mit einem ihrer Kinder. Sie kann erst in etwa einer halben Stunde da sein. Du könntest nicht vielleicht noch so lange bleiben, oder?«

Ich werde oft gebeten, abends noch schnell für eine der anderen Schwestern einzuspringen – sie wissen schließlich, dass ich keine Gutenachtgeschichten vorzulesen habe. David meint, ich solle mich nicht so ausnutzen lassen, aber es fällt mir schwer, nein zu sagen. Und heute Abend empfinde ich diese zusätzliche halbe Stunde geradezu als Geschenk, ein bisschen Zeit mit Cassie allein.

»Okay, kein Problem«, sage ich zu Carol, der mein ungewöhnlicher Enthusiasmus nicht auffällt, und wünsche ihr einen schönen Abend.

Da alle Vorhänge um die Betten herum zugezogen sind, wirkt die Station gleichsam bereit für ein Geheimnis. Das tragbare Ultraschallgerät steht in seiner gewohnten Ecke. Ich habe es Lizzie heute gezeigt, als ich mit ihr noch einmal durchgegangen bin, wo sich alles befindet. Nie hätte ich geglaubt, dass ich es nur wenige Stunden später selbst benutzen würde. Ich rolle den kleinen Apparat durch den Flur, die Räder quietschen leise. Draußen ist es längst stockfinster, und die Neonröhren an der Decke weisen mir grellbleich den Weg. Carol hat gesagt, Paula würde sich eine halbe Stunde verspäten, was eine Dreiviertelstunde heißt. Die anderen Schwestern werden nicht nach Cassie sehen, weil sie genug mit ihren eigenen Patienten zu tun haben, und Besuch um diese späte Stunde lassen wir im Allgemeinen nicht zu. Es ist trotzdem riskant, aber ich kann der Versuchung nicht widerstehen … nur ein paar Sekunden, um mich mit eigenen Augen davon zu überzeugen.

Cassie liegt noch genauso da, wie ich sie zurückgelassen habe, die Haare über den Verband an ihrem Kopf gestrichen, nur dass die Nachtlampe sie jetzt in ein dottergelbes Licht taucht. Sie sieht aus, als würde sie in ihrem Schlaf ertrinken. Ihre Augen sind einen Spalt offen, sodass ein kleiner Teil der Iris zu sehen ist und es den Anschein hat, als blicke sie auf ihren Bauch herunter, als hätte sie uns schon die ganze Zeit einen Hinweis gegeben: »Folgt meinem Blick! Das Geheimnis verbirgt sich dort unten!«

Ich stelle das Ultraschallgerät bei ihrem Vorhang ab und beuge mich zu ihr herunter.

»Cassie, ich habe mit dem Arzt gesprochen.« Ich unterbreche mich, überlege, wie ich es am besten formuliere. Könnte es sein, dass sie selbst nichts von ihrer

Schwangerschaft gewusst hat, da Mann und Schwiegermutter es nicht wussten? Ich bin mir ziemlich sicher, dass Sharma von zwölf Wochen gesprochen hat, und bisher habe ich nur von naiven Teenagern gehört, die so lange nichts von ihrer Schwangerschaft ahnten. Ich beschließe, es zu wagen, und sage leise: »Sie sind schwanger, Cassie. Sie sind immer noch schwanger. Ich hoffe, Sie haben nichts dagegen, wenn ich einen kurzen Blick riskiere.«

Ich öffne ihr Operationshemd. Als ich das Gel auf ihren Bauch auftrage, merke ich, dass er ein wenig angeschwollen ist. Ich hatte das für eine Flüssigkeitsansammlung gehalten, was nach einem schweren Unfall normal wäre. Eine Vorwarnung wegen des kalten Gels ist nicht nötig, doch ich achte trotzdem darauf, ob sie reagiert. Sie zuckt mit keiner Wimper.

Die grobkörnigen, aber detaillierten Bilder erscheinen. Die Eileiter, der Uterus, alles von einem Herzschlag beherrscht, einem winzigen hüpfenden Etwas. Der Fötus gekrümmt wie eine seltsame Muschel, der tapfere, kleine Beweis. Leben in dieser verborgenen Zwischenwelt!

Ich starre auf den Monitor und bin froh, dass ich richtig gehört habe; zwölf Wochen kommt hin. Das Baby ist dadurch ein bisschen sicherer, denn je älter, desto größer die Überlebenschancen. Lächelnd streichle ich Cassies Arm, bis Stimmen auf der Station mich hochfahren lassen und ich das Ultraschallgerät ausschalte. Ich wische das Gel von ihrem Bauch und rolle das Gerät zurück an seinen Platz im Vorratsraum, ehe ich zu ihr zurückkehre.

Ich habe ein Kind gesehen. Bei allem, was sie durchgemacht hat, hat Cassie ihr Baby beschützt, und ich möchte sie am liebsten küssen, halte stattdessen aber nur ihre Hand.

»Das Baby sieht gut aus, Cassie«, erkläre ich. »Morgen wissen wir mehr, aber ich kann Ihnen schon mal sagen, dass alles gut aussieht.« Ich lege meine rechte Hand auf ihren Unterleib und spüre die leichte Wölbung, den Ansatz eines Babybauchs, der mir jetzt offensichtlich erscheint. Stumm verspreche ich ihr, mich gut um sie zu kümmern, um sie und ihr Kind. Ich streichle ihr über die dunkelblonden Haare und schiebe ein paar Strähnen hinter ihre Ohren.

»Sobald es geht, wasche ich sie Ihnen, Cassie. Ich fühle mich immer besser mit frisch gewaschenen Haaren und Sie ja vielleicht auch.«

Ich bemühe mich, nicht selbstsüchtig zu sein, nicht zu denken, dass, da Cassies Baby überlebt hat, vielleicht, ganz vielleicht, auch eines in mir überleben könnte … Ich betaste meinen Bauch, taste nach einer Veränderung, irgendeiner Hoffnung, aber er kommt mir wie eingefroren vor, und ich gemahne mich an das David gegebene Versprechen. So halte ich also einfach nur Cassies Hand, während ich auf Paula warte, und hoffe, sie weiß, dass sie nicht allein ist.

5

Frank

Cassies Typ und seine Mum waren total am Ende, als sie ihr Mädchen so grün und blau sahen, von Röhren durchbohrt und Monitoren umgeben, dem Tod nur knapp von der Schippe gesprungen. Sie haben sich dauernd umarmt und Trostworte zugeflüstert, aber das hatte nichts Demonstratives an sich und auch nichts Unbeholfenes. Ich möchte gern glauben, dass wir als Paar auch einmal so waren, Ange und ich, wenn auch nur für kurze Zeit.

Wir haben uns auf der Hochzeit ihrer Schwester Abi kennengelernt. Mit meinen siebenundzwanzig war ich sieben Jahre älter als Ange. Abi heiratete einen alten Kumpel von mir, Phil. Die anderen Kumpels und ich konnten es nicht fassen, dass Phil mit seinen Segelohren und der Hakennase sich die zierliche, blonde Abi geangelt hatte. Ich wusste nicht mal, dass sie eine jüngere Schwester hatte, bis eine noch besser aussehende Ausgabe von Abi neben mir in der Schlange am Büfett stand.

»Was ist das?«, fragte sie und zeigte auf ein schaumiges Dessert, das bei jeder kleinen Erschütterung des aufgebockten Tischs wackelte.

Ich hatte keine Ahnung, wollte aber nicht hinterwäldlerisch erscheinen und behauptete: »Tiramisu.«

Sie zog eine Grimasse. »Gesundheit!«

Ich lachte, als wäre es das Komischste, was ich je gehört hatte, und sie stimmte mit ein und leckte sich einen Klecks Sahne von den Fingern, was ich als ein gutes Zeichen auffasste.

»Du bist witzig!«, sagte ich und bemühte mich, nicht auf ihre Brüste zu schielen, als ich sie zum Tanzen aufforderte. Zwei Stunden später saß ich im Auto auf dem Parkplatz des Pubs, Anges Zunge in meinem Mund und ihre Hand an meinem Hosenschlitz. Ein halbes Jahr später feierten Ange und ich eine etwas kleinere Hochzeitsparty in demselben Pub, während in ihr schon neues Leben heranwuchs und mein kaum verhohlenes Muffensausen nicht mehr zu leugnen war. Sie wirkte recht glücklich damals, als wären ein Pub-Parkplatz und ein halbstündiges Gespräch mit mir, bei dem ich Cola über unsere gemeinsamen Pommes verschüttete, als sie sagte: »Ich bin schwanger, Frank«, schon immer ihre Traumvorstellung von einer Familiengründung gewesen. Ich sagte, ich würde sie bei einer Abtreibung unterstützen, worauf sie mich anknurrte wie eine Wölfin und mir verbot, dieses Wort je wieder in den Mund zu nehmen. Sie sah verängstigt aus, zum ersten Mal schutzlos und ohne Maske, und ich dachte in dem Moment, dass ich sie liebte, sagte es ihr aber nicht. So waren wir immer, Ange und ich, wir behielten alles für uns, aus lauter Furcht, es könnten Wahrheiten ans Licht kommen, die alles verpfuschten, wenn wir uns öffneten.

Ohne mit Ange darüber zu sprechen, verzichtete ich auf die Gelegenheit, eine leitende Stelle bei einer Baufirma mit Sitz in Amerika zu bekommen. Ein paar Jahre später sagte sie, der Verzicht auf diese Chance sei ihre »erste Enttäuschung« gewesen – offenbar hatte sie schon immer davon geträumt, nach Amerika zu gehen. Doch es war ein Kind unterwegs, und ich dachte, ich würde das Richtige tun.

Damals spürte ich es zum ersten Mal: etwas Dunkles, Raubtierhaftes hinter mir, das nur darauf wartete, dass ich strauchelte, um sich auf mich stürzen zu können. Als es so weit war, kam ich drei Tage lang nicht nach Hause. Ich landete in Reading, meilenweit weg von zu Hause, neben den Mülltonnen im Hinterhof eines mir unbekannten Pubs, vor meinem Gesicht eine dicke, säuerliche Lache von Erbrochenem. Nachdem ich meine Schande einigermaßen kleingekriegt hatte, sie zusammengepresst hatte wie einen Altwagen auf einem Schrottplatz, damit ich sie hinunterschlucken konnte – eine metallisch schmeckende, schmerzhafte Pille durch eine trockene Kehle –, dachte ich daran, wie nah ich dem Tod gewesen war, wie leicht Lucy ihren Vater hätte verlieren können. Alles Mögliche hätte passieren können: Ich hätte auf Bahngleise fallen, hätte an meiner eigenen Kotze ersticken können. Ich versprach Ange, dass es nie wieder vorkommen würde, und eine Zeitlang glaubten wir wohl beide daran. Doch süchtig zu sein ist so ähnlich wie ständig verfolgt zu werden. Die Sucht ist stets in der Nähe, wittert die kleinste Schwäche, leckt sich die Lippen, jederzeit bereit, einen aus dem Schatten heraus anzuspringen.

Letztlich fand mich die Bestie immer. Sie schlug zu, als ich aus meinem Job entlassen wurde. Sie schlug zu, als ich mithörte, wie Ange zu den anderen Frisörinnen in ihrem Salon sagte, dass sie mich nie hätte heiraten sollen. Und sie schlug zu, als Ange mich schließlich hinauswarf.

Danach schien sie sich in mir niederzulassen, die Stelle des Mannes einzunehmen, der ich zu sein versuchte. Sie verwies den verschüchterten, verkümmerten Frank in den Schatten, während sie an meinen Knochen nagte, mir das Lebensmark mit jeder Flasche Whisky mehr heraussaugte. Es gelang mir, mich von Luce fernzuhalten, wenn die Bestie mich beherrschte, denn ich wollte nicht, dass sie mich so sah, tollwütig vor Suff, das konnte ich ihr nicht antun. Manchmal beobachtete ich sie, wachte über sie. Einmal fuhr ich mit dem Bus zum Flughafen, als sie aus dem Urlaub in Spanien zurückkehrte, und ein paarmal folgte ich ihr nachts nach Hause, wenn sie aus gewesen war, um dafür zu sorgen, dass sie heil ankam. Ich glaube, sie hat gespürt, dass ich ein Auge auf sie hatte. Manchmal sah ich, wie sie stehen blieb und lauschte, aber zum Glück entdeckte sie mich nie, grauhaarig und stinkend. Dafür schrieb ich ihr, sagte ihr, wie stolz ich auf sie war und dass ich mich bessern würde, dass ich alles bei ihr und ihrer Mum wiedergutmachen würde. Ich versprach ihr, einen Entzug zu machen, während ich dabei direkt aus der Flasche soff.

Als ich nach dem Koma zum ersten Mal einen Spalt die Augen öffnete und mein Gehirn sich wieder mit meinem Körper zusammenfügte, war es, als wäre die ganze Welt in Wasser getaucht worden. Ein Kaleidoskop von Farben drehte sich vor mir, verursacht von den Stationslichtern, wie ich bald herausfinden sollte, bis mein Blick klar genug wurde und ich Formen ausmachen konnte. Geisterhafte Gestalten huschten herum, schnell wie Silberfische. Mein Körper lag vor mir, wo er sein sollte, aber er war weiß verhüllt, die Konturen weich wie unter Schnee. Die Luft lastete so schwer auf mir, dass ich dachte, sie würde mich zerquetschen.

Nicht tot also, aber auch nicht richtig lebendig.

Mein Verstand wirbelte, versuchte, den Faden des letzten bewussten Gedankens zu erwischen, aber genauso gut hätte ich versuchen können herauszufinden, wo ich war, bevor ich geboren wurde.

Mit Mühe fokussierte ich meinen Blick etwas höher und sah ein Bett gegenüber, nur ein paar Meter weiter. Es hatte hohe Seitenwände aus Kunststoff, und etwas lag halb aufgerichtet darin, das aussah, als wäre es aus einem Gefäß mit Formaldehyd herausgefallen. Schläuche und Kabel schlangen sich um das Wesen wie Rutschen in einem Aquapark.

Armer Kerl.

Ich wollte ihm etwas zurufen, doch es war, als wollte ich jemand anders zum Sprechen bringen. Tot war ich nicht, das stand fest, denn meine innere Stimme ließ sich noch glasklar vernehmen, und mein Verstand funktionierte, sogar ziemlich flott vor Angst und Verwirrung, während mein Körper auf die vertraut schändliche Art aufgedunsen war. Es musste ein ziemliches Besäufnis gewesen sein.

Es ist alles in Ordnung, redete ich mir gut zu, in

dem Bemühen, die Panik einzudämmen. Du bist nur ein bisschen eingerostet.

Ich versuchte wieder, etwas zu sagen, konnte meine Lunge aber nicht genug mit Luft füllen. Im Grunde konnte ich sie gar nicht füllen – jemand oder etwas pumpte die Luft für mich hinein. Ein blauer Schlauch wand sich in den Bereich unterhalb meines Gesichtsfelds hinunter, dem Winkel nach auf meinen Halsansatz gerichtet. Meine Kehle fühlte sich blockiert an, von irgendetwas Hartem und Kaltem, als hätte ich eine Kanonenkugel verschluckt, und dann hörte ich das Beatmungsgerät, es klang wie ein Blasebalg, durchsetzt mit einem rüden, rhythmischen Piepen. Einem Impuls folgend, hob ich den Arm, um das grausame Ding, das mich auszusaugen schien, aus meinem Hals zu reißen, konnte aber weder die Armmuskeln anspannen noch meine Finger um den Schlauch legen. Mein Arm bewegte sich nicht, er zuckte nicht einmal. Panik durchströmte mich heiß wie Lava. Wenn ich gekonnt hätte, hätte ich geschrien und vor Entsetzen um mich geschlagen, doch ich wackelte nicht mal mit dem kleinen Zeh.

Ich weiß nicht, wie lange das so ging, bis einer der Fische, eine Frau in einer blauen Uniform, die geschäftig zwischen mir und dem armen Kerl gegenüber hin und her schoss, mich bemerkte. Keine Ahnung, was sie dazu brachte, innezuhalten und zu mir herzusehen. Sie hatte gerade ein Bündel schmutziger Bettwäsche auf dem Arm und offenbar viel zu tun, aber irgendetwas, vielleicht ein Schimmer in meinen Augen, veranlasste sie, genauer hinzugucken. Mit jeder

Faser meines Seins sagte ich ihr: *Ich bin hier*, und in dem Moment hat Alice wohl den restlichen schwachen Lebensfunken in meinem Blick glimmen sehen. Sie ließ die Bettwäsche fallen und kam nahe genug heran, dass ich sie riechen konnte, eine Mischung aus Äpfeln und einem alkoholhaltigen Desinfektionsmittel. Ihre Augen waren Vollmonde, die im Zenit standen, wenn sie lächelte, und ich sah zum ersten Mal diese entzückende kleine Lücke zwischen ihren Vorderzähnen.

»Hallo, Frank, ich bin eine Krankenschwester, ich heiße Alice. Sie sind im Krankenhaus. Können Sie mich hören?«

Ich wollte etwas sagen, aber irgendein Mistkerl hatte Zement in meine Kehle gegossen.

»Versuchen Sie einfach zu zwinkern, Frank.«

Ich versuchte es, doch meine Lider schienen plötzlich nicht mehr dazu geschaffen zu sein, die Augäpfel feucht zu halten.

Was ist nur los mit mir? Verdammte Scheiße, was ist hier los?

Sie sah mir so eindringlich in die Augen, als hätte sie vor, in mich hineinzukriechen.

Ist das irgendeine Art von extremem Entzug?

»Frank, Sie sind hier in Sicherheit. Im Krankenhaus. Sie hatten einen Schlaganfall.«

Einen Schlaganfall?

»Sie waren im Koma. Zwei Monate lang.«

Was? Zwei Monate?

Meine Gedanken rasten auf der Suche nach einer frischen Erinnerung, die diese Behauptung widerlegte, während Alice über die Schulter jemandem etwas zurief, den ich nicht sehen konnte.

Ich muss pissen.

»Carol, könntest du bitte Dr. Sharma holen?«

»Er macht gerade Visite auf 9C.«

»Kannst du ihn dann anpiepsen? Sag ihm, Frank Ashcroft hat die Augen geöffnet, und wenn er ein dummes Gesicht macht, sag Bett Nummer drei, 9B.«

Ich musste wirklich dringend pissen und wusste nicht, wie ich es ihr sagen sollte, doch dann ließ der Druck auf einmal nach, und ich bekam Panik, wartete darauf, dass sich eine Pfütze zwischen meinen Beinen bildete, es unter mir nass wurde. Aber nichts. Als wäre die Pisse einfach verdunstet.

Das ist verdammt seltsam.

Alice schien nichts zu bemerken oder nicht darauf zu achten, also dachte ich, ich hätte mich gerade noch mal so durchgemogelt. Ich wusste ja nicht, dass ich einen Katheter hatte.

»Es geht Ihnen den Umständen entsprechend gut, Frank, aber es ist eine große Erleichterung, Ihre Augen offen zu sehen.«

Sie klang aufgeregt, das war ein vielversprechender Anfang. Ich wollte sie anlächeln, doch irgendein Sadist hatte mir die Lippen zugenäht. Sie beugte sich noch näher zu mir heran, so nahe, dass ich ihren warmen Atemhauch auf meiner Wange fühlte.

»Können Sie mal für mich blinzeln, Frank?«, bat sie sanft.

Mach ich.

Ich versuchte es, aber meine Augäpfel waren wie aus

Stein. Als ich einen Anflug von Enttäuschung in ihrem Gesicht sah, versuchte ich es immer wieder, doch ich war und blieb eine Statue.

»Macht nichts, Frank, ein Schritt nach dem anderen. Ein Schritt nach dem anderen.« Sie streichelte meinen Arm, den, in dem keine Kanüle steckte, und ich spürte ein angenehmes Prickeln bei der Berührung.

Na also!, dachte ich. *Wenigstens habe ich etwas gefühlt. Wenigstens kann ich fühlen.*

Alice stand auf und verschwand aus meinem Blickfeld. Mein Unterarm war plötzlich kalt ohne ihre Hand. Dafür tauchte der Unterleib eines Mannes am Fußende meines Betts auf, bekleidet mit einer perfekt gebügelten Khakihose.

Er spähte mir ins Gesicht. Es war ein Inder. Irgendwo habe ich gelesen, dass die besten Ärzte heutzutage aus Indien kommen. Er blinzelte, spitzte die Lippen, und auf einmal blendete mich ein derart helles Licht, dass ich glaubte, nun doch gestorben zu sein. Irgendwann war es vorbei, und ich sah bunte Flecken, ein wildes Aquarell, und dann hörte ich ihn zum ersten Mal, diesen Ausdruck, diesen gottverdammten Ausdruck, den ich am liebsten wie eine Zigarettenkippe unter meinem Fuß zertreten würde.

»Unwillkürliche Spasmen«, sagte er. »Nur unwillkürliche Spasmen.«

»Wirklich, Doktor? Ich bin sicher, da war noch etwas anderes.«

Genau, Alice.

»Ich fürchte, Sie irren sich. Wir sehen gern, was wir

sehen wollen, wenn wir darauf aus sind, eine Besserung festzustellen, das wissen Sie doch.«

Nein, nein, das ist Schwachsinn. Hören Sie nicht auf ihn, Alice!

»Er ist immer noch in einem andauernden Koma«, fuhr der Arzt fort. »Wir sollten mit weiteren vegetativen Zuckungen rechnen, auch in anderen Körperbereichen. Es sind Muskelreflexe, sonst nichts, typisch bei apallischem Syndrom. Seine Augen mögen offen sein, aber ich tippe darauf, dass er das Bewusstsein nicht wiedererlangt. Wenn sie offen stehen, befeuchten Sie sie regelmäßig, um eine Infektion zu verhindern, und sagen Sie mir Bescheid, falls er auf Aufforderung blinzelt, dann können wir überlegen, einen PET-Scan durchzuführen.«

Alice debattierte noch ein bisschen mit ihm, aber er meinte, ein Scan auf Verdacht sei zu teuer, und damit war die Sache erledigt. Ich war froh, als er mich wieder mit Alice allein ließ.

Sie beugte sich über mich und flüsterte: »Das ist alles bestimmt sehr beängstigend, Frank, aber denken Sie daran, dass Sie hier sicher sind. Ich persönlich glaube, dass Sie Fortschritte machen. Sparen Sie Ihre Energie auf, und wenn Sie sich in der Lage dazu fühlen, versuchen Sie zu blinzeln, versuchen Sie es, sosehr Sie können.«

Ich sah die Lücke zum zweiten Mal, als sie lächelte, und dachte: *Natürlich hat sie recht. Natürlich kann ich nicht einfach aufstehen und sofort wieder gesund sein. Es wird Zeit brauchen. Zeit und Kraft.*

Danach flitzte sie noch ein wenig um mich herum

und überprüfte Gott weiß was. Manchmal hörte ich sie Zahlen murmeln und sah, wie sie etwas in einer Mappe notierte, die sie dann in irgendeine Halterung am Bettende steckte. Schließlich verabschiedete sie sich und sagte, dass sie später wiederkomme.

Als sie ging, hörte ich ihre Schuhe quietschen, was mich an das Meerschweinchen erinnerte, das Lucy als kleines Mädchen hatte. Wieder mir selbst überlassen, starrte ich auf den armen Kerl gegenüber und hörte den altmodischen Wecker auf seinem Nachttisch tick, tick, ticken, jede Sekunde wie die zuvor. Mein Beatmungsgerät pumpte langsamer, aber genauso monoton. Jegliche Ruhe, die ich empfunden hatte, als Alice bei mir war, wurde von einem derart heftigen Panikanfall vertrieben, dass ich glaubte, es müsse mich schütteln. Aber nichts regte sich.

Da erwachte die Furcht erst recht in mir. Sie kroch aus meiner Magengrube empor und breitete sich aus, streckte ihre kalten Tentakel in jeden Winkel meines Körpers. Mein Verstand lief in meinem Schädel Amok, als säße er in jemand anders fest. Ich steckte in einem Gefängnis von exakt der Größe und Form meines Körpers.

Was zum Teufel ist hier los?, schrie ich stumm. *Warum zum Teufel kann ich mich nicht bewegen?*

Seitdem ist ein Monat vergangen, und ich habe immer noch nicht geblinzelt. Ich versuche es ständig, schon völlig erschöpft vor Frust. Ich beobachte, wie Alice blinzelt, einer der primitivsten Reflexe, und stelle mir diesen Sekundenbruchteil von Dunkelheit vor, das Wohlgefühl, wenn das Lid den Augapfel befeuchtet, was sie natürlich gar nicht merkt, weil sie es unzählige Male am Tag macht, während ich beide Hoden für ein einziges Mal hergeben würde. Manchmal denke ich, dass der Arzt vielleicht doch recht hat. Vielleicht bin ich wirklich nur noch eine leere Hülle, dem Tod näher als dem Leben. Doch solche Gedanken sind gefährlich. Die Furcht gräbt sich in meine Knochen, und ich sehne mich nach Erlösung. Sehne mich danach, mich endgültig davonzumachen, aber klar, noch nicht einmal das kann ich. Ich habe ganze Tage damit zugebracht, meinen Geist zum Absturz zu bringen wie einen Computer, eine Taste zu finden, die mich löscht, aber ich werde weiter mit Nährlösung und Medikamenten vollgepumpt und künstlich beatmet, Alice redet weiter von Besserung, und ich liege hier, untätig in diesem Körper, eingesperrt ins Leben.

Lizzie, die Gute, hat heute Abend meine Vorhänge nicht ganz zugezogen, und da sie meinen Kopf gerade nach vorn gedreht hat, kann ich zum ersten Mal einen richtigen Blick auf Cassie, meine neue Nachbarin, werfen. Nur ein schwaches Nachtlicht bescheint sie, sodass es aussieht, als wolle die Dunkelheit sie verschlucken. Erst zwei Tage her seit dem Unfall, ihre erste Nacht auf 9B, und schon fängt sie an, irgendwie steif und spröde auszusehen, als würde sie sich mühsam im Bett aufrichten. Es muss an der zunehmenden Muskelverspannung liegen. Ich hoffe um ihretwillen, dass sie ganz weit weg ist, denn sonst werden diese Muskeln ihr bald Höllenqualen bereiten, wie Klumpen aufgespießten Kebabfleisches, die langsam über glühenden Kohlen gegrillt werden. Nur ihr Gesicht wirkt ruhig.

Paula ist offenbar wieder spät dran. Alice sollte schon auf dem Heimweg sein, doch stattdessen sehe ich sie einen kleinen Apparat durch den Gang schieben. Schwer zu erkennen, aber ich bin mir fast sicher, dass es das Ultraschallgerät ist. Ich brauche eine Weile, um zu glauben, worauf ich nur hier und da einen flüchtigen Blick erhasche. Erst als ich Alice leise weinen und das Wort »schwanger« murmeln höre, habe ich meine Bestätigung. Cassie ist schwanger. Schwanger?

Das muss ich erst mal in meinen Verstand kriegen. Wie kann sie hier auf 9B liegen und schwanger sein? Sie sieht aus wie ein auf dem Rücken liegender, halb zerquetschter Käfer, hat nur knapp überlebt, wie dann erst so ein winziges Baby? Obendrein ist sie medizinisch gesehen wohl noch schlimmer dran als ich. Sogar für Komapatienten gilt hier eine Hierarchie. Sie ist GCS 4, also Stufe 4 auf der Glasgow-Koma-Skala, was bedeutet, dass ihr Bewusstsein sich sonst wo rumtreibt, während ihr Körper anwesend und funktionstüchtig ist. Ich spreche ihr in Gedanken Mut zu, wo auch immer sie tief dort unten in ihrem Kaninchenloch steckt.

Nach ein paar Minuten schiebt Alice das Ultraschallgerät wieder an seinen Platz, kehrt aber gleich darauf an Cassies Bett zurück. Ich höre ihren Schritten, ihrem beschwingten Gang an, dass sie freudig erregt ist.

Sei vorsichtig, Alice, pass auf dich auf, bitte pass auf dich auf.

Ich zähle wieder die Atemzüge meiner Maschine,

ein, aus, ein, aus, wie Meeresbrandung. Das beruhigt mich, und ich denke an damals zurück, wie es während Anges Schwangerschaft war, wie ich mich noch tollpatschiger als sonst in ihrer Nähe benahm. Manchmal, meist, wenn jemand anders dabei war, hat sie meine Hand genommen und mich die Tritte des Babys spüren lassen. Mir wurde dann irgendwie mulmig, und die Bestie in meinem Schatten begann, sich die Lefzen zu lecken. Dann kam Lucy zur Welt, rosig und zappelnd, und eine der Entbindungsschwestern sagte: »Sie sieht Ihnen ähnlich, Mr Ashcroft. Sie sieht aus wie ihr Daddy.« In dem Augenblick machte es klick, und die Welt war auf einmal klar und scharf umrissen. Das Biest schlief, und ich fühlte mich hellwach und tüchtig.

»Hallo, ich bin dein Daddy«, sagte ich zu ihrem roten pausbäckigen Gesichtchen, und dann pinkelte sie mich zum ersten Mal voll, was sie später, wenn ich ihr von ihrer Geburt erzählte, jedes Mal zum Lachen brachte. Seitdem bin ich ihr mit Haut und Haaren verfallen.

Alice hat mir erzählt, dass Lucy in den ersten Wochen jeden Tag zu Besuch kam – als ich noch wie Cassie war, irgendwo weit weg oder tief in mir drin, es ist schwer zu erklären –, aber jetzt kann sie nicht mehr so oft kommen. Das University College London hatte sie netterweise freigestellt, als ich anfangs hier lag. Ich vermisse sie natürlich, aber ich bin froh, dass sie wieder in London ist und sich auf ihren Abschluss konzentriert. Sie ist die Erste in unserer Familie, die auf die Uni geht. Sie studiert englische Literatur. Ich möchte gern so weit gesund werden, dass ich ihr sagen kann, wie stolz ich auf sie bin, aber wenn schon Blinzeln wie ein schöner Traum erscheint, kommt der Gedanke ans Sprechen geradezu einer Wahnvorstellung gleich.

Trotzdem gibt Alice die Hoffnung nicht auf. »Es braucht Zeit, Frank«, tröstet sie mich immer wieder. »Es braucht einfach Zeit.«

Auch als Paula gekommen ist, bleibt sie noch bei Cassie, massiert ihre Hand und versucht, die Durchblutung anzuregen, damit die Muskeln nicht allzu schnell verhärten.

Ich sehe ihr zu, immer noch mit der Neuigkeit beschäftigt, stumm wie der Mond, als die Tür zur Station seufzend aufgeht und Stimmen vom Empfang her zu hören sind, die tiefe, aufgeregte eines Mannes und Paulas lakonische Antworten, dabei langgezogen wie Kaugummi. Alice legt Cassies Hand sorgsam auf die Decke zurück, im Nu wachsam. Auch sie scheint den Mann nicht zu kennen.

Auf einmal quietscht und vibriert der Boden, als wäre er lebendig, und ein großer blonder Mann kommt durch den Gang in mein Blickfeld marschiert. Vor unseren Abteilen bremst er abrupt ab, Paulas Rufe hinter sich ignorierend. Seine Haare sind zerzaust, und er atmet schwer. Sein Blick kreuzt meinen. Der Mann hat dieses bleiche, haltlose Aussehen von jemandem, der nicht weiß, was er tut, wie ein Schwimmschüler, der gerade den Beckenrand losgelassen hat. Dann wendet er sich Cassies Abteil zu, sodass ich nur noch seinen Hinterkopf sehe. Alice reagiert schnell, ihr Beschützerinstinkt ist stärker als sein Ungestüm. Sie zieht den Vorhang hinter sich zu und baut sich vor ihm auf. Paula schreit, dass sie den Sicherheitsdienst ruft, aber weder Alice noch der Mann sehen zu ihr hin, sie starren sich nur reglos an. Alices Gesichtsausdruck ist hart, angriffsbereit und kompromisslos. Sein Atem geht langsam und mühsam.

»Wir brauchen sofort jemanden auf 9B, hier ist ein Eindringling«, ruft Paula in den Hörer.

»Lassen Sie mich zu ihr«, sagt der Mann im Befehlston, doch Alice hält die Stellung und lässt ihn nicht näher heran.

»Die Sicherheit ist gleich hier«, ruft Paula ihr zu.

»Bitte, lassen Sie mich zu ihr«, wiederholt er, diesmal fast flehend.

Alice schüttelt nachdrücklich den Kopf.

Vorsicht, Alice.

»Wie meine Kollegin schon sagte, die Besuchszeit ist längst vorbei. Wir können doch nicht einfach jeden hier hereinlassen, der verlangt, Patienten in unserer Obhut zu sehen. Wer sind Sie?« Ihr Ton ist wie eine feste Hand auf seiner Brust, die ihn von Cassie wegschiebt.

Der Mann fährt sich durch die Haare und schüttelt den Kopf, als hätte er nicht damit gerechnet, auf Widerstand zu stoßen.

»Ich bin ein Freund von Cassie, ihr Nachbar. Ich habe sie gefunden, in dem Bach. Ich war den ganzen Tag auf der Polizeiwache und konnte nicht früher kommen, also dachte ich … ich dachte einfach, ich könnte jetzt kurz zu ihr. Ich habe seit sechsunddreißig

Stunden nicht geschlafen. Ich muss sie unbedingt sehen.«

Das Getrappel harter Schuhsohlen hallt durch den Gang, und beide drehen sich danach um. Der Mann wendet sich rasch wieder an Alice, aber durch das Knistern von Funkgeräten und Paulas Geschrei höre ich nicht, was er sagt.

»Da, er ist dort hinten!«

Alice sieht ihn stirnrunzelnd an, woraus ich schließe, dass das Gesagte keinen Sinn für sie ergibt.

»Wovon reden Sie?«, fragt sie, aber es ist schon zu spät. Ein Wachmann in schwarzer Uniform ergreift den Eindringling, dessen Kampfgeist offenbar erloschen ist, denn er hebt ergeben die Hände.

»Entschuldigung, das war dumm von mir«, sagt er zu Alice und begleitet den Wachmann folgsam hinaus. Alice sieht ihm nach, und ich höre noch, wie er sich auch bei Paula entschuldigt, bevor die Stationstür erneut aufgeht und er fort ist. Alice rührt sich immer noch nicht von der Stelle. Sie beißt sich auf die Unterlippe, und erst da merke ich, dass sie nicht so ruhig ist, wie sie sich den Anschein gibt, dass Cassies Vorhang zittert, wo sie ihn in der Hand zusammenknüllt.

6

Cassie

Trotz des hoffnungsvollen Geruchs von frischem Holz und des beißenden Gestanks des chemischen Mittels, das Jack gegen Fäule benutzt hat, riecht es für Cassie immer noch etwas miefig in dem Schuppen, nach Rost, Rasenmähern und lang vernachlässigten Gartengeräten. Jack fing irgendwann an, ihn als ihr »Atelier« zu bezeichnen, aber sie fand das prätentiös und zog ihn damit auf. Es ist schließlich nach wie vor nur ein Schuppen, mit dem hohlen Fußboden und den Astknoten in den Brettern, die einen anstarren wie psychedelische Augen. April hätte ihr zugestimmt.

Nicky ist die Erste, die ihn besichtigen darf, seit sie vor ein paar Tagen mit der Renovierung fertig geworden sind. Die Tür quietscht in den Angeln, als sie aus dem sonnigen Märztag in die dunkle Höhle treten, die Cassies derzeitiger Lieblingsraum auf dem kleinen Anwesen von Steeple Cottage ist.

»Das Ganze ist immer noch in Arbeit«, sagt sie, ein bisschen gehemmt plötzlich, als müsste sie ihrer alten Schulfreundin versichern, dass weitere Verbesserungen anstehen. »Ich will noch viel mehr hier machen.«

»Oh Cas!«, sagt Nicky, zieht ihren Namen seufzend

in die Länge, als sie sich in dem rechteckigen Raum umsieht. Cassie und Jack haben ein verlängertes Wochenende damit zugebracht, den Schuppen auszuräumen, das alte Holz abzubeizen und die verrotteten Stellen auszubessern. Jack konnte sich nur einen Tag von der Arbeit freinehmen, um ihr zu helfen, daher hat sie das Einrichten zum Schluss allein übernommen. Sie hat einen von Aprils dünnen marokkanischen Läufern auf den Boden gelegt, Nägel für ihre Malutensilien in die Wand geschlagen und dann sorgfältig ihre eigenen Malkästen und Leinwände zusätzlich zu denen ihrer Mum ausgepackt. In Kürze wird der durchdringende Geruch von Ölfarben das ranzige Aroma von Motorenöl überdecken und der Schuppen nach zu Hause riechen, zumindest für sie selbst.

»Die Aussicht ist das Beste«, sagt sie mit vor Aufregung hoher Stimme, als sie Nickys Hand nimmt und sie zu dem Fenster auf der anderen Seite führt. Sie müssen um Aprils alte Staffelei herumgehen, die auf ihren staksigen Beinen mitten im Raum aufragt, verunstaltet von dicken, getrockneten Farbklecksen, die einst bunten Schichten nun schlammfarben.

Nicky wirft ihren langen weißen Arm um Cassies Schulter, und Cassie umfasst locker die Taille ihrer Freundin, als sie vor dem Fenster stehen, das einen weiten Blick auf die Sussex Downs einrahmt, sanft geschwungene Hügel wie schlafende Riesen.

»Das ist wirklich fantastisch, Cas.«

»Ich weiß. Ich kann es selbst kaum glauben, dass ich hier jetzt jeden Tag malen darf.«

»Nicht nur das, ich meine das Ganze, Jack kennenzulernen, hierherzuziehen. All das.« Als Nicky sich zu ihr umdreht, bemerkt Cassie, dass ihre blauen Augen vor Rührung glänzen, doch ihr schmaler, von Sommersprossen getupfter Mund lächelt. Natürlich haben sie schon öfter darüber geredet, wie die Begegnung mit Jack vor anderthalb Jahren dazu geführt hat, dass Cassie den Scherbenhaufen ihres Lebens nach und nach wieder zusammensetzen konnte wie eine heruntergefallene Vase und etwas noch Schöneres dabei herausgekommen ist.

»Es ist echt toll, Cas.«

Cassie lächelt dankbar, denn Nicky macht nie halbherzige Komplimente. Sie möchte der Freundin gern irgendwie sagen, ohne herablassend zu klingen, dass sie sicher auch bald ihr Glück finden wird, aber die redet schon weiter, jetzt wieder munter und sprühend.

»Ich meine, stell dir mal vor, wie anders alles gekommen wäre, wenn du mit Robbie zusammengeblieben wärst oder, schlimmer noch, mit diesem schrägen Hip-Hop-DJ, wie hieß er noch gleich?«

»Daz.«

»Ja, genau, Daz. Gott, war der schräg«, schnaubt Nicky und wendet sich wieder der Aussicht zu. »Übrigens, Beth sagt, es stimmt, dass Robbie irgendeinen armen Teenager geschwängert und mit dem Kind hat sitzen lassen.«

Wie immer, wenn jemand eine junge alleinerziehende Mutter erwähnt, fühlt Cassie sich an ihre Mum erinnert, und das setzt ihrer Freude einen kleinen Dämpfer auf. Sie will jetzt nicht an ihre Mutter denken, sie will, dass Nicky weiter die Freude über »Mrs Cassie

Jensens« neues Leben mit ihr teilt. Es fühlt sich falsch an, hier über ihr altes Leben zu reden, als würde man sich an eine eigentlich vergessene, unangenehme Bekanntschaft erinnern, ein Relikt aus der Vergangenheit.

Cassie merkt, dass sie nicht still stehen kann, und wendet sich ab, als Nicky sich lässig ans Fenster lehnt und von Beths neuem Freund erzählt. Sie hebt ihren frisch gewaschenen Malerkittel – eins von Jacks alten Hemden – vom Fußboden auf und hängt ihn an den Nagel, den sie gestern eingeschlagen hat. Sie schnippt unsichtbaren Staub von ihren weichen, neuen Pinseln. Sie wartet auf eine Pause in Nickys Geschichte und zieht sie am Arm zu einem Holzkasten auf dem alten Tisch. »Du musst dir mal diese Ölfarben anschauen, Charlotte hat sie mir geschenkt. Sie sind wunderbar. Sieh nur.« Doch als sie den Kasten aufmacht, merkt sie, dass Nicky von irgendetwas abgelenkt wird.

Ihre Freundin blickt zu den beiden Bildern, die Cassie auf die an der Wand entlanglaufende Leiste gestellt hat. Es sind kleine Leinwandgemälde, nur fünfunddreißig mal fünfunddreißig Zentimeter. Sie hat sie in einem spätnächtlichen Schaffensrausch in Marcus' Cottage auf der Isle of Wight gemalt, wenige Tage, nachdem April ihr eröffnete, dass sie Brustkrebs im fortgeschrittenen Stadium hatte.

Nicky bleibt vor ihnen stehen, ohne etwas zu sagen. Beide Bilder bestehen aus dick aufgetragenen grellen Rottönen, die über die Leinwand wirbeln und strudeln. In der unteren rechten Ecke ist der Umriss einer kleinen Gestalt zu sehen. Sie kehrt dem Betrachter den Rücken zu, ihre Silhouette nur eine dünne Schicht Indigo in all dem Rot. Auf dem zweiten Bild nimmt die Gestalt eine sitzende Haltung ein. Sie hat das Kinn in die Hand gestützt und den Blick auf etwas außerhalb des Bildes gerichtet, etwas nur für sie Erkennbares. Die Gemälde kommen Cassie inzwischen naiv und kindisch vor, ein etwas geschmackloser Ausdruck ihres Kummers. Sie hätte etwas Fröhlicheres, Frühlingshafteres hier drinnen ausstellen sollen.

Sie wünschte, Nicky würde aufhören, darauf zu starren. Etwas zuckt über das Gesicht der Freundin, das nicht weit entfernt von Belustigung ist. Die indigofarbene Figur ist so eindeutig Cassie; eine ältere, traurigere Version von ihr.

Cassie rümpft die Nase. »Die werde ich demnächst ersetzen.« Am liebsten würde sie sie gleich herunternehmen, aber Trauer lädt oft auch die harmlosesten Handlungen mit düsterer Bedeutung auf. Wenn sie die Bilder jetzt wegnehmen würde, würde Nicky sich Sorgen machen, dass sie die Vergangenheit verdrängt, nicht »gut« genug trauert.

Die anderen zu beruhigen, denkt sie oft, ist noch viel anstrengender als der schmerzliche Verlust selbst.

Endlich schaut Nicky sie wieder an. »Hat Jack die gesehen?«

Cassie erinnert sich nicht, Jack diese Souvenirs aus ihrem alten Leben gezeigt zu haben, antwortet aber dennoch: »Ja, ich glaube schon. Warum?«

»Ach, nur so.« Nicky wendet sich wieder den Bildern zu. »Ich weiß nur, dass es dir anfangs schwerfiel, mit ihm über April zu reden.«

»Nein, das stimmt nicht, Nick. Ich habe ihm gleich

bei unserer ersten Verabredung von Mum erzählt, das weißt du doch«, erwidert Cassie leicht gereizt. Manchmal hat sie den Eindruck, dass Nicky absichtlich auf Drama aus ist.

Jack und sie hatten sich etwa zwei Monate vor Aprils Tod auf der Party eines gemeinsamen Freundes kennengelernt. Haltlos geworden wegen der Krankheit ihrer Mutter, hatte sie so viel getrunken, bis ihr schlecht wurde, aber Jack hatte trotzdem nach ihrer Nummer gefragt und ihr gelegentlich eine SMS geschickt. Dann, ein Vierteljahr, nachdem April gestorben war, war es Nicky, die sie überredete, ein wenig Wimperntusche aufzulegen und endlich mit Jack etwas trinken zu gehen. Er wohnte damals in Islington, kam aber an einem regnerischen Dienstagabend extra den weiten Weg nach Brixton herunter, um sich mit ihr in ihrer Stammkneipe um die Ecke zu treffen.

Cassie wäre am liebsten sofort wieder gegangen. Sie war griesgrämig und sauer auf Nicky, weil sie sie zu diesem Date gedrängt hatte, sauer auf sich selbst, weil sie Jack nicht gleich einen Korb gegeben hatte.

»Und, was macht die Malerei?«, hatte Jack gefragt.

Neben ihnen im Pub saß eine große Gruppe von Männern, Rugbyspielertypen, die mit den Fäusten auf den Tisch schlugen und grölten, als würden sie miteinander darum wetteifern, wer den meisten Spaß hatte. Jack ignorierte sie und sah Cassie unverwandt an, anscheinend bereit, endlos auf ihre Antwort zu warten. Da konnte er allerdings lange warten, denn sie dachte nicht daran, einem Fremden zu erzählen, dass sie jedes Mal weinen musste, wenn sie zu malen versuchte, und sich schon damit abgefunden hatte, in einem stupiden, seelentötenden Verwaltungsjob verkümmern zu müssen.

Sie trank ein paar große Schlucke von ihrem Rotwein, und als es an dem anderen Tisch etwas ruhiger geworden war, erklärte sie: »Hör mal, Jack, es tut mir leid. Ich hätte für heute Abend wohl besser absagen sollen. Es ist einfach so, dass ich ein paar beschissene Monate hinter mir habe, ein paar beschissene Jahre eigentlich. Ich dachte, ich wäre bereit, mal wieder mit jemandem etwas trinken zu gehen, aber ich bin es wohl doch nicht, also können wir das hier vielleicht auf ein andermal verschieben?«

Er nickte langsam und sah in sein Bierglas, wie um zu überlegen, was er sagen sollte, bevor er fragte: »Ist deine Mutter immer noch krank?«

Der Pub schien sich um Cassie herum auszudehnen und dann wieder auf normale Größe zusammenzuschrumpfen. Sie musste ihm damals, als sie betrunken war, von Aprils Erkrankung erzählt haben. Beim Versuch einer Antwort fühlte sich ihr Unterkiefer eingerostet an, und dann bewegte er sich wie der einer Bauchrednerpuppe, als sie drei Worte wie Pfeile auf ihn abschoss.

»Sie ist tot.«

Jack sah weder weg, noch rutschte er unbehaglich auf seinem Stuhl herum. Er blickte sie nur weiter ruhig an, als hätten ihn ihre drei harten Einsilber nicht getroffen, als hätten sie nicht einmal seine Haut geritzt. Im Gegensatz zu fast allen anderen machte ihre Tragödie ihn nicht verlegen.

Er räusperte sich leise. »Das tut mir leid zu hören, Cassie. Mein Vater starb, als ich vierzehn war. Und selbst jetzt noch, zwanzig Jahre danach, ist es für mich das Schlimmste, was ich je erlebt habe.«

»Dein Vater ist gestorben?« Sie konnte beinahe ihre Kinnlade knirschen hören.

»Herzinfarkt«, sagte Jack schlicht. »Er war mein großer Held, ich habe ihn vergöttert. Wann ist deine Mum gestorben?«

Dicke Tränen rollten ihr in Schüben über die Wangen. Sie machte sich nicht die Mühe, sie abzuwischen, sodass sie in ihr T-Shirt hineinliefen. Jack reichte ihr eine Serviette aus dem Spender auf dem Tisch.

»Am zwölften Juli, vor elf Wochen und drei Tagen.«

»Dann hast du also – wie alt bist du? – siebenundzwanzig Jahre lang geglaubt, dass sie immer für dich da sein würde, und erst knapp drei Monate Zeit gehabt, um damit fertigzuwerden, dass sie nicht mehr lebt. Kein Wunder, dass dir nicht danach zumute ist, mit jemandem, den du kaum kennst, in einem lauten Pub zu sitzen.«

Cassie hatte ihn blinzelnd über den Tisch hinweg angesehen. Auf einmal war sie bereit, ihm eine Chance zu geben.

»Die meisten Leute verstehen es einfach nicht. Sie denken, sie können mit Tee und Mitgefühl alles wieder einrenken, und manchmal ist es beinahe, als wären sie sauer auf mich, weil das nicht geht. Als wäre es irgendwie meine Schuld, dass sie mich nicht aufmuntern können.«

»Ja, daran erinnere ich mich gut. Ich bin so verdammt wütend auf die Leute geworden, weil sie dauernd etwas aus dem Weg gehen wollten, das für mich die schlimmste Katastrophe überhaupt war. Eine Zeitlang war ich ein richtiger kleiner Stinkstiefel. Es ist halt so, dass die meisten Menschen nur schwer mit Trauer und Tod umgehen können. Das hat so etwas Endgültiges, Unrettbares. Deshalb macht es ihnen eine Scheißangst, und sie versuchen, sich – und dir – ein besseres Gefühl zu geben.«

»Ich weiß, aber das tun sie nicht.«

»Nein, natürlich nicht, das können sie gar nicht. Oft machen sie es ungewollt sogar noch schlimmer. Sie verharmlosen, sie denken, Trauer kann mit einem Keks geheilt werden. Die meisten Leute kapieren es nicht. Trauern ist eine Kunst. Man muss kreativ mit ihr umgehen, sie sich zu eigen machen. Man kann sich nicht von anderen sagen lassen, wie man trauern soll, sonst wird es nichts, und man gerät in die Bredouille.« Jack unterbrach sich. »Warum lachst du?«

»Weil das das Beste ist, was ich seit Wochen gehört habe, und du obendrein mit dem Ausdruck ›in die Bredouille geraten‹ geendet hast.«

Jack sah sie verdutzt an. »Mist. Das heißt, ich höre mich schon wie meine Mutter an.«

Cassie wischte sich die nassen Wagen und den Hals mit der Serviette ab. Sie mochte es, wie Jack seine Finger um sein Bierglas verschränkte, sie mochte seine Hände, große, kräftige Hände, von denen gehalten zu werden sie sich vorstellen konnte. Sie wollte gern weiter auf diese schönen, zuverlässigen Hände blicken, und sie wollte gern weiter mit ihm reden.

»Um die Ecke gibt es eine kleine Pizzeria. Man bekommt fünf Pfund Nachlass, wenn man die Calzone aufessen kann. Wir könnten einen Versuch wagen, falls du Hunger hast?«

Jack hatte sein Pint in einem Zug ausgetrunken und war aufgestanden. »Und wie!«

Drei Monate später war er in ihre Wohnung in Brixton eingezogen, drei weitere Monate später waren sie verlobt, und achtzehn Monate nach diesem verregneten Abend im Pub, kocht Jack das Mittagessen in ihrem frisch renovierten Cottage mit drei Schlafzimmern.

Cassie will sich nicht zu lange bei ihrem Glück aufhalten, aus Angst, das Schicksal herauszufordern, aber sie kann nicht leugnen, dass das Leben es in letzter Zeit gut mit ihr gemeint hat. Wirklich verdammt gut.

Nicky sieht sie mit hochgezogenen Augenbrauen an, als rechnete sie damit, dass sie jeden Moment anfängt zu weinen. Sie legt ihre schlanken Arme um sie und zieht sie an sich.

»Entschuldige, ich hätte das nicht ansprechen sollen«, flüstert sie ihr ins Ohr. »Ich freue mich für dich, Mops. Das weißt du doch, oder?«

Cassie lächelt über ihren alten Spitznamen und nickt an Nickys Schulter. April hat sie von klein auf so genannt, und Nicky ist der einzige andere Mensch, der das darf.

Sie überlegt, ihre Freundin daran zu erinnern, dass der Erlös aus dem Verkauf ihrer Wohnung in Brixton – mehr als achtmal höher als das, was April Ende der achtziger Jahre dafür bezahlt hatte – das alles hier ermöglicht hat, aber ihr fehlt die Energie dazu.

April hat immer gesagt, dass Cassie und Nicky, Freundinnen seit ihrer Kindergartenzeit, eher wie Schwestern seien, die sich sehr nahestünden, aber auch gemein zueinander sein könnten, weil sie wüssten, dass ihre Bindung zueinander unauflöslich ist. Cassie fand den Gedanken wunderbar, eine Schwester zu haben, jemanden, den sie immer lieben würde, egal wie sehr sie sich über sie ärgern mochte. Die Beziehung zwischen Schwestern war ihr schon immer als eine der schönsten überhaupt erschienen.

»Oh, was mir gerade einfällt …« Nicky löst sich von ihr. »Ich habe eine E-Mail von Marcus bekommen, wegen Aprils Gedenkwochenende auf der Isle of Wight.«

Cassie stöhnt innerlich auf, was Nicky sofort merkt.

»Was, Cas? Findest du die Idee nicht mehr gut?«

»Nein, das ist es nicht. Ich … ich möchte nur eigentlich lieber hier sein, weißt du, bei Jack.«

»Aber Jack ist doch auch eingeladen, oder?«

»Natürlich, aber … Wir wollen uns jetzt einfach nicht festlegen, verstehst du. Wir haben daran gedacht, dieses Jahr im Juli wegzufahren, nur wir beide.«

»Aha«, sagt Nicky, und ihr Blick wird schmal angesichts von Cassies Ausreden. »Was steckt wirklich dahinter? Das Drama vom letzten Jahr?«

Marcus hatte auch im vergangenen Jahr, an Aprils erstem Todestag, zu sich eingeladen. Er und Jack waren sich dabei zum ersten Mal begegnet. Marcus war vor Trauer und wegen des Alkohols untypisch feindselig geworden, und irgendwie hatten die beiden angefangen, sich über einen Zeitungsartikel zu streiten, in dem behauptet wurde, dass die Bauindustrie mehr zum Klimawandel beitrage als jeder andere Industriezweig. Jack war irgendwann wütend davongestürmt, und sie waren früher abgereist als geplant. Marcus hatte sich am nächsten Morgen an nichts mehr erinnern können, ihnen aber zwei Tage später eine entschuldigende SMS geschrieben.

»Na gut, sag mir Bescheid, ja?«, bittet Nicky sie. »Ich gehe nur hin, wenn du auch gehst.«

Das alte Mantra gegenseitiger Abhängigkeit aus ihrer Jugendzeit klingt jetzt lächerlich. Cassie wäre es lieber, Nicky würde es nicht mehr herleiern – sie sollte inzwischen verstehen, dass die Dinge sich geändert haben, andere Regeln gelten –, nickt aber trotzdem. Etwas befangen sieht sie sich im Schuppen um und wechselt das Thema. »Es gefällt dir doch, oder?«

Ehe Nicky antworten kann, ist ein Scheppern vom Haus zu hören, und irgendetwas Schweres, das nach Edelstahl klingt, kracht auf die Küchenfliesen.

»Verdammte Scheiße!«, brüllt Jack, und Cassie lacht, dankbar für die Ablenkung.

Sie nimmt Nicky am Arm und führt sie hinaus. »Ich liebe ihn, aber er ist eine Katastrophe in der Küche.«

Sie beschließen, dass es mit Pullis und Strickjacken in der Frühlingssonne warm genug ist, um draußen zu essen. Jack und Nicky decken den Gartentisch, während Cassie versucht, die Lachsfilets zu retten, die Jack ebenfalls hat fallen lassen, und ein Salatdressing macht.

Sie stellt das Radio leiser, damit sie die beiden hören kann, die gerade das Silberbesteck hinlegen und die Wassergläser füllen. Sie sind noch dabei, einen entspannten Umgang miteinander zu finden, die feine Chemie zwischen alter bester Freundin und neuem Ehemann zu entwickeln. Nicky erzählt Jack von ihrem Rendezvous mit einem attraktiven Biologielehrer, den sie online kennengelernt hatte, dessen Zunge jedoch zu groß für seinen Mund zu sein schien. Der Mann ließ beim Reden ständig einen Sprühregen aus Spucke auf sie niedergehen. Jack lacht und achtet darauf, das richtige Gleichgewicht zwischen Belustigung und Entsetzen hinzubekommen. Cassie kennt die Geschichte natürlich schon, lacht aber trotzdem in der Küche mit.

Jonny, ihr Nachbar, wird durch seinen halb blinden Schäferhund Dennis angekündigt, der um die Ecke des roten Ziegelstein-Cottages trabt.

Er wedelt freudig mit dem Schwanz, als Cassie ihm den struppigen Kopf krault. Sie hätte gern einen Hund, aber Jack, der ein bisschen allergisch ist, hält nichts davon.

Dennis dreht sich mit seinen vom grauen Star trüben Augen zu Jonny um, der nun pfeifend ebenfalls um die Hausecke biegt. Cassie hat ihn noch nie in etwas anderem als Shorts und T-Shirt gesehen, allerdings ist sie ihm auch erst zweimal begegnet, beide Male im »Hare«. Heute trägt er abgeschnittene Jeans.

Jack hat ihm gestern eine SMS geschickt und ihn zum Mittagessen eingeladen. Er meinte, Jonny sei doch bestimmt einsam, so ganz allein in seinem Farm-Cottage. Typisch aufmerksamer, freundlicher Jack.

Zuerst war sie ein bisschen genervt gewesen deswegen, weil sie vor allem geplant hatte, dass ihre beste Freundin und ihr Mann sich an diesem Wochenende besser kennenlernen sollten, aber dann war sie froh darüber, ihre Ungehaltenheit hinuntergeschluckt zu haben. Sie will sich ein Beispiel an Jack nehmen und einfühlsamer werden, und außerdem, sagt sie sich, wäre es gut für Jack, einen Freund in der Nähe zu haben, jemanden außer ihr, mit dem er nach einem stressigen Arbeitstag ein Bierchen trinken kann.

Jonny überreicht ihr eine Flasche Prosecco, während er sie auf die Wange küsst und sich die sandblonden Haare mit der Sonnenbrille aus der Stirn schiebt. Sie sind lockiger geworden, seit sie ihn vor etwa zwei Wochen zuletzt gesehen hat. Er lässt sie wachsen, seit er von London-Hackney nach Buscombe gezogen ist, nur etwa einen Monat, nachdem Jack und sie sich hier niedergelassen hatten. Im Pub meinte er scherzhaft, das sei ein Symbol seiner neu gewonnenen Freiheit, da er seine Festanstellung als Grafikdesigner gekündigt habe, um freiberuflich zu arbeiten. Cassie fragte sich im Stillen, ob es auch ein Zeichen der neu gewonnenen Freiheit von seiner Frau Lorna war, doch sie kennt ihn noch nicht gut genug, um ihn auf sie anzusprechen.

Sie stellt Jonny und Nicky einander vor. Die beiden stoßen beinahe mit den Nasen aneinander, weil er sie auf beide Wangen küssen will und Nicky ihm nur eine hinhält. Nicky lacht mädchenhaft entzückt, und Cassie weiß sofort, was los ist, als sie ihre hellblauen Augen über ihn wandern lässt und anfängt, beim Reden die Spitzen ihrer langen roten Haare zwischen den Fingern zu zwirbeln.

Jack schlägt Jonny beim Händeschütteln kumpelhaft auf die Schulter, und Nicky geht mit Cassie hinein, um ihr zu helfen, Gläser für den Prosecco hinauszutragen. Dabei überprüft sie ihre schlanke Silhouette rasch in der Scheibe eines Vitrinenschranks, aber Cassie lässt sich nichts anmerken, während sie in den Schubladen nach dem Korkenzieher sucht.

»Ich habe ihn doch vorhin noch gesehen ...«, murmelt sie und zieht eine weitere Schublade auf. Nicky nimmt derweil ein Foto von April in einem Silberrahmen von der Anrichte. Es ist Cassies Lieblingsbild, das, auf dem April das pfauenblaue Kopftuch trägt, das sie ihr zu ihrem letzten Geburtstag geschenkt hatte. Der Knoten sitzt weit oben auf dem Kopf, als sei sie ein Geschenk an die Welt. Sie lächelt tapfer in die Kamera, ihre Augen Halbmonde, die See unter ihr ein tosendes Chaos aus weißer Gischt. Nur fünf Monate später haben Cassie und Marcus ihre Asche von diesen Klippen aus ins Meer gestreut. Cassie öffnet denselben falschen Hängeschrank zweimal, ehe sie die Weingläser findet. Doch Nicky blickt gar nicht auf das Foto, sondern auf den Rahmen.

»War das hier nicht immer in dem Rahmen, den wir mit den Muscheln verziert haben? Die April am Strand gefunden hatte, weißt du?«

Manchmal wäre es schön, wenn Nicky nicht ständig alles beurteilen und hinterfragen würde. Cassie reagiert nicht, aber sie weiß, dass ihre Freundin auf einer Antwort bestehen wird.

»Cas?«

»Oh ja, das stimmt, aber wir haben diese Silberrahmen zur Hochzeit geschenkt bekommen«, sagt sie achselzuckend. »Ich finde, es kommt besser zur Geltung in einem richtigen Rahmen, und außerdem sind die Muscheln von dem anderen langsam abgefallen.« Das ist ein bisschen gelogen. Jack hatte den alten Rahmen in den Müll geworfen in der Annahme, dass er aus irgendeinem Caritas-Laden oder so etwas stammte. Als Cassie ihm sagte, dass ihre Mutter die Muscheln gesammelt hatte, wollte er zur Mülldeponie fahren und den Rahmen suchen, aber sie meinte, das sei nicht nötig. In Wahrheit hatte sie ihn sowieso nie besonders gemocht, und obendrein hatte er etwas albern in ihrer modernen weißen Küche gewirkt.

Nicky nimmt das Foto eines anderen verstorbenen Elternteils zur Hand, das in einem identischen Silberrahmen steckt. Ohne hinzusehen, weiß Cassie, welches es ist. Jack ist darauf etwa acht Jahre alt und sitzt im Fußballtrikot auf den Schultern seines Dads, die schmutzigen Knie an dessen Ohren. Mike hält seinen Sohn an den Fußknöcheln fest. Sie grinsen beide in die Kamera, Grübchen in der linken Wange, die dunklen Haare aus dem Gesicht gekämmt, als gehörte ihnen die Welt.

»Sie sehen sich so ähnlich«, sagt Nicky, das verblichene Foto musternd. »Er ist an einem Herzinfarkt gestorben, hast du gesagt?«

Cassie nickt zögerlich und stellt die Gläser auf der Kücheninsel aus Eiche ab. Es fällt ihr schwer, mit jemand anderem als Jack und Charlotte über Mike zu sprechen. Auch wenn sie jetzt zur Familie gehört, ist es doch nicht ihre Geschichte, und sie hat das Gefühl, sie nicht so erzählen zu können, wie sie erzählt werden sollte. Sie füllt einen Kübel mit Eis, um die Flasche kühl zu halten, während Nicky das Foto wieder an seinen Platz im Regal stellt.

»Ich fand es toll, Charlotte bei der Hochzeit kennenzulernen. Sie ist eine bewundernswerte Frau«, sagt Nicky und nimmt ihr den Eiskübel und den Korkenzieher ab.

Die Weingläser schlagen klirrend aneinander, als Cassie sie an den Stielen fasst.

»Das stimmt. Ich weiß ehrlich nicht, wie sie das geschafft hat nach Mikes Tod – mit ihrer eigenen Trauer fertigzuwerden und dabei Jack großzuziehen.«

»Aber das hat deine Mum auch getan«, bemerkt Nicky sanft.

Cassie sieht die Freundin an. Ihr Gesicht ist ihr nicht mehr so vertraut wie früher, als hätten sich die Sommersprossen und die Konturen kaum merklich verschoben wie Sterne am Nachthimmel. Nicky schafft es immer irgendwie, sie an ihre ungewöhnliche Kindheit zu erinnern, daran, dass sie ihren Vater nie gekannt hat – und dass sie jetzt praktisch eine Waise ist. Ihr eigenes behütetes Aufwachsen in einem Londoner Vorort hat Nicky stets verachtet. Ständig beklagte sie sich über ihre beiden jüngeren Brüder und die Familienurlaube in Griechenland, während Cassie im Bett bei ihrer Mum schlief, bis sie zwölf war, und die ganzen Sommerferien in Südlondon verbrachte.

Ohne etwas von ihren Gedanken zu ahnen, starrt Nicky immer noch auf das Foto von Jack und Mike.

»Ich glaube, wir haben alles. Komm«, sagt Cassie und geht hinaus, auf die Geborgenheit von Jacks tiefer, ruhiger Stimme zu, bevor Nicky noch etwas sagen kann.

Sie essen Lachsfilets, Salat und neue Kartoffeln, als wäre es schon Sommer. Nach ein paar Gläsern Wein merkt Cassie, wie sie entspannter und sanftmütiger wird. Jonny erzählt ihr von der Hundeauffangstation, wo er Dennis adoptiert hat.

Sie ist froh, dass sie Nicky vorhin nicht gereizt angeblafft hat. Das ist Jacks Einfluss, denkt sie, er besänftigt sie, dämpft ihr Feuer.

Während sie mit Jonny spricht, lauscht sie mit einem Ohr auf Jacks und Nickys Unterhaltung. Jack schildert gerade, wie viel er bei Jensen and Son zu tun hat, dem Familienunternehmen, das sein Großvater gegründet und Mike bis zu seinem Tod geführt hat. Die letzten zwanzig Jahre hat die Firma sich mehr schlecht als recht über Wasser gehalten, geleitet von einem tüchtigen, aber visionslosen Juristen, den der Vorstand eingestellt hatte. Jack war geraten worden, zuerst Erfahrungen in einem anderen Unternehmen zu sammeln, bevor er einen Posten bei Jensen and Son übernimmt, weshalb er zehn Jahre lang für Großbaufirmen in London gearbeitet hatte. Kurz nachdem sie sich kennengelernt hatten, hatte der Vorstand zugestimmt, dass er nun so weit sei, in das kleine elterliche Unternehmen in der Provinz einzutreten – eine Veränderung, die der ausschlaggebende Faktor für ihren Umzug von London nach Buscombe gewesen war.

Jetzt bittet er Nicky um Rat hinsichtlich der Einstellung eines neuen Projektleiters. Davon hat Nicky zwar keine Ahnung, aber Cassie weiß, dass sie sich als Expertin ausgeben und glücklich sein wird, von Jack nach ihrer Meinung gefragt worden zu sein. Cassie lehnt sich zurück, die beiden verstehen sich offenbar gut, und es kommt ihr nun dumm vor, dass sie je Bedenken hatte.

Jonny macht eine weitere Flasche Weißwein auf. »Also, Jack hat mir erzählt, dass du in deinen freien Minuten zwischen eurer Hochzeit, der Renovierung des Hauses und dem Umzug aufs Land noch ein Geschäft gegründet hast?«

»Meine Malerei?«, fragt Cassie verdutzt. Sie ist zu sehr mit Jacks und Nickys Gespräch beschäftigt, um zu wissen, wovon er redet.

»Oh, das muss dann noch ein weiteres sein. Nein, er hat was von Marmelade gesagt.«

»Ach so.« Cassie lacht. In den Herbstmonaten nach Aprils Tod hatte sie unerwarteten Trost im Marmeladekochen gefunden, nachdem Jack ihr eine Kiste Pflaumen aus dem Garten seiner Mutter mitgebracht hatte. Sie hatte keine Ahnung gehabt, was sie mit den Pflaumen anfangen sollte, dann aber zwischen den klebrigen Seiten eines alten Kochbuchs von April ein Rezept gefunden und festgestellt, dass der stete Vorgang – das Entsteinen der Früchte, das sorgfältige Abwiegen des Zuckers und das Blubbern in den Töpfen – etwas angenehm Meditatives hatte. Er beruhigte sie und lenkte sie von der Ungewissheit und Fremdartigkeit ihres neuen Lebens ab. Sie gab Jack ein Glas Kompott für Charlotte mit, und beide meinten, es sei so lecker, dass sie etwas davon im Dorf verkaufen solle. Sie weigerte sich zuerst, befürchtete dann aber, dass es so aussehen könnte, als würde sie sich keine Mühe geben, sich ins Dorfleben zu integrieren – als würde sie ihre neue, ländliche Existenz nicht völlig akzeptieren.

Jonny hält die Flasche an Cassies Glas. Er schenkt den Wein nicht ein wie Jack, mit einem gezielten, gemessenen Gießen. Nein, Jonny kippt ihn mit einem Schwall hinein, sodass ein kleiner Tsunami in ihrem Glas entsteht.

Sie hebt protestierend die Hand. »Gott, das ist ja ein Viertelliter!« Jonny schüttet die gleiche Menge in sein eigenes Glas und redet dabei weiter.

»Jack hat gesagt, du wolltest am nächsten Wochenende Marmelade auf einem Dorffest verkaufen?«

»Nein, das mache ich jetzt doch nicht.«

Jonny nimmt einen großen Schluck, als wäre es Wasser und nicht Wein.

»Wie kommt's?«

»Ach, ich habe einfach zu viel zu tun, und Jack muss arbeiten. Außerdem kann ich nicht Auto fahren, und ohne Auto ist es ziemlich umständlich.«

Jonny hält den Kelch seines Weinglases zwischen zwei Fingern, als könnte es ihm jemand wegnehmen, wenn er es auf dem Tisch abstellte.

»Das ist schade.« Er scheint einen Moment zu überlegen. »Ich habe einen Transporter und bin am kommenden Wochenende hier, falls dir das eine Hilfe wäre?«

Cassie sieht ihn überrascht an. Eine von Charlottes Freundinnen hat das Fest organisiert, und sie schiebt es schon die ganze Zeit vor sich her, ihrer Schwiegermutter abzusagen und sie zu enttäuschen.

»Ehrlich? Hast du denn nichts vor am Wochenende?«, fragt sie.

»Ich hätte eigentlich in London sein müssen, aber das hat sich geändert. Es würde mir guttun, zur Abwechslung mal was Handfestes zu machen.« Dennis regt sich unter Jonnys Stuhl, und er krault ihm den Hals, während er weiterredet. »Aber ich warne dich, ich bin nur für die groben Arbeiten zu gebrauchen, Kisten schleppen, fahren, all so was. Ich kann keine Verkaufsgespräche führen, und Bezahlung akzeptiere ich nur in Form von Naturalien, vorzugsweise auf Frucht- und Zuckerbasis in einem fest geschlossenen Glas.«

Dennis streckt sich unter dem Stuhl hervor und legt seinen großen Kopf in den Schoß seines Herrchens.

Cassie sieht zu ihrem Mann hinüber. Er erzählt Nicky gerade von Jamie, einem einsilbigen Anwaltsfreund, der Single ist, und schlägt einen gemeinsamen Drink nach der Arbeit vor, wenn er das nächste Mal in London ist, damit er sie mit ihm bekannt machen kann. Immer versucht er, etwas zu regeln, Lösungen für andere zu finden. Jack spürt ihren Blick und wendet sich kurz von Nicky ab, um sie mit seinem hinreißenden schiefen Grinsen anzusehen. Ihr wird ganz warm ums Herz.

Sie wendet sich wieder Jonny zu und beobachtet, wie sein Adamsapfel auf und ab hüpft, als er noch mehr Wein in sich hineinschüttet. Er wäre die ideale Lösung für ihr kleines Problem.

»Bist du sicher, dass es dir nichts ausmacht?«

»Nein, wie gesagt, es wird mir guttun mitanzupacken. Es ist also ein Dorffest, ja?«

Cassie nickt. »Mach dich auf das Schlimmste gefasst; es wird von Silberblautönungen und Teewärmern nur so wimmeln.« Sie greift nach ihrem Weinglas. »Das Café im Park serviert Scones mit Rahm und meinen selbstgemachten Marmeladen, und sie meinten, ich könnte einen eigenen Stand haben und ein paar Gläser bei dem Frühlingsfest verkaufen, nur um zu sehen, wie es läuft. Ich dachte, warum nicht. Sich ein bisschen im Dorf engagieren und so.« Und vielleicht, hofft sie im Stillen, kann sie in ein paar Monaten außer Marmelade auch ein paar Bilder verkaufen.

Als eine Pause in seinem Gespräch mit Nicky entsteht, lehnt Jack sich über den Tisch. »Habe ich gerade gehört, dass du ein Hilfsangebot für das Fest bekommen hast, Cas?«

Sie nickt lächelnd.

»Lustig, ich hatte nämlich die gleiche Idee.« Zu Jonny: »Danke, Kumpel, das ist nett von dir.«

»Nichts zu danken«, sagt Jonny achselzuckend und krault Dennis hinterm Ohr.

Cassie hatte sich darauf eingestellt, dass es eine Weile dauern würde, hier neue Freundschaften zu schließen. Nach London war es anfangs sogar richtig erholsam gewesen, genug Ruhe und Zeit zum Malen zu haben, die ersten Monate als Jungvermählte zu genießen, aber nun hat sie das Gefühl, dass es langsam Zeit wird, sich irgendwie einzubringen. Sie will niemanden verärgern, daher ist es gut, dass sie nicht absagen muss.

Jack ist derweil vom Tisch aufgestanden, um etwas zu holen, und steht auf einmal hinter ihr. Sie hat es nicht mitbekommen und zuckt zusammen, als er seine Hände auf ihre Schultern legt.

»Ach Cas, das ist ja so süß«, schwärmt Nicky. »Ehrlich, vor nicht mal zwei Jahren hast du dich noch auf Partys in Brixton rumgetrieben, und jetzt verkaufst du Marmelade auf dem Dorffest!«

»Ich weiß, wer hätte das gedacht?«, erwidert Cassie, grinsend.

Jack drückt ihr einen Kuss auf den Scheitel. »Bestimmt schreibt sie heimlich ein Buch: ›Von Brixton nach Buscombe – eine Odyssee‹«, witzelt er.

Jonny lacht, und Cassie gibt Jack einen Klaps auf die Hand.

»Das ist mein Zigeunerblut«, prahlt sie. »Ich bin sehr anpassungsfähig. Ich kann mich überall zu Hause fühlen.«

Jack küsst sie erneut auf den Kopf. »Das weiß ich, meine schöne Zigeunerin.«

Vom Wein kühn geworden, lehnt sie sich zurück, um ihn auf den Mund zu küssen. Aus dem Augenwinkel bemerkt sie, wie Nickys Lächeln verblasst und das gleiche Zucken über ihre Miene geht wie vorhin im Schuppen, und reißt sich zusammen. Sie sollte Jack nicht so vor ihr küssen; das sieht zu sehr danach aus, als wollten sie ihre Liebe zur Schau stellen. Zumal sie weiß, dass Nicky furchtbar gern wieder einen Partner hätte.

Dennis beginnt, mit dem Schwanz zu wedeln, offenbar spürt er die veränderte Atmosphäre. Er bellt, und Jonny steht auf, sein Glas ist fast leer.

»Okay, ich glaube, Dennis will mir sagen, dass es

Zeit ist, nach Hause zu fahren und eine Runde zu drehen.« Er sieht zu Cassie. »Ruf mich nächste Woche an und sag mir, wann du mich am Samstag brauchst, ich habe den ganzen Tag Zeit.« Er küsst sie und Nicky zum Abschied auf die Wange, bedankt sich für das Mittagessen und umarmt Jack kurz auf diese männlich-schulterklopfende Art.

Cassie sieht ihm nach, als er mit Dennis an seiner Seite über den Rasen geht und den Autoschlüssel aus der Hosentasche zieht. Nach all dem Wein sollte er eigentlich nicht fahren, aber niemand sonst scheint darauf zu achten, und Cassie sagt sich, dass auf dem Land wohl andere Regeln gelten. Jack trägt die Gläser in die Küche und fragt, ob jemand Kaffee möchte, während Nicky Teller aufeinanderstapelt. Cassie trinkt noch einen Schluck Wein, fühlt ihn spritzig im Mund herumrollen, und erschauert auf einmal, als sie Jonny wegfahren hört.

»Oh, da ist wohl jemand über dein Grab gelaufen«, sagt Nicky, während sie mit einem Stapel Teller in den Händen zur Küche geht.

Cassie lächelt über den alten Aberglauben, sie hat die Redewendung seit Jahren nicht mehr gehört. Typisch Nicky, so etwas auszugraben.

Sie schaudert erneut, stärker diesmal, die Frühlingskälte kriecht ihr in die Knochen, und sie denkt, dass Nicky falschliegt. Es fühlt sich nicht an, als würde da irgendein Spaziergänger über ihr zukünftiges Grab laufen, sondern als hätte er haltgemacht und würde darauf stehen.

7

Alice

Um 4.38 Uhr schließlich finde ich es anstrengender, mich vom Aufstehen abzuhalten, als immer noch wach zu liegen. Sacht schiebe ich Davids Arm von meinem Bauch und tapse barfuß nach nebenan zu dem kleinen Sekretär in einer Nische, den er großspurig als »das Büro« bezeichnet.

Ich liebe den tiefen Frieden der frühen Morgenstunden; es ist ein bisschen so, wie bei Frank zu sitzen. Die Startmusik des Computers beim Einschalten hallt übermäßig laut in der Stille, und meine Finger verharren über der Tastatur. Wonach genau soll ich suchen? Ich tippe »Frau, Koma, schwanger« in das Eingabefeld. Die Begriffszusammenstellung wirkt aberwitzig, doch ich denke an die Ultraschallaufnahme, an das, was ich gesehen habe, und klicke lächelnd auf den Suchbutton.

Es werden zwei dokumentierte Fälle angezeigt, beide aus den USA. Eine der beiden Frauen, eine Tiffany Prescot aus Phoenix, Arizona, hatte einen Frontalzusammenstoß mit einem anderen Auto. Sie war zu dem Zeitpunkt im vierten Monat. Das Baby, ein kleiner Junge, der Noah getauft wurde, kam auf natürliche Weise zur Welt, weil man befürchtete, dass die für einen Kaiserschnitt notwendigen Pharmaka Tiffany schaden könnten. Es erscheint unmöglich, dass eine komatöse Mutter natürlich entbinden kann, aber Noah ist der Gegenbeweis. Er ist mittlerweile vier Jahre alt und wächst zusammen mit seiner älteren Schwester bei seinem Vater auf. Tiffany ist letztes Jahr gestorben. Ihr Herz, das schon vor dem Unfall schwach und anfällig war, versagte nach seiner Geburt endgültig.

Über die andere Frau gibt es weniger Informationen, nur einen kurzen Zeitungsartikel in der *Nebraska News*. Das Baby, ein Mädchen diesmal, hörte auf zu wachsen und wurde vorzeitig per Kaiserschnitt entbunden. Es war zu klein, seine Lunge unterentwickelt, und starb eine Woche nach der Geburt. Seine Mutter war zum Erscheinungszeitpunkt des Artikels dabei zu genesen. Ich stelle mir vor, wie es sein muss festzustellen, dass der eigene Körper ein kleines Mädchen genährt und hervorgebracht hat, das gestorben ist, ohne je die weiße Krankenhausumgebung verlassen zu haben, während man selbst die ganze Zeit bewusstlos war – eine rote Narbe, die zu einem hinaufgrinst, der einzige Beweis seiner Existenz.

Sharma schätzt, dass Cassie im dritten Monat ist. In ein paar Stunden werden wir es genau wissen. Ich bin nie so weit gekommen mit meinen Schwangerschaften, deshalb habe ich keine Ahnung, wie es ist, aber ich habe es mir ausgemalt. Die schwellenden, schmerzenden Brüste, die Hormonschübe, die zu eng werdenden Jeans. Aber falls sie es doch wusste, wieso ist Cassie dann nicht zum Arzt gegangen? Wieso hat sie es ihrem Mann nicht gesagt?

»Jede Frau ist anders«, plappere ich die zahllosen Gynäkologinnen und Reproduktionsmediziner nach, die das zu mir gesagt haben. Dann denke ich an den blonden Mann, Cassies Nachbarn, der gestern Abend auf die Station gestürmt kam und Jonny Parker heißt, wie ich inzwischen weiß. Ich sehe jeden Tag verzweifelte, erschütterte Freunde und Angehörige; ständig versuchen Leute, außerhalb der Besuchszeiten Einlass zu erlangen, aber bei Jonny war es anders. Er wollte Cassie unbedingt etwas sagen, und als ich ihn nicht zu ihr ließ, vertraute er mir etwas an, über das ich mir seitdem den Kopf zerbreche. Ehe die Sicherheitsleute ihn hinausführten, sagte er: »Sie hatte Angst.«

Ich werde seinen Besuch in Cassies Akte erwähnen müssen. Paula werde ich raten, den Vorfall gegenüber Jack und Charlotte Jensen herunterzuspielen; wir wollen schließlich nicht, dass sie sich unnötig Sorgen machen. Ich schalte den Computer aus und beschließe, das Ergebnis meiner Internetrecherche nicht an Sharma weiterzugeben. Die Erfolgschancen würden ihm nicht gefallen.

Ich gehe wieder ins Bett – meine Seite ist noch warm –, lausche Davids leisem Schnarchen und starre eine Weile an die Decke wie eine Patientin, ehe ich mich schläfrig an seinen Rücken schmiege.

Eine Stunde bevor meine Schicht beginnt, biege ich auf den Krankenhausparkplatz ein. Es wird nur zögerlich hell an diesem Morgen. Kate's hockt am Horizont wie ein graues Spinnentier, saugt jedes bisschen Farbe von den umgebenden Feldern auf und lässt die trübe

Januarlandschaft noch trüber erscheinen. Ich denke oft, dass der Komplex gut nach Sowjetrussland gepasst hätte. Er ist sogar in einem Buch mit dem Titel »Die hässlichsten Gebäude Großbritanniens« abgebildet – eins von diesen Fotobüchern, die die Leute gern bei sich aufs Klo legen. Wir haben auch ein Exemplar, mit einem Eselsohr auf Kate's Seite. Doch grobschlächtiges Äußeres oder nicht, das Krankenhaus an sich ist in meinen Augen eine große Mutterfigur. Es hilft den meisten von uns auf die Welt, flickt uns zusammen, wenn wir verschrammt und verletzt sind, und schickt uns sanft auf unsere letzte Reise, wenn das alles dort draußen uns einmal zu oft zu Fall gebracht hat. Viele große Ereignisse – viel vom echten Leben – spielen sich innerhalb seiner sterilen Wände ab.

Ich fühle mich beschwingt, zu beschwingt, als ich aus dem Auto steige, weshalb ich ein ernstes Wörtchen mit mir selbst rede, als wäre ich eine Angehörige. Während ich den Parkplatz überquere, halte ich mir die zig möglichen Komplikationen, die große Anfälligkeit von Cassies Schwangerschaft vor Augen. Die automatische Kliniktür geht mit einem Zischen wie beim Öffnen eines Vakuumverschlusses auf.

Der Pförtner sieht nur kurz von seiner Zeitung hoch, als ich ihm ein »Guten Morgen« zurufe und in den langen Flur Richtung 9B abbiege, dessen Wände mit Aquarellen von Weizenfeldern dekoriert sind.

Cassie liegt unverändert da, unempfänglich für Nacht oder Tag. Im Gegensatz zu den immer friedlich schlafenden Komapatienten in Kinofilmen ist ihr Gesicht verzerrt, als würde sie über ein schwieriges Problem nachgrübeln. Ich lege eine Hand auf ihren Bauch und unterdrücke einen schon gewohnten Anfall von Neid, für den ich mich unweigerlich sofort schäme. Rasch ziehe ich meine Hand weg, bevor jemand etwas merkt, und gehe zum Schwesternzimmer hinüber.

»Wie geht es Ihnen, Jack? Konnten Sie letzte Nacht ein wenig schlafen?«, frage ich etwas später Cassies Mann, dem ich in Sharmas Büro gegenübersitze. Ich ertappe mich dabei, wie ich auf meiner Unterlippe kaue, und rufe mich zur Ordnung. Er soll nicht merken, dass ich nervös bin.

Er zuckt die Achseln, Schlaf ist ihm im Moment egal. Heute trägt er einen dunkelblauen Pullover zu seinen Jeans, der ihm gut steht. Ich frage mich, ob Cassie ihm den gekauft hat. Mir scheint, er hat durch den Stress bereits abgenommen, und sein Gesicht ist fahl vor Erschöpfung und Sorge. Trotzdem sieht er aus wie eine Originalvorlage der Natur für einen »gutaussehenden Mann«.

»Danke, dass Sie ein bisschen später kommen konnten. Dr. Sharma wird gleich hier sein, seine Besprechung dauert leider etwas länger. Wie kommen Sie zurecht?«

Er zuckt wieder mit den Schultern und reibt sich die Schläfen. Im Krankenhaus lassen die Leute sich eher gehen als sonst – ich bezweifle, dass Jack sich normalerweise vor jemandem, den er nicht kennt, so zerknautscht zeigen würde.

»Ich glaube, ich stehe immer noch unter Schock«, räumt er ein.

»Das ist völlig normal. Sagen Sie mir gern jederzeit Bescheid, falls Sie mehr Unterstützung brauchen. Wir können Ihnen zum Beispiel einen Therapeuten vermitteln, wenn Sie das Bedürfnis haben, über Ihre Situation zu sprechen …«

»Nein, hören Sie, meine Frau liegt im Koma, verdammt noch mal. Ich kann keinen klaren Gedanken fassen, warum sollte ich mit irgendeinem Therapeuten, einem fremden Menschen, über all das reden?« Er sieht mich herausfordernd an, bevor er den Blick senkt. »Entschuldigen Sie.« Seine Stimme versagt. »Es ist nur … ich habe wirklich kaum geschlafen, und ehrlich gesagt kann ich …« Er räuspert sich.

»Ich nehme Ihnen das nicht übel. An Ihrer Stelle würde ich auch nicht mit jemand Fremdem reden wollen. Sie sollen nur wissen, dass das Angebot steht, falls Sie es sich anders überlegen.«

»Es ist jetzt über achtundvierzig Stunden her, und ich kann es immer noch nicht fassen. Maisie ist schon öfter weggelaufen, und ich dachte die ganze Zeit, dass Cas bestimmt jeden Moment nach Hause kommt und sich über mich lustig macht, weil ich mich wegen nichts so aufrege.« Er lehnt sich vor, stützt die Ellbogen auf die Knie und reibt sich das Gesicht. »Jedes Mal, wenn ich die Augen zumache, sehe ich sie in diesem Bach und denke, wie kalt ihr gewesen sein muss.« Er schüttelt den Kopf, seine Stimme brüchig wie dünnes Eis. »Sie muss solche Angst gehabt haben … angefahren und dann einfach so liegen gelassen zu werden.« Unwirsch wischt er eine Träne mit dem Handrücken weg.

Ich hatte ihn eher für den Typ gehalten, der sich schämt zu weinen, und bin froh, dass ich mich geirrt habe. Wir hätten uns im Familienzimmer treffen sollen, wo es möglich und passend gewesen wäre, ihm tröstend den Arm zu drücken. Hier trennt uns ein Schreibtisch.

Ich beuge mich zu ihm vor. »Es ist sicher sehr schnell gegangen, Jack, im Bruchteil einer Sekunde.«

Mit einem scharfen Atemzug nimmt er sich zusammen und hebt den Kopf. Er möchte reden.

»Wissen Sie, ich ertappe mich dauernd dabei, dass ich in so blöden Allgemeinplätzen denke wie ›Das ist der reinste Albtraum‹ und mich frage, warum ausgerechnet uns das zugestoßen ist. Man hört und liest von solchen Unglücksfällen und denkt: ›Gott sei Dank ist das nicht mir, nicht uns passiert‹, und dann, zack!« Er klatscht in die Hände. »Da haben wir's. Verdammte Scheiße, da haben wir's.« Er reibt sich die Schläfen, als müsste er seinen Kopf zusammenhalten. Sein Blick ist starr auf Sharmas Schreibtisch gerichtet, als er sagt: »Wissen Sie, dass die Polizei unseren Nachbarn festgenommen hat, Jonny?«

Ich schüttle den Kopf.

»Er hat behauptet, dass seine Exfrau bei ihm zu Hause aufgetaucht ist, als er von der Party zurückkam, dass sie also bei ihm war, als Cassie angefahren wurde, aber sie bestätigt seine Aussage nicht.«

Mir wird auf einmal klar, dass jetzt nicht der richtige Moment ist, ihn über die Schwangerschaft zu informieren, er ist viel zu erschöpft. Ich denke über einen Vorwand nach, um kurz hinauszugehen und Dr. Sharma zu sagen, dass wir abwarten sollten, bis der Ehemann ein wenig geschlafen hat, aber es ist bereits zu spät. Es klopft an der Tür, Sharma kommt herein und stolziert mit einem großen Umschlag unter dem Arm zu seinem Schreibtisch. Jack steht auf, um ihm die Hand zu geben.

»Mr Jensen«, sagt Sharma mit ausdrucksloser Miene.

Jack nickt, und ich beiße mir auf die Lippen, als Sharma sich neben mich setzt. Unauffällig rücke ich ein Stück von ihm ab, damit Jack nicht denkt, dass wir als Duo auftreten.

»Mr Jensen«, wiederholt Sharma.

Jack sieht ihn an, aber sein Blick ist unfokussiert, als hätte er nicht die Energie, ihn scharf zu stellen.

»Die Testergebnisse zeigen im Moment nur wenig Veränderung bezüglich Cassies Zustands. Die Hirnschwellung ist leider immer noch beträchtlich und scheint nicht abgenommen zu haben. Was natürlich nicht heißt, dass es nicht noch dazu kommt. Die Zeit wird es weisen.« Er hört sich an wie ein Nachrichtensprecher, artikuliert jedes Wort deutlich und mit einstudierter Empathie.

Jack starrt ihn nur schweigend an, was Sharma als eine Einladung auffasst fortzufahren.

»Dann ist da noch eine andere, etwas heikle Sache, die bei den Untersuchungen an Ihrer Frau ans Licht gekommen ist.«

Jacks Blick zuckt von Sharma zu mir und wieder zurück.

Sharma hüstelt, ehe er fortfährt. »Also, das ist jetzt

vielleicht ein kleiner Schock für Sie, aber wie sich herausgestellt hat, ist sie schwanger.«

Die Worte fliegen über den Tisch und treffen Jack offensichtlich unvorbereitet, der von seinem Stuhl hochfährt und sich zu voller Größe aufrichtet.

»Was haben Sie gesagt?«

»Sie ist schwanger, Mr Jensen.« Sharma öffnet den Umschlag und legt nacheinander die Ultraschallaufnahmen von dem Fötus auf seinen Schreibtisch. Jack hat die Hand vor den Mund geschlagen und fängt an, durchs Zimmer zu laufen, immer im Kreis, als würde er hier drin gefangen gehalten und verzweifelt nach einem Ausweg suchen.

Plötzlich bleibt er stehen und fixiert mich. »Cassie ist schwanger?«

»Ja«, antworte ich.

»Wie ... wie weit ist sie?«

»In der zwölften Woche.«

»Oh Gott! In der zwölften! Der zwölften?«

»Ja, Jack.«

Er stützt sich mit seinen großen Händen an der Tischkante ab und lässt den Kopf hängen, atmet schwer aus. Ich glaube zuerst, dass er weint, doch er betrachtet nur die Aufnahmen und schüttelt den Kopf.

»Die sind von einer Ultraschalluntersuchung, die wir heute Morgen gemacht haben, Jack. Der Fötus ist gesund und scheint Cassie nicht zusätzlich zu belasten.«

Jack starrt blinzelnd auf eines der Bilder. Die winzigen Dornen der Wirbelsäule des Fötus sind zu sehen, der seine kleine Faust vors Gesicht hält, beinahe, als würde er uns den erhobenen Daumen zeigen.

»Nicht zusätzlich belasten?«

»Dr. Longe, unsere leitende Gynäkologin hier, die Sie noch kennenlernen werden, hat Cassie heute Morgen gründlich untersucht«, erklärt Sharma. »Soweit wir sehen, ist mit dem Fötus alles in Ordnung, und Cassie produziert ganz von allein die nötigen Hormone für den Fortgang der Schwangerschaft. Das heißt aber selbstverständlich, dass wir noch achtsamer bei der Medikamentengabe für ihr Wohlbefinden sein müssen, um das Kind zu schützen. Wir erhöhen jetzt ihre Vitaminzufuhr, doch abgesehen davon brauchen wir eigentlich nicht mehr zu tun, als der Natur ihren Lauf zu lassen.«

Für eine Weile sagt niemand etwas. Ich blicke auf Jacks dunklen Kopf, während er sich über den Tisch beugt. Als er aufsieht, ist sein Gesicht unter dem Dreitagebart gerötet, die Kapillaren seiner Wangen sind übermäßig durchblutet. Er nimmt eine der Ultraschallaufnahmen zur Hand und hält sie so fest zwischen Daumen und Zeigefinger, dass sich die Ränder nach innen biegen. Ich bin drauf und dran, ihn zu bitten, vorsichtig zu sein.

»Aber … aber warum hat sie mir nichts gesagt?« Er sieht mich fragend an.

»Viele Frauen wissen anfangs nicht, dass sie schwanger sind, manchmal auch im dritten Monat noch nicht«, versuche ich, ihn zu trösten.

Jacks Augen sind groß vor Bestürzung. »Sie wusste also nicht, dass sie schwanger ist, ja?«

»Wahrscheinlich nicht«, bestätige ich nickend und denke das Gegenteil.

Er lässt die Aufnahme los, die zu Boden schwebt wie ein Herbstblatt, rauft sich die Haare und starrt auf das Bild zu seinen Füßen. »Scheiße, Scheiße, Scheiße«, flucht er, und ich merke, wie Sharma bei jedem »Scheiße« innerlich zusammenzuckt.

Sharma erhebt sich, sodass er Jack gegenübersteht. »Das ist sehr viel auf einmal zu verkraften, Mr Jensen, das wissen wir, aber Sie müssen …« Er macht seine typische beschwichtigende Geste mit nach unten gekehrten Handflächen.

»Sagen Sie mir bitte nicht, dass ich mich beruhigen soll, Doktor. Meine Frau ist so gut wie tot, verdammte Scheiße, und jetzt eröffnen Sie mir, dass es da ein lebendiges Kind gibt?«

Er lässt sich schwer auf seinen Stuhl fallen und starrt uns für einen Moment an, die Augen immer noch weit aufgerissen, als hätten wir ihm einen unerwarteten Schlag versetzt. Dann fährt er sich wieder durch die Haare, lässt den Kopf sinken und heult lauthals in seine Hände.

Eine Stunde später sitzen Jack und ich mit zwei Styroporbechern voll Krankenhauskaffee im Familienzimmer. Er trinkt einen Schluck und verzieht das Gesicht.

»Ich weiß«, sage ich. »Sie sollten erst mal das Essen probieren.«

Er nickt mit einem müden Lächeln. Seine geröteten Lider betonen das Ahornsirupbraun seiner Pupillen, in denen helle Punkte wie aus Blattgold glimmen. Ich finde es erstaunlich, dass ein solch zweckmäßiger Teil der Anatomie so schön sein kann.

»Es tut mir leid, ich hätte mich vorhin nicht so gehen lassen sollen«, sagt er.

»Bitte machen Sie sich deswegen keine Gedanken, es wäre seltsam, wenn Sie nicht mitgenommen wären in Anbetracht der Umstände.«

»Ich habe es meiner Mutter erzählt, das mit dem Baby. Sie hat geweint. Sie ist jetzt auf dem Weg hierher.«

Ich nicke. »Es ist offenbar ein Schock für Sie beide.« Ich will von ihm hören, dass sie tatsächlich nichts von der Schwangerschaft gewusst haben, doch er nickt nur geistesabwesend. Es scheint, als überlege er, wie viel er mir erzählen soll. Ich lächle und lasse ihm Zeit.

»Wir versuchen, ein Kind zu zeugen, seit wir vor etwas über einem Jahr geheiratet haben. Wir haben ständig darüber geredet, was für Eltern wir sein würden. Cassies Periode war irgendwie unregelmäßig, deshalb wussten wir, dass es eine Zeitlang dauern könnte. Sie war im Sommer schwanger, wissen Sie, aber wir hatten eine Fehlgeburt, zwei Tage vor dem Ultraschalltermin. Das käme nicht selten vor, meinten die Ärzte. Ich kann es immer noch nicht glauben, dass sie nichts davon gemerkt hat, schwanger zu sein.« Er schüttelt den Kopf und lächelt dabei zärtlich.

Ich fühle eine gewisse schwesterliche Verbundenheit mit Cassie, wie immer, wenn ich höre, dass eine Frau eine Fehlgeburt hatte. Und es gefällt mir, dass Jack von »wir« spricht.

»Aber das ist typisch Cassie. Sie ist oft sehr impulsiv und mit dem Kopf in den Wolken. Hat nie auf ihre Regel geachtet und solche Sachen, ich glaube, das hat sie von ihrer Mutter. Es hat mich manchmal wahnsinnig gemacht, aber ich habe sie auch dafür geliebt.« Er trinkt noch einen Schluck Kaffee und reißt die Augen auf, als versuche er, sich selbst aufzuwecken, ehe er weiterredet.

»Ehrlich gesagt hat sie ein bisschen eine schwere Zeit durchgemacht vor dem Unfall. Sie war frustriert wegen ihrer Malerei und schlief nicht gut. Klingt jetzt irgendwie blöd, oder?«

Ich schüttle den Kopf. »Was meinen Sie mit einer schweren Zeit?«

»Ach, sie war manchmal etwas niedergeschlagen. Keine richtige Depression, nur so ein Stimmungstief. Sie hatte immer in London gelebt, bevor wir hierher aufs Land gezogen sind, und die Umstellung fiel ihr schwerer als gedacht. Sie hat keinen Führerschien und fühlte sich ein wenig isoliert. Ich habe versucht, sie aufzumuntern, aber sie hat sich irgendwie abgekapselt, sich auch nicht mehr bei ihren Freunden gemeldet und so. April konnte wohl genauso sein, hat sie mir mal erzählt; sie war schon vor ihrer Krebsdiagnose manchmal depressiv. Das muss schwer gewesen sein für Cassie, denke ich oft, allein bei ihrer Mum aufzuwachsen, ihren Dad nicht zu kennen.«

»Cassie hat ihn nie kennengelernt?«

Jack schüttelt den Kopf. »Sie hat nie erfahren, wer er war. April wusste es selbst kaum. Irgendein Norweger, den sie auf Reisen in Mexiko getroffen hatte. Ich habe Fotos von April aus dieser Zeit gesehen, und wenn man nach denen gehen kann, muss Cassies Vater ein echter Hippie gewesen sein. Jedenfalls war das lange vor dem Internet, und ohne vollen Namen oder Adresse konnte April ihn nicht ausfindig machen. Dabei fällt mir ein, dass Cassie mal erzählt hat, April hätte nichts von ihrer Schwangerschaft gemerkt, bis sie schon ziemlich weit war. Der Norweger weiß nicht mal, dass Cas existiert. Ich finde das wirklich hart, doch sie sagt immer, dass sie es nicht anders kennt und daher nicht viel vermisst hat. Aber deshalb bedeutet ihr Familie wohl so viel, deshalb steht sie meiner Mum so nahe. Sie hat immer davon geredet, dass wir einen ganzen Stall voll Kinder haben würden, hat sich das in den schönsten Farben ausgemalt. Sie wollte, was sie selbst als Kind nicht gehabt hat. Jedenfalls sieht es ihr ähnlich, dass sie nicht auf die Idee gekommen ist, einen Schwangerschaftstest zu machen oder so was.«

In Jack geht es offenkundig drunter und drüber, aber wenn er über seine Frau spricht, wird seine Stimme ganz sanft. Er redet mit einer Schlichtheit und Klarheit über sie, die nur aus echter Kenntnis und enger Vertrautheit kommen kann. Ich erinnere mich, dass meine beste Freundin Jess mal gesagt hat, dass Davids Stimme immer viel weicher wird, wenn er über mich spricht.

»Sie denken also, dass sie nichts von dem Baby wusste?«

Jack sieht zu mir auf. »Natürlich wusste sie es nicht, sonst hätte sie es mir doch gesagt. Ich hätte sie niemals hinter dem Hund herlaufen lassen, und dieser ganze verdammte Mist wäre nie passiert.« Er scheint sich beim Reden bewusst zu werden, wie wahr das ist – das ganze Unglück hätte vermieden werden können.

»Nun ja, wie gesagt, eine Schwangerschaft überrascht viele Frauen. Aber es ist von Bedeutung, Jack … ich meine, es wird für das Ethikkomitee der Klinik bei seiner Beratung von Bedeutung sein, dass Cassie gern Mutter werden wollte. Das heißt, dass ihre Interessen sich mit denen des Kindes decken. Ein Facharzt wird sich noch ausführlicher mit Ihnen darüber unterhalten, aber wenn Cassie das Kind wollte, sollte die Schwangerschaft ohne weitere Diskussion voranschreiten können – vorausgesetzt, Sie wollen das auch?« Ich hatte bereits über die entsprechenden Bestimmungen und Richtlinien der Ethikkomitees des staatlichen Gesundheitsdienstes nachgelesen: Wenn die Mutter nicht in der Lage ist, eine bewusste Entscheidung über ihre Schwangerschaft zu treffen, wird die Entscheidungsbefugnis gewöhnlich dem Vater übertragen.

Jack starrt wieder ausdruckslos vor sich hin, sodass ich ihn ein bisschen anstupsen muss. »Möchten Sie das, Jack? Dass die Schwangerschaft voranschreitet?«

Er nickt. »Ja, ja, natürlich. Cas wollte so gern Mutter werden, es war ihr Herzenswunsch.«

Es überrascht mich selbst, wie erleichtert ich bin. Jetzt ist Cassies Baby wieder ein bisschen sicherer.

»Das ist schön zu hören, Jack.«

»Und wie geht es jetzt weiter?«

»Wie Dr. Sharma sagte, wir kümmern uns um Cassie wie um jede andere Patientin hier, achten natürlich verstärkt auf ihre Medikation und überwachen die Entwicklung des Kindes. Es wird wahrscheinlich ein paar Besprechungen deswegen in den höheren Etagen des Krankenhauses geben, aber darüber würde ich mir keine Sorgen machen. Wie gesagt, Sie sind der Vater, und wenn Sie möchten, dass die Schwangerschaft fortgesetzt wird, dann wird sie das auch.«

Jack nickt wieder. Tränen sammeln sich in seinen Augen, und er ringt die auf dem Tisch gefalteten Hände. »Gott, selbstverständlich. Selbstverständlich möchte ich das.«

Ich lächle ihn an.

»Ich wünschte nur, sie würde aufwachen, damit ich ihr sagen kann, dass ich sie liebe und wie leid es mir tut, dass ich es nicht gewusst habe. Ich hätte das mit dem Kind ahnen sollen.«

Ich reiche ihm ein Papiertaschentuch. »Jack, Sie trifft keine Schuld. Sie dürfen sich keine Vorwürfe machen.«

Er trocknet sich nickend die Augen.

Ich wünschte, ich könnte ihn noch mehr über Cassie und ihr gemeinsames Leben befragen. Dann aber hebt er den Kopf, ruhiger auf einmal, und hat seinerseits eine Frage.

»Was glauben Sie, wohin Cassie gegangen ist, Alice? In ihrem Koma, meine ich.«

»Sie meinen, ihr Bewusstsein?«

Jack nickt und sieht mich geradeheraus an, will Antworten. Gute, positive Antworten.

»Also, das wissen wir nicht so genau. Jeder Patient macht da natürlich andere Erfahrungen. Manche erinnern sich an gar nichts, das Koma war für sie wie ein langer, tiefer Schlaf. Andere berichten von Klarträumen und wieder andere, dass sie ihr Leben neu durchlebt, einschneidende Erlebnisse noch einmal erfahren haben. Es ist vollkommen unterschiedlich.«

»Ich hoffe nur, dass sie keine Angst hat«, bemerkt Jack.

Mein Herz klopft. Wie Jonny sorgt er sich, dass Cassie sich vor etwas fürchten könnte. Ich würde gern seine Hand halten und irgendetwas Beruhigendes sagen, doch er tastet plötzlich nach seiner Hosentasche.

»Entschuldigung«, murmelt er, zieht sein Handy heraus und blickt auf den Bildschirm.

»Meine Mutter, sie ist gerade angekommen. Ich gehe mal besser nach vorn und hole sie ab. Sie war ziemlich durch den Wind, als ich es ihr gesagt habe.« Er nimmt die Ultraschallbilder vom Tisch und steht auf.

»Danke für das Gespräch.«

Ich erhebe mich ebenfalls. »Jederzeit, Jack. Wirklich, jederzeit.«

Ich esse ein Sandwich in der Kantine und versuche danach, am Schreibtisch zu arbeiten. Vor mir liegt jede Menge Verwaltungskram, Patientenakten, die zu bearbeiten oder zu schließen sind, Bestellformulare, die ausgefüllt und weitergeleitet werden müssen, aber ich kann mich nicht konzentrieren.

Mein Blick verschwimmt, sobald ich auf den Computerbildschirm blicke, und in meinem Kopf dreht sich ein Horrorkarussell aus allem, was Cassie und ihrem Kind passieren könnte: Organversagen, Fehlgeburt, eine Infektion. Die Vorstellungen jagen mich von meinem Stuhl auf, und ich spähe durch das quadratische Fenster in der Tür, durch das man auf die

Station blickt. Cassies Vorhang ist um das Bett herum zugezogen; Jack ist vor etwa zwanzig Minuten gegangen. Sharma hat ihm von dem Vorfall mit Jonny berichtet und gesagt, es werde nicht wieder vorkommen. Ich habe gesehen, wie Jack der Pflegeassistentin am Empfang beim Hinausgehen schwach zuwinkte. Mich hat er hier im Schwesternzimmer nicht bemerkt. Das Telefon klingelt. Ich überlasse den Anruf der Rezeption und gehe hinaus.

Charlottes silberblonder Kopf ist der Wand hinter Cassies Bett zugekehrt. Sie hält einen Bogen Hafties in der einen Hand und einen Stapel Fotos und Postkarten in der anderen. Ihre Kleidung ist wie zuvor – ein bisschen zu groß für sie, die dunkelblaue Jeans ein wenig schlabberig, dazu ein untailliertes blau-weiß gestreiftes Hemd. Sie ist immer noch im Notfallmodus. Um Cassies Bett herum hat sie eine bunte Collage aus Fotos und Karten gestaltet. Jack hat gesagt, sie hätte geweint, als sie das von dem Baby erfuhr. Ich weiß noch, wie meine Mutter geweint hat, als ich die ersten Male schwanger war, aber jetzt spart sie sich die Tränen lieber für später auf.

Charlotte dreht sich lächelnd zu mir um. »Hallo, Alice. Ich hoffe, Sie haben nichts dagegen«, sagt sie, auf die Wand deutend. »Ich habe eine der anderen Schwestern um Erlaubnis gefragt.«

Ich ziehe den Vorhang sorgsam hinter mir zu. »Nein, natürlich nicht. Das sieht hübsch aus.« Charlotte legt die Hafties und die restlichen Fotos auf Cassies Nachttisch ab, während ich näher trete. »Kann ich mal sehen?«

Sie stützt sich leicht an dem Metallrahmen des Betts ab, was sie auf einmal gebrechlich wirken lässt. In Krankenhäusern altern sogar die rüstigsten Besucher unversehens. »Aber ja, gern«, antwortet sie mit einer einladenden Geste.

Die Bilder sind alle von Cassie und Jack, Arm in Arm bei verschiedenen Gelegenheiten: an Weihnachten, in Gummistiefeln bei einem Spaziergang, an einem tropischen Strand unter einer Palme.

»Schön«, sage ich.

Charlotte lächelt wieder. »Ja, ich weiß, das ist sie. Einer von diesen Menschen, die jedes Zimmer erhellen, das sie betreten. Ich kann es kaum glauben, dass die Hochzeit erst vor einem Jahr war.« Sie blickt auf ein gerahmtes Foto vom Hochzeitstag. Cassie strahlend und wunderschön in einem eng anliegenden, langen weißen Spitzenkleid, Jack mit leicht zurückgeneigtem Kopf, stolz und elegant, seine Braut angrinsend. Sie wirkt auf mich nicht wie eine Frau, die sich leicht ängstigt. Der Rahmen ist aus schwerem Silber, teuer und unpassend in dieser klinischen Umgebung. Ich vermute, das Haus der beiden ist voll von solch stilvollen Rahmen mit Bildern aus glücklichen Tagen. Später werde ich ihn allerdings wegstellen müssen, denn er könnte auf die Patientin fallen, wenn jemand gegen den Nachtschrank stößt.

»Scheint ein wundervoller Tag gewesen zu sein«, bemerke ich. Ich sollte vorschlagen, ins Familienzimmer zu gehen, wo es privater ist, aber sie ist gerade so schön in Schwung und scheint sich hier ganz wohlzufühlen.

Charlotte nickt. »Für Jack ist es noch niederschmetternder, als es ohnehin schon wäre.« Zuerst denke ich, sie redet davon, dass die beiden erst seit Kurzem verheiratet waren, doch sie dreht sich zu mir um und erklärt: »Wir haben Jacks Vater, Mike, früh verloren, wissen Sie.« Sie atmet tief durch, möchte reden, sich jemandem anvertrauen. »Er hatte eine angeborene Herzkrankheit. Typisch Mann, war er unmöglich, was seine Tabletten anging, hat ständig vergessen, sie zu nehmen. Jack hat ihn eines Tages zusammengebrochen auf dem Fußboden gefunden. Ich war gerade weg, die wöchentlichen Einkäufe machen.« Sie zieht ein Taschentuch aus ihrem Ärmel.

»Das tut mir sehr leid, Charlotte.«

Sie schüttelt ein paarmal den Kopf und kneift sich mit dem Taschentuch in der Hand in die Nase. Sie will mein Mitleid nicht und lässt sich Zeit, bevor sie mich sozusagen unterhakt und auf einen Gang durch ihre Gedanken mitnimmt. »Ich war natürlich völlig am Ende, ich konnte mir ein Leben ohne Mike nicht vorstellen, plötzlich alleinerziehende Mutter zu sein und all das. Aber für Jack war es noch viel schlimmer. Deshalb sind wir nach Buscombe gezogen – um neu anzufangen. Man sagte mir, das Land würde dem Jungen guttun. Für einen Vierzehnjährigen ist es so ziemlich das Furchtbarste, was man sich vorstellen kann, den bewunderten Vater tot aufzufinden.«

Ich nicke. »Ich kann mir kaum vorstellen, wie schwer das gewesen sein muss.«

»Wir haben uns ganz gut durchgeschlagen, einundzwanzig Jahre lang, nur Jack und ich, eine kleine

Zweierfamilie, bis letztes Jahr natürlich.« Sie sieht kurz zu dem Hochzeitsfoto. »Es würde ihn von Neuem vernichten, sie zu verlieren«, schließt sie flüsternd.

Ich möchte sie aufmuntern, dem Gespräch eine positivere Wendung geben. »Das hört sich an, als würden sie eine glückliche Ehe führen.«

Charlotte seufzt. »O Gott, ja. Sie haben immer so viel gelacht. Ich war von Anfang an vernarrt in Cas und wusste sofort, dass sie die Richtige für Jack ist.«

Wir drehen uns beide um, als Schritte draußen zu hören sind, vielleicht Sharma auf dem Weg zu Ellen. Charlotte wartet, bis sie vorbei sind, ehe sie mich etwas verlegen ansieht und meinen Arm tätschelt.

»Entschuldigen Sie, Alice, Sie haben bestimmt viel zu tun, und ich halte Sie hier mit meinem Gerede auf.«

»Nein, ich bitte Sie, ich finde es schön, mit Ihnen zu sprechen und ein wenig mehr über Cassie zu erfahren.«

Charlotte blickt auf ihre Schwiegertochter hinunter, bevor sie sich wieder zu mir umdreht, als sollte Cassie sie nicht hören. »Sie wollte so gern Mutter werden«, sagt sie leise.

Es versetzt mir einen Stich ins Herz, denn ich habe einmal mitgehört, wie meine Mum das Gleiche über mich sagte.

»Ich habe den Atem angehalten und die Daumen gedrückt, vor allem nach der Fehlgeburt. Jack sagte, er hat es Ihnen erzählt?« Ich nicke und lasse sie weiterreden. »Wir haben uns sehr nahegestanden, Cas und ich, wissen Sie. Wir konnten über alles miteinander sprechen. Sie hat sich mir anvertraut, auch wegen ihrer unregelmäßigen Menstruation und dass sie Angst hätte, nicht wieder schwanger werden zu können. Ich habe sie beruhigt und gesagt, dass sie es einfach weiter probieren müssen, auf die Natur vertrauen. Was man halt so sagt.« Sie schweigt einen Moment. »Zu denken, dass sie in der zwölften Woche ist und es nicht wusste!«

Charlotte wischt sich mit ihrem zerknüllten Taschentuch eine Träne weg. Man kann sich gut vorstellen, wie sich Cassie bei einer Tasse Tee oder einem Glas Wein bei ihr ausgesprochen hat. Charlotte hat eine selten ruhige Ausstrahlung, eine Freundlichkeit, die anderen Menschen ein Gefühl der Sicherheit gibt und sie dazu bringt, sich ihr anzuvertrauen. Sie ist zweifellos bestürzt über das Vorgefallene, aber ohne aus dem Gleichgewicht zu geraten, dazu ist sie viel zu bodenständig.

Neue Schritte und Stimmen vor Cassies Vorhang stören uns in unserer Vertrautheit. Charlotte gibt sich einen Ruck und setzt wieder ihr Lächeln auf.

»Ich lasse Sie jetzt weiterarbeiten, Alice. Jack sagte mir, dass Sie heute die anderen Schwestern über die Schwangerschaft informieren wollen, und« – sie blickt auf ihre Armbanduhr – »in zwanzig Minuten geht ein Bus, der praktisch vor meiner Haustür hält, also machen Sie sich bitte keine Gedanken um mich.«

Ich sehe sie überrascht an, kann sie mir nicht in einem öffentlichen Bus vorstellen.

»Sie fahren nicht Auto?«, frage ich unwillkürlich.

Charlotte schüttelt ihren silbrigen Kopf, der das Licht einfängt. »Nein, aber ich komme mit öffentlichen Verkehrsmitteln und einem gelegentlichen Taxi ganz gut zurecht.« Sie nimmt ihre Handtasche vom Besucherstuhl. »Die arme Maisie wird schon nach ihrem Spaziergang lechzen.«

»Oh, müssen Sie sich jetzt um sie kümmern?«

Sie nickt. »Das arme Ding, ich glaube, sie ist ziemlich durcheinander. Sie kommt aus dem Tierheim; Cas hatte sie erst seit ein paar Wochen. Sie hat sich immer einen Hund gewünscht, schon als kleines Mädchen, hat sie mir mal erzählt, aber weil sie in einer kleinen Stadtwohnung in Brixton aufgewachsen ist, ging das nicht …« Sie verstummt, blickt auf ihre Hände.

Eigentlich wollte ich ihr noch von Jonny Parkers Kurzbesuch auf der Station berichten, aber als ich sehe, wie sie ihr nun halb zerfetztes Taschentuch in die Hose stopft, beschließe ich, dass jetzt nicht der richtige Zeitpunkt ist. Mehr kann sie heute nicht verkraften.

Auf einmal schlägt sie die Hand vor den Mund. »Gott, ich werde schon senil, das hätte ich fast vergessen. Ich habe hier noch ein paar andere Kleinigkeiten von zu Hause für Cassie. Es war Jacks Idee.« Sie gibt mir eine kleine lederne Reisetasche. »Er wollte nicht, dass sie aufwacht und nichts von ihren Sachen um sich hat.«

Es rührt mich jedes Mal, wenn Verwandte persönliche Gegenstände mitbringen. Wie zuversichtlich sie sein müssen, wenn sie die Tasche packen, dass der geliebte Mensch sich wieder selbst die Zähne putzen, eine SMS schreiben, die alten Hausschuhe anziehen wird. Ich habe es schon erlebt, dass Angehörige Kondome, alte Zeitungen und Hanteln mitbrachten, doch hier, in dieser entmenschlichenden Umgebung, sind das nur Andenken an eine verlorene Existenz.

Ich nehme die Tasche an mich. »Das ist eine gute Idee. Wir bewahren sie im Schwesternzimmer auf, dann ist sie jederzeit zur Hand, falls Sie oder Cassie sie brauchen.«

Charlotte nickt, und ich will gerade gehen, als sie hastig fragt, als wäre das unangebracht: »Was denken Sie über das Baby, Alice?«

»Ganz ehrlich? Dass es so sehr einem Wunder gleichkommt wie nichts, was ich bisher erlebt habe.«

Ein Strahlen geht über ihr Gesicht.

Ich fürchte, zu überschwänglich gewesen zu sein, und wiegele ein wenig ab. »Aber wir müssen weiter die Daumen drücken. Es ist alles noch sehr ungewiss.«

Ihr Lächeln verblasst kaum. »Sie haben recht, Sie haben recht. Aber Jack sagte, falls alles gut geht, könnte das Baby im Juni kommen?«

Ich nicke. »Das wäre schön, aber wir werden uns sicherheitshalber auf einen früheren Termin einstellen, für den Fall, dass ein Risiko für die Mutter oder das Kind besteht. Jetzt müssen wir erst einmal abwarten.«

Sie nickt und winkt mir zum Abschied kurz zu, ehe sie sich wieder dem Bett zuwendet, über dem die alte Cassie in ihrem Rahmen engelhaft auf ihr neues, beschädigtes Selbst herablächelt.

Kurz nach sieben Uhr abends bin ich zu Hause. Davids Laufschuhe stehen nicht an ihrem Platz bei der Hintertür, den Hund hat er jedoch diesmal nicht mitgenommen. Bob wedelt mit dem Schwanz, als ich hereinkomme, gemütlich eingerollt in seinem warmen

Korb und überglücklich, dass er sich vor dem Laufen drücken konnte.

Weil es so kalt ist, lasse ich mir ein Bad einlaufen, vielleicht steigt David ja zu mir in die Wanne, wenn er zurück ist. Mein Körper fühlt sich träge und aufgedunsen an, wahrscheinlich bekomme ich meine Regel. Ich ziehe mich aus und den Bademantel über und beginne, anhand meines Handykalenders auszurechnen, ob ich sie diese oder nächste Woche bekommen müsste. Ich zähle die Tage zweimal. Meine letzte Periode hatte ich definitiv, als wir bei dem Weihnachtssingen in Brighton waren, was bedeutet … ja, dass ich schon eine Woche zu spät dran bin. Seit wir beschlossen haben, es nicht mehr gezielt zu versuchen, habe ich aufgehört, meinen Zyklus zu überwachen. Zu meiner Überraschung war es weniger schmerzlich als erleichternd, nicht mehr Tag für Tag jede Hormonschwankung, die Veränderung meiner Körpertemperatur, messen zu müssen. Doch jetzt bin ich eindeutig acht Tage drüber.

Es müsste sich noch ein Test unter dem Waschbecken im Badezimmer befinden. Ich versuche, nicht zu viel nachzudenken. Das Wasser donnert in unsere alte viktorianische Badewanne. Ich reiße die Packung auf und lasse sie erst mal auf dem Boden liegen, später werde ich sie tief unten im Mülleimer vergraben. Die Gebrauchsanweisung kann ich getrost ignorieren, ich habe das schon oft genug gemacht und kenne den Vorgang, kenne die damit verbundene angstvolle Erwartung. Ich muss mich darauf konzentrieren, meinen Atem zu beruhigen, und starre ein paar Sekunden lang an die Decke, ehe ein kleines Bächlein in die Toilette plätschert und ich den Stab hineinhalte. Als ich fertig bin, ziehe ich den Bademantel fest um mich und setzte mich auf den Wannenrand. Ich bin erstaunlich ruhig, während ich auf die zukunftsweisende Schrift warte.

Langsam, wie durch Magie, nehmen die Buchstaben Form an, bis ich »schwanger« lese, immer wieder, und anfange zu lachen. Ich muss auch etwas gerufen haben, denn kurz darauf erscheint ein besorgtes schwarzes Gesicht in der Tür. Bob weiß zwar, dass er hier oben nichts verloren hat, doch er spürt sofort, dass mein Johlen etwas Gutes bedeutet, dass ich ihm seine Grenzüberschreitung nicht übelnehmen werde, und kommt schwanzwedelnd auf mich zugetrabt. Ich umarme ihn und schmiege mein Gesicht an seine muskulöse Schulter. Es ist, als würde mein Herz einen tiefen Atemzug tun, sodass ich mich für einen kurzen Moment einer hochfliegenden Hoffnung hingebe.

Dann hat Bob genug, und ich blicke wieder auf meinen Handykalender. Ich bin höchstens in der dritten Woche, das ist die gefährlichste Zeit. Bisher bin ich nie über die neunte hinausgekommen. Ich denke an Cassies zwölf Wochen und stelle mir vor, wie mein eigener Bauch wächst und sich um neues Leben herum spannt. Bob lässt sich in der Ecke nieder, den Kopf von mir abgewandt, als ich noch einen Test mache. Ich bin schwanger. Es drängt mich, meine Mum anzurufen, wir haben schon länger nicht mehr miteinander telefoniert. Sie ist immer sehr beschäftigt, weil sie mithilft, sich um Harry und Elsa zu kümmern, das weiß ich, aber ich sehne mich danach zu hören, dass sie sich für mich freut, sehne mich danach, sie stolz zu machen. Doch ich habe die frohe Botschaft schon zu oft voreilig verkündet, und es gibt nichts Schlimmeres, als zu hören, wie in der eigenen Mutter etwas vor Traurigkeit zerbricht. Nein. Es ist noch zu früh.

Ich drehe den Wasserhahn der Badewanne zu, stopfe die Teststäbchen in ihre Plastikhüllen zurück und werfe sie in den Mülleimer. Bob folgt mir träge ins »Büro«. Ich weiß nicht, wohin mit mir, fühle mich fließend, neu, unter Schock vor Freude. Könnte ich jetzt doch jemanden umarmen, es jemandem erzählen, der sich nicht gleich Sorgen um mich macht. Könnte es doch sein wie beim ersten Mal, als David mit mir durchs Zimmer tanzte und Mum vor Glück in den Hörer lachte. Einen verrückten Augenblick lang überlege ich, zurück ins Krankenhaus zu fahren und es Frank und Cassie anzuvertrauen.

Stattdessen setze ich mich auf den Bürostuhl, und Bob lässt sich schnaufend zu meinen Füßen nieder. Ich mache den Computer an, will auf einmal Fotos von Cassie sehen, das Gefühl haben, sie zu kennen, als könnte die Bekanntschaft mit dieser Frau, deren Kind gegen jede Wahrscheinlichkeit überlebt hat, dem winzigen Leben in mir helfen.

Normalerweise meide ich Facebook, zu viele Fotos von süßen Babys und Kleinkindern, und wollte meinen Account eigentlich schon löschen, aber jetzt bin ich froh, dass ich es nicht getan habe. Ich tippe »Cassie Jensen« in das Suchfeld und klicke auf das Lupen-Icon. Dabei komme ich mir ein bisschen blöd vor, aber

Claire hat mal gesagt, dass jeder jedem auf Facebook hinterherspioniert, es ist eine Art legitimes Stalking.

Ich scrolle an ein paar anderen Cassie Jensens vorbei, bis ich bei einem Foto innehalte, das ich von Charlottes Collage über Cassies Bett kenne. Jack ist darauf braun gebrannt und lächelt; Cassie, mir weniger vertraut außerhalb des Krankenhausbetts, trägt einen hellblauen Sarong. Sie ist nicht ganz so braun wie Jack, sieht aber genauso glücklich aus. Sie haben die Arme umeinandergelegt, und ihr Gesicht ist mit Sommersprossen übersät, ihr blondes Haar wellig vom Salzwasser. Ich klicke auf »Fotos« und beuge mich zum Bildschirm vor. Die jüngsten wurden ein paar Tage nach Weihnachten von Jack gepostet. Nach Cassies karger Seite und dem Mangel an Sicherheitseinstellungen zu urteilen ist Jack der größere Facebook-Nutzer von den beiden. Sein Weihnachtsalbum hat vierunddreißig »Likes« bekommen. Eine Sara Baker hat kommentiert: »Was für ein schönes Paar!«, und ein Steve Langley fragt: »Kann ich nächstes Jahr mitkommen?« Es bricht mir das Herz, Jacks Antworten zu lesen, er war so sicher, dass es viele weitere Weihnachten geben würde: »Danke, Sara!«, »Steve, alter Kumpel, du kannst uns jederzeit besuchen!«

Dann gibt es ein Foto von Cassie, die einen Border Terrier im Arm hält wie ein Kind, und ein Selfie von Jack und ihr auf einer weiß bestäubten Wiese, bei dem der griesgrämig aussehende Hund zwischen ihnen sitzt. Die Bildüberschrift lautet: »Leise rieselt der Schnee …«

Ich halte bei einer schwarzweißen Nahaufnahme

von Cassie inne, auf der sie gerade eine Silberkugel an einen gedrungenen, reich geschmückten Weihnachtsbaum hängt und ihre Ringe, vermutlich Verlobungs- und Ehering, in die Kamera funkeln. Darunter hat Jack geschrieben: »Meine schöne Frau beim Baumschmücken an unserem ersten Hochzeitstag.« Ihr Lächeln ist so breit, dass ihre Augen schmale Schlitze wie Mondsicheln bilden. Ich denke daran, was Jack über die schwere Zeit gesagt hat, die sie durchgemacht hätte, kann aber nichts davon erkennen; es wirkt alles geradezu ekelhaft perfekt. Obwohl ich auch schöne Weihnachten hatte und wieder schwanger bin, beiße ich mir auf die Unterlippe und empfinde einen Anflug von Neid. Nun weiß ich wieder, warum ich sonst nicht auf Facebook bin. Ich lehne mich noch weiter nach vorn, sodass das Bild verpixelt, starre in ihre reglosen Augen und denke, dass sie es wusste; sie wusste, dass sie schwanger ist, und hat es für sich behalten. Wahrscheinlich wollte sie abwarten, bis das Baby eine gute Chance hat. Ich wette, sie wollte nach der Fehlgeburt Jack und der ganzen Familie weiteren Kummer ersparen.

Ich scrolle weiter durch die Fotos, bis mir wieder eines ins Auge fällt. Cassie ist darauf ein paar Jahre jünger und grinst in die Kamera, als wäre sie im Urlaub und nicht in einem Hospiz. Sie hat ein Bein auf ein Bett gestützt, in dem eine ältere Frau liegt, gelbsüchtig und ausgemergelt, die ein knallblaues, um den offenbar kahlen Schädel gewickeltes Kopftuch trägt. Sie halten sich an den Händen. Ähnlich sehen sie sich nicht, was aber wohl an der Krankheit liegt. Die Frau muss April, Cassies Mutter, sein. Auf der anderen Bettseite sitzt ein Mann mit ziemlich langen weißen Haaren, der mit halb geschlossenen Augen geknipst wurde. Er hält Aprils linke Hand so zart, als wäre gerade ein Schmetterling auf ihm gelandet, den er nicht verscheuchen will. Beide tragen sie die gleichen glänzenden Goldringe.

»Facebook? Du treibst dich doch sonst nie auf Facebook herum.« David steht plötzlich hinter mir – ich war so vertieft, dass ich ihn nicht hereinkommen gehört habe.

»David, du hast mir einen Riesenschreck eingejagt!« Ich wirbele herum und stoße ihn spielerisch von mir, sein T-Shirt ist nassgeschwitzt.

»Oioioi«, macht er und wehrt meinen Angriff ab, indem er mich an den Handgelenken packt. »Na, wen schauen wir uns denn da gerade an?« Er beugt sich zum Computer vor.

»Ach, niemand Besonderen.« Ich befreie meine rechte Hand und schließe die Seite, bevor er sie richtig sehen kann. Während er halbherzig anfängt, seinen Oberschenkel zu dehnen, sage ich bemüht beiläufig: »Gott, ich hatte ganz vergessen, was für eine schräge Sache Facebook ist. Alle stellen sie da ihr Leben zur Schau.«

»Ja, und es ist alles nur Fassade, geschönter Mist. Die Leute posten Fotos von sich und ihrem Partner, eng umschlungen – dabei können sie sich eigentlich nicht mehr ausstehen, aber sie wollen Gott und die Welt davon überzeugen, dass alles gut ist, denn wenn alle anderen sie für glücklich halten, müssen sie es ja schließlich sein …«

Sieht er es mir nicht an? Wirke ich nicht ein bisschen lebendiger? Als wäre ein Licht in mir angegangen?

»Ach, da ist er ja wieder … mein persönlicher kleiner grummeliger Grinch«, necke ich ihn.

»Ist doch wahr!« Er zuckt die Achseln, lässt seine Wade los und geht aufs Bad zu. »Oooh, liebes kleines Frauchen hat mir ein Bad eingelassen!«, krächzt er albern.

Ich springe vom Schreibtisch auf. »Weg da, das ist meins!«

Wir liefern uns ein Wettrennen zum Bad. Er zerrt an meinem Gürtel, bis ich den Bademantel abwerfe, und schlingt mir von hinten den Arm um den Bauch, merkt aber immer noch nichts. Ich umarme ihn und küsse ihn auf den Mund. Er wundert sich, weil ich verschwitzte Küsse eigentlich nicht mag, doch ich küsse ihn noch einmal. »Ich liebe dich, David.«

Er sieht mir in die Augen. »Ich liebe dich auch, Bählice.« Ich denke an Cassie und bin drauf und dran zu weinen, weil das Leben uns beiden aus irgendeinem Grund eine neue Chance gegeben hat.

8

Frank

Das Einschlafen wird einem nicht leicht gemacht hier auf 9B. Die Station hört sich nachts an wie die Serengeti. Ich habe mal eine Naturdoku darüber gesehen, überall Brüllen und Stöhnen und nächtliches Geschnatter. Der Tumult wird hier von Ellen angeführt, der alten Dame, die häufig zum »Blitz«, den Luftangriffen der Deutschen während des Zweiten Weltkriegs, zurückversetzt wird. Weil ich mich nicht bewegen kann und meine Augen geschlossen sind, sieht es wohl so aus, als schliefe ich wie ein Toter, aber ich muss es wie alle Lebenden bequem haben und mich entspannen können, was meistens nicht der Fall ist. Ich kann weder die Decke wegschieben, wenn mir zu warm wird, noch den anderen Patienten zurufen, dass sie verdammt noch mal die Klappe halten sollen.

Irgendwann muss ich dann doch eingenickt sein, denn als ich die Augen aufmache, ist Alice bei mir und erzählt etwas von David, der das Joggen angefangen hat. Mein Kopf ist weggerutscht und hängt schief nach rechts, wie bei einer Marionette mit schlaffen Fäden, sodass ich meine Weihnachtskarten und Luces Foto sehen kann. Ich weiß nicht, was Alice da macht, aber sie scheint viel zu tun zu haben, so wie sie um mich herumschwirrt. Normalerweise richtet sie als Erstes meinen Oberkörper auf. Es geht eine neue Leichtigkeit von ihr aus, offenbar ist sie immer noch ganz aufgedreht wegen Cassie und dem Kind.

»Überhaupt, dabei fällt mir ein, Frank, dass ich so eine Signalweste für David besorgen muss, es gefällt mir nicht, wie er da so auf den dunklen Straßen herumrennt …«

Jemand räuspert sich hinter dem Vorhang. »Alice?«

Alice zieht den Vorhang auf, und aus dem äußersten Augenwinkel kann ich Lizzie und Cassies Schwiegermutter erkennen.

»Guten Morgen, Charlotte«, sagt Alice zu der gepflegten älteren Dame und dankt Lizzie, die nickt und zurück zum Empfang geht.

»Das Familienzimmer ist frei, ich könnte uns einen Kaffee machen?«, schlägt Alice vor.

»Oh, nein danke, ich habe eigentlich nur ein paar Minuten Zeit, Alice. Ich wollte bloß fragen …« Charlotte wirft einen kurzen Blick auf mich, zu höflich, um zu starren, und ihre Stimme nimmt einen sanften Klang an, wie um niemanden zu kränken. »Wegen des Privatzimmers für Cassie. Dr. Sharma hat vor ein paar Tagen erwähnt, dass sie verlegt werden soll?«

Cassie soll fort? Mir wird schwer ums Herz.

»Ach, hat Dr. Sharma Sie noch nicht informiert?«, fragt Alice.

»Nicht, seit davon die Rede war.«

»Die behandelnden Ärzte haben inzwischen entschieden, sie hier auf 9B zu behalten.«

Charlotte schnalzt ungehalten mit der Zunge, lässt Alice aber fortfahren. Ich schöpfe Hoffnung.

»Es ist nämlich so, dass wir alle medizinischen Geräte für den Notfall hier bei uns haben. Wir dürfen diese Apparate nicht nur für eine Patientin in einem Privatzimmer bereitstellen, das könnte andere gefährden. Außerdem hatte die Verwaltung Schwierigkeiten, ein Zimmer zu finden, das groß genug dafür wäre.«

Sie bleibt also.

»Und wie denken Sie darüber, Alice? Ganz ehrlich?«

Wenigstens ist sie dann nicht allein.

»Ich denke, das ist sicher die klügste Entscheidung. Wir haben hier rund um die Uhr immer mindestens zwei Schwestern im Einsatz und den schnellsten Zugang zu technischer Ausrüstung und Medikamenten. Außerdem ist es eine kleine Station, es ist meistens sehr ruhig, und wir tun alles, was wir können, um Ihnen und anderen Besuchern genug Privatsphäre zu ermöglichen.«

Charlotte nickt und sieht zu mir herüber, als wollte sie sich vergewissern, dass ich keinen Ärger mache.

Ich nehme es nicht persönlich. Sie braucht sich nicht zu sorgen, ich bin ein ruhiger Zeitgenosse.

»Darüber wollte ich auch mit Ihnen sprechen«, sagt sie. »Wir haben beschlossen, den Besuch fürs Erste auf ein Minimum zu beschränken.«

Alice nickt. »Ja, natürlich, wenn Sie das möchten.«

»Es war Jacks Idee. Er will, dass vorerst nur er und ich zu ihr dürfen.«

Ich höre Erstaunen aus Alices Schweigen heraus, aber Charlotte redet unbeirrt weiter.

»Das Telefon klingelt ständig, Freunde fragen, wie es ihr geht, aber wir wollen die Schwangerschaft noch nicht an die große Glocke hängen, weil wir uns selbst erst einmal daran gewöhnen müssen. Wie Sie schon sagten, das Wichtigste ist, dass wir in Cassies Gegenwart ruhig und zuversichtlich bleiben, und ich möchte ehrlich gesagt nicht, dass Jack mit Strömen von Besuchern fertigwerden muss. Das kann er jetzt wirklich nicht brauchen. Er hat mir erzählt, dass Jonny hier eingedrungen ist. So etwas soll nicht wieder vorkommen. Wir dachten, wenn sie verlegt würde und wir die Besuche einschränken, dann kann er nicht mehr … Jedenfalls scheint es im Moment die einfachste Lösung zu sein, wenn nur wir zwei zu ihr dürfen. Wäre das okay für Sie?«

»Ja, sicher, Charlotte, wenn Sie es für das Beste halten. Sie können die Entscheidung ja jederzeit überdenken.«

Ich bin ein wenig enttäuscht, denn ich hatte mich schon darauf gefreut, Cassies Freunde kennenzulernen, aber wenn das bedeutet, dass sie mehr Ruhe hat und keine Leute wie ihr wild dreinblickender Nachbar mehr hier hereinschneien, dann soll es mir recht sein.

Ich verbringe den größten Teil des Tages damit, auf das Fußende von Cassies Bett zu starren und mich zu fragen, wo sie sich wohl aufhält in ihrem Koma, ob sie in ihrem Unterbewusstsein herumreist und ob sie je, so wie ich, den Toten begegnet. Die meisten meiner Begegnungen fanden bisher in einem Flugzeug statt. In den Träumen bin ich wieder Anfang zwanzig, es ist mein erster Flug, und zwar der nach Amerika, den ich hätte nehmen sollen, um meine neue Stelle anzutreten. Der Platz neben mir ist stets frei, und ich bin nervös, kann nicht stillsitzen und trommele mit der beschichteten Karte mit den Notfallanweisungen auf mein fiebrig zuckendes Bein. Nicht einmal die hübschen, lächelnden Flugbegleiterinnen, die mit ihren glänzenden Haaren und roten Lippen in ihre Uniformen verpackt sind wie Plastikpuppen, können mich auf andere Gedanken bringen. Der Lärm in zehntausend Metern Höhe ist anders, als ich erwartet hatte. Es ist so eine Art weißes Rauschen, ein langgezogenes Stöhnen rund um den Globus, immer im selben Ton, das mir in den Ohren sitzt.

»Komm, Junge, rutsch rüber.« Ich habe diese barsche Stimme, die meist aus unserem kleinen, mit Paisley-Mustern überladenen Wohnzimmer kam – es roch dort drin immer nach vielen stickigen Stunden vor dem Fernseher, gemischt mit etwas Süßlichem, Bier oder Weißbrot vielleicht –, nicht mehr gehört, seit ich ein Teenager war. Doch ich bin darauf programmiert, ihr zu gehorchen, also rutsche ich wortlos auf den unbesetzten Mittelplatz, während mein Dad, der gestorben ist, als ich neunzehn war, sich schnaufend und ächzend auf den Gangplatz zwängt. Ich kann mich nicht entsinnen, je so dicht neben ihm gesessen zu haben, als er noch lebte; seine braune Polyesterhose streift beinahe meine Stone-washed-Jeans.

»Deine Mutter und ich« – das war von jeher seine bevorzugte Einleitung – »wollen, dass du diesen Flieger verlässt.« Ich sehe ihn an. Er blickt geradeaus in den Gang, wo eine schlanke blonde Stewardess sich gerade vor ihrem Getränkewagen bückt, um für jemanden eine Limonade herauszunehmen. Seine Hängebacken quellen über seinen Hemdkragen wie überschüssiger Teig über den Rand einer Kuchenform. Weiße Haarbüschel wachsen aus seinen Ohren, und ich sitze nahe genug, um deutlich die unzähligen schwarzen Mitesser auf seiner Nase und die groben Poren seines breiten Gesichts zu erkennen. Seine tiefliegenden Augen stieren den Hintern der Blondine an, und seine Augenbrauen bewegen sich zusammen mit seinem Mund, als er wiederholt: »Ja, deine Mutter und ich … wir wollen, dass du diesen Flieger verlässt.«

»Dad.« Meine Stimme klingt viel älter und tiefer als mit siebenundzwanzig. »Was redest du da? Man kommt hier jetzt nicht raus.«

Da reißt er sich von der Blonden los und wendet mir sein grobes Gesicht zu. Sein Atem riecht wie immer nach zu lange gezogenem schwarzem Tee. »Es ist nicht sicher hier, Sohn, es ist nicht sicher. Das ist keine Art zu gehen. Du könntest bis in alle Ewigkeit in diesem Ding festsitzen. Das ist nicht gut, deshalb kommst du jetzt besser mit.«

»Dad, das ist doch Blödsinn. Wir sind irgendwo über dem Atlantik.«

Er sieht mich mit zusammengekniffenen Augen an. »Widersprich mir nicht. Ich weiß, was ich tue, also folge mir einfach.« Damit hievt er sich hoch, aber entweder ist er zu dick, oder der Sitz vor ihm ist nach hinten geklappt, denn er braucht mehrere Versuche, und die ganze Reihe erzittert unter seinen Anstrengungen.

Ich blicke mich nach den anderen Passagieren um – Geschäftsleute mit Laptops, schmusende Paare, kichernde Kinder, die sich einen Zeichentrickfilm ansehen –, doch niemand scheint meinen toten Dad zu bemerken.

Er wartet auf mich im Gang. »Komm schon. Braver Junge«, sagt er.

Ich stehe auf, beuge die Knie, um aus der Sitzreihe herauszukommen, und dabei merke ich, dass die blonde Stewardess sich zu uns umgedreht hat. Sie zieht ihren Stahlwagen auf mich zu, mit schwingenden Hüften aufgrund der hohen Absätze, und sieht mir direkt ins Gesicht. Unter ihrem Make-up erkenne ich auf einmal June Withers aus der Schule wieder. Sie ist mal ein paar Monate lang mit meinem älteren Bruder Paul gegangen, was mich für diese kurze Zeit zum coolsten Jungen der Klasse machte, ehe sie ihn für einen Heroinjunkie abservierte. Einige Monate später wurde sie im Haus ihrer Mutter mit dem Gesicht in ihrem eigenen Erbrochenen gefunden. Jetzt denke ich, dass diese Geschichte mit dem Heroin und der Kotze Blödsinn gewesen sein muss, denn offensichtlich hat sie eine Ausbildung zur Stewardess gemacht.

Ihre roten Lippen kräuseln sich zu einem Lächeln, sodass sie mich an eine Muschelschale erinnern, und ihre Augen verengen sich ungläubig. »Frankie?«

»June?«

»Oh Gott, du bist es wirklich! Na so was!« Ihr Lächeln stülpt sich über mich.

»Frank!«, bellt mein Vater wie ein beleidigter Terrier ein Stück weiter hinten im Gang.

Ich drehe mich nicht zu ihm um, aber June muss ihn über meine Schulter hinweg sehen, denn sie fragt: »Ist das dein Dad?«

»Allerdings. Ich glaube, die Höhe ist ihm zu Kopf gestiegen. Er sagt dauernd, wir wären nicht sicher.«

Ihr Lächeln verschwindet, und ihre Miene wird streng. »Nein, Frank, hör auf ihn. Wir sind zwar sicher, aber du bist es nicht. Du musst mit ihm gehen, sonst steckst du Gott weiß wie lange hier in dieser Maschine fest.« Sie wedelt mich mit ihren manikürten Händen voran. »Mach schon, geh mit ihm, Frankie, na los«, sagte sie und drängt mich weiter, indem sie den Trolley hinter sich herzieht.

Dad ist inzwischen ein Stück weitergegangen und wartet nun wieder. Als ich ihn erreiche, setzt er seinen Weg durch den Gang fort. Mit seiner braunen Strickjacke und dem zwischen den breiten Schultern versinkenden dicken Hals sieht er aus wie ein Maulwurf auf dem Rückzug. Ich bin eingezwängt zwischen ihm und June, die mich immer noch fortscheucht wie ein lästiges Insekt.

Wir kommen an den Toiletten und Reihen um Reihen von Leuten vorbei. Ich werde von Dad und June zum Heck des Flugzeugs eskortiert, wo es weitere Toiletten und einen kleinen Bereich mit beigefarbenen Schränken gibt. Zwei Wagen wie der von June sind davor abgestellt, und eine andere Flugbegleiterin sitzt auf einer Kiste und isst einen Teller Nudeln. Sie blickt mit gelangweilten, schwarz umrandeten Augen zu uns auf. Aus dem Augenwinkel nehme ich eine Bewegung wahr und stelle zu meinem Entsetzen fest, dass Dad sich mit aufgeblasenen Wangen gegen den Notausstieg stemmt und an dem roten Griff zieht.

Ich will auf ihn zustürzen, doch June krallt ihre Hand in meinen Arm und hält mich zurück. »Keine Angst, Frankie, er tut schon das Richtige«, sagt sie lachend.

Dann hören wir ein lautes, saugendes Geräusch, die Leuchtanzeige für die Toilette wechselt von Rot auf Grün, und die Ziehharmonikatür geht auf. Nach einer Sekunde kommt meine Luce heraus.

Sie klatscht in die Hände, als sie mich sieht. Sie ist etwa zwölf Jahre alt, ihr Gesicht noch ganz rund und kindlich-makellos.

»Komm, Dad«, sagt sie und nimmt meine Hand. »Wir landen bald. Komm und setz dich neben mich.« Mein Vater hört auf, mit der Tür zu ringen, und June zieht ein finsteres Gesicht. Sie wissen anscheinend, dass mich nichts und niemand davon abhalten kann, mit Luce mitzugehen. Meine Hand haltend, führt sie mich wieder an meinen Platz, und das ist das Letzte, woran ich mich von dem Traum erinnere. Gelegentlich tauchen andere Personen auf, verstorbene Verwandte, meine Großmutter, meine Tante Christina, und einmal versucht sogar unser kleiner Scotch Terrier Boots, mich bellend aus dem Flieger zu jagen, aber Lucy kommt immer gerade noch rechtzeitig und zieht mich zurück.

Carols schrilles Lachen reißt mich aus meinen Flugzeuggedanken und lässt mich wieder auf der Station landen. Normalerweise hält sie sich in ihrem Büro auf, aber heute sind zu wenige Pflegeassistentinnen da, sodass Mary sie offenbar eingespannt hat, um ihr beim Wechseln von Georges Bettwäsche zu helfen. Meine Augen sind nur einen Spalt offen, und Mary hat meinen Kopf so gelegt, dass ich nichts als das Ende meines Betts und ein kleines Stück Fußboden sehen kann. Mein Kinn drückt fast auf meine Brust, aber meine Ohren sind scharf und gespitzt.

»Ganz wie in alten Zeiten, was, Caz?«, sagt Mary, und ich höre Georges Vorhang über die Stangen gleiten, als sie ihn um sein Bett herum zuzieht. »Wir zwei, die zusammen die Ärmel aufkrempeln.«

Im Unterschied zu den anderen Schwestern zählen sie nicht bis drei, bevor sie George anheben, und ermahnen sich auch nicht gegenseitig, die Ecken des Lakens unter die Matratze zu falten. Die beiden machen das schon so lange, dass jeder Handgriff sitzt.

»Hast du inzwischen eigentlich mit der Polizei gesprochen, Caz?«

Aha, verstehe. Mary ist natürlich auf Klatsch aus.

»Sie haben heute Morgen angerufen, um uns mitzuteilen, dass sie den Typ festgenommen haben, der sie gefunden hat, diesen Nachbarn.« Carols Stimme ist tiefer und leiser als sonst, eine Stimme für Dinge, die sie vermutlich nicht weitersagen dürfte. »Ihm wird Alkohol am Steuer und fahrlässige Tötung zur Last gelegt. Paula sagt, es wundert sie, dass sie so lange gebraucht haben, sie hätte gleich gewusst, dass er es war, als er letzte Woche hier hereingeplatzt ist, um Cassie zu sehen.«

Ich fühle ihre Bewegungen hinter dem Vorhang und das Zerren, als sie die alten Laken entfernen. Einen Moment herrscht Schweigen.

»Also, weißt du, was ich glaube?« Mary wartet die Antwort nicht ab, Carol wird ihre Meinung zu hören bekommen, ob sie will oder nicht. »Die beiden hatten eine Affäre miteinander, wetten? Dieser Nachbar und Cassie. Liegt doch auf der Hand. Sie hat ihm von dem Kind erzählt, ihrem gemeinsamen Kind, und er hat Panik gekriegt wie ein verdammter Idiot.«

»Oh Gott, meinst du wirklich, Mary?«

»Ja, bestimmt. Ist nur schade, dass wir keinen Vaterschaftstest machen können, damit der arme Jack Klarheit hat, aber bei Cassies Zustand ist das ausgeschlossen.«

Es gibt einen vertrauten Luftzug, als eine von ihnen ein frisches Laken über das Bett breitet.

»Es bricht einem das Herz. Der arme Mann, er betet sie an. Weißt du, was Lizzie neulich erzählt hat? Sie hat mitgekriegt, wie er ihr aus einem dieser Babypflegebücher vorgelesen hat. Er wäre bestimmt ein toller Vater.«

»Ich weiß, aber ich denke auch immer wieder an seine Mutter. Die beiden werden monatelang mit der Ungewissheit leben müssen, ob es von Jack ist oder nicht, mindestens bis zur Geburt. Also ganz ehrlich, ich würde die Wahrheit wissen wollen, du nicht? Ich meine, stell dir mal vor, ein Kind aufzuziehen und zu denken, es ist von dir, und dann findest du Jahre später heraus, dass es doch von einem anderen ist. Das ist bestimmt noch schlimmer, oder?«

Carol murmelt etwas, während geübte Hände das gestärkte Laken glattstreichen.

»Ich hoffe nur, dass dieser Nachbar wenigstens den

Anstand besitzt, die Wahrheit zu sagen, ehe das Kleine auf die Welt kommt. Der arme Wurm sollte nicht in ein solches Chaos hineingeboren werden, stimmt's?«

Kurz darauf tragen sie Plastiksäcke mit Georges schmutziger Bettwäsche darin hinaus, und ich sehe ihre kleinen weißen Turnschuhe durch mein schmales Blickfeld eilen. Sie hören auf zu flüstern, sobald sie draußen auf der Station sind, und ich versuche, genauso froh darüber zu sein wie sie, dass es nun ein wenig mehr nach Gerechtigkeit für Cassie aussieht, aber ich muss immer wieder an das Gesicht des Mannes denken. An seine vor Entsetzen geweiteten Augen, die nach einem anderen Anblick von Cassie lechzten, um den schrecklichen von ihr in dem Bach, verletzt und blutend, aus dem Kopf zu bekommen. Ich denke daran, wie er erstarrte, angespannt wie ein Wild, das weiß, dass Jagd auf es gemacht wird.

Der Nachmittag geht ereignislos in den Abend über. Jack besucht Cassie und spielt ihr Musik vor. Ich kann nicht hören, was er zu ihr sagt, ob er überhaupt etwas sagt. Die Töne schwingen durch meine Knochen, und ich sauge jeden einzelnen in mich auf wie Tropfen von Nektar. Irgendwann schließen sich meine Augen, und ich dämmere hinüber an einen Ort, wo ein leichtes Lüftchen meine Haut streichelt und Lucy bei mir ist.

Meine Augen öffnen sich erst wieder, als alles dunkel ist. Mein Kopf ruht leicht nach links geneigt, sodass ich die untere rechte Ecke von Cassies Bett und ein Stück Fußboden sehe, auf den das Licht von ihrer Nachtlampe fällt. Es muss schon spät sein. Paula zieht oft gegen Mitternacht die Vorhänge zwischen Cassie und mir auf, weil sie uns so beide im Auge behalten kann. Ich zähle meine Atemzüge, ein, aus, ein, aus, und versuche, mein Bewusstsein einzuschläfern, um in meinen Traum von Lucy und mir Hand in Hand in der Sonne draußen zurückzufinden, als ich die Stationstür leise zischend aufgehen höre. Eine Schwester, denke ich, und konzentriere mich wieder auf meine Atmung. Doch dann merke ich, dass etwas anders ist. Die Person, die gerade hereingekommen ist, läuft nicht geschäftig herum wie die Schwestern. Sie bewegt sich so leise, dass ich nur ein ganz schwaches Tappen und Quietschen auf dem Hartgummiboden wahrnehme. Sie bleibt am Ende der Station stehen, bevor sie weitergeht und ein Schatten in mein Gesichtsfeld schwebt, ein vom Licht dahinter alienhaft langgestreckter Kopf.

Vielleicht ein Arzt von einer anderen Station.

Die Gestalt bewegt sich zu Cassies Bettende. Ich kann sie nur von der Hüfte abwärts sehen – ein Mann, schätze ich. Er trägt Jeans, die um seine Beine schlottern. Sein Gewicht hat er auf die linke Seite verlagert, er hält sich etwas schief, entlastet die rechte. Vorsichtig geht er auf Cassie zu und verschwindet aus meinem Blickfeld.

Ich habe noch nie einen Arzt in Jeans gesehen, jedenfalls nicht hier.

Jetzt sehe ich nur noch seinen Schatten hin und her flackern wie eine gefangene Flamme. Er bewegt sich, macht irgendetwas mit Cassie, und ich kann nichts tun. Ich kann nichts tun und stelle mir vor, wie er die Sonde aus ihrem Kopf zieht, ihr Blut die weiße Decke mohnblumenrot bespritzt. Meine Schreie hallen ungehört in meinem Körper wider. Ich will mich wegdrehen, mich mit einem Knall in Rauch auflösen, aber das ist es, was ich zur Strafe für meine nutzlose Existenz ertragen muss: Ich bin gezwungen zu verfolgen, ohne es richtig zu sehen, was er da Grausames mit ihr anstellt, mit ihnen beiden, die dort hilflos und verletzlich auf dem Opfertisch liegen.

Ein verschleimtes Röcheln von Ellen oder George, und plötzlich flackert der Schatten nicht mehr. »Nein!«, kreischt Ellen wie eine wütende Möwe. »Bitte nicht!«

Ellen!

Mein Herz stolpert und findet dann in seinen Rhythmus zurück, als der Schatten Form annimmt und die Jeans wieder in meinem Gesichtsfeld auftaucht.

Noch mal, schrei noch mal, Ellen!

Ein Alarm geht los, er kommt aus Georges Abteil und dröhnt in unmelodischen Molltönen. Ich zwinge einen meiner Apparate mit Willenskraft, in den Panikchor einzustimmen, um den Unbekannten zu vertreiben. Der reagiert zu hastig und stößt ungelenk gegen einen Edelstahlwagen. Mein Herzmonitor beginnt zu piepen. Wir hören uns an wie ein aufgebrachter Schwarm Vögel, der sich kreischend auf den Eindringling stürzt. Es ist zu laut, und mein Herz zappelt wie ein sterbender Fisch in meiner Brust, deshalb höre ich ihn nicht verschwinden, aber ich stelle mir vor, wie er hinauseilt, ein Bein nachziehend, als wäre er angeschossen worden.

»Komm ja schon, komm ja schon.« Paula schnauft

herbei. Vermutlich schüttelt sie den Kopf über den verstellten Tablettwagen, und ich höre die Räder wimmern, als sie ihn an seinen Platz neben Cassie zurückschiebt.

Sie sieht zuerst nach den anderen Patienten, ehe sie zu mir kommt, meine Augen mit Salzlösung betupft und endlich meinen Kopf gerade richtet. Mein Blick schnellt zu Cassie hinüber. Sie ist noch da, sie lebt noch. Doch sie sieht nicht mehr ruhig und friedlich aus. Ihr Gesicht ist nicht entspannt, sondern verzerrt, ihr Mund gerundet, zu einem lautlosen Schrei erstarrt, und mir wird schlagartig klar, so deutlich, als hätte ich mich selbst an der Schärfe dieser Erkenntnis geschnitten, dass Cassie und ihr Kind nicht einmal hier sicher sind.

9

Cassie

»Es muss hier irgendwo links abgehen.« Cassie blickt auf die Karte und dann wieder aus dem Fenster, während sie versucht, irgendeine Übereinstimmung zwischen dem heckengesäumten Sträßchen, das sie in Jonnys Lieferwagen entlangholpern, und dem adernartigen Geflecht auf der Landkarte herzustellen, die sie über ihre Beine gebreitet hat, die bloßen Füße gegen das Handschuhfach gestemmt. Sie spürt, wie Jonny sie von der Seite angrinst.

»Was grinst du denn so?«

»Du hast nicht die geringste Ahnung, wo wir sind, oder? Links ist hier nichts.«

Cassie beugt den Kopf stirnrunzelnd über die Karte, als wäre sie von ihr belogen worden. »Herrgott noch mal!«, ruft sie. »Wieso heißt es eigentlich Brighton, wenn es offensichtlich der Arsch der Welt ist?«

»Gute Frage, aber ich bin nicht sicher, ob ›Arsch-der-Welt-Gourmetfestival‹ große Besuchermengen anziehen würde.«

Cassie lacht. Die Kisten mit den Marmeladengläsern rutschen im Laderaum herum, als Jonny scharf rechts auf ein weiteres schmales Sträßchen abbiegt, an dem sich Maiblumen im Wind zwischen den Hecken wiegen.

»Diese Landstraßen sehen alle gleich aus«, beschwert sie sich.

»Fahren wir einfach nach Gefühl, kann ja nicht mehr weit sein«, erwidert Jonny, während sie sich an die Kopfstütze lehnt und ihn mustert. Er trägt wieder seine abgeschnittene Jeans und hat die Flipflops nach hinten geworfen, um barfuß zu fahren, als würden selbst diese leichten Dinger ihn zu sehr einschränken. Seine Arme sind bereits karamellbraun, die Härchen darauf hell wie Spinnweben, während ein etwas dunkleres Haarbüschel aus dem Halsausschnitt seines verwaschenen T-Shirts herauslugt.

Jonny scheint alles leicht zu nehmen. Das liege daran, sagt er, dass er zu lange in einem Anzug gesteckt hat und durch sein Leben gehetzt ist, als wäre es etwas, das er hinter sich bringen muss. Nun hat er eine Abmachung mit der Welt getroffen: Ich akzeptiere dich, wenn du mich akzeptierst. Er meint, die Leute würden alles immer unnötig verkomplizieren. Cassie denkt an Jack. Er hat gestern Nacht wieder nicht gut geschlafen, ist irgendwann aufgestanden und hat sich über seine Tabellenkalkulationen gebeugt wie schon die letzten Nächte, sodass sie ihn heute Morgen müde angetroffen hat, sein Gesicht kränklich und bleich im Licht des Computerbildschirms. Seine Probleme in der Firma seien zu kompliziert, um sie zu erklären, sagt er jedes Mal und arbeitet weiter, ohne es auch nur zu versuchen. So hat sie ihn noch nie erlebt. Sein Stress ist von einer Enormität und Bedeutung, gegen die sie irgendwie nicht ankommt.

Sie hat neulich mit Jonny darüber geredet, als sie eine »Erkundungsfahrt« zu einer Chilifarm gemacht haben. Er schob seine Sonnenbrille hoch, verschränkte die Arme hinterm Kopf und sah ihr ins Gesicht. »Tja, sieht aus, als hättest du zwei Möglichkeiten. Du kannst ihn entweder damit konfrontieren und ihm sagen, dass ihr zusammen daran arbeiten müsst, etwas zu verändern …«

»Oder?«

»Oder du akzeptierst, dass er zurzeit nun mal so ist, und bringst ihm einen Whisky, wenn er nicht schlafen kann.«

Aus Jonnys Mund klingt alles so einfach. Das Problem ist nur, dass sich diese simple Logik irgendwo zwischen dem Abschied von Jonny und dem Nachhausekommen zu Jack verdreht und verheddert hat wie eine dünne Halskette, denn als sie Jack zu erklären versuchte, wie sie sich fühlte, hörte sich das oberflächlich und kindisch an. Er sah sie nur stirnrunzelnd an, rieb sich die Schläfen und wandte sich wieder seinen Tabellen zu. Sie entschuldigte sich dafür, es angesprochen zu haben, und überließ ihn seiner Arbeit. Mit Jonny dagegen ist das anders, er scheint sie zu verstehen, ohne dass sie etwas erklären muss.

»Aha!« Jonny richtet sich auf dem Fahrersitz auf. »Siehst du, was ich sehe?«

Vor ihnen ragt das kleine legosteinartige Besuchergebäude der Pferderennbahn auf, und ein Transparent verkündet, dass sie endlich das »Gourmetfestival Brighton« erreicht haben.

Cassie nimmt die Karte von ihrem Schoß und wirft

sie nach hinten, ohne sich die Mühe zu machen, sie zusammenzufalten, und er lacht, als sie die Arme triumphierend in die Luft reckt und ruft: »Wir haben's geschafft! Arsch-der-Welt-Festival!«

Sie fahren auf eine Wiese und suchen nach einem Parkplatz. In der Nähe des Eingangs ist nichts mehr frei, sodass sie weiter nach hinten fahren müssen. Cassie entdeckt einen vertrauten pinkfarbenen Schal samt silberfarbenem Bob, der auf den Festivaleingang zusteuert, und bittet Jonny anzuhalten.

»Charlotte!«, ruft sie aus dem Fenster. »Du bist aber früh da!«

Charlotte blickt sich um, nicht sicher, ob sie richtig gehört hat, doch dann sieht sie Cassie winken und geht auf sie zu.

»Oh, hallo, Cas«, sagt sie, wobei ihr Blick über die nackten Beine ihrer Schwiegertochter gleitet, die die Füße immer noch auf dem Armaturenbrett hat. »Maggie hat mich mitgenommen, du weißt doch, die Frisörin? Sie hilft an einem Kuchenstand aus. Hier, ich habe dir deine Tischdecke mitgebracht.« Sie reicht ihr das rotblau karierte Tuch, das sie gestern Abend noch fertig gesäumt hat. Cassie nimmt langsam die Beine herunter.

»Charlotte, du bist fantastisch«, sagt sie und hebt ihren Hintern an, um ihren Jeansrock herunterzuziehen.

Jonny beugt sich zum Beifahrerfenster vor, die Hände aufs Lenkrad gelegt, und ruft munter: »Hallo, Charlotte, wir parken nur eben schnell und kommen dann gleich zu Ihnen.«

Charlotte nickt und macht einen Schritt rückwärts. Als sie weiterfahren, sieht Cassie, dass sie ihnen mit nachdenklicher Miene hinterherblickt.

Jonny schleppt den größten Teil der Kisten schon mal hinein zu den beiden auf Böcken stehenden Tischen am anderen Ende der Eingangshalle, während Cassie sich bei den Organisatoren registriert und anfängt, ihre Auslage zu arrangieren. Sie sind inzwischen ein eingespieltes Team, denn das ist schon die vierte Veranstaltung für »Farm Jams«, die sie zusammen bestreiten. Cassie achtet darauf, ihre neueren, kühneren Kreationen wie Chili-Schokolade-Aufstrich oder Holunderblütengelee mit alten, beliebten Klassikern wie Himbeer- und Aprikosenmarmelade abzuwechseln. Sie stellt die handbeschrifteten Gläser und Keramiktöpfchen auf dem Tisch auf wie eine Armee von kleinen, süßen Soldaten.

Hat sie anfangs ihre Produkte noch löffelweise direkt aus dem Glas gegessen, ist ihr mittlerweile schon bei dem Geruch von Konfitüre zum Speien zumute. Offenbar hat sie es übertrieben, so wie wenn man einen Song zu oft hört. Sie wird Jonny dazu überreden, heute die Probiertöpfchen zu öffnen.

Eigentlich dachte sie, dass Charlotte sich erbieten würde, ihr beim Aufbauen zu helfen, aber sie hat sie seit dem Parkplatz nicht mehr gesehen, seit sie ihr das Tischtuch gegeben und gesagt hat, sie wolle bei Maggie vorbeischauen, ob sie vielleicht Hilfe brauche.

Cassie blickt sich in der Halle um. Nach und nach füllt sie sich mit Leuten, aber nirgends ein Anzeichen von Charlotte. Sie hat gerüchteweise gehört, dass sich heute Vertreter der Jury des »Geschmackserlebnis-Preises« unerkannt unters Publikum mischen würden. Charlotte würde doch nicht gehen, ohne sich zu verabschieden, oder? Sie hatte darauf gehofft, dass sie Jack Bericht erstatten, ihm beschreiben würde, wie gut ihr Stand aussah und wie sehr sie sich angestrengt hatte, damit er professionell wirkte, ohne den rustikalen Touch zu verlieren.

»So, das ist der letzte.« Jonny, der seine Flipflops nun wieder angezogen hat, kommt mit einem weiteren Karton herbeigeschlurft. Er setzt ihn vorsichtig hinter dem Tisch auf dem Boden ab und wischt sich mit dem Handrücken über die Stirn.

Sie streichelt ihm aufmunternd über den Rücken, fühlt das Spiel seiner Muskeln. Sie braucht sich nicht bei ihm zu bedanken. Er weiß, dass sie ihm dankbar ist, so wie er ihr umgekehrt auch.

Er trinkt mit langen Zügen aus seiner Wasserflasche. Cassie hat vorhin auch einen Schluck aus der Flasche genommen und ihn fast wieder ausgespuckt, weil das Wasser so salzig und kreidig schmeckte. Jonny muss ein Alka-Seltzer hineingeworfen haben, ehe er das Haus verließ.

Er hat gestern Abend mit Lorna, seiner Frau in London, telefoniert und wie immer danach zu viel getrunken. Cassie weiß, dass die Lage noch schlimmer geworden ist, weil sie vor zwei Tagen bei ihm zu Hause das Telefon abgenommen hat, als er mit Dennis draußen war. Lorna flippte völlig aus und beschimpfte sie als Schlampe und Miststück, das sich an einen verheirateten Mann heranmache, bis sie völlig verstört auflegte. Jonny nahm sie in die Arme und erinnerte sie daran, dass Lorna krank war. Es sei nicht ihre Schuld, sagte er, während er ihr ein Glas Wein einschenkte.

»Du hast nicht zufällig Charlotte irgendwo gesehen, oder?«, fragt sie ihn jetzt.

»Nein, nicht seit vorhin, als wir ankamen«, antwortet er und blickt sich nach beiden Seiten um, als erwartete er, dass Charlotte sich in der Nähe versteckt.

»Okay.« Cassie geht um ihren Stand herum. »Ich habe gerade festgestellt, dass ich die Handzettel im Auto habe liegen lassen. Gibst du mir den Schlüssel?«

»Ich hole sie schon«, sagt Jonny.

»Nein, nein, ich gehe, ich brauche ein bisschen frische Luft; mir ist schon wieder übel.«

Er wirft ihr die Schlüssel zu. »Super Fang«, sagt er augenzwinkernd, als ihre Hand sich mitten in der Luft um sie schließt.

Draußen sieht sie bei Maggies Stand und in der Damentoilette nach, ehe sie einen Blick in das Pop-up-Café wirft. Ihre Schwiegermutter sitzt auf einem der wackelig aussehenden Tische und drückt einen Styroporbecher an ihre Brust. Ihre Augen blicken trüb, als wäre sie in Erinnerungen versunken. Sie sieht erst auf, als Cassie ihr eine Hand auf die Schulter legt.

»Charlotte, ich habe dich schon gesucht! Ist alles in Ordnung?«

»Oh Cas, tut mir leid. Ich wollte mich nur mal kurz hinsetzen.«

»Okay, gut, ich muss mal eben schnell zum Wagen und was holen«, sagt Cassie. »Du gehst doch nicht, ehe du unseren Stand gesehen hast, oder?«

Charlotte trinkt ihren restlichen Kaffee aus. »Ich bin sowieso fertig, ich komme mit dir.«

Seite an Seite gehen sie zurück zu dem Transporter. Das Gras ist plattgedrückt, die Wiese mit Reifenspuren tätowiert. Eine Stimmung, die Cassie nicht von ihr kennt, lastet heute auf Charlotte wie zäher Nebel. Sie weiß nicht, wie sie ihn vertreiben kann, und ist erleichtert, als Charlotte zuerst das Wort ergreift.

»Was gibt es Neues von Jonny und seiner Frau? Jack sagt, sie ist immer noch in London?«

Cassie sieht sie von der Seite an, doch sie blickt stur geradeaus. Durch die Sonnenbrille ist ihr Gesichtsausdruck nicht zu deuten.

»Es geht ihr nicht sehr gut. Das Zusammenleben mit ihr wurde unmöglich – einer der Hauptgründe, weshalb Jonny hierhergezogen ist.«

»Was soll das heißen? Wenn es ihr nicht gut geht, braucht sie ihren Mann doch mehr denn je, oder?«

Cassie mustert ihre Schwiegermutter. Manchmal kann sie ziemlich plump sein.

»Ich sage dir das im Vertrauen, Charlotte, sie ist psychisch krank. Sie ist gewalttätig gegenüber Jonny geworden und hat eine seiner Kolleginnen gestalkt, bevor man sie in eine psychiatrische Klinik eingewiesen hat.«

»Warum? Hatte er eine Affäre mit dieser Kollegin?«, fragt Charlotte spitz.

Cassie runzelt die Stirn. Charlotte will sie offenbar absichtlich missverstehen. »Charlotte, ich glaube wirklich nicht, dass …« Sie setzt an, Jonny zu verteidigen, aber Charlotte ist hinter ihr stehen geblieben, sodass sie ein paar Schritte zurückgehen muss.

»Sei nicht so naiv, Cassie.« Charlotte nimmt ruckartig ihre Sonnenbrille ab. »Entweder hat er seine Frau angelogen oder nicht.«

Cassie wird plötzlich bewusst, dass sie ihre liebenswürdige Schwiegermutter noch nie wütend erlebt hat.

»Was ist denn nur in dich gefahren?« Cassie schüttelt den Kopf, bisher hat sie nur Freudentränen in Charlottes Augen glänzen sehen. »Du bist ja richtig aufgebracht.«

Charlotte blickt über Cassies Schulter hinweg auf einen unbestimmten Punkt in der Ferne und kneift die Augen zusammen, während ihr eines Augenlid nervös zu zucken beginnt.

»Hör zu, Cassie, ich werde dir jetzt etwas erzählen, weil ich dir vertraue und weil ich finde, dass du es wissen solltest, damit du meine Bedenken wegen Jonny besser verstehst.«

Cassie spürt, wie der Nebel zwischen ihnen sich langsam lichtet. Charlotte vertraut ihr. Es ist alles in Ordnung. Sie nickt ihr auffordernd zu. Charlottes Schultern fallen leicht herab, als würden sie auf einmal unter einer unsichtbaren Last nachgeben.

»Kurz nachdem Mike gestorben war, kam eine Frau zu uns nach Hause. Sie sagte, dass sie Mikes Geliebte gewesen und jahrelang mehr oder weniger mit ihm zusammen gewesen sei. Sie sei zu mir gekommen, weil sie nach seinem Tod herausgefunden habe, dass sie nicht die Einzige war, dass Mike noch Affären mit anderen Frauen gehabt hatte.« Charlotte hält inne, schürzt die Lippen und kneift sie dann zusammen, als wollte sie lieber nichts mehr herauslassen. Mit einem

Seufzer fährt sie fort. »Sie wollte es mir sagen, meinte sie, weil sie nun wisse, wie es sei, die ›andere‹ zu sein, wie es sich anfühle, über so lange Zeit belogen zu werden. Sie glaubte, das Richtige zu tun.« Charlotte schüttelt den Kopf, und ein scharfes, freudloses Lachen bleibt in ihrem Hals stecken.

»Die Wahrheit ist, ich wusste es im Grunde schon. Irgendwo tief drinnen wusste ich, dass er nicht ganz mir gehörte.« Sie verstummt.

»Weiß Jack …?«

Charlotte sieht Cassie geradeheraus an. »Jack weiß nichts davon. Letztlich habe ich diese Frau sogar mehr dafür gehasst, dass sie mich gezwungen hat, Jack anzulügen, als dafür, dass sie mir meinen Mann weggenommen hat. Jack hatte gerade seinen Vater verloren … er hatte ihn selbst tot aufgefunden, Herrgott noch mal. Er war sein Held gewesen, er wollte zu ihm aufsehen. Also tat ich alles, um das Andenken an ihn reinzuhalten, das konnte ich Jack nicht auch noch nehmen. Und daran halte ich fest, Cas. Es hätte damals niemandem geholfen, wenn er es erfahren hätte, und heute würde es ihm erst recht nicht helfen.«

Nun laufen doch ein paar Tränen über Charlottes Gesicht. Cassie legt ihr die Hand auf die Schulter, und als sie keinen Widerstand fühlt, zieht sie sie an sich und nimmt sie in die Arme. Sie hofft, dass sie die Liebe und die Bewunderung spürt, die sie für sie empfindet. Charlotte löst sich als Erste aus der Umarmung und sucht in ihrem Ärmel nach einem Taschentuch, mit dem sie sich die Augen abtupft.

Cassie möchte wissen, warum sie ihr das alles erzählt hat, warum jetzt, auf einem Wiesenparkplatz an einem Freitagmorgen. Sie möchte es wissen, aber sie möchte nicht fragen. Also nimmt sie stattdessen Charlottes Hand, das feuchte Taschentuch dazwischen, und sagt, was sie eigentlich geplant hatte, zu Jack zu sagen.

»Weil Jack zurzeit so viel arbeiten muss, hat Jonny mir mit dem Marmeladenverkauf geholfen, das weißt du. Wir haben uns miteinander angefreundet, das ist alles … Ich …« Sie kann nicht zu Ende sprechen, denn auf einmal dreht sich der Parkplatz um sie herum, und sie muss sich an ihrer Schwiegermutter festhalten.

Sie hört Charlotte sagen: »Cassie, Cas? Was ist los?«, bevor die Welle von Übelkeit verebbt und eine so lähmende, vollkommene Erschöpfung zurückbleibt, dass ihre Knie nachgeben und sie direkt an Ort und Stelle einschlafen könnte, wenn Charlotte sie nicht stützen würde.

Sie wünschte, sie könnte sie bitten, Jonny zu holen, aber das würde sie wieder missverstehen. Also lässt sie sich von ihr auf den Beifahrersitz des Transporters helfen.

Charlotte will sich gerade neben sie auf die Fahrerseite setzen, als Cassie sagt: »Entschuldige, dass ich dich darum bitte, aber könntest du vielleicht hinübergehen und Jonny helfen? Mir geht's bestimmt gleich wieder besser, ich möchte ihm nur nicht alles allein überlassen.« Eine neue, heftige Übelkeitswelle wogt von ihrem Magen her auf, und sie fühlt Schweißperlen auf ihre Stirn treten.

»Wirklich, Cas, ich finde nicht, dass du …«

»Bitte, Charlotte, es ist bestimmt nur mein niedriger

Blutdruck, ehrlich. Ich ruhe mich ein Weilchen aus, trinke ein bisschen Wasser, und dann geht es wieder. Du kannst ja nach einer Viertelstunde nach mir sehen, dann bin ich sicher wieder fit, versprochen.«

Charlotte blickt immer noch beunruhigt drein, schwankt, was sie tun soll. »Bitte, Charlotte«, muss Cassie insistieren, ehe sie sie endlich allein lässt.

Sie sitzt eine Weile regungslos da und lässt die Tatsachen Revue passieren. Ihr ist übel, und sie hat ihre Regel noch nicht bekommen. Sie betastet ihre Brüste, die geschwollen sind und leicht schmerzen, als sie sie sacht drückt. Mist. Sie denkt daran, Jonny eine Nachricht zu schicken und ihn zu bitten herzukommen, aber das würde Charlotte nur noch misstrauischer machen, und das kann sie jetzt nicht verkraften. Nein, sie sollte zuerst einen Test machen. Sie muss Gewissheit haben, bevor sie es irgendjemandem sagt. Sie starrt auf ihren goldenen Ehering, dreht ihn um den Finger und atmet tief und schaudernd ein. Wie oft hat sie sich diesen Moment vorgestellt, davon geträumt zu erfahren, dass sie schwanger ist, und nun empfindet sie zu ihrer Bestürzung keine Freude. Neue Übelkeit überkommt sie, und sie schlägt die Hände vors Gesicht, als wollte sie sich vor der Welt verstecken, und weint aus tiefster Seele.

10

Alice

Die Polizistin von neulich, Officer Brooks, wartet auf mich am Empfang. Sie hatte bereits eine Besprechung mit Dr. Elizabeth Longe, um sich über Cassies Zustand zu informieren. Es war Jacks Vorschlag, dass ich mich hinterher mit ihr treffe, damit alle Klarheit über die Ereignisse haben, wie er sagte. Offenbar möchte er die Behauptungen und den Klatsch abstellen, die durch die Intensivstation summen wie die Titelmusik eines Films, aber ich vermute, dass noch etwas anderes dahintersteckt. Seine Kiefermuskeln arbeiteten, als er mir mitteilte, dass Jonny auf Kaution freigelassen worden war.

Brooks hat ihre kurzen Haare in einer Art Rostbraun getönt, seit ich sie zuletzt gesehen habe. Ich weiß nie, wie ich Polizeibeamte ansprechen soll – mit »Officer« oder einfach mit Nachnamen? »Jane« finde ich zu persönlich für jemanden in Uniform.

»Hallo«, sage ich also einfach und füge hinzu: »Wie geht es Ihnen?«

Ihre schmalen Lippen verziehen sich zu einem kurzen Lächeln, und für einen Augenblick sehe ich eher »Jane« als »Officer Brooks« in ihr.

»Ich dachte, wir könnten hier reingehen«, schlage ich vor und halte ihr die Tür zum Schwesternzimmer auf.

Meine Hoffnung war, dass wir bei einer Tasse Tee frei miteinander sprechen könnten, wenn nicht gerade von Frau zu Frau, so doch wie zwei qualifizierte Berufstätige, die an vorderster Front kämpfen. Ich möchte herausfinden, was sie über den Fall denkt, aber Officer Brooks sitzt mir steif und stumm gegenüber, ihre Uniform wie eine abwehrende Rüstung. Offensichtlich will sie, dass ich gleich zur Sache komme, also räuspere ich mich und sage: »Man hat uns mitgeteilt, dass der Nachbar, Jonny Parker, unter Anklage gestellt wurde.«

»Das ist richtig.«

Ich befürchte allmählich, dass ich ihr jedes Wort aus der Nase ziehen muss, und bin daher erleichtert, als sie ihre Hände im Schoß verschränkt und sich ein Stück zu mir vorbeugt.

»Ein paar Nachbarn, die auf derselben Silvesterparty waren, haben als Zeugen ausgesagt«, erklärt sie leise. »Sie haben gesehen, wie Mrs Jensen und Mr Parker sich draußen vor dem Haus gestritten haben. Mr Parker sagt, Mrs Jensen sei kurz danach zu Fuß nach Hause gegangen. Er selbst ist noch etwa zwei Stunden auf der Party geblieben, bevor er nach Hause fuhr, mit dreimal so viel Promille wie erlaubt.«

»Er wohnt also in der Nähe von Cassie und Jack?«

Brooks starrt mich an und nickt, überrascht vielleicht, dass ich die beiden beim Vornamen nenne, als wären wir befreundet. Aber sie weiß, worauf ich hinauswill.

»Er hat dieselbe Landstraße genommen, auf der Mrs Jensen angefahren wurde, ja. Unsere Hypothese ist, dass er danach nach Hause fuhr, immer noch im Vollrausch, und dann seine Hunde rausließ, damit sie sie auf unverdächtige Weise ›fanden‹.«

»Und was sagt er dazu?«

»Mehr kann ich derzeit leider nicht offenlegen.«

»Ich dachte, Jack wollte ...«

»Mr Jensen wollte, dass wir miteinander sprechen, weil Mr Parker nun auf Kaution frei ist. Er unterliegt natürlich gewissen Auflagen und darf keinen Kontakt zu den Jensens aufnehmen, aber wir können ihm nicht den Zugang zum Krankenhaus verwehren, für den Fall, dass er von einem medizinischen Notfall betroffen ist. Mr Jensen weiß, dass Mr Parker kurz nach dem Unfall versucht hat, zu Mrs Jensen zu gelangen, und ist verständlicherweise besorgt, dass er einen neuen Versuch unternehmen könnte, was für ihn und seine Mutter sehr belastend wäre. Ich habe bereits mit dem Sicherheitsdienst des Krankenhauses gesprochen; man weiß dort, dass besondere Wachsamkeit geboten ist, aber wir hielten es für gut, auch das Personal der Station darauf hinzuweisen.«

»Glauben Sie, dass er es noch mal versuchen wird?«

Brooks sieht mich kurz nachdenklich an. Sie scheint etwas weicher zu werden, und ich bekomme den Eindruck, dass sie eher aus persönlicher als beruflicher Erfahrung spricht, als sie antwortet: »Na ja, er hat natürlich zugesagt, es nicht zu tun, aber ich kenne diesen Typ. Einer wie er wirkt ganz vernünftig, bis er wieder zu Hause ist, allein mit seinem Gefühlschaos, und ehe er sichs versieht, hat er schon eine Flasche aufgemacht. Weiß der Himmel, was er dann anstellt, also sorgen Sie bitte dafür, dass Ihr Team Bescheid weiß und alle Besucher kontrolliert, okay?« Brooks bückt sich und reißt den Klettverschluss ihrer Polizeitasche auf. »Mr Jensen hat mich gebeten, Ihnen das hier zu geben. Er hat vergessen, es nach unserer Besprechung mitzunehmen, und meinte, er würde es später bei Ihnen abholen.« Sie gibt mir einen kleinen, wattierten braunen Umschlag. Jemand hat ihn mit der Hand an »Mr Jack Jensen« adressiert. Brooks steht abrupt auf, ohne sich zu erkundigen, ob ich noch Fragen habe, und streicht ihre dunkelblaue Uniformhose glatt. »Ich denke, das wäre im Moment alles«, sagt sie und lächelt mich noch einmal schmallippig an, ehe sie geht.

Ich bleibe noch ein paar Minuten im Schwesternzimmer sitzen, den Umschlag im Schoß, und spiele mit dem Zeigefinger an der Klappe herum, die nicht richtig zugeklebt und halb umgebogen ist. Ob Brooks das bemerkt hat? Ich fahre mit dem Finger darunter, sodass sie noch ein bisschen mehr aufreißt. Ich weiß, ich sollte Klebeband holen und den Umschlag richtig verschließen, aber er ist fast schon offen. Wäre es nicht besser, ihn in einen anderen, größeren Umschlag zu stecken, den ich dann richtig zukleben kann? Es sieht aus, als hätte schon jemand daran herumhantiert. Jack soll nicht denken, dass ein Unbekannter sich daran zu schaffen gemacht hat.

Ehe ich es mir ausreden kann, habe ich schon meinen Stuhl mit der Lehne zur Tür gedreht, für den Fall, dass jemand hereinkommt, und den Umschlag ganz geöffnet. Er enthält einen kleinen durchsichtigen Plastikbeutel, wahrscheinlich eine Beweismitteltüte, mit einem Türkisring darin. Ich habe ihn schon einmal gesehen. April, Cassies Mutter, trägt ihn auf dem Foto, das ich auf Cassies Facebook-Seite gesehen habe – das von ihnen beiden und dem weißhaarigen Mann in dem Hospiz. Der Türkis ist marmoriert und der silberne Reif zerkratzt und ein wenig zerbeult, als hätte er viele Geschichten zu erzählen. Ein weißes Etikett klebt auf dem Plastikbeutel. Darauf steht, dass er am Ringfinger von Cassies linker Hand saß. Wo man sonst den Ehering trägt.

Mein Herz macht einen Satz, als es an der Tür klopft. Ich stopfe den Beutel schnell zurück in den Umschlag und stehe auf, verstecke ihn hinterm Rücken. Sue, die MTA der Station, steckt den Kopf herein und fragt, ob ich Mary gesehen habe oder etwas über eine Bestellung weiß, die Mary heute Morgen aufgegeben hat. Ich verneine, woraufhin Sue die Stirn runzelt, etwas davon murmelt, dass Dokumentationssysteme nicht ohne Grund eingerichtet worden seien, und wieder geht.

Ich finde einen neuen Umschlag in unserem kleinen Briefpapierschrank und schreibe schnell Jacks Namen darauf. Während ich die gummierten Ränder aufeinanderpresse, versuche ich, meine Gedanken zu ordnen, doch es ist, als wollte ich den Anfang eines Wollknäuels finden. Da war etwas, ich weiß es, irgendetwas mit Cassies Ringen. Den neuen Umschlag in der Hand, gehe ich hinaus auf die Station und zu Cassies Abteil.

Ich nehme ihre linke Hand, streichle über die Stelle, wo der Ehering sitzen sollte, und endlich fällt es mir wieder ein. Ich sehe Jack vor mir, an dem Tag, nachdem Cassie angefahren worden war, sehe, wie er ihren Verlobungsring und den Ehering in seine Hemdtasche fallen lässt. Wie er darauf klopfte, auf die über seinem Herzen ruhenden Ringe. Zu dem Zeitpunkt dachte ich, man hätte sie ihm in der Unfallchirurgie übergeben, aber jetzt weiß ich es besser. Cassie trug seine Ringe bei dem Unfall nicht, sie trug den ihrer Mutter. Jack musste sie extra von zu Hause mitgebracht haben.

Ich lege ihre gekrümmte Hand zurück auf die Bettdecke und blicke in ihr welkendes Gesicht. Jeder Tag, der vergeht, ist wie ein Jahr für sie, ihre Haut wird fahler, die Falten graben sich tiefer hinein. Ich frage mich, was Jack mit den Ringen vorhatte. Hatte er sie nur dabei, um sich ihr näher zu fühlen? Oder wollte er sie ihr wieder anstecken, wenn gerade niemand hinsah, sie damit für sich beanspruchen?

Ich denke daran, wie Jonny auf die Station gestürmt kam – er hätte sich über Cassie geworfen, wenn ich ihn nicht aufgehalten hätte.

Während ich den Vorhang wieder zuziehe, ermahne ich mich, dass es Jonny ist, nicht der treu ergebene Jack, dem mein Argwohn gelten sollte, und versuche, mich von der Erinnerung an Jonnys Augen abzulenken, die voll von etwas waren, das sehr nach Liebe aussah.

Da Carol zwischen den Jahren Geburtstag hatte, laden Mary und ich sie nach der Arbeit auf einen Drink ein. Der »Ox and Cart« ist ein Pub, der zu einer Kette gehört, mit Kunststoffteppichboden und einem alle zwei Minuten in Gedudel und Geblinke ausbrechenden

Spielautomaten. Der einzige Vorteil der Kneipe ist, dass sie direkt neben dem Krankenhausparkplatz liegt. Mary und Carol sitzen bereits an einem runden Vierertisch und bilden ein seltsames Gespann: Carol trägt ein eng anliegendes, über der Brust spannendes schwarzes Kleid, Mary dagegen eine graue Fleecejacke. Sie sitzen auf Barhockern und haben eine halb geleerte Flasche Weißwein vor sich stehen. Weil ich heute Morgen vergessen habe, mir Wechselkleidung mitzunehmen, stecke ich immer noch in meinem dunkelblauen Pflegerinnenanzug. Als Mary anzüglich pfeift und ruft: »Sexy Aufmachung, Alice!«, drehe ich eine kleine Pirouette.

Ich kaufe eine neue Flasche Wein am Tresen und erinnere die beiden daran, dass ich alkoholfreien Januar mache, um Bemerkungen vorzubeugen, weil ich für mich nur eine Limonade geholt habe. Carol setzt uns über Shane, ihren neuen Freund, ins Bild. Sie haben sich auf einer Dating-Plattform kennengelernt, was Carol offenbar erst einmal abschreckend fand, obwohl sie ja selbst dort auf der Suche war.

»Ich weiß, das ist total bescheuert«, sagt sie, »aber ich schäme mich trotzdem ein bisschen, wenn Leute fragen, wie wir uns kennengelernt haben, versteht ihr. Einfach, weil wir keine schöne romantische Geschichte zu erzählen haben.«

»Dann erfinde eben eine«, erwidert Mary achselzuckend und nimmt einen ordentlichen Schluck von ihrem Wein. »Jeder schönt doch sein Liebesleben ab und zu.«

»Ich nicht«, sagt Carol pikiert.

»Tja, umso schlimmer. Vielleicht solltest du mal damit anfangen.«

Wir nehmen uns stets vor, nicht über die Arbeit zu sprechen, wenn wir uns privat treffen, aber an diesem Abend verstoßen wir schneller als sonst gegen die Regel, denn Mary fügt hinzu: »Ich wette, sogar Cassie Jensen mit ihrem perfekten Leben hat sich die Wahrheit hin und wieder zurechtgebogen.«

»Also, was das Kind angeht, auf jeden Fall. Ich glaube nach wie vor nicht daran, dass sie nichts von ihrer Schwangerschaft wusste.« Carol schüttelt den Kopf.

Ich umklammere mein Glas und überlege, kurz auf die Toilette zu gehen, in der Hoffnung, dass die Unterhaltung sich etwas anderem zugewandt hat, wenn ich zurückkomme. Es gibt natürlich Getuschel unter den Schwestern, das ist mir klar, und ich würde wahrscheinlich sogar mitmachen, wenn ich nicht so gut verstehen würde, warum Cassie noch niemandem etwas sagen wollte. Sie wollte Jack schützen, um ihm die Enttäuschung und Sorge bei einer weiteren Fehlgeburt zu ersparen. Dazu gehört Mumm, das weiß ich, Mumm und sehr viel Liebe.

»Erde an Alice, huhuu!« Mary schnippt mit den Fingern vor meinem Gesicht herum. Ich blinzle und entschuldige mich.

Mary hält den Stiel ihres Weinglases zwischen Zeige- und Mittelfinger wie einen Billardqueue. Ich hätte furchtbar gern auch ein Glas Wein, denn Limonade bringt es einfach nicht, wenn ich mit den beiden zusammen bin.

Carol beugt sich verschwörerisch zu mir vor. »Wir

haben nämlich den neuesten Klatsch für dich. Wie sich herausstellt, war sie mal in einem Werbespot.«

»Wer?«

»Cassie Jensen.« Carol klingt ein bisschen ungeduldig, weil ich so schwer von Begriff bin und ihr den Spaß verderbe.

»In einem Werbespot?« Ich runzle die Stirn und verstehe gar nichts mehr.

Mary verdreht die Augen und lehnt sich ebenfalls über den Tisch. »Lizzie hat doch ständig gemeint, dass Cassie sie an wen erinnert, und es hat ihr keine Ruhe gelassen. Irgendwann hat es dann klick gemacht, und sie hat gerufen: ›Da ist ja die Sonne!‹ Und da wusste ich es auch.«

Die beiden grinsen mich erwartungsvoll an.

Ich zucke die Achseln. »Sorry, ich kapier's nicht.« Ich habe wirklich keine Ahnung, wovon sie reden.

»Sie ist das Mädchen aus dieser Orangensaftwerbung, Juice-C!«, sagt Carol, als wäre das sonnenklar. »Du weißt schon, die Blonde, die zuerst total trübsinnig dreinblickt? Komm, Alice, daran musst du dich erinnern. Es ist zwar schon ein paar Jahre her, aber alle, wirklich alle, haben den Slogan nachgeplappert, auch du …«

Ich komme immer noch nicht mit. Mir fällt kein Spot dieser Art ein, schon gar keiner, den ich imitieren würde.

Carol hält ihr Weinglas an ihre Wange, trinkt es dann in einem Zug aus, seufzt befriedigt und sagt mit sinnlich-zarter Marilyn-Monroe-Stimme: »Da ist ja die Sonne.«

Ich starre sie an.

Carol lacht. »Sie ist es, Alice! Lizzie hat es gegoogelt. Cassie ist das Mädchen aus der Juice-C-Werbung.«

Mary und ich nippen an unseren Getränken, Carol schlürft. Der Spielautomat scheint gerade einen hysterischen Anfall zu haben.

»Du erinnerst dich tatsächlich nicht, was?« Mary klingt enttäuscht.

»Nein. Ich muss es nachschauen, wenn ich nach Hause komme. Hat sie noch bei was anderem mitgemacht?«, frage ich, damit sie aufhören, mich anzusehen, als müsste ich jeden Moment ein Kunststück vorführen.

»Nein, nicht dass ich wüsste. Ist so ein bisschen wie bei dem Jungen auf der Kinderschokolade, ich glaube, der hat auch nie mehr was anderes gemacht.« Mary nuschelt bereits vom Wein.

»Das Leben ist schon seltsam, was?«, bemerkt Carol. »Das Mädchen aus der Saftwerbung auf unserer Station, schwanger und im Koma. So was könnte man nicht erfinden.«

»Weiß es sonst noch jemand?«, frage ich. »Das mit Cassie und diesem Spot, meine ich?«

Mary sieht mich verwundert an, und Carol schüttelt den Kopf.

»Okay, gut. Sharma hat sich nämlich gestern bei mir mal wieder über Schweigepflicht und Diskretion ausgelassen, *silentius maximus*.«

Carol prustet in ihren Wein, und Mary schnaubt: »*Arrogantius Arschus*.«

Als wir ausgelacht haben, erzählt sie uns von ihrem

kleinen Enkel Thomas, der gerade die Masern hatte. Er hat so viel geschrien, dass ihre Tochter drei Tage lang nicht das Haus verlassen konnte. Carol äußert sich mitfühlend. Ihre Tochter hätte sie auch gehabt, als sie klein war, und es sei verdammt schwer gewesen, sie auszukurieren.

Ich möchte los und die Juice-C-Werbung googeln, aber da sie jetzt von Kindern reden, muss ich mindestens noch eine Viertelstunde bleiben, sonst denken sie, dass ich deswegen gehe, und haben ein schlechtes Gewissen. Also gedulde ich mich, während Carol uns zum zehnten Mal fragt, ob sie sich die Augen lasern lassen soll. Mary versichert ihr erneut, dass sie zu jung für eine Lesebrille sei.

Wahrscheinlich habe ich noch nicht lange genug ausgeharrt, aber ich muss ständig an diesen Werbespot denken, also sage ich möglichst leichthin: »Sorry, Ladys, aber ich überlasse euch jetzt eurem Wein.« Ich küsse beide zum Abschied. »Alles Gute nachträglich zum Geburtstag, Carol.«

Sie geben ihrer Enttäuschung darüber, dass ich so früh gehe, mit vielen Achs und Ohs Ausdruck, aber ich beruhige mich damit, dass sie wieder ins Erzählen vertieft sein werden, sobald ich zur Tür hinaus bin.

Im Auto sehe ich mir den Spot zweimal auf dem Handy an. Sobald die Schwarzweißbilder von einer tristen Straße in der Optik der fünfziger Jahre erscheinen, erinnere ich mich wieder. Eine attraktive junge Frau, eher noch ein Mädchen, geht dort entlang, nur dass ihre Haut ebenfalls leicht gräulich erscheint, ähnlich wie Cassies jetzt. Sie ist zweifellos hübsch, aber auf eine unspektakuläre, natürliche Art. Ihr Gesicht hat nichts Außergewöhnliches an sich, das Bewunderung einfordern würde, ihre Grübchen und der lange Hals sind unaufdringlich schön – nur für diejenigen da, die sie zu schätzen wissen. Die Werbe-Cassie wird von der Kamera nahe herangeholt und sagt mit traurigem Seufzen: »Wo ist die Sonne?«

Schwupps fällt eine Packung Juice-C vom Himmel in ihre Hände. Sie trinkt genüsslich einen langen Zug mit einem praktischerweise dabeiliegenden Strohhalm, woraufhin plötzlich der Himmel aufreißt, das Bild hell und farbig wird und wie aus dem Nichts lachende, schöne Menschen auf die Straße gehüpft kommen. Cassie ist völlig verwandelt. Sie lacht und strahlt, ihre Zähne amerikanisch weiß. Eine Blaskapelle marschiert hinter ihr, Cheerleader wirbeln herum, Feuerwerk explodiert im Hintergrund, und sie blickt mit unvermindertem Strahlen auf den Saftkarton in ihrer Hand und dann wieder in die Kamera. »Da ist ja die Sonne!«, ruft sie.

Der Spot ist auf eine entnervende, aggressive Art einprägsam. Ich weiß noch, wie damals Promoter vor einem Supermarkt Gratisproben des Getränks an alle verteilten, die den Slogan »Da ist ja die Sonne!« aufgesagt haben. Ich bin schleunigst an ihnen vorbeigeeilt.

Diese Cassie kenne ich nicht. Sie ist zu künstlich und zu glatt, um zu meiner Vorstellung von der starken, schönen Künstlerin zu passen, die alle Herausforderungen des Lebens mit Würde und Anstand meistert. Meine Versuche, sie näher kennenzulernen, gleichen dem Ringen mit einem Phantom. Immer, wenn ich glaube, sie zu fassen zu bekommen, entzieht sie sich und taucht als eine andere wieder auf.

Das Handy fängt in meiner Hand an zu vibrieren, es ist David. Mist, schon sieben, Jess und Tim werden jede Minute da sein. Ich wende rasch den Wagen, damit David den Motor im Hintergrund hört, und sage, dass ich unterwegs bin. Als ich meine Personalkarte vor das Lesegerät der Parkplatzschranke halte, um hinauszufahren, stoppt ein alter blauer Kombi an der Einfahrtsschranke auf der anderen Seite. Der Fahrer, ein älterer Mann, hat den Abstand falsch bemessen und kann das Parkticket nicht erreichen. Er stößt seine Tür auf und zieht sich daran hoch, stolpert leicht, als er sich vorbeugt, um die Karte aus dem Gerät zu ziehen. Der Wind zerzaust seine weißen Haare, während die Schranke sich ruckartig hebt und er sich erneut an der Wagentür festhält, um sich mit einer schmerzhaften Grimasse wieder hinters Steuer zu setzen. Vielleicht will er ins Kate's, um seine Hüfte behandeln zu lassen.

Hinter mir hupt es. Ich gebe mir einen Ruck, hebe entschuldigend die Hand und fahre los.

Die Hitze schlägt mir ins Gesicht, als ich Davids Lasagne aus dem Ofen hole. Sie brutzelt und wirft Blasen, daher stelle ich sie zum Abkühlen auf die Seite und drehe mich zu Jess um, die an unserem mit Architekturzeitschriften, Kerzen und irgendwelchen Unterlagen überhäuften Küchentisch sitzt. Sie hat sich ein bisschen Platz freigeschaufelt, um Tomaten für den Salat zu schnippeln, und trägt die verschlissene, mit kleinen Wildblumen bedruckte Schürze, die ich schon als Kind hatte, über ihrem hellgrauen, auf Figur geschnittenen Businnesskleid. Ihre Pumps hat sie an der Hintertür gegen meine Hausschuhe eingetauscht, und ihr roter Lippenstift nimmt langsam einen wässrigen Rote-Bete-Ton an, aber ihr dunkelbrauner Bob sitzt perfekt. Immer noch umgibt sie ein Hauch von der Sony-Managerin, zu der sie mittels Ehrgeiz und viel harter Arbeit aufgestiegen ist.

»Soll ich die Oliven halbieren oder einfach so lassen?«, fragt sie und trinkt einen Schluck von ihrem Rotwein.

Ich setze mich ihr gegenüber. »Lass sie einfach so«, antworte ich und reiche ihr eine Gurke.

Sie hat mir gerade von einer neuen Boygroup erzählt, deren Namen ich noch nie gehört habe und die dabei abgelichtet wurde, wie sie gemeinschaftlich mit zusammengerollten Fünfzig-Pfund-Scheinen Koks in sich hineinschniefte.

»Es sieht jedenfalls so aus, als müssten wir sie fallen lassen«, schließt Jess. »Sie tun mir ein bisschen leid, ehrlich gesagt. Schon vorbei, kaum dass es richtig begonnen hat. Zu viel Geld in zu jungen Jahren. Ich meine, stell dir mal vor, wir wären mit zwanzig bereits Millionärinnen gewesen.«

Ich denke an die Zeit, als wir uns an der Bristol University kennengelernt haben: Ich in meinen Doc Martens, schwarzen Eyeliner um die Augen und so gut wie nie lächelnd – halb, um meine Zahnlücke zu verbergen, und halb, um cool zu wirken, damit niemand merkte, wie überglücklich ich über die neu gewonnene Freiheit war. Jess in ihren Batik-Outfits, die sie aus

Thailand mitgebracht hatte, ständig eine Selbstgedrehte zwischen den Lippen. Sie hasste ihr Studentenwohnheim, also zog sie zu mir in mein kleines Zimmer. Monatelang schliefen wir Kopf an Fuß in meinem Einzelbett. Damals malten wir uns aus, wie wir wohl später sein würden, als gestandene Frauen mit Beruf und Familie, und jetzt, fast zwanzig Jahre später, versuchen wir uns zu erinnern, wie wir damals waren.

Eine Weile schweigen wir beide. Jess schnippelt weiter, und ich hole Öl und Essig aus dem Schrank, um ein Salatdressing zu machen. Als Jess mit der Gurke fertig ist, lehnt sie sich zurück, beide Hände um ihr Weinglas gelegt, die langen Beine übereinandergeschlagen.

»Und was gibt's Neues aus dem Kate's? Wie geht es Frank?«

»Unverändert. Ich habe Angst, dass man Sharma die Wachkoma-Diagnose bestätigt, auf die er aus ist, denn das wär's dann für Frank. Er würde keine Reha-Maßnahmen bekommen, sondern nur noch verwaltet werden wie ein Gegenstand. Er ist gerade erst fünfzig geworden, Herrgott noch mal, viel zu jung für so einen schweren Schlaganfall. Auch wenn man realistischerweise nicht von einer völligen Wiederherstellung ausgehen kann, finde ich es doch nicht abwegig zu versuchen, ihm wieder etwas Lebensqualität zu ermöglichen. Andernfalls starrt er noch dreißig Jahre lang an die Decke.«

»Oh Gott.« Jess nimmt die Flasche Rotwein vom Tisch und schwenkt sie in meine Richtung. Ich schüttle den Kopf und schenke mir noch ein Sprudelwasser ein.

»Ansonsten haben wir zurzeit noch so etwas wie eine kleine Berühmtheit auf der Station.« Es ist schön, zur Abwechslung mal eine gute Geschichte auf Lager zu haben, die Jess interessieren wird.

»Ach ja?« Sie sieht nicht auf, als sie sich Wein nachschenkt.

Mir wird plötzlich heiß vor schlechtem Gewissen. Cassie ist keine »gute Geschichte«, sondern eine Patientin. Ich würde an die Decke gehen, wenn jemand anders so über sie reden würde. Andererseits, sage ich mir, erzählt Mary ihrem Mann Pat auch alles Mögliche, und Jess kann im Allgemeinen Sachen sehr gut für sich behalten. Das muss sie auch in ihrem Job.

»Diese Frau aus der Juice-C-Werbung.«

Jess macht nur kurz ein ratloses Gesicht, ehe sie ruft: »Ach Gott, doch nicht die Kleine mit ›Da ist ja die Sonne‹?«

Ich nicke. »Verrückt, nicht?« Ich erzähle ihr von dem Unfall mit Fahrerflucht, von Cassie, Charlotte und Jack. Das Baby erwähne ich nicht, das wäre ein zu großer Vertrauensbruch.

»Wie ist denn ihr Anhang so?«, fragt Jess, doch in dem Moment summt ihr Handy auf dem Tisch. Virtuos tippt sie auf dem Bildschirm herum, sogleich mit etwas anderem beschäftigt. Ausnahmsweise einmal bin ich froh, dass sie durch ihr Telefon abgelenkt wurde und ich ihre Frage nicht beantworten muss.

Zu gern würde ich ein paar von Cassies Freunden kennen. Ich stelle sie mir als bohemienhafte Kreative vor, Leute, die länger im Ausland gelebt haben, vielleicht in Italien; Leute, die Yoga und Achtsamkeit praktizieren und jedes Theater in London kennen. Sie würden mir gewiss einen besseren Eindruck von Cassie vermitteln können, mir bestätigen, dass sie eher so wie sie ist und nicht wie diese disneyartige Figur aus dem Werbespot.

Jess hackt immer noch auf ihr Handy ein, dann wackelt sie mit dem Bildschirm in meine Richtung. Sie hat bereits Cassies vollen Namen herausgefunden und sich ihre Facebook-Seite angesehen. Das Foto, das sie mir zeigt, ist die Nahaufnahme in Schwarzweiß von ihr, wie sie den Baum schmückt. Wieder durchzuckt mich ein beschämendes Neidgefühl. Ohne etwas dazu zu tun und trotz ihrer Situation scheint Cassie ein Händchen dafür zu haben, diese unschöne, kleinliche Regung in mir auszulösen. Um dem etwas entgegenzusetzen, sage ich: »Sie ist schön, nicht wahr?«

Jess dreht das Handy wieder zu sich um und zieht die Nase kraus, als sie das Bild näher betrachtet. »Ja, aber sie sieht nicht besonders glücklich aus, wenn du mich fragst. Ich arbeite ja sozusagen in der Branche des unechten Lächelns, und das hier« – sie pocht auf den Bildschirm, und ich wünschte, sie würde das lassen, es kommt mir irgendwie unfreundlich, respektlos vor – »ist ein unechtes Lächeln.«

Ich wende mich ab und schüttle fest die Mixflasche für die Salatsoße. Wieder höre ich Jonnys Stimme, so nah und deutlich, als würde er mir hier in meiner Küche ins Ohr flüstern: »Sie hatte Angst.«

Zum Glück legt Jess ihr Handy auf dem Tisch ab und hat offenbar erst einmal genug.

»Und was ist sonst so los?«, fragt sie.

Ich höre auf, das Dressing zu schütteln. Ich möchte es jemandem sagen, ich möchte es Jess sagen. Immerhin war ich stark genug, ihr nichts von Cassies Schwangerschaft zu erzählen, aber von meiner eigenen darf ich ihr erzählen, das ist allein meine Entscheidung. Nachdem ich die Soße auf dem Tisch abgestellt habe, hocke ich mich vor sie hin, damit ich auf Augenhöhe mit ihr bin. Sie sieht mich ein bisschen erschrocken an, als ich ihre Hand nehme.

»Ich habe Neuigkeiten.«

Sie weiß sofort Bescheid, aber nicht einmal sie kann die Besorgnis, die über ihre Miene huscht, schnell genug überspielen. Wir stehen auf, und sie zieht mich in eine Umarmung, die ein bisschen zu lange dauert.

»Oh Ali!«, seufzt sie an meiner Schulter. »Das ist toll!«

Doch ich habe das Gefühl, getröstet statt beglückwünscht zu werden, und bereue es schon, es ihr gesagt zu haben. Jess weiß natürlich von meinen Fehlgeburten, und nun ist es, als müsste ich ihr beweisen, dass ich es besonnen angehen lasse und mir im Klaren darüber bin, dass es noch ein langer Weg ist bis zur Mutterschaft.

»Aber ich bin erst in der dritten Woche. Du bist die Erste, die es erfährt.«

»Wirst du es David sagen?«, fragt sie. Ihr Handy summt wieder, aber sie ignoriert es diesmal und hält mich an den Händen, versucht abzuschätzen, ob es mir wirklich gut geht.

Ich merke, wie ich rot werde, und denke an Cassie, die es Jack verschwiegen hatte. Daran, wie tapfer und liebevoll es von ihr war, ihn zu schonen. Ich möchte das Gleiche für David tun, er soll das alles nicht schon wieder durchmachen. »Nein, noch nicht«, sage ich. »Erst in ein paar Wochen, denke ich.« Ich sehe Jess geradeheraus an. »Aber ich bin okay, und ich verspreche dir, es dich wissen zu lassen, falls sich etwas ändert.«

Wir drehen uns beide zur Tür um, als wir David und Tim lachend herankommen hören. Jess küsst mich rasch auf die Wange, und ich mache mich daran, das richtige Besteck zum Servieren der Lasagne zu suchen, während ich mich bemühe, ein neutrales Gesicht aufzusetzen.

Die beiden Männer platzen in die Küche, zu sehr mit ihrem eigenen Gespräch beschäftigt, um etwas von meiner noch in der Luft hängenden heiklen Nachricht zu ahnen. David macht eine weitere Flasche Wein auf, und er und Tim reden aufgeregt durcheinander, als sie uns den Durchbruch erklären, den sie gerade bei der Bauplanung hatten. Zusammen mit David tische ich die Lasagne auf, und als wir uns alle hinsetzen, atme ich wieder ruhiger, weil trotz aller Ängste und Bedenken noch eine Chance für uns besteht, ein Kind zu bekommen, und ich die zarte Knospe Hoffnung wieder in mir erblühen fühle.

II

Frank

Ich erinnere mich an das Glas Wasser. Bei einem Notfall gibt es immer irgendeinen armen Trottel, der losläuft und ein Glas Wasser holt, stimmt's? In meinem Fall kannte niemand seinen Namen. Einer von diesen einsamen Trinkern, der an diesem ruhigen Dienstagabend sicher einfach nur sein Bierchen schlürfen wollte. Ich gehörte eine Zeitlang mal zu ihnen. Wahrscheinlich wollte er helfen, hatte das Gefühl, irgendetwas tun zu müssen. Also ging er hinter den Tresen, zapfte ein Bierglas voll Wasser aus dem Hahn – kein Eis, keine Zitrone –, und knallte es vor meine Nase, während ich inmitten von Glasscherben auf dem kühlen, leicht klebrigen Steinfußboden lag. Ein bisschen Wasser schwappte über den Rand.

Hättest mir ruhig ein Bier bringen können, Kumpel.

Ich blickte durch das Glas, das einen Weichzeichnereffekt erzeugte, sodass der Pub etwas Magisches, Traumartiges bekam. Sogar Ange, die meinen Kopf in ihrem Schoß hielt und lauter denn je ins Telefon brüllte – »Wie zum Teufel soll ich wissen, ob es ein Schlaganfall ist?« –, wobei sie ihre Finger in meinen Hals krallte, hatte etwas Himmlisches an sich. Ich wollte sie fragen, ob sie mir noch eine Chance geben würde, wenn ich mit dem Trinken aufhörte, ernsthaft diesmal. Ihr sagen, dass ich ihre Hilfe brauchte. Dass alles schlimmer, viel, viel schlimmer war ohne sie … ohne Luce. Doch es kam nur ein komisches kleines Bellen heraus, wie bei einem lästigen, kläffenden Köter. Ich wollte sie nicht noch saurer auf mich machen, also gab ich den Versuch auf.

Es fing etwa eine Stunde vor meiner Verabredung mit Ange im »Green Man« an. Zuerst hielt ich die Schmerzen für Herzschmerz, weil wir uns trafen, um die Scheidungspapiere zu unterschreiben. Ich hatte keinen Entzug gemacht, wie ich es versprochen hatte, und Anges Ultimatum »Der Suff oder wir« zum dritten und endgültigen Mal ablaufen lassen. Immer, wenn ich ihr sagte, dass ich mich für das »Wir« entschied, fühlte ich, wie das Biest sich streckte, die Krallen ausfuhr, um ihre Schärfe zu prüfen, und sich die Fangzähne leckte. Ehrlich, ich hatte keine Chance. Noch bevor ich den »Green Man« erreichte, war der Schmerz brutal geworden, packte zu und ließ los, packte zu und ließ los, direkt hinter meinen Augen, tief in meinem Kopf, als hätte ich einen Block Eis zwischen die Zähne geklemmt.

Mein zweiter Gedanke war, dass es sich dabei nur um eine neue Form von brutalem Kater handelte. Daher beschloss ich, schon etwas früher zum Green Man zu gehen, damit ich genug Zeit hatte, mir ein paar Pints hinter die Binde zu gießen, bevor sie mir mitteilte, dass ich endgültig versagt hatte, bevor der Sarg für unsere Ehe kam, mit dem wir die dreiundzwanzig gemeinsamen Jahre im Erdboden versenkten.

Eine kleine Gruppe Jugendlicher, jünger als Lucy, Wunderkerzen in der Hand und unterwegs zu einer Bonfire-Party an diesem fünften November, ging feixend und kichernd auf der Straße an mir vorbei. Ich wusste, wie ich auf sie wirkte – ein verlotterter, triefäugiger alter Mann, der mit steifen Zombieschritten den Pub ansteuerte –, aber ich war meinem Ziel schon zu nahe, als dass es mir etwas ausgemacht hätte. Kleine Gnaden.

Als ich den rechten Arm heben wollte, um die Pubtür aufzudrücken, fühlte er sich plötzlich fern von mir an, wie amputiert. Also warf ich mich mit dem ganzen Körper gegen die Tür und stolperte in die Geborgenheit der schummrigen, feucht riechenden Kneipe hinein.

Das ist vielleicht ein verdammter Saukater.

Als ich das Bierglas an den Mund führen wollte, merkte ich, dass meine Hände steif geworden waren wie Dinosaurierklauen. Ich musste beide benutzen, um es anzuheben. Das Bier floss über meine Wangen, weil ich den Kopf zu weit zurücklegte, und machte meinen Pullover nass.

Wo ich gestern auch war, es muss Whisky im Spiel gewesen sein, und zwar jede Menge. So beschissen geht es mir nur, wenn ich Whisky intus habe.

Ich leerte das erste Pint, dann ein zweites. Ich spürte jede einzelne der Milliarden Zellen in meinem Körper, als sie klingend gegen ihre Nachbarn schlug wie feinstes Kristallglas, und fasste das als ein gutes Zeichen auf – der Alk tat seine Wirkung. Also bestellte ich ein drittes Pint, wobei ich den Blickkontakt mit dem Barmann vermied, und in dem Moment kam Ange herein. Ich hatte sie seit vier Monaten nicht gesehen. Seit dem Tag, als sie den Anruf von der Polizei bekommen hatte. Ich war eine Woche lang verschwunden gewesen und offenbar unter der Waterloo Bridge gelandet, wo ich nach einer Baustelle suchte, die ich zu leiten glaubte. Ich war seit einem Jahr arbeitslos. Ohne ein Wort zu sagen, fuhr sie mich zu einem billigen Hotel in Worthing, ein paar Kilometer von zu Hause entfernt. Meine Kleider hatte sie schon dort abgeladen.

Ihre blonden Haare waren länger, als ich sie in Erinnerung hatte. Ich wollte ihr sagen, wie hübsch sie aussah, aber sie schürzte abfällig die Lippen, als sie mich zu Gesicht bekam, als würde ich einen schlechten Geruch verströmen, und sah nicht mehr hübsch aus. Meine Klauenhände umklammerten den Tresenrand, als ich aufstand, um sie zu umarmen, doch ich verschätzte mich irgendwie. Ange streckte die Arme aus, um mich aufzufangen, aber ich war zu schwer. Mein Bierglas schlug als Erstes auf dem Boden auf, und die Flüssigkeit schwappte in einer prachtvollen bernsteinfarbenen Welle vom Boden hoch. Ich weiß noch, dass mir der Gedanke durch den Kopf schoss, wie weh es tun würde, wenn ich auf dem zerbrochenen Glas landete, doch da lag ich schon. Die Scherben müssen sich still und leise in meine Haut gebohrt haben, ohne dass ich etwas fühlte. Meine Körperzellen verschmolzen mit denen des Steinfußbodens, es gab keine Grenze mehr zwischen mir und dem Boden, und ich wollte einfach so bleiben und das Gefühl meines sich auflösenden Körpers genießen, während das Biest zusammengerollt und schnurrend neben mir lag. Und obwohl Ange von oben auf mich herabschrie, obwohl der mir allzu bekannte Ausdruck von Scham und Wut auf ihrem Gesicht in Entsetzen überging und sie nach einem Krankenwagen rief, und trotz des Kummers, den ich ihr verursacht hatte, all der Peinlichkeit und Sorge, ließ ich alles fahren, so leicht, wie man Zigarettenrauch ausbläst.

Puff!

Es war eine ungeheure Erleichterung.

Das war das letzte Mal, dass ich sie bewusst gesehen habe. Alice hat mir erzählt, dass sie anfangs ziemlich regelmäßig herkam, aber Geduld war noch nie ihre Stärke gewesen. Eine Weile redete ich mir ein, dass es ihr zu schwerfiel, mich so zu sehen, doch Ange ist schon immer eine pragmatische Frau gewesen. Sie tut recht daran, mit ihrem Leben weiterzumachen; sie hat viel zu lange darauf gewartet, dass ich meins auf die Reihe kriege.

Glücklicherweise stört mich Jack bei meinem selbstmitleidigen Gesuhle. Heute Morgen spielt er Cassie Musik aus seinem Handy vor, das mit einer kleinen Lautsprecherbox verbunden ist. »Barbers Adagio für Streicher«, erklärt er ihr (uns). Es hat gerade erst angefangen, als sein Telefon über den Lautsprecher klingelt, doch er lehnt den Anruf ab. Gleich darauf klingelt es wieder. Er runzelt ungehalten die Stirn und drückt ein paar Tasten, vermutlich, um das Klingeln zu unterdrücken, bevor er das Stück noch einmal von Anfang an spielt und die kleine Box an Cassies Bauch hält, wie es in den Babybüchern empfohlen wird. Der Klang wird dadurch gedämpft, aber ich höre ihn immer noch ganz gut. Die Streicher geben alles. Ich stelle mir vor, wie das kleine Menschlein Purzelbäume in Cassies Bauch schlägt, und bin froh, dass Jack bei ihr ist. Es muss beruhigend auf sie wirken, dass der nächtliche Besucher nicht erscheint, wenn ihr Mann da ist.

Ich bin zu dem Schluss gekommen, dass es der Nachbar gewesen sein muss, Jonny. Er war immerhin verzweifelt genug, um sich schon einmal Zugang zur Station zu verschaffen. Während ich beobachte, wie das Baby beziehungsweise Cassies Bauch wächst, muss ich immer wieder an seine Augen denken, an die Panik darin, als er an jenem ersten Tag hereingestürmt kam, unberechenbar wie ein Kampfhund, der einen entweder beißt oder begeistert ableckt, wenn man ihm die Hand hinhält.

Es gibt nur einen Grund, weshalb er sich nachts hier einschleichen sollte, und der lässt mir die Haare zu Berge stehen und das Blut gefrieren. Die Horrorvorstellung, dass er ein Kissen auf Cassie drücken oder etwas in ihren Tropf injizieren könnte. Er will die Tat zu Ende bringen, und ich werde hier liegen und gezwungen sein, ohnmächtig zuzusehen.

Jetzt mach mal halblang, Frank, reiß dich zusammen!

Offenbar setzt die Musik mir zu. Ich sehe, wie Jack seine Frau betrachtet und hin und wieder lächelt, bestimmt hängt er Erinnerungen nach. Ich wünschte, er würde es laut tun, denn es scheinen glückliche Gedanken zu sein, und davon könnte ich heute ein paar brauchen.

Doch allzu bald räuspert er sich und sieht sich kurz um, ehe er die Box von Cassies Bauch nimmt, sie auf die Stirn küsst, ihr über die Wange streichelt und uns wieder allein lässt.

Ich versuche, die Musik noch einmal in meinem Kopf abzuspielen, diese schwelgenden Streicher festzuhalten, als Alice meinen Vorhang vollständig aufzieht. Sie summt vor sich hin, hat die Musik wohl auch gehört. Als Erstes dreht sie meinen Kopf zu sich herum, und ich sehe ihre Zahnlücke. Immer wieder geht ein kleines Lächeln über ihr Gesicht, und ausnahmsweise ist mir das nicht recht. Sie soll ernst und wachsam sein für den Fall, dass er zurückkommt.

Sie befeuchtet meine Augen, und die Lösung rinnt wie Tränenbäche über meine Schläfen. Es ist ein wunderbares Gefühl, denn in letzter Zeit haben meine Augen mehr gebrannt als sonst. Ich hoffe, sie sind nicht entzündet.

»Jonny Parker, Cassies und Jacks Nachbar, ist unter Anklage gestellt worden, Frank.«

Ich weiß, Alice.

Sie erzählt mir von einem Ring, den Cassie trug, einen von ihrer Mutter, und wie Jack ihren Verlobungsring und den Ehering in der Hand gewogen hat. Mir ist nicht ganz klar, worauf sie hinauswill. Sie selbst muss ihren Verlobungsring bei der Arbeit an einer Kette um den Hals tragen – es wird eine ähnlich harmlose Erklärung dafür geben, warum Cassie ihren nicht anhatte. Vielleicht passte der Türkisring besser zu ihrem Outfit für die Silvesterparty. Jack hat die Ringe wahrscheinlich mitgebracht, weil er wusste, dass sie

sie im Krankenhaus würde bei sich haben wollen, als eine Art Talisman. Wenn Alice eine Ahnung davon hätte, dass Jonny nachts hier gewesen ist, würde sie nicht so daherreden. Es macht mich wahnsinnig, dass meine Stimmbänder nutzlos in meiner Kehle herumliegen, während sie, und nur sie, Cassie samt ihrem Kind retten könnten.

Inzwischen habe ich meine Genesungsfantasie abgewandelt und ergänzt. Ich verlasse die Station immer noch Hand in Hand mit Luce. Wir machen immer noch bei Alice halt, die mich umarmt, als ich ihr aus ganzem Herzen danke. Doch ehe Luce und ich nach Hause gehen und 9B für immer den Rücken kehren, berichte ich dieser Polizistin davon, wie Jonny sich hier hereingestohlen hat, und sage ihr, dass er sofort festgenommen werden muss. Keine Kaution diesmal, keine vorläufige Freilassung. Cassie lächelt mir hinter ihrem großen Schwangerschaftsbauch zu. Bald darauf wacht auch sie auf und bringt ein wunderhübsches kleines Mädchen zur Welt, und sie, Alice, Jack und die Kleine kommen mich und Luce in unserem kleinen Haus auf dem Land besuchen.

Alice wischt mir die Salztränen mit ein paar Baumwolltupfern ab, und ihr vorsichtiges Lächeln ist wieder da, als sie mich ansieht. Ihre braunen Augen glänzen vor Freude, und ich weiß schon, was sie sagen wird, bevor sie den Mund aufmacht.

»Ich habe noch mehr Neuigkeiten, Frank. Raten Sie mal!«

Sag's mir, Alice.

»Ich bin schwanger!«

Das ist wunderbar.

»Erst ein paar Wochen, aber ich fühle mich gut, Frank, richtig gut. Es ist anders diesmal, ich glaube, es ist wirklich anders.« Ihr Lächeln lässt nur leicht nach. »Aber ich behalte es vorläufig noch für mich. Nur Sie und meine Freundin Jess wissen es.«

Ich schwöre, dass ich nichts ausplappern werde.

Sie lächelt mich noch einmal an und nagt ein wenig an ihrer Unterlippe.

Was ist mit dem Arzt, Alice? Solltest du nicht mit deinem Arzt darüber reden?

Doch sie ist schon von dem Stuhl an meinem Bett aufgestanden und notiert die von meinen Apparaten angezeigten Werte, bevor eine andere Schwester sie ruft.

Ein paar Minuten später kommt sie zurück und sagt mit neuem Überschwang in der Stimme: »Sie haben Besuch, Frank.«

Ich erlaube mir nicht, auf sie zu hoffen, bis ich dieses schöne, wohlklingende Wort höre, wohlklingender als alle Musik, die je komponiert wurde: »Dad?«

Luce?

»Wenn Sie sich auf diesen Stuhl hier setzen und sich ein bisschen vorbeugen«, sagt Alice, »kann er Sie besser sehen.«

Luce!

Ich höre ein Rascheln und Scharren, als Lucy ihren Rat befolgt, und dann sehe ich sie. Ich sehe sie. Ihre dichten Haare sind dunkler, kastanienbraun jetzt wieder, und kurz geschnitten. Sie pustet sich den Pony aus der Stirn, genauso, wie sie es als Kind gemacht hat, wenn sie nervös war. Ihr Teint ist immer noch milchweiß und makellos. Sie hat sich die Nase piercen lassen, ein kleiner Silberring sitzt in ihrem linken Nasenflügel, an dem sie nun herumspielt. Der Rand des Lochs ist gerötet und sieht wund aus, sodass ich unwillkürlich innerlich zusammenzucke.

»Also Dad«, sagt Lucy mit unsicherem Lächeln, »ich habe dir zwar versprochen, mich nicht tätowieren zu lassen, aber du hast nichts von Piercings gesagt.« Ein kurzes, prustendes Lachen kommt aus ihr heraus, während ihr zugleich eine Träne übers Gesicht läuft und auf meinen Handrücken tropft. Es fühlt sich fantastisch an, ein kostbarer, trauriger kleiner Kuss. Eine zweite wischt sie schnell weg.

Sei nicht traurig, mein Schatz, sei nicht traurig. Ich bin es auch nicht. Ich bin so glücklich, dass du da bist!

»Ich bin gleich hier am Ende des Gangs, falls Sie mich brauchen«, sagt Alice zu ihr.

Lucy blickt kurz zu ihr auf und nickt. Sie legt ihre Hand auf meine, auf die Stelle mit der Träne. Ihre Hand ist warm, heilend, und nun fängt sie richtig an zu weinen.

»Sorry, Dad, entschuldige. Ich hatte mir fest vorgenommen, das nicht zu tun«, sagt sie und zeigt auf ihr tränennasses Gesicht.

Du brauchst dich nie bei mir zu entschuldigen, mein Liebling. Das weißt du doch.

Ich sehe ihr an, dass sie an Alices Rat denkt, möglichst natürlich mit mir zu sprechen. Sie blickt kurz in ihren Schoß, spielt mit dem Saum ihres T-Shirts, runzelt die Stirn. Ich sehe die kleine Narbe mitten auf ihrer Stirn, die von einem Sturz als Kleinkind stammt. Jetzt blickt sie auf, sichtlich froher, weil ihr etwas eingefallen ist.

»Ich habe ein Kätzchen, Dad! Es ist aus dem Tierheim. Der Vermieter weiß natürlich nichts davon, aber er lässt sich sowieso nie blicken, und ich wollte doch schon immer eine Katze! Meine Mitbewohner sind auch alle ganz vernarrt in sie. Ich zeige dir ein Foto.« Sie erzählt weiter, während sie in einer Tasche kramt, die ich nicht sehen kann. »Sie ist wirklich total süß. Ich bin verrückt nach ihr. Weißt du noch, wie wir mal die Katzen unserer alten Nachbarin gehütet haben? Und die eine ins Bad gekackt hat? Mum ist ausgerastet. Guck, das ist sie. Sie heißt Betty.« Lucy hält mir ihr Handy vor die Augen. Ihr pinkfarbener Nagellack ist abgeblättert, sie kaut also immer noch an den Fingernägeln. Der Bildschirm spiegelt zu sehr, ich kann das Foto nicht erkennen. Dafür ein ausgemergeltes Gesicht, durchscheinende Haut, die sich über die Knochen spannt wie bei einem mageren Huhn, bevor es in den Kochtopf wandert. Meine Augen liegen tief in den Höhlen, trüb und blicklos wie die eines toten Fisches, und ich kann überhaupt keine Haare erkennen. Ein blauer Schlauch hängt wie eine makabre Scherzkrawatte am unteren Bildrand herunter.

Nimm es weg, Lucy, bitte tu es weg.

Doch ich bin gezwungen, mich weiter anzustarren, ein entsetzter Narziss, während sie fortfährt, von Betty zu schwärmen.

»Sie ist sehr lieb und verschmust, aber sie zerfetzt wirklich *alles*.« Endlich nimmt sie das Handy weg.

Mach das bitte nie wieder, Schatz.

»Na ja«, sagt sie und kaut auf ihren Backen, auf der Suche nach einem neuen Gesprächsthema. »An der Uni läuft's ziemlich gut. Ich habe jede Menge tolle Leute kennengelernt, Dad, es ist super, in London zu leben. Aber ich werde mir einen Job suchen müssen, Kellnern oder so was, es ist alles so unheimlich teuer …« Sie verstummt und nimmt sanft meine Hand, die beste Medizin. »Deshalb habe ich dich in den letzten Wochen nicht besucht, es tut mir leid. Es klingt echt egoistisch, aber ich war so beschäftigt mit meinem eigenen Kram. Über Weihnachten bin ich in London geblieben. Mum wollte natürlich, dass ich nach Brighton komme, aber ich wollte einfach mal mein eigenes Ding machen …«

Lucy sieht mich stirnrunzelnd an und kaut an einem Nagel. Sie hat etwas auf dem Herzen, das merke ich.

Was ist los, mein Liebling?

»Mum wollte heute eigentlich mitkommen, aber sie hat in letzter Minute gekniffen und meinte, es wäre irgendwas mit Oma, sie müsste zu ihr und ihr helfen.« Lucy verdreht die Augen. Wir wissen beide, wie viel Anges Mum sich darauf zugutehält, dass sie niemanden um Hilfe bitten muss, und selbst wenn, würde sie sich garantiert nicht an ihre Tochter wenden.

»Ich finde eigentlich, sie sollte es dir selbst sagen, aber …« Lucy reibt sich das Gesicht und schüttelt ein paarmal den Kopf. »Mum hat einen neuen Freund, Dad. Craig. Er arbeitet bei einer Versicherung und ist so ziemlich der größte Langweiler aller Zeiten.«

Ange hat einen Freund, einen Freund namens Craig.

Komisch, diese Eröffnung schockiert mich nicht, überrascht mich nicht mal besonders. Ich stelle mir den Versicherungsfritzen Craig vor, teigiges Gesicht, Farbe von Porridge, Doppelkinn über dem Kragen seines billigen Polyesteranzugs, und hoffe, dass er Erfolg hat, wo ich immer wieder versagt habe. Dass er es schafft, Ange glücklich zu machen und ihr nach einem Leben voller Enttäuschungen neuen Auftrieb zu geben. Dass er ihren so oft zu einem festen Knoten geschürzten Mund wieder zum Lachen bringt. Es wäre schön, wenn sie wieder glücklich sein könnte, und es wäre auch gut für Lucy, ihre Mum glücklich zu sehen.

Lucy beugt sich über mich, um das Foto von uns beiden auf meinem Nachttisch zu betrachten, ich als Nikolaus verkleidet, sie auf meinen Knien, und lacht glucksend.

»Wir hatten schon Spaß zusammen, Dad, stimmt's? Du und ich?«

Erinnerst du dich an unseren Angelausflug nach Wales?

»Weißt du noch, wie wir nach Wales gefahren sind? Ich habe bestimmt zehn Fische gefangen und du nur so einen winzigen.« Sie lacht wieder. Wenn ich mit Lucy zusammen war, schien das Biest zu schlafen. Dann wollte ich nichts trinken, ich wollte keine Sekunde mit ihr verpassen.

Sie stellt das Foto auf den Nachttisch zurück und setzt sich. Schweigen breitet sich aus, und ich merke, dass sie krampfhaft nach etwas zu sagen sucht. Luce und ich haben immer zusammen über Dinge gelacht, die sonst niemand bemerkte oder verstand. Das komische Traben eines Joggers, einen Hund, der mit den Hinterpfoten Grasklumpen in die Luft schleuderte, nachdem er sein Geschäft gemacht hatte. Ange war immer genervt davon und hat uns den Mund verboten. Wir konnten auch gut miteinander schweigen, Luce und ich, aber weil es sich einfach so ergab, nicht aus Verlegenheit wie jetzt. Sie fummelt an ihrem Nasenring herum, guckt auf ihre Hände. Ich wünschte, sie würde nicht nach Worten ringen, das gibt mir das Gefühl, dass es zwischen uns nicht mehr so ist wie früher.

»Ich habe angefangen, mit jemandem über alles zu reden, Dad«, sagt sie, ohne von ihren Händen aufzusehen. »Mit einem Therapeuten an der Uni. Es ist gratis, also dachte ich, ich kann's ja mal probieren.« Sie blickt mich an, und neue Tränen rinnen schnell wie Regen über ihr Gesicht. Ihre Stimme klingt zuerst leise und ängstlich, wird beim Weiterreden aber kräftiger und sicherer. »Du sollst wissen, dass ich dir verzeihe, Dad. Ich verzeihe dir dein Trinken, ich verzeihe dir, dass du immer wieder abgehauen bist, und ich verzeihe dir, dass du uns angelogen hast. Ich weiß jetzt, dass es eine Krankheit ist, so wie Krebs oder sonst was. Du konntest nichts dafür. Es ist nicht deine Schuld. Deshalb verzeihe ich dir.«

Sie beugt sich vor und drückt meine Hand. Ihre Tränen durchnässen meine Bettdecke, und ich würde als glücklicher Mann sterben, wenn ich ihr jetzt nur einmal übers Haar streicheln oder ihr sagen könnte, wie sehr ich sie liebe. Aber das ist natürlich zu viel verlangt. Ihre Vergebung allein wirkt belebend und euphorisierend wie ein Zuckerschub und mildert, zumindest für eine Weile, mein bitteres Schamgefühl.

Ich habe dich lieb, ich bin so stolz auf dich.

Das sage ich immer wieder, und mein ganzer Körper pulsiert von dem inneren Gefühlssturm. Ich hoffe, sie spürt zumindest einen Ausläufer davon, und es scheint tatsächlich so, denn sie lacht erneut kurz auf und blickt sanft auf mich herab.

Wir schweigen noch ein paar Minuten lang einträchtig, und Lucy weint noch ein bisschen, ehe sie mich auf die Wange küsst und eine wunderbar warme Welle durch meine Adern jagt.

»Ich komme bald wieder, Dad. Hab dich lieb.«

Keine Piercings mehr! Das ist ein Befehl!

Sie schenkt mir noch ein letztes kleines Lächeln und verschwindet.

Der Raum um mein Bett herum wirkt schmerzlich leer ohne sie. Ich bin wieder allein.

12

Cassie

Cassie trinkt einen Schluck Kaffee und tritt einen Schritt von dem Bild zurück, das von nasser Farbe glänzt. Der Kaffee schmeckt unecht, verfälscht, sie ist entkoffeinierten nicht gewohnt. Mit einer Grimasse stellt sie ihn auf der Fensterbank des Schuppens ab und weicht dabei der Hummel aus, die schon den ganzen Nachmittag immer wieder vergeblich gegen die Scheibe knallt. Jedes Mal, wenn sie das dumme Ding retten will, fliegt es weg.

Sie wendet sich wieder der Leinwand zu.

Die Inspiration für das Gemälde kam ihr, als sie mit Jonny bei Birling Gap im Meer geschwommen ist. Es war einer von diesen außergewöhnlich warmen Junitagen, und sie hatten den ganzen Tag auf einem stickigen Hallenbauernmarkt zugebracht. Jonny war nervös gewesen und hatte ihr ständig Warnungen zugerufen, wenn sie unter Wasser schwamm. Er meinte, es gebe dort unsichtbare Brandungsrückströmungen, aber sie war vollkommen hypnotisiert davon, wie die Sonne, von unter Wasser betrachtet, der gewellten Oberfläche einen changierenden silbrigen Schimmer verlieh. Sie wollte dieses faszinierende gebrochene Licht auf der

Leinwand einfangen und den Betrachtern ein Gefühl von der Schönheit und endlosen Stille des Meeres vermitteln. Sie sollten sich friedvoll, geborgen und sicher fühlen.

Bevor sie zu malen angefangen hatte, hatte sie sich vorgenommen, ein Foto von dem Bild zu machen, damit Jonny ihre Vision endlich verstand, aber jetzt kommt ihr das albern und lobheischend vor, und außerdem ist es ihr völlig misslungen. Es ist flach und eindimensional, sieht aus wie eine Anfängerarbeit. Totaler Mist.

Plötzlich kommt ihr der Raum schwül und klaustrophobisch vor, und sie streift das alte Hemd ab, das sie immer zum Malen überzieht. Es fällt auf den Boden, doch sie denkt nicht daran, es aufzuheben. Den widerlichen Kaffee lässt sie vor dem Fenster stehen, wo die Hummel nach kurzer Verschnaufpause wieder angefangen hat, sich gegen die Scheibe zu werfen. Sie reißt die Schuppentür auf, die krachend hinter ihr zugeht.

Draußen lässt sie sich auf die Wiese fallen. Ihre nackten Zehen fahren durch das Gras, das sich mit Gänseblümchen und anderen Sommerblumen, die sie nicht benennen kann, geschmückt hat. Weiße Wolken wie aus einem Cartoon jagen über den blauen Himmel, und irgendwo brummt ein Maikäfer vorbei. Sie fand es immer besonders grausam, dass April im Sommer sterben musste, an einem herrlichen sonnigen Nachmittag, auf den Tag genau vor zwei Jahren. April liebte den Sommer. Cassie legt den Kopf zurück, öffnet sich dem Himmel. Sie schließt die Augen und versucht, ihre Gedanken mit den Wolken ziehen zu lassen. Sie fühlt sich schwerelos, als könnte sie ewig dort liegen.

Nach ein paar Minuten stört ihr Handy die Stille. Sie zieht es aus der Hosentasche und hofft, dass es nicht wieder Marcus ist. Sie hat heute bereits einen Anruf von ihm ignoriert und sich vorgemacht, dass sie ihn später zurückrufen wird. Den zweiten Anruf auch zu übergehen käme ihr gemein vor. Aber es ist nicht Marcus, sondern Nicky. Der Name der Freundin, so vertraut wie ihr eigener, prangt auf dem Bildschirm, begierig nach Aufmerksamkeit. Ihr Daumen schwebt schon über der Taste zum Annehmen, doch sie zögert, und dann ist es zu spät, und die Mailbox springt an.

Sie sagt sich, dass sie Nicky später zurückrufen wird.

Sie legt sich wieder hin und macht die Augen zu, versucht, in den Frieden von eben zurückzufinden, aber es ist vorbei. Ihr Handy meldet sich erneut, diesmal, um Nickys Nachricht anzukündigen. Sie beschattet die Augen mit der Hand, während sie eine Taste drückt, um sich die Aufnahme über Lautsprecher anzuhören. Verkehrslärm und Pressluftgehämmer dröhnen heraus, ein krasser Kontrast zu dem sommerlich verschlafenen Garten. Eine heftige Sehnsucht durchschneidet sie wie ein Messer. London, der Geruch von heißem Asphalt, Stimmengewirr und Menschengewimmel überall.

»Oh Gott, sorry, Cas, ich hoffe, du kannst mich verstehen.« Nickys Stimme übertönt den Hintergrundlärm nur knapp. Cassie hört, dass sie schnell geht, um von dem Krach wegzukommen. »Ich bin an der Victoria Station, es ist wie immer der reinste Albtraum hier. Ich wollte dir nur sagen, dass ich heute viel an dich und April denke. Nicht zu glauben, dass es schon zwei Jahre her ist. Wirklich verrückt. Jedenfalls hoffe ich, dass es dir gut geht. Es muss jetzt wunderschön bei euch da draußen sein. Du hast echt Glück, London ist so dreckig. Du kannst mich ja später zurückrufen, wenn du willst, okay? Dann können wir ausmachen, wann ich mal wieder komme. Kuss, Kuss.«

Cassie lässt ihren Arm schwer auf ihr Grasbett fallen. Was ist nur los mit ihr? Sie hatte gedacht, dass sie heute ganz gut klarkommen würde, schließlich ist es ein Tag wie jeder andere, oder? Sie denkt an Jacks Ausspruch, dass Trauern eine Kunst sei. Vielleicht hat er gar nicht so unrecht damit. Vielleicht wäre heute ein guter Tag, um der Trauer nachzugeben. Aprils Tagebuch aus Mexiko, das sie schrieb, als sie mit ihr schwanger war, liegt oben in einer Schublade. Sie überlegt, es hier in der Wiese liegend zu lesen. Das würde ihr wahrscheinlich helfen, den Tränen freien Lauf zu lassen, die sich schon die ganze Zeit in ihrer Kehle ansammeln.

Cassie will gerade aufstehen, als das Handy erneut klingelt. Diesmal ist es eine SMS von Charlotte.

Liebe Cas, ich denke heute fest an dich und April. Sag Bescheid, wenn du etwas brauchst. Alles Liebe. C.

Seit ihrer Unterhaltung auf dem Parkplatz des Gourmet-Festivals, das Frühlingsgras unter ihren Füßen, der Benzingeruch von den umstehenden Autos und

Lieferwagen in der Luft, haben sie nicht mehr über Mikes Seitensprünge gesprochen. Cassie möchte mehr erfahren. Wie hat Charlotte es nur geschafft, Jack das all die Jahre zu verheimlichen? Ihn seinen Vater weiter für eine Art Helden halten zu lassen statt für den heuchlerischen Ehebrecher, der er war? Hatte sie kein Bedürfnis nach Rache? Ihre Bewunderung für Charlotte kennt keine Grenzen. Sie hat noch einmal einen neuen, schwindelerregenden Einblick in deren Liebe zu ihrem Sohn erhalten, derentwegen sie seine Gefühle stets über ihre eigenen gestellt hat, obwohl die Wut sie manchmal fast zerrissen haben muss. Cassie streichelt ihren Bauch. Sie hofft, dass sie ihrem Kind die gleiche Liebe geben kann, und verspricht dem kleinen Leben, ihr Bestes zu tun, um eine ebenso gute Mutter zu werden wie Charlotte.

Plötzlich dringt das Knirschen von Reifen auf der kleinen Kiesauffahrt vor dem Cottage an ihre Ohren. Sie stützt sich auf die Ellbogen, und ihre Stimmung bessert sich auf der Stelle. Jack! Er wollte sie überraschen und ist früher nach Hause gekommen, damit sie nicht allein ist. Ihre Knie knacken, als sie schwungvoll aufsteht, und sie läuft auf Zehenspitzen über den Rasen und um die Hausecke, um direkt in Jacks Arme zu springen. Doch dann bremst sie sich mitten im Lauf. Sie kennt den alten Volvo, der da vor dem Haus steht, aber wie bei einem Gesicht, das man lange nicht gesehen hat, braucht sie einen Moment, um ihn einzuordnen. Die Fahrertür geht auf, und zwei lange Beine in Cordhosen und braunen Lederschuhen mit runden Kappen, die mindestens zwei Jahrzehnte alt sein müssen, landen auf dem Kies. Marcus nimmt die Tür zu Hilfe, um sich zu voller Höhe aufzurichten. Sie sieht ein schmerzhaftes Zucken über sein Gesicht gehen, als er seine schlimme Hüfte belastet. Dann breitet er die Arme aus, und sie stakst behutsam über die Kieselsteine auf ihn zu und ringt sich ein Lächeln ab.

»Marcus, was machst du denn hier?«

Sie küsst ihn förmlich auf beide Wangen. Sein Gesicht ist so zerknittert wie sein für dieses Wetter viel zu warmes kariertes Flanellhemd. Er riecht muffig, nach Mottenkugeln und Holzfeuerrauch. Sie fühlt sich auf einmal wieder wie zwölf und ist enttäuscht, dass er nicht wie der Vater riecht, den sie sich immer erträumt hat, nach Aftershave und teurem Leder.

»Was machst du hier, Marcus?«, wiederholt sie und spürt, wie sich die Steinchen in ihre Fußsohlen bohren.

Marcus sieht sie groß an und sagt: »Cassie!«, als wäre sie es, die ihn überrascht hat.

»Ich habe nicht mit dir gerechnet!«, sagt sie, lächelt aber dabei, um ihn nicht in Verlegenheit zu bringen.

Er blickt stirnrunzelnd zum Haus hinauf. »Ich dachte, es wäre schön, dich auf eine Tasse Tee zu sehen. Es ist eigentlich gar nicht so weit.«

»Du meinst, du warst gerade in der Gegend?«, fragt sie.

Marcus zuckt mit den Schultern. Cassie weiß Bescheid. Er ist die zwei Stunden von der Isle of Wight tatsächlich auf gut Glück hierhergefahren, in der Hoffnung, sie zu Hause anzutreffen.

Marcus blinzelt wieder zu der freundlichen Fassade

ihres Ziegelsteincottages. »Schönes Haus, Cas«, sagt er. Er hat deutlich mehr Falten bekommen, sein Gesicht ist eine Landkarte aus krummen Linien, und die um seine Augen bilden die zerklüftetste Gegend. April hat es immer gemocht, dass er seine weißen Haare lang trägt, doch selbst sie würde ihn zum Frisör schleifen, wenn sie ihn jetzt sähe. Sie sind wellig und wirr, aber hinten plattgedrückt, wo sein Kopf während der langen Fahrt an der Kopfstütze geruht hat. In den sieben Monaten seit Cassies Hochzeit ist er gebrechlicher geworden, als hätte die Last der Jahre die Waage seines Lebens plötzlich auf die Seite des Alters kippen lassen.

Cassie nimmt ihn am Arm. »Komm, ich mache uns einen Tee«, sagt sie und führt ihn zum Haus, wobei sie beide ein wenig auf dem Kies humpeln.

Sie setzen sich auf die alte Gartengarnitur aus Holz, die vom Draußenstehen grünlich geworden ist. Der Tisch wackelt, als Cassie die Teekanne samt Tassen und Untertellern darauf abstellt – das Service ist ein noch unbenutztes Hochzeitsgeschenk von einer von Charlottes Freundinnen.

»Du malst also wieder, Cas?« Marcus blickt auf ihre Hände, und sie reibt mit dem Daumen über einen blauen Streifen.

»Ja, nur so zum Spaß«, antwortet sie, plötzlich verlegen. »Ich habe einen kleinen Schuppen dort drüben, wo ich arbeiten kann. Ein paar von Mums Bildern stehen auch darin, ich zeige ihn dir nachher.«

»Ja, gern. Und als Schauspielerin arbeitest du auch noch, ja?«

»Aber Marcus, das ist vier Jahre her und war eigentlich sowieso nur eine Episode.« Früher wusste er immer genau darüber Bescheid, was sie so macht. Sie will ihn gerade freundlich mit seiner Vergesslichkeit aufziehen, aber seine Stirn legt sich in Falten, er ist anscheinend verwirrt und kann seine konfusen Gedanken nicht ordnen. Aprils Todestag muss ihm sehr zusetzen. »Du bist genau wie Mum, Marcus«, versucht sie, ihn aufzumuntern. »Ein törichtes Filmchen hat noch keine zur Schauspielerin gemacht!«, deklamiert sie, eine Shakespearedarstellerin mimend, ehe sie mit normaler Stimme hinzufügt: »Ich glaube, Mum hat nach dem Werbespot ernsthaft erwartet, dass die Academy wegen einer Oscarnominierung bei mir anruft.«

Marcus lacht leise und schüttelt den Kopf, aber es kommt ein wenig zu spät und wirkt aufgesetzt. Cassie merkt, dass er nicht ganz mitgekommen ist.

»Sie war sehr stolz auf dich und hat immer an dich geglaubt«, sagt er.

»Ich weiß, aber jetzt mal im Ernst: Frag Jack, ich bin keine Schauspielerin. Die Malerei ist mein Ding. Genau wie bei Mum.«

Marcus verjagt eine Wespe vom Tisch und lehnt sich zurück. »Ach, jetzt weiß ich wieder, was ich dir sagen wollte. Ich habe neulich die ›Obstgesichter-Serie‹ wiedergefunden. Gott, das hat mich wirklich zum Lachen gebracht.«

Cassie lächelt und ist erleichtert, dass wieder etwas von dem alten, pfiffigeren Marcus zum Vorschein kommt. Die Serie bestand aus diversen Bilderpaaren, je ein Bild von einer Frucht, das andere von einem menschlichen Gesicht, das an sie erinnerte. Ein Bilderpaar zeigte einen dicken Mann mit Pausbacken und Grübchen im Kinn neben einer prallen roten Kirsche, ein anderes eine Frau mit langem ovalem Gesicht und hohem Pferdeschwanz, die Haare wie Blattwedel über ihrem Kopf, neben einer Ananas. April meinte, sie könne es sich jetzt leisten, gemeine Porträts zu malen, das sei einer der wenigen Vorteile, wenn man Krebs habe. Cassie weiß noch, wie sie beim Malen hinter ihrer Staffelei kicherte.

Sie steht auf, um den Tee einzuschenken.

»Du hast also das Wochenende abgesagt?«, erkundigt sie sich möglichst leichthin.

Marcus kneift die Augen zusammen, als würde er durch ein Rolodex von möglichen Bedeutungen ihrer Frage blättern, daher fügt sie hinzu: »Mums Gedenkwochenende, Marcus?«

Sie hält den Blick fest auf die Tasse gerichtet, als sie die Milch einschenkt, um ihre Betretenheit zu überspielen.

»Ach so, das, ja. Nun, wir können es schließlich nächstes Jahr wieder machen, nicht wahr?«, sagt er, aber es klingt, als würden die Zahnräder seines Verstandesapparats immer noch nicht richtig ineinandergreifen.

Ein wenig von Marcus' Tee schwappt über den Rand der Tasse, als sie sie vor ihn hinstellt. Sie setzt sich wieder, beide Hände um ihre eigene Tasse gelegt, die Füße auf den Stuhl hochgezogen, sodass ihre Knie an ihr Kinn stoßen.

Marcus schürzt die Lippen, um an seinem Tee zu nippen, und zuckt zusammen. Er ist noch zu heiß.

»Und warum hast du es abgesagt?«, beharrt Cassie, um zu testen, ob es noch richtig klick bei ihm macht.

»Ach, zu viel los, schätze ich, Cas. Zu beschäftigt.«

Sie zieht die Augenbrauen hoch, aber ohne dass er es sieht. Wovon redet er? Zu beschäftigt – mit was? Die Zeitung zu lesen? Seinen wöchentlichen Einkauf zu machen? In seinem Leben ist höchstens nicht genug los. Vielleicht ist das ja das Problem, vielleicht langweilt er sich einfach?

»Marcus, ist alles …« Doch er unterbricht sie, ehe sie ihn fragen kann, ob es ihm gut geht. Seine Miene hellt sich auf, und er ist plötzlich ganz lebhaft, als hätte er eine wunderbare Erkenntnis gehabt.

»Ich habe neulich mit Lindsay gesprochen, Cas«, sagt er. »Über dieses Krimispiel-Wochenende, das deine Mutter mal organisiert hatte, weißt du noch?« Wieder einmal erzählt er ihr die alte Geschichte von dem chaotischen Wochenende, an dem April die Rollen und die Kostüme durcheinanderbrachte, sodass Marcus am Ende einen mörderischen Pfarrer in der Kleidung eines Pferdejockeys spielte. Er beschreibt es, als sei sie nicht dabei gewesen, und sein schwerfälliges Erinnern, vor allem, wenn es um April geht, macht sie ganz kribbelig. Der Tisch ruckelt nach rechts, als sie den Ellbogen darauf stützt und sich mit den Fingern durch ihre schulterlangen Haare fährt.

Es gab einmal eine Zeit, als sie wirklich mit ihm sprechen konnte. Sie weiß noch, dass sie Marcus einmal anvertraute, wie verlassen sie sich fühlte, eine Waise praktisch ohne Vater und nun auch ohne Mutter, keine lebenden Blutsverwandten weit und breit. Er hatte nichts darauf gesagt, sondern sie einfach in den Arm genommen, was genau die richtige Reaktion war, wie sie später mit leicht schlechtem Gewissen dachte, weil sie mit keiner Silbe erwähnt hatte, dass sie ja immerhin noch ihn hatte. Ihre Einsamkeit war vollständig, fand sie damals, ein nur für sie bestimmter, speziell auf sie zugeschnittener Kummer. Doch das wird sich ändern, sie wird nicht immer allein sein. Sie denkt an das kleine Leben in sich, gerade mal so groß wie eine Eichel. Jack hat sie hochgehoben und durch die Küche gewirbelt, als sie es ihm gesagt hat. Und sofort angefangen, über Namen zu reden.

Marcus hat die Kostümgeschichte inzwischen beendet. Er sieht sie forschend an und sagt ohne Zusammenhang: »Du weißt, dass ich immer für dich da bin, Cas, nicht wahr?« Der Tisch ruckelt wieder, als er ihre Hand nimmt. »Du brauchst dich nie allein zu fühlen, denk daran.«

Auch wenn sie seinen Worten nicht ganz glauben kann, hört sie doch die Zuneigung in seinem Ton, die Fürsorge, und lächelt ihn herzlich an, weil sie sich auf einmal tatsächlich ein bisschen geborgener fühlt. Vielleicht sollte sie ihm von ihrer Schwangerschaft erzählen? Vielleicht würde ihm das aus seiner seltsamen Trauer heraushelfen?

Bevor sie sich entscheiden kann, hallt eine unerwartete Stimme durch den Garten.

»Habe ich doch richtig gehört, dass da wer auf der Terrasse sitzt!«

Jack kommt mit einem Strauß Sonnenblumen um die Hausecke, Aprils und folglich auch Cassies Lieblingsblumen. Er hat seine Krawatte gelockert und das Jackett ausgezogen, wirkt aber mit der Anzughose und dem hellblauen Hemd immer noch fehl am Platz im Garten. Unter seiner leichten Sonnenbräune sieht er müde aus. Einer der beiden Bauleiter der Firma ist seit zwei Wochen krank, was sein Arbeitsaufkommen verdoppelt hat. Er strahlt den Stress förmlich aus. Als er sie küsst, riecht Cassie seinen hektischen Tag, ein schnelles Sandwich in der Mittagspause, zu viel Kaffee, Gehetze von einem schwülen Besprechungsraum zum nächsten.

»Ich dachte, ich mache heute früher Schluss, um zu sehen, wie es dir geht, Schatz. Aber offensichtlich ist mir jemand zuvorgekommen.«

Marcus steht auf, und der Tisch wackelt, als er sich daran abstützt, um Jack die Hand zu geben. Sie lächeln sich an, doch der Mangel an Herzlichkeit auf Jacks Seite ist überdeutlich.

»Möchtest du auch einen Tee, Jack?«, fragt Cassie.

»Weißt du was, ich glaube, ich hole mir ein Bier aus dem Kühlschrank«, antwortet er und küsst sie noch einmal.

Sie nimmt ihm die Blumen ab. »Ich hole es dir.«

»Danke, Cas«, sagt Jack. Als sie zur Küche geht, hört sie ihn Marcus fragen: »Also, was hat dich zu diesem Überraschungsbesuch veranlasst?«

Sie kaut auf ihren Lippen, als sie wenig später über den schattengesprenkelten Rasen mit den Sonnenblumen in einer Vase und dem kalten, beschlagenen Bier zu ihnen zurückkehrt. Marcus nickt Jack gerade zu, ein höfliches, gequältes Lächeln im Gesicht, als müsse er sich beherrschen, nicht unfreundlich zu einem plump-vertraulichen Fremden zu sein, der denkt, dass sie sich kennen. Irgendetwas stimmt da nicht. Kann es sein, dass er bloß nervös ist? Die beiden haben sich schließlich seit der Hochzeit nicht mehr gesehen, und da haben sie sich auch nicht lange miteinander unterhalten, also ist das das erste Mal seit dem Streit wegen des Artikels.

»Ich wollte am Wochenende das Gedenken an meine Frau April begehen, aber weißt du, Cassie« – er sieht zu ihr auf und lächelt –, »diese hübsche junge Frau hier, meine Stieftochter, hatte zu viel zu tun, also habe ich die Idee verworfen.«

»Reden wir immer noch über das Wochenende?«, fragt sie, stellt die Sonnenblumen auf den Tisch und reicht Jack sein Bier. Rasch kramt sie in ihrem Kopf nach einem anderen Thema, vielleicht noch mal die Obstgesichter oder die Krimikostüme?

Ihr Magen krampft sich zusammen, als sie Jacks Stimmung bemerkt. Er ist nicht sein übliches, bedächtiges Selbst, sondern missmutig und abgespannt, immer eine schlechte Kombination.

»Ach komm, Marcus, jetzt laste das nicht Cas an«, sagt er. »Wenn sie nicht kommen wollte, wollte sie eben nicht. Du hättest das ja auch ohne sie durchziehen können, basta.«

Marcus zuckt die Achseln. »Sie hat gesagt, sie hätte zu viel zu tun«, beharrt er.

»Na und, das ist ihr gutes Recht. Du wolltest dieses Wochenende veranstalten, und du hast dich entschieden, es abzublasen, nicht Cas. Bist du deswegen einfach so hier aufgetaucht? Um ihr nachzuweisen, dass sie nicht zu beschäftigt ist?«

Marcus schüttelt den Kopf. »Von was redest du?«

»Jack ...« Cassie, die immer noch steht, legt ihm beschwichtigend die Hand auf die Schulter. Er weiß nicht, wie seltsam Marcus sich seit seiner Ankunft hier verhalten hat, und sie kann es ihm in dessen Beisein nicht sagen. Doch Jack merkt nichts von ihrem Beruhigungsversuch, und ihre Hand fällt herab, als er sich zu Marcus vorbeugt.

»Nein, wirklich, Marcus, das ist nicht fair.«

Marcus legt sich die Hand an die Stirn und massiert seine Schläfe mit Daumen und Mittelfinger. Cassie hatte ganz vergessen, dass er das macht, wenn er müde oder verwirrt ist.

»Ich wollte nur Cassie, meine Stieftochter, besuchen, nicht dich.« Er klingt jetzt wie ein trotziges Kind.

»Sie hat dir gesagt, dass sie heute zu tun hat, Marcus. Herrgott, kapierst du keinen freundlichen Wink?«

»Jack, beruhige dich«, sagt Cassie, aber sie sieht, wie sich seine Kiefermuskeln anspannen und weiß, dass es keinen Zweck hat.

»Cassie«, sagt Marcus mit Blick zu Jack, »hier ist etwas nicht richtig. Ich weiß nicht genau, was, aber irgendwas ist hier nicht richtig.«

»Jetzt reicht's, Marcus. Du kannst nicht einfach hier bei uns auftauchen und meine Frau mit so einem Scheiß belästigen, wenn es ohnehin schon ein schwerer Tag für sie ist.«

»Ich glaube, ich sollte jetzt gehen«, sagt Marcus und

erhebt sich überraschend schnell, sodass die Teetassen auf ihren Untertassen klappern.

»Das ist das erste Vernünftige, was du heute gesagt hast«, erwidert Jack.

Mit gesenktem Kopf schlurft Marcus davon.

Cassie springt auf und ruft ihm nach: »Marcus, warte, geh nicht!«, doch er bleibt nicht stehen, sondern tapst weiter über den Rasen. Es versetzt ihr einen Stich ins Herz.

»Was sollte das, verdammt noch mal?«, fährt sie Jack an.

»Ich hab es einfach satt, dass er ständig auf dir herumtrampelt. Sieh dich nur an, du zitterst.«

»Ja, weil du dich eingemischt hast, nicht wegen ihm.« Ihre Stimme klingt schrill, aber es ist ihr egal, ob Marcus sie hört. Seit Monaten ist sie nicht mehr so wütend gewesen, und es tut verflucht gut. »Irgendwas stimmt nicht mit ihm.«

»Ja, ich weiß, er ist ein Scheißspinner.«

»Nein, zum Teufel, ich meine, es geht ihm nicht gut. So war er noch nie. Ich wollte ihn gerade danach fragen und ihm raten, dass er sich untersuchen lassen soll, als du hier hereinplatzt, total gestresst, und ihn sofort herunterputzt.«

Jack steht auf und stößt seinen Stuhl mit dem Bein zurück, dass er umkippt. Sein Kiefer mahlt noch stärker, als er sagt: »Ich wollte dich nur verteidigen, Cas, für dich eintreten, wie ich es immer mache, wenn du nicht für dich selbst eintrittst. Früher warst du nicht so.«

»Ach, verpiss dich doch, Jack.«

»Mit Vergnügen«, entgegnet er und kippt sein Bier hinunter, während er in die Küche stolziert.

Die vergessenen Teetassen stehen auf dem Tisch, die Untertassen voller Tee. Cassie hat nie verstanden, wozu Untertassen gut sein sollen, aber jetzt sieht sie ihren Zweck ein. So manch ein Streit muss bei einer Tasse Tee begonnen haben. Der starke Drang überkommt sie, die Tassen samt ihren verdammten Untertassen gegen die Hauswand zu schleudern. Die Sonnenblumen lehnen schräg in der Vase, ihre Gesichter wie beschämt abgewandt über das, was sie gerade miterlebt haben. Noch nie sind ihr so hübsche Blumen so traurig vorgekommen.

Sie hört Marcus den Motor anlassen und will plötzlich unbedingt, dass er bleibt, will ihm wie versprochen Aprils Bilder zeigen und herausfinden, was ihm fehlt, ihm helfen, wenn sie kann.

Sie rennt zur Vorderseite herum und ruft ihn, strauchelt wieder auf dem Kies, aber es ist zu spät, er hat bereits den Blinker gesetzt, und als er aus der Einfahrt herausfährt, zieht eine unsichtbare Kraft, wie enorme Schwerkraft, an ihrem Unterleib, und sie krümmt sich zusammen. Sie hält sich den krampfhaft zuckenden Bauch und weiß, dass sich etwas verändert hat und dass es nichts Gutes sein kann, denn wo sie vorher einen Anfang spürte, fühlt sie jetzt nur noch die leere Gewissheit eines Endes.

13

Alice

»Nennen Sie mich doch bitte Elizabeth«, sagt die Geburtshilfeärztin, als ich ihr die Tür zum Familienzimmer aufhalte. Sie hat einen anheimelnden schottischen Akzent, der irgendwie im Widerspruch zu ihrem gut geschnittenen, strengen Kostüm steht. Sie erinnert mich an Jess, und ich frage mich, ob die Leute sie auch oft wegen ihrer Sprechweise unterschätzen, während ich den Wasserkocher für Tee aufsetze und wir auf Jack und Charlotte warten.

»Ach, kann ich vielleicht lieber einen Kaffee haben?«, fragt Elizabeth. »Unsere Kleine zu Hause ist gerade mitten im schönsten Trotzalter, und Sie wissen ja, wie das ist, wenn man den verflixten Racker nicht zum Einschlafen kriegt. Ich funktioniere nur noch mit reichlich Koffein.«

Ich nicke lächelnd, wende mich aber ein wenig ab und suche nach einer Möglichkeit, das Thema zu wechseln, ohne unfreundlich zu wirken oder gestehen zu müssen, dass ich leider nicht weiß, wie das ist. Meiner Erfahrung nach ist es einfacher, den Annahmen der Leute nicht zu widersprechen.

»Sie hat uns natürlich komplett um den kleinen Finger gewickelt. Ich höre immer wieder, die Phase dauere nicht lange, aber …« Es klingt, als wollte sie eine Bestätigung von mir hören.

Ich vermeide den Blickkontakt, als ich ihr den Kaffee reiche, und dann klopft es zum Glück an der Tür, bevor ich eine Antwort geben muss.

Jack trägt heute einen dunkelblauen Anzug mit Krawatte und ist frisch rasiert – ein ganz anderer Mann als der, den ich bisher kannte. Charlotte hinter ihm, in Jeans und einer taillierten Bluse, hält einen schwarzen Wollmantel über dem Arm und hat einen altrosa Schal umgebunden. Da beide Elizabeth schon kennen, halten wir die Begrüßung und die Höflichkeiten kurz, zumal Jack sagt, dass er in einer halben Stunde zu einem Meeting mit Kunden müsse. Sein Team habe ihm in der Firma zwar den Rücken freigehalten, aber diese Besprechung sei zu wichtig, als dass er dabei fehlen könne. Ich antworte, dass er jederzeit bedenkenlos gehen könne, Charlotte oder ich würden ihn später über alles Weitere informieren.

Jack und Charlotte hören Elizabeth aufmerksam zu, ihre beiden Köpfe im gleichen Winkel nach rechts geneigt. Charlotte schreibt gelegentlich mit, auch wenn sich nichts Wesentliches verändert hat. Cassies Zustand ist der gleiche, die Schwellung um das Gehirn hat nur wenig abgenommen. Die Sonde wurde inzwischen entfernt, und Elizabeth hat sie auf ein anspruchsvolles physiotherapeutisches Programm gesetzt. Der Fötus entwickelt sich gut, weshalb wir uns sowohl auf eine natürliche Geburt als auch auf einen Kaiserschnitt vorbereiten werden.

»Natürlich möchten wir, dass das Kind solange wie möglich in der Gebärmutter bleibt«, erklärt Elizabeth, »aber es ist unwahrscheinlich, dass Cassie es austragen kann. Je mehr es heranwächst, desto größer wird die Belastung für sie. Dennoch wollen wir vermeiden, dass es vor der siebenundzwanzigsten Woche geboren wird.«

Charlotte fährt mit dem Zeigefinger über die Zeilen ihres Notizbuchs und liest daraus ab. Ihre Fragen sind sehr detailliert und lassen auf schlaflose, mit Recherchen verbrachte Nächte schließen. Sie erkundigt sich nach den Auswirkungen von gerinnungshemmenden Mitteln auf den Fötus und ob es ihn schädigen könne, sollte Cassie Schmerzmittel brauchen. Falls Elizabeth von ihrer informierten Fragestellung beeindruckt ist, lässt sie sich nichts anmerken; sie ist offenbar keine Ärztin, die Laien gegenüber herablassend wird. Jack sitzt stumm dabei, wie ein übermäßig gut gekleideter Assistent seiner Mutter, seltsam unbeteiligt. Irgendetwas stimmt nicht mit ihm. Er zieht ein finsteres Gesicht, als das Klingeln seines Handys Charlottes Fragenliste unterbricht, und drückt den Anruf weg, entschuldigt sich aber nicht. Wahrscheinlich etwas Berufliches. Ich habe ihn noch nie so düster erlebt.

»Ach so, eine Sache noch.« Charlotte sieht ihren Sohn sich vergewissernd an. »Wir haben uns gesagt, dass wir in letzter Zeit genug Überraschungen hatten, und würden daher gern das Geschlecht des Kindes kennen.«

Jack nickt dazu und trinkt seinen Tee aus. Als Elizabeth antwortet, steht er bereits auf.

»Wir können Ihnen das zweifelsfrei sagen, wenn sie in der sechzehnten Woche ist, also in etwa vierzehn Tagen.«

Die Besprechung endet recht abrupt, Hände werden erneut geschüttelt, und Jack küsst Charlotte auf die Wange.

»Bis später, Mum«, sagt er, und ich höre noch, wie er ihr »Hab dich lieb« ins Ohr flüstert, ehe er zu seinem Meeting eilt. Elizabeth folgt ihm mit einem kurzen Lächeln und einem Kopfnicken hinaus.

Charlotte lehnt sich zurück, als hätte sie sich gerade nach einem langen Tag zu Hause aufs Sofa fallen lassen. Sie klappt ihr Notizbuch zu, atmet tief aus und schließt die Augen. Bei den Zusammenkünften mit Angehörigen stellt sich oft ein Moment ein, in dem sie anfangen, frei von der Leber weg zu erzählen. Manche, um die Stille zu füllen oder das Piepen und Ticken der Apparate auf der Station zu übertönen, andere, weil sie glauben, dass wir uns besser um ihre Lieben kümmern, wenn wir mehr über sie wissen. Charlotte gehört keiner der beiden Kategorien an. Ich habe den Eindruck, dass sie sich einfach bei jemandem aussprechen muss.

»Sie wissen, dass die Polizei Anklage gegen Jonny erhoben hat, oder?«, sagt sie mit immer noch geschlossenen Augen.

Ich nicke und rücke mit meinem Stuhl etwas näher an sie heran. »Die Beamten sagten, sie hätten sich gut gekannt … Cassie und Jonny, meine ich?«

Charlotte lacht, ein kurzes, bitteres Lachen, das wohl andeuten soll, dass ich keine Ahnung habe.

»Oh ja, Cassie mochte ihn, glaube ich. Er hat ihr mit dem Marmeladenverkauf geholfen, sie herumgefahren, Kisten geschleppt, all so was. Er wohnt in einem Cottage in der Nähe, ist Jacks und Cassies nächster Nachbar. Er ist ebenfalls von London hierhergezogen, nur wenige Wochen nach ihnen. Es war natürlich prima, dass sie sich alle so gut verstanden haben, aber ich hatte immer den Verdacht, dass es auf Jonnys Seite nicht rein platonisch war. Wussten Sie, dass er es war, der ihr den Hund besorgt hat? Maisie?« Sie verstummt plötzlich und schüttelt den Kopf, wie um ungute Gedanken wegzuschütteln, die sich dort festgesetzt haben.

»Jack hat gesagt, dass sie aus dem Tierheim ist?«, frage ich sanft nach.

»Ja, das stimmt. Jonny ist mit Cassie zu dem Tierheim in der Nähe von Brighton gefahren, aus dem er auch seinen eigenen Hund hat. Es war sehr großzügig von Jack, sie einen adoptieren zu lassen. Er ist nämlich allergisch, wissen Sie.«

Sie greift nach ihrem Tee, der inzwischen kalt geworden sein muss, und trinkt einen kleinen Schluck. Ich merke, dass sie genug davon hat, über Jonny und Cassie zu reden. Ihre bernsteinfarbenen Augen flackern, als würde sie ihre Gedanken nach einem durchsuchen, der nichts mit den beiden zu tun hat. Meine Hände ruhen in meinem Schoß, die Handflächen dem Bauch zugekehrt, was ich erst bemerke, als Charlottes Blick darauf fällt. Ich ziehe sie weg und will ihr gerade anbieten, eine frische Tasse aufzubrühen, als sie fragt: »Fühlen Sie sich nicht gut, Alice?«

Sie sagt das mit dem gelassenen, mütterlichen Selbstvertrauen einer Frau, die kein Problem damit hat, sich auch Menschen gegenüber, die sie kaum kennt, fürsorglich zu zeigen.

Ich wende den Blick ab, weil ich weiß, dass ich ihr nichts vormachen kann, wenn ich in ihre Bernsteinaugen sehe, und merke zu spät, dass ich lächle.

»Ich hoffe, Sie halten mich nicht für zudringlich, Alice, aber haben Sie eventuell Neuigkeiten?«

Ich lasse mein Lächeln in ein Strahlen übergehen.

»Oh Alice, ich habe es mir gedacht. Sie haben jedes Mal geblinzelt, wenn Elizabeth Cassies Baby erwähnt hat, und Sie fassen sich immer wieder reflexartig hierhin.« Sie legt die Hände auf ihren Bauch und beugt sich dann vor, um mir das Knie zu tätscheln. Ich drücke kurz ihre Hand.

»Was für eine wunderbare Nachricht«, sagt sie und lächelt so herzlich, dass ich meiner Freude endlich freien Lauf lasse. »Ist es Ihr Erstes?«

Ich nicke, wobei eine Träne, von der ich gar nichts gemerkt hatte, auf das Bein meines Baumwollanzugs platscht.

Charlotte fischt ein Taschentuch aus ihrem Ärmel und gibt es mir. »Herzlichen Glückwunsch, Alice.« Sie steht auf, und mein Rücken wird sofort warm von ihrer Hand, als sie mich umarmt.

»Entschuldigen Sie.« Ich trockne mir die Augen mit dem Taschentuch. »Ich bin erst in der vierten Woche und habe es noch niemandem gesagt, nicht einmal meiner Mutter oder meinem Mann. Es ist einfach schön, es jemandem anvertrauen zu können.« Das stimmt natürlich nicht. Jess weiß es und auch Frank, aber Jess hat mir beinahe Schuldgefühle verursacht, als hätte ich mich selbst krank gemacht, und Frank, nun ja, Frank kann halt nichts dazu sagen. Es jemandem zu erzählen, der sich keine Sorgen um mich macht und meine Schwangerschaft spontan und bedenkenlos als »wunderbare Nachricht« bezeichnet, ist ein tolles Gefühl.

»Ich glaube, Cassie ist ein gutes Omen«, sage ich, Charlottes Taschentuch in der Hand zerknüllend.

»Vielleicht seid ihr ja ein gutes Omen füreinander«, erwidert sie lächelnd und streichelt noch einmal meine Hand, ehe sie sich wieder setzt.

»Verzeihen Sie, wenn ich frage, Alice, aber warum haben Sie es Ihrem Mann noch nicht gesagt?«

Ich zerpflücke das Taschentuch in meinen Fingern. Der Moment ist vorbei, die Wärme kühlt sich ab. Es ist Zeit, ihr die Wahrheit zu sagen, dieser weisen, warmherzigen Frau, die einen Blick auf die Welt zu haben scheint, der uns anderen entgeht.

»Ich habe es David noch nicht gesagt, weil ich … weil wir ein paar Fehlgeburten hatten. Na ja, mehr als ein paar, ehrlich gesagt.« Ich blicke kurz zu ihr auf. »Acht insgesamt.« Es wundert mich, wie leicht das herauskommt, zwei Worte, die viel zu nüchtern eine achtmal furchtbar enttäuschte Hoffnung zusammenfassen.

Falls Charlotte von der Zahl schockiert ist, lässt sie es sich nicht anmerken. »Es tut mir leid, das zu hören, Alice.«

Ich nicke. »Wir haben natürlich alle möglichen

Tests gemacht. Es ist eine Chromosomenabweichung, man kann nichts dagegen tun. Ich bin achtunddreißig, die letzte Fehlgeburt hatte ich im letzten Sommer. Ich habe meinem Mann versprochen, dass wir jetzt über andere Möglichkeiten nachdenken. Er findet, dass wir beide genug durchgemacht haben bei dem Versuch, ein eigenes Kind zu zeugen. Er hat natürlich recht, aber dann habe ich vor fünf Tagen festgestellt, dass ich wieder schwanger bin.«

»Das erinnert mich an dieses Sprichwort: ›Träume erfüllen sich, wenn man aufhört, ihnen nachzujagen‹«, bemerkt Charlotte.

Sie blickt kurz zur Seite, und ich ahne, dass sie an Cassie denkt, an deren Entscheidung, Jack nichts von dem Kind zu sagen.

»Ich verstehe, warum Sie beschlossen haben, Ihren Mann noch nicht einzuweihen. Wie fühlen Sie sich?«

Auf einmal scheint meine kostbare, zerbrechliche Neuigkeit zwischen uns in der stickigen Luft dieses unpersönlichen, fensterlosen Raums zu schweben. Ich kann sie nicht mehr schützen und habe das Bedürfnis, mich zu bewegen, die Atmosphäre aufzulockern.

Abrupt stehe ich auf. Ich spüre Charlottes Blick in meinem Rücken, als ich die Teebecher einsammle und zu fest in die Spüle stelle. Sie klingen freudlos aneinander.

Mein Hochgefühl von eben ist verflogen. Ich werde versuchen, unser Tête-à-tête später als glückverheißend anzusehen, aber im Moment will ich nicht mehr über meine Schwangerschaft sprechen, nicht hier, wo Menschen eher sterben als geboren werden. Und nicht, solange David es noch nicht weiß. Ich drehe den Wasserhahn fest auf, sodass der Strahl lärmend in das Edelstahlbecken schießt.

»Ich versuche, vorsichtig optimistisch zu bleiben«, antworte ich. »Wir müssen abwarten. Jedenfalls …«

»Vorsichtig optimistisch« war ein Ausdruck, mit dem einer meiner Gynäkologen gern seine Sätze würzte, während ich mit gespreizten Beinen wie ein zu füllender Truthahn auf seinem Untersuchungstisch lag. Ich lasse den Satz unbeendet, drehe den Wasserhahn zu und beginne, die Becher abzuwaschen.

Charlotte spürt meine veränderte Stimmung. Sie steht ebenfalls auf und sieht auf ihre Uhr. »Du meine Güte, es ist schon fast elf. Ich schaue mal eben noch nach Cas, und dann treffe ich mich mit einer Freundin, um mit Maisie spazieren zu gehen.« Sie nimmt ihren Mantel und die Handtasche.

»Sie kümmern sich immer noch um den Hund?«, frage ich erleichtert.

»Ja, Maisie ist zurzeit bei mir. Jack hat schon genug um die Ohren, und ich glaube, es fällt ihm außerdem schwer, sie um sich zu haben. Sie erinnert ihn zu sehr an Jonny und alles, was passiert ist …«

Sie hängt sich ihre Schultertasche um, drückt kurz meinen Arm in Anerkennung unseres Zwiegesprächs und sagt, dass wir uns morgen sehen.

Als die Tür hinter ihr zugeht, nehme ich meine tropfenden Hände aus dem Spülbecken. Ich könnte mich ohrfeigen, weil ich sie nicht gebeten habe, die Nachricht von meiner Schwangerschaft für sich zu behalten. Ich überlege kurz, ihr hinterherzulaufen, doch dann denke ich an ihre ruhigen, verständnisvollen Augen, die Wärme ihrer Hand auf meinem Rücken und glaube, dass ich mir keine Sorgen zu machen brauche. Sie wird es nicht weitererzählen.

Am Empfang wartet ein Stapel zu erledigender Papierkram auf mich. Ich sollte ihn sofort durchsehen, beschließe aber, zuerst zu Cassie zu gehen.

Ich achte darauf, den Vorhang um uns herum zuzuziehen, als ich mich auf ihrem Besucherstuhl niederlasse. Zwei Wochen an diesem Zwischenort, und ihr Gesicht ist zu einer farblosen Maske geworden, die Lippen leicht geöffnet, als wäre sie mitten im Satz eingeschlafen. Ich habe ihr inzwischen schon dreimal die Haare gewaschen, und trotzdem sehen sie jetzt, nur zwei Tage nach der letzten Wäsche, stumpf und zusammengefallen aus. Die Schnitte an ihren Armen sind verheilt, aber ihre Haut, mittlerweile von einem hellen Betongrau, ist trocken und schuppig. Ich werde sie später eincremen. Ihre Hände sind zu Fäusten geballt. Ich habe Handstützen hineingelegt, denn obwohl ich ihr neulich die Fingernägel geschnitten habe, besteht die Gefahr, dass sie sich selbst verletzt. Außerdem hat sie aufblasbare Stützen unter den Armen und Beinen, um den Druck an den Auflagepunkten zu verringern und eine Thrombose zu vermeiden. Ihr Bett ähnelt einer Hüpfburg in Miniatur. Die Schwangerschaft ist unter den Laken gerade eben zu erkennen, ein goldiger Maulwurfshügel.

Ich gehe zum Kopfende und betrachte die bunte Collage, die wie ein Traum von ihrem früheren Leben über ihr hängt. Jemand, Charlotte oder Jack, hat das

Schwarzweißfoto von ihr beim Schmücken des Baums ausgedruckt, es ist ganz unten angebracht, genau über ihrem Kopf.

Ich vergleiche die Krankenhaus-Cassie mit dem Bild, es scheinen zwei verschiedene Personen zu sein. Dann sehe ich wieder Jonnys Gesicht vor mir, als er hier hereinkam. Ich blicke auf die kleine Erhebung von Cassies Bauch und denke an das Getuschel auf der Station. Vielleicht wollte Cassie ihren Mann gar nicht vor der Sorge wegen einer weiteren Fehlgeburt bewahren, vielleicht wollte sie ja etwas anderes vor ihm verbergen.

Die Erinnerung an Jacks Geheul, als er von ihrer Schwangerschaft erfuhr, hallt in meinem Kopf wider. Ich weiche ein Stück von Cassie zurück, getroffen von der Erkenntnis, dass ich mich in ein Lügengeflecht habe hineinziehen lassen. Mir wird schwindlig vor Ungewissheit, denn die Cassie, die ich zu kennen glaubte, ist verschwunden, und diese schlafende Frau vor mir, deren Schicksal irgendwie unauflöslich mit meinem verflochten zu sein scheint, ist eine Fremde für mich. Ich weiß nur eines, nämlich dass ich, um mich sicher zu fühlen, um unsere beiden ungeborenen Kinder in Sicherheit zu wissen, sie besser kennenlernen muss. Ich muss herausfinden, wer sie wirklich ist.

14

Frank

Jetzt ist es offiziell! Lizzie hat einen neuen Freund! Sie hat es mir heute Morgen erzählt, als sie mich gewaschen hat, und ihre Stimme ist vor Freude die Tonleiter rauf- und runtergeglitten, als würde sie ein Xylophon imitieren. Mein Augenjucken ist schlimmer geworden in den letzten zwei Wochen. Ich habe dagelegen wie verdorbenes Fleisch auf einem Teller und versucht, Lizzie mit Willenskraft dazu zu bringen, eine Pause einzulegen, meine wunden Augen zu bemerken und vielleicht etwas Kühlendes für sie zu holen, aber sie hat mich nicht lange genug angesehen. War viel zu sehr damit beschäftigt, mir von ihrem Alex zu erzählen. Es ist beim Ikea-Schlussverkauf Ende Januar passiert – offenbar nimmt sie aussichtsreiche Kandidaten gern zum Stresstest zu Ikea mit. Sie hat mir ihren Neuen beschrieben, während sie meine ausgehungerte Haut mit dem Schwamm einseifte. Ich könnte ihr den ganzen Tag zuhören, egal, was sie zu erzählen hat, solange sie mich weiter mit diesem herrlich wohltuenden warmen Wasser abwäscht.

Abgetrocknet und wieder zugedeckt bin ich in Gedanken damit beschäftigt, Lizzie zu gratulieren (und

Alex, weil er den Ikea-Test bestanden hat) und ihr dafür zu danken, dass sie sich beim Waschen nicht vor mir ekelt, als mir plötzlich, ohne Vorwarnung, schwarz vor Augen wird. Meine brennenden Augen jubeln vor Erleichterung, und dann, als wäre nichts geschehen, erscheint Lizzie wieder, etwas verschwommen zwar, aber deutlich genug, meine Patientenmappe aufgeschlagen in der Hand.

Sie blickt auf und lächelt mich an. »Alles klar, Mr Ashcroft?«, sagt sie, ehe sie sich wieder der Mappe zuwendet.

Scheiße, was war das eben?

Meine Augen fangen erneut an zu brennen – ich stelle mir kleine Flämmchen in meinen Pupillen vor –, und dann, ohne jede Anstrengung, meine tonnenschweren Lider plötzlich leicht wie Luft, wird es wieder schwarz, und sie klappen zu.

Lizzie sieht nicht mal auf.

Lizzie, ich habe geblinzelt! Verdammt, ich glaube, ich habe gerade geblinzelt!

Ich fühle, wie die Flämmchen in meinen Augen wieder aufflackern, und denke, jetzt kommt es darauf an, denn Lizzie legt gerade die Mappe weg. Ich mache mich bereit, erinnere mich an die wunderbare Erleichterung, das Dunkel, als Lizzie sich mit einem feuchten Wattepad nähert und meine Lider erstarren.

Komm schon, Frank, tu's, du kannst es!

Doch es hat keinen Zweck. Ich hab's vermasselt. Ich kriege diese feine Balance zwischen Versuchen und Nichtversuchen nicht mehr hin, und nun sind meine Augenlider wieder wie festgeklebt. Sie betupft meine

Augen mit der feuchten Watte wie immer. Ausnahmsweise wünschte ich, sie würde die Klappe halten und sich auf mich konzentrieren, als sie mit vor Aufregung leicht gepresster Stimme sagt: »Wir haben heute tolle Neuigkeiten, Mr Ashcroft, raten Sie mal. Alice meinte, ich darf es Ihnen sagen: Es wird ein Mädchen! Ist das nicht toll? Das Baby von Cassie und Jack ist ein kleines Mädchen!«

Ich versuche, mich nicht dafür zu interessieren. Das sollte jetzt eigentlich mein großer Moment sein, aber ich kann es nicht ändern, ein Bild von der neugeborenen nackten Lucy taucht vor mir auf. Und dann, ohne mein Zutun, schließen sich meine Augen wieder, langsam, reptilienartig. Eine Sekunde lang kann ich die köstliche Dunkelheit genießen, bevor sich mir der Anblick der kahlen, magnolienrosa Decke bietet, wo eben noch Lizzies Kopf war.

Gottverdammt, Lizzie, sieh mich an!

Aber sie ist schon wieder mit etwas anderem beschäftigt, fummelt auf meinem Nachttisch herum und springt mit heller Stimme über die Oktaven, als sie mir von irgendeiner Tante erzählt.

»Sie hatte echt total viele Fehlgeburten, die Kinder wollten einfach nicht bleiben, bis sie ein Mädchen bekam. Meine Mum meinte, die verlorenen Babys wären wahrscheinlich alles kleine Jungen gewesen, die Mädchen wären zäher«, sagt sie und dreht sich endlich wieder zu mir um, breit lächelnd, stolz darauf, dem schönen und zähen Geschlecht anzugehören.

Achtung, gleich passiert's!

Doch ich sehe sie schon den Kopf abwenden, bevor

ich erneut blinzle, und dann sagt sie: »Bye, Mr Ashcroft.« Das Geräusch ihrer sich entfernenden Schritte ist wie die Stecknadel, die meine Seifenblase platzen lässt.

Ich blinzle noch ein paarmal im Laufe des Tages, aber da es niemand merkt und mir bestätigt, will ich mich lieber nicht zu früh freuen. Könnte ja sein, dass mir meine Einbildung einen Streich spielt.

Glückwünsche von den Schwestern begleiten Jack durch den Gang, als er abends zu Besuch kommt. Ich frage mich, ob er insgeheim ein bisschen enttäuscht ist, ob er sich schon, wie ich damals, einen Fußball herumkicken und mit kleinen Lastern spielen gesehen hat, sodass die Vorstellung von jeder Menge Rosa und verdammten Teepartys mit Puppen ihm nun etwas lahm vorkommt – nicht ganz das, was er sich erträumt hat.

Wenn ich könnte, würde ich ihn beruhigen. Lucy hatte den besten linken Fuß ihres Jahrgangs, und es geht einfach nichts über die Liebe zwischen Vater und Tochter. Heute Abend habe ich einen guten Blick nach drüben. Ich sehe, wie er Cassie über die Haare streichelt, was ihm inzwischen zur Gewohnheit geworden ist, bevor er eine Hand auf ihren nun nicht mehr zu übersehenden Babybauch legt.

Er blickt ihr ins Gesicht und sagt: »Mein kleines Mädchen«, wobei er die Hand kreisförmig über die Wölbung bewegt.

Ich bin nicht sicher, ob er Cassie oder das Kind meint. Dann lehnt er sich zurück, hebt seinen Rucksack auf den Schoß und holt einen kleinen Stapel bunter Umschläge heraus. Er öffnet sie nacheinander, blickt kurz auf die Vorderseite der Karten und liest sie Cassie dann laut vor.

Manche klingen eher förmlich und sind wahrscheinlich von Leuten, die sie nicht so gut kennen: »Mit den besten Wünschen für eine schnelle Genesung, Alan und Cathy Jones.« Andere sind emotionaler: »Ich wünschte, ich könnte dich besuchen, Cas. Ich denke in jedem wachen Moment an dich. Alles, alles Liebe.« Jack ist nicht sehr gut im Vorlesen und rattert alles monoton herunter. Dafür sieht er hin und wieder zu ihr auf und macht Bemerkungen wie: »Das ist wirklich süß von Beth« oder »Typisch Sam, was?« Ein farbiger Scheiterhaufen aus Papier türmt sich bald zu seinen Füßen. Er schiebt Umschläge und Karten nachlässig zu einem ungeordneten Bündel zusammen und steckt sie wieder in seinen Rucksack.

Anschließend berichtet er Cassie – und mir – wie jeden Tag das Neueste aus seinem Alltag. Es sieht danach aus, als würde Jensen and Son den Zuschlag für den Pub-Umbau in Brighton erhalten, an dessen Plänen er die ganze Zeit gearbeitet hat, wenn er nicht hier im Kate's war. Er beugt sich wieder über Cassie und streicht ihr die Haare aus der Stirn.

»Mum sagt, Maisie schläft immer noch mit deinem Schal, Liebling. Sie vermisst dich so. Aber sie frisst jetzt wieder besser. Gestern Abend hat sie eine halbe Dose Hundefutter verputzt, sagt Mum, was sicher ein gutes Zeichen ist; sie scheint sich langsam zu beruhigen.«

Ich höre Alice herbeikommen. Sie bleibt vor Cassies Abteil stehen, direkt hinter Jack, und mustert ihn, kaut dabei auf ihrer Unterlippe. Alice ist nervös, und das macht mich nervös. Meine Augen brennen, und ich blinzle wieder.

Hier, Alice, hier! Sieh nur!

Jack hat sich bei ihren Schritten nicht umgedreht, er hört sie nicht so gut wie ich.

»Hallo, Jack. Ein kleines Mädchen also. Herzlichen Glückwunsch!«

Er steht auf, breitet lächelnd die Arme aus und zieht sie in eine ungelenke männliche Umarmung. Sie lässt ihn jedoch gleich wieder los.

»Das ist eine großartige Neuigkeit; die Vater-Tochter-Beziehung ist wirklich etwas Besonderes.«

Jack strahlt sie an, und sie erwidert sein Lächeln, aber nicht so offen und herzlich, wie ich es von ihr gewohnt bin. Jack merkt nichts davon, er kennt sie nicht so gut wie ich. Ihr Ausdruck wirkt bemüht, sie hat ihre Unbefangenheit ihm gegenüber verloren.

»Ehrlich gesagt hatte ich auf ein Mädchen gehofft. Cassie und ich hatten sogar schon einen Namen ausgesucht.«

»Ach ja?«

Jack beugt sich vertraulich zu ihr und sagt leise: »Wir haben beide Freya immer gemocht. Also soll sie Freya Charlotte April Jensen heißen.«

»Sehr schön«, sagt Alice.

Sie will sich offenbar gerade verabschieden, als Jack sie zurückhält. »Ach Alice, ich bin froh, dass ich Sie antreffe. Hätten Sie eine Minute Zeit für mich?«

Sie setzt ihr Lächeln wieder auf. »Natürlich, sollen wir ins Familienzimmer gehen?«

Jack überhört das. Er macht ein ernstes Gesicht und kehrt Cassie den Rücken zu, sodass ich ihn von vorn sehe.

»Ich möchte Sie nicht unnötig beunruhigen, aber ich wollte Sie vorwarnen, dass ein Mann namens Marcus Garrett versuchen könnte, Cassie zu besuchen.«

Alice sieht ihn aufmerksam an.

»Er hat Cassies Mutter April geheiratet, etwa ein halbes Jahr vor ihrem Tod.«

»Aha, er ist also Cassies Stiefvater?«

»Cassie hat ihn nie so genannt.« Jack zuckt die Achseln. »Sie fand ihn immer schwierig, und nach Aprils Tod ist er völlig zusammengebrochen. Er benimmt sich ehrlich gesagt immer noch, als sei es gestern gewesen, selbst jetzt noch, zweieinhalb Jahre danach. Er hat Cassie ständig ein schlechtes Gewissen eingeredet, weil sie nach vorn geschaut hat, weil sie es gewagt hat, glücklich zu sein.«

»Er weiß demnach, dass sie hier ist?«

Jack nickt. »Anscheinend hat es ihm eine von Cassies Freundinnen erzählt. Ich habe ihn gebeten, sie nicht zu besuchen, aber Mum glaubt, ihn neulich hier in der Krankenhauscafeteria gesehen zu haben. Ich möchte einfach nicht, dass er von der Schwangerschaft erfährt. Wer weiß, am Ende dreht er dann wieder durch.« Jack unterbricht sich, blickt in den Gang und neigt den Kopf dann wieder an Alices Ohr. »An Aprils letztem Todestag ist er völlig unerwartet bei uns aufgetaucht. Er hat Cas richtig fertiggemacht und angedeutet, sie sei schuld daran, dass er das geplante Gedenkwochenende für April hätte absagen müssen, lauter so einen Mist.« Jack sieht sie an, wie um sich zu vergewissern, dass sie ihm aufmerksam zuhört. »Es kam zu einem Streit. Ich wollte Cas verteidigen, sie dazu bringen, Marcus die Stirn zu bieten, aber sie ist ziemlich sauer auf mich geworden, muss ich gestehen.« Er räuspert sich und zieht die Stirn in Falten. »Sie hatte eine Fehlgeburt, kaum dass er weg war.«

Alice nickt bedächtig, sodass Jack sich ermutigt fühlt fortzufahren.

»Sie hatten ja gesagt, dass Cas uns eventuell hören kann, und ich will nicht riskieren, dass sie sich aufregt, wenn sie Marcus' Stimme hört. Das kann ich auf keinen Fall zulassen.«

Alice nickt erneut und klopft ihm leicht auf den Arm. »Ist schon gut, Jack, ich verstehe. Ohne Ihre Erlaubnis lassen wir ohnehin keine Besucher zu ihr, das hatten wir ja so vereinbart, aber wenn Sie den vollen Namen dieses Marcus an der Rezeption hinterlegen, können wir besonders wachsam sein, okay?«

Ich blinzle wieder. Alice scheint etwas zu bemerken, denn sie dreht sich halb zu mir um, verpasst es aber knapp.

So nahe dran diesmal.

»Danke, Alice. Ich möchte nicht kaltherzig erscheinen, wissen Sie, ich will nur … ich will nur sichergehen, dass Cas … dass Cas und Freya nichts passiert. Wenn ich schon sonst nichts tun kann, will ich wenigstens dafür sorgen.«

»Natürlich, Jack, natürlich.«

Vom Eingang der Station sind Stimmen und Schritte zu hören. Jack und Alice drehen sich fast gleichzeitig danach um, und dann sehe ich aus dem Augenwinkel zwei Ärzte, umgeben von Studierenden wie von einer kleinen Schafherde, zur Visite hereinkommen.

Alice blickt auf ihre an der Brusttasche ihrer Uniform befestigte Armbanduhr und sagt: »Tja, das ist wohl mein Stichwort.«

»Danke, Alice, ich weiß das zu schätzen. Und der Name gefällt Ihnen?«

»Ja, sehr hübsch.« Doch sie beißt sich schon wieder auf die Lippe. Als Jack sich zum Gehen wendet, ist sie es diesmal, die ihn aufhält. »Ach Jack?«

»Ja?«

Alice blickt einen Moment unsicher drein, wie selbst überrascht, dass sie ihn noch einmal anspricht. »Sie haben doch den Umschlag abgeholt, den Officer Brooks für Sie mitgebracht hat?«, fragt sie.

Jack wirkt ein wenig erleichtert, als hätte er mit einem Problem gerechnet. »Ja, schon vor über einer Woche. Es war nichts besonders Wichtiges.« Er winkt ihr lächelnd zu und geht.

Alice sieht ihm nach. Sie kaut auf ihrer Unterlippe, zieht regelrecht mit den Vorderzähnen daran, die Augen leicht zusammengekniffen.

Ich kenne diesen Ausdruck, ich habe ihn allzu oft auf Anges Gesicht gesehen. Nachdenklich und etwas betroffen, wie wenn man argwöhnt, gerade angelogen worden zu sein.

Heute hat Paula wieder Nachtdienst. Ich weiß, dass es so gegen drei Uhr morgens sein muss, weil sie ein Gewohnheitstier ist. Vorsichtig stellt sie ihren zweiten Snack in die Mikrowelle, um sich den Rest ihrer Schicht zu versüßen. Heute Morgen klingt und riecht es wie Popcorn. Ich höre die Stationstür langsam aufgehen, als gerade die ersten Maiskörner aufplatzen, ein merkwürdiger Soundtrack. Mein Herz setzt kurz aus, und mir wird schlagartig klar, er ist es. Er ist zurück.

Paula hat meinen Kopf so gedreht, dass mein Kinn auf meiner Brust ruht und ich diesmal mehr von ihm sehe, als er auf Cassie zuhumpelt wie ein verletzter Schatten. Ihr Vorhang bewegt sich hin und her, während er an ihre Bettseite tritt. Ich denke an Jacks Warnung vor Cassies Stiefvater, wie besorgt er darüber war, dass er herkommen könnte. Das ist er also. Das muss er sein.

Er ragt grimmig über dem Bett auf und regt sich minutenlang nicht, bis ich merke, wie er sich schüttelt, wie seine Schultern krampfhaft zucken.

Er lacht. Er lacht, verdammt noch mal, der kranke Scheißkerl.

In Jacks Beschreibung hörte er sich zwar ein bisschen sonderbar an, aber nicht nach einem ausgewachsenen Irren. Ich kann nichts weiter tun, als zuzugucken, während er sich ihr weiter nähert und dann langsam auf dem Besucherstuhl niederlässt.

Meine Haut prickelt, als die Atmosphäre um mich herum gespannter wird, so als würde allmählich die Luft von der Station abgesaugt, und ich winde mich ohnmächtig in mir selbst. Der nächtliche Besucher stemmt die Ellbogen auf die Bettkante und presst die Handballen in seine Augenhöhlen. Sein Kopf schwankt hin und her, die Schultern heben und senken sich, und ich höre, wie er röchelnd Atem holt. Da begreife ich, dass er nicht lacht, sondern weint.

»Es tut mir so leid, es tut mir so furchtbar leid.«

Zuerst denke ich, dass ich jetzt endgültig gaga bin, dass mein Gehirn einen Kurzschluss erlitten hat. Doch je länger ich zusehe und je mehr ich höre, desto überzeugter bin ich, dass das hier real ist und dass der Besucher nicht Marcus ist und auch nicht Jonny sein kann, denn wer da auch immer Cassie um Vergebung bittet, ist eine Frau.

15

Cassie

Cassie sitzt an Jonnys altem Küchentisch aus Kiefernholz, der fast vollständig mit Quittungen, Rechnungen und Notizzetteln voller mit Bleistift geschriebener Summen bedeckt ist. Sie hatte den ganzen Kram eigentlich mit nach Hause nehmen wollen, aber dann fing es an zu regnen, und es erschien ihr einfacher, bei Jonny zu bleiben, als den ganzen Packen im strömenden Regen die Straße hinunterzutragen. Zumal sie den größten Teil der Gerätschaften, die Sterilisatoren und Marmeladentöpfe, mittlerweile auch hier aufbewahren. Jonny hat mehr Platz, und ihn stört die Unordnung im Gegensatz zu Jack nicht.

Okay, wo anfangen?

Sie nimmt ein eingerissenes Blatt zur Hand, eine Art Schuldschein, geschrieben mit Jonnys ausgreifender Handschrift. Er ist für das Geld, das er an einem Morgen aus dem Marmeladenglas voller Münzen genommen hat, von ihnen scherzhaft die »Portokasse« genannt, um das Frühstück zu bezahlen. Am unteren Rand hat er etwas hingekritzelt, es ist eher eine Skizze. Cassie betrachtet sie und erkennt ihr eigenes Ohr, das oben ein bisschen eingedellt ist. April hat es immer

»Koboldohr« genannt. Ein paar Haarsträhnen fließen darum herum, und auch die kleinen Diamant-Ohrstecker, die Jack ihr zur Hochzeit geschenkt hat, sind zu sehen. Unwillkürlich fasst sie sich an die fleischige Ausbuchtung des Ohrläppchens. Jonny entgeht wirklich nichts.

Konzentration, Cassie!

Sie legt den Zettel auf dem Tisch ab und zieht ihren Laptop aus dem Rucksack. Jack liegt ihr schon seit einer Ewigkeit damit in den Ohren, ein Kassenbuch mit Hilfe eines Tabellenkalkulationsprogramms einzurichten, um einen verlässlichen Überblick über die Einnahmen und Ausgaben des Marmeladengeschäfts zu haben. Sie schätzt, dass Jonny und sie diesen Sommer rund zweitausend Pfund eingenommen haben. Nicht schlecht für ein Hobby, das vor allem dazu dienen sollte, sich in die ländliche Gemeinschaft einzugliedern und Leute kennenzulernen. Sie ist allerdings nicht sicher, wie viel davon noch übrig ist, da sie es sich zur Gewohnheit gemacht haben, nach den Veranstaltungen in den Pub zu gehen, zu essen, worauf sie Lust haben, und teuren Wein zu trinken.

Wie anders alles hätte kommen sollen. Sie wäre jetzt etwa im vierten Monat und würde über Kinderwagen und Namen nachdenken statt darüber, ob sie den Shiraz oder den Pinot Noir nehmen soll.

Sie steht auf und schaltet den Wasserkocher an.

Schluss jetzt damit!

Sie öffnet Excel, worauf diverse Kästchen erscheinen und nach einem Update verlangen. Sie klickt sie alle weg. Jonny hatte vermutlich recht – statt ihm hätte sie besser selbst zu dem Obstbauern mit Selbstpflückfeldern gehen sollen, um über die Konditionen zu verhandeln, zu denen sie ihm seine überschüssigen Himbeeren abnehmen könnten. Jonny hätte wahrscheinlich in einer halben Stunde eine buchhalterische Mustervorlage erstellt. Doch sie war heute Morgen verdrießlich und verfroren gewesen, hatte den Wechsel vom Sommer zum Herbst in den Knochen gespürt und sich einkuscheln wollen. In Jonnys warmem Cottage zu bleiben, wo Dennis gemütlich in seinem Korb schnarchte, war ihr sehr viel verlockender erschienen, als sich nassgeregnete Himbeersträucher anzusehen.

Es müssen die Hormone sein. Sie macht sich einen Kräutertee – Jonny hat immer Kamille im Haus, ihre Lieblingssorte – und schaltet das Radio an. Die Tabellenvorlagen vor ihr auf dem Bildschirm verschwimmen. Vielleicht geht sie das Ganze falsch an. Sie sollte zuerst die Belege ordnen und dann herausfinden, wie sie mit Hilfe des Programms erfasst werden können. Sie klappt den Laptop zu und schiebt ihn ans andere Tischende. Jack würde sie schön veralbern, wenn er sie so herumtrödeln sähe.

Im letzten Monat hat sie ihn unter der Woche kaum zu Gesicht bekommen. Er ist meistens schon aus dem Haus, wenn sie aufwacht. Ein feuchtes Handtuch im Bad und das noch heiße Wasser im Wasserkocher, mit dem er sich seinen Morgenkaffee aufgebrüht hat, sind die einzigen Beweise, dass er überhaupt zu Hause war. Er verbringt seine Tage bei Baubesprechungen, wo er über Dinge wie Stahlarmierungen und Abwasseranschlüsse redet, oder saust nach London, um sich mit potenziellen neuen Kunden zu treffen. Alle wollen ihre Bauvorhaben im Sommer realisieren, deshalb ist das immer die hektischste Zeit für ihn. Oft kommt er abends erst nach neun nach Hause. Sie selbst redet dann auch nicht viel, besonders nach einem Verkaufstag, und gibt sich nüchterner, als sie ist. Charlotte hält es für gut, dass sie beide so viel zu tun haben. Sie hat Cassie lange in den Arm genommen, als sie es ihr gesagt haben, und gemeint, Fehlgeburten gehörten manchmal leider zum Kinderkriegen dazu. Sie müssten es einfach weiter versuchen.

Cassie hat die Unterlagen zu einem Stapel geordnet und klopft damit gegen die Tischkante, ein nur scheinbarer Fortschritt.

Ihre Füße sind kalt von dem Steinfußboden. Sie zieht sie auf den Stuhl hoch und reibt sie, aber es hilft nichts.

Dennis hebt den Kopf von seinem Korb, als sie auf der Suche nach Socken hinauf in Jonnys Schlafzimmer geht und die Treppe unter ihr knarrt. Sie hat schon einmal ein Paar Alpakasocken von ihm getragen, ein Geschenk von Lorna vor ein paar Jahren, als die beiden noch verliebt ineinander waren. Sie zieht eine Schublade auf und setzt sich auf das ungemachte Bett, um sie anzuziehen.

Dennis wartet auf sie am Fuß der Treppe. Sie nimmt den Stapel Belege wieder zur Hand.

Gut. Jetzt wird sie alles nach Einnahmen und Ausgaben sortieren.

Dann fällt ihr ein, dass sie noch gar nicht auf die SMS von Nicky heute Morgen geantwortet hat. Kann's kaum erwarten, dich zu sehen, ab wann bist du zu Hause? Küsschen!

Nicky wird heute Abend aus London ankommen und übers Wochenende bleiben, ein längst überfälliges Treffen, um mal wieder ausgiebig miteinander zu quatschen. Cassie hat seit der Fehlgeburt mehrmals daran gedacht, sie anzurufen, aber Nicky war im Sommer einen vollen Monat in New York – teils im Zusammenhang mit ihrem neuen Job als Chefassistentin des Gründers eines IT-Start-ups, teils, um Urlaub zu machen –, und es war ihr nicht richtig vorgekommen, ihrer Freundin am Telefon etwas vorzuheulen, wenn es bei ihr gerade endlich bergauf ging. Außerdem war Jonny ja für sie da gewesen.

Ich auch!, tippt sie. Ist eine Ewigkeit her! Bin gegen sechs zu Hause. Wann kommt dein Zug an? Sims Jack, er hat gesagt, er holt dich nach der Arbeit ab. Die Nachricht geht raus.

Sie legt die beiden Stapel Belege vor sich hin, klappt den Computer wieder auf und wählt eine Tabellenvorlage mit Datumseinteilung, beginnend mit dem heutigen Tag und rückwärts zählend.

Gott, ist es wirklich schon Mitte Oktober? Sie scrollt nach unten und zählt elf Wochen seit ihrer Fehlgeburt. Sie hat Jack nicht gesagt, dass sie inzwischen ein paarmal mit Marcus telefoniert hat. Weder sie noch Marcus haben den Streit noch einmal erwähnt. Er hörte sich besser an am Telefon, aber sie sollte sich trotzdem mal die Zeit nehmen, hinzufahren und ihn zu besuchen. Jack geht immer noch in die Luft, wenn er nur Marcus' Namen hört; er gibt ihm die Schuld an der

Fehlgeburt, und sie hat verdammt noch mal keine Lust mehr auf diese Auseinandersetzung, keine Lust mehr, Marcus ihm gegenüber zu verteidigen. Jack braucht einfach Zeit. Er hat nichts Schlimmes mehr erlebt, seit er vierzehn war, also ist es verständlich, dass der Vorfall ihn erschüttert hat. Als sie auf all die schematisch aufgereihten Tage und Wochen seit der Fehlgeburt starrt, wird ihr plötzlich bewusst, dass ihre letzte Periode schon ziemlich lange her ist. Sie sieht auf den Kalender in ihrem Handy. Ihre Haut kribbelt, und die Härchen an ihren Armen stellen sich auf, als ihr klar wird, dass sie überhaupt nicht mehr darauf geachtet hat.

Oh mein Gott!

Sie muss schleunigst nach Hause, ehe Nicky ankommt, damit sie noch einen Schwangerschaftstest machen und Gewissheit haben kann. Sie weiß nicht, ob sie glücklich oder bestürzt ist oder beides. Rasch zieht sie ihre Wanderschuhe an, die sie an der Hintertür abgestellt hat.

»Sorry, Dennis, du musst hierbleiben.« Sein Schwanz fällt enttäuscht herab, als sie ihn zurückschiebt und ihm die Tür vor der Nase zumacht. Sie legt den Schlüssel wieder unter die Matte; sie wird Jonny später eine Nachricht schicken, dass sie eilig wegmusste.

Draußen zieht sie die Kapuze über, und der Regen prasselt geräuschvoll auf die dünne Hülle ihres knallroten Regenmantels. Sie beschließt, die Straße zu nehmen, es ist der kürzeste Weg. Der Bach neben ihr brodelt und blubbert wie ein Kessel, während sie immer wieder nachzählt und rechnet. Jedes Mal ist sie mindestens drei Wochen drüber.

Wieso hat sie es nicht früher gemerkt?

Sie weiß, dass noch ein, zwei Tests in dem ans Schlafzimmer grenzenden Bad liegen. Es ist erst halb fünf, Jack kann noch nicht zu Hause sein, also wird sie schnell nach oben laufen, den Test machen und Bescheid wissen, bevor er Nicky vom Bahnhof abholt. Perfekt.

Der Regen denkt nicht daran nachzulassen, pladdert hemmungslos vom Himmel, trommelt rhythmisch auf die Erde. Sie springt über ein paar frische Pfützen hinweg, als sie zur Einfahrt kommt, und legt das letzte Stück zum Haus joggend zurück. Es brennt Licht im Wohnzimmer. Merkwürdig, normalerweise denkt sie immer daran, alles auszumachen. Beim Näherkommen sieht sie, wie ein Schemen sich geisterhaft hinterm Fenster bewegt. Die Scheiben sind mit kleinen Regenbächen gestreift, die Gestalt dadurch etwas verzerrt und in die Länge gezogen, aber sie erkennt Jacks breite Silhouette.

Er muss krank sein, sonst wäre er auf keinen Fall schon so früh zu Hause.

Durch den stetig fallenden Regen hindurch beobachtet sie, wie ihr Mann sich aufs Sofa setzt. Er lässt sich gemütlich in die Polster sinken, schlägt die Beine übereinander und wuschelt sich durch die Haare. Dann führt er eine Flasche Bier an den Mund und lächelt dabei jemandem zu, der neben ihm sitzt, aber verdeckt ist. So entspannt hat sie ihn seit Monaten nicht gesehen.

Sehr krank kann er nicht sein, wenn er ein Bier trinkt, denkt Cassie kleinlich. Sie steht jetzt dicht vor dem Fenster, zieht die Kapuze ab und fühlt, wie der Regen ihren Kopf benetzt. Gerade will sie an die Scheibe klopfen, stockt jedoch, weil die Person neben Jack ihm mit schönen langen weißen Fingern übers Bein streicht. Jack blickt auf die Hand hinunter und verschränkt seine Finger mit denen der Frau. Sie zieht ihn an sich, und er lässt es bereitwillig geschehen. Wie gelähmt sieht Cassie zu, als sie auf eine unvermeidlich erscheinende Art zusammenkommen, die Anziehung zu groß, um nicht ihre Lippen aufeinanderzupressen, um nicht beim Küssen ihr Gesicht zu umfassen, wobei ihre roten Haare durch seine Finger hindurchfließen wie Lava. Wie oft hat er Cassie so geküsst. Sie berührt ihre Wangen, erwartet beinahe, seine Hände dort zu spüren, wo sie sein sollten, ihr Gesicht liebkosend, nicht Nickys. Sie kann sich nicht rühren. Es ist, als hätte ihr Geist sich von ihrem Körper getrennt, als müsste sie weiter zusehen, wie sie sich aneinanderschmiegen, wie ihre Freundin mit ihrem küssenden Mund zugleich lächelt und ihre Finger zu Jacks Hosenschlitz hinunterwandern, als würden sie den Weg gut kennen.

Cassies Herz pumpt schwer und schmerzlich, während auf ihm herumgetrampelt wird; sie taumelt rückwärts, sodass sie sich am Fensterrahmen festhalten muss, um nicht zu stürzen.

Die ruckartige Bewegung fällt Nicky ins Auge. Sie hebt den Kopf und reißt die Hand von seinem Hosenschlitz weg. Ihr rotes Haar fließt über ihren Rücken, als sie Cassie sieht, und sie sagt ein einzelnes, kurzes Wort, woraufhin Jack herumfährt.

Sein Gesicht ist blass, kreidebleich bereits, die Augen karikaturartig groß vor Schreck. Er springt auf, als stünde das Sofa unter ihm in Flammen, und kommt aufs Fenster zu. Er schüttelt den Kopf, sagt immer wieder ihren Namen, und eine Atemwolke kräuselt sich um seine Hand, als er sie an das kalte Glas legt.

Doch Cassie sieht ihn nicht an. Durch das regengestreifte Fenster starrt sie auf ihre beste Freundin, die nun reglos mitten im Zimmer steht, und sie kann nicht aufhören, sie anzustarren, denn Nicky muss von jemand anderem, von etwas anderem besessen sein. Das kann nicht dieselbe Frau sein, die nach Aprils Tod wochenlang mit ihr in einem Bett geschlafen hat, denn dieser Mund, der sie immer Schwester genannt hat, hat gerade ihren Mann geküsst.

Cassie sieht, wie Nickys Lippen erneut ihren Namen formen, und dann wendet sie sich von dem Fenster ab und rennt, so schnell sie kann, zurück unter den weinenden Himmel.

16

Alice

Ich renne, meine Füße hämmern einen steten Rhythmus auf den Asphalt. Mein Körper fühlt sich straff und energiegeladen an, als könnte ich ewig laufen. Der Weg wird schmal und neblig, aber ich sehe jemanden vor mir, eine andere Läuferin, nur wenige Meter entfernt. Es ist eine Frau mit einem wippenden blonden Pferdeschwanz. Ein kleiner drahthaariger Hund springt um sie herum, und auf einmal weiß ich, wer es ist.

»Cassie!«, rufe ich.

Sie bleibt mitten auf dem Weg stehen und dreht sich um, und da sehe ich, dass etwas mit ihrem Gesicht nicht stimmt. Ihre Züge sind starr wie die einer Totenmaske, ihr Mund ist zu einem lautlosen Schrei verzerrt, ihre Haut grau. Das Weiße ihrer nur halb geöffneten Augen ist von roten Äderchen durchzogen, ein bizarres Spitzenmuster, die Pupillen kann ich nicht sehen.

Es ist stockfinster im Schlafzimmer, mein Laken schweißdurchtränkt. Ich knipse meine Nachttischlampe an, woraufhin David sich regt, jedoch ohne aufzuwachen.

Du meine Güte.

5.40 Uhr. Ich mache die Augen wieder zu. Sie brennen vor Erschöpfung, und mein Körper sehnt sich nach mehr Schlaf, aber es hat keinen Sinn. Mein Verstand ist hellwach, also nehme ich meinen Morgenmantel und tapse nach unten.

Der frühe Morgen hat seinen eigenen Zauber, und ich liebe dieses ungestörte Für-sich-Sein, wenn man als Einzige wach ist. Als wären die frühen Stunden ein aus der Zeit gefallener Ort, eine Atempause, eine Gelegenheit, zu sich selbst zu finden.

Ohne das Licht anzumachen, schaue ich aus dem Küchenfenster. Der Morgenhimmel ist noch von einem tiefen Indigoblau. Es ist frostig draußen, der Rasen eine Fläche aus erstarrten, eisüberzogenen Halmen. Irgendetwas – ein Kaninchen vielleicht – hat eine Spur aus kleinen Pfotenabdrücken hin zu der Leyland-Zypressenhecke gezogen. Bob wird später seinen Spaß bei dem Versuch haben, es aufzuspüren.

Manchen Schwestern und Pflegern fällt es schwer, die Arbeit nicht mit nach Hause zu nehmen, wie ich weiß, aber für mich war das bisher nie ein Problem. Sobald ich meine Uniform ausziehe, lege ich damit auch den Tag und das Leid anderer Menschen ab. Das fand ich nie ungewöhnlich, die meisten Menschen leben schließlich in mindestens zwei Welten. Doch mit Cassie ist das jetzt anders. Ich möchte in ihrer Nähe bleiben, als wäre das Überleben ihres Kindes tatsächlich ein gutes Vorzeichen, als könnte ein wenig von diesem Wunder, ein ganz klein wenig, auf mich abfärben. Ich schenke mir ein Glas Wasser ein und gehe hinauf ins Büro, wo ich den Computer einschalte, dessen Licht in dem dunklen Zimmer kalt und hart wirkt.

Ich öffne Facebook und gehe Cassies Freundesliste durch. Ein Jonathan Parker oder Jonny Parker ist nicht darunter. Entweder war er noch nie auf Facebook, oder er hat sein Profil wieder gelöscht. Sämtliche Fotos auf Cassies Seite sind von anderen gepostet worden, in den letzten zwei Jahren vorwiegend von Jack und davor von einem oder einer Nicky Breton.

Ich sehe mir die älteren an, die von Nicky hochgeladenen. Diese Cassie kenne ich nicht so gut. Ihr Gesicht ist runder, mädchenhafter, der Teint ebenmäßig und jugendlich glatt, ihre Haare sind hellblond und lang, fallen ihr in einem Mittelscheitel ums Gesicht. Auch ihre Kleidung unterscheidet sich von den jüngeren Fotos, ist bunter, nachlässiger, aus Naturmaterialien, Sachen, die Leute auf Flohmärkten und Popfestivals kaufen.

Es gibt auch ein Foto von Cassie und April, eine Nahaufnahme ihrer Gesichter. Sie blicken in die Kamera, als hätte sie jemand aufgefordert, ernst zu sein, aber sie wirken wie kurz vorm Losplatzen, als brächte es sie zum Lachen, ernst sein zu müssen. Sie haben die gleichen Augen, blau mit kleinen hellbraunen Einsprengseln in der Iris. April hat ein königsblaues Kopftuch umgebunden – vielleicht hatte sie da gerade mit der Chemo angefangen –, und Cassies Haare wirbeln wie Elementargeister um ihren Kopf. Im Hintergrund sind Felsen zu sehen, gezackt wie Zähne, weiße, strudelnde Brandung um sie herum. Mutter und Tochter sehen aus, als würden sie dort hingehören, dort ans Meer.

Ich navigiere stockend, eine Facebook-Amateurin, zu den neueren Fotos zurück und halte bei dem inzwischen vertrauten von Cassie beim Baumschmücken inne, auf dem ihre Haare zu einem glatten Bob frisiert sind. Freunde haben Kommentare wie »Wow!« und »Superschön!« darunter geschrieben, aber es gibt keine Antworten von Cassie, kein Danke oder sonst eine Reaktion. Ich vergrößere ihr Gesicht, bis es beinahe den ganzen Bildschirm ausfüllt. Ein kalter Kieselstein bildet sich in meinem Hals, als ich sie betrachte. Sie wirkt jetzt anders auf mich, und ich denke an Jess' Bemerkung über ihr aufgesetztes Lächeln. Nun sehe ich es auch. Es ist starr und gezwungen, als würde sie dabei mit den Zähnen knirschen. Als würde es verschwinden, sobald die Kamera weggenommen wird. Die Aufnahme hat etwas leicht Zudringliches, und das Schimmern in ihren Augen scheint ein Geheimnis zu bergen.

Der kalte Kiesel rutscht hinunter in meinen Brustkorb. Ich denke wieder an Jonnys Worte. Wovor hatte Cassie Angst? Dass Jack herausfindet, dass das Kind nicht von ihm ist? Oder dass Jonny herausfindet, dass es von ihm ist? Hat sie gelogen? Die liebende Ehefrau gespielt, sich aber mit Jonny eingelassen? Ich denke an ihr Baby und bete, dass ich falschliege, dass Jonny nicht der Vater ist. Die Mutter im Koma und der Vater im Gefängnis? Das wünsche ich Freya weiß Gott nicht und auch nicht Jack.

Mein Handy vibriert in der Tasche meines Morgenmantels.

»Hallo?« Meine Stimme klingt piepsig in der morgendlichen Dunkelheit.

»Ist dort Alice?« Sharmas Akzent ist stärker als gewöhnlich am Telefon.

Ich binde den Morgenmantel richtig zu, er hört sich verstörend nah an.

Ohne eine Antwort abzuwarten, fragt er: »Haben Sie heute Morgen schon in die *Sussex Times* geschaut?«

»Nein, was ist passiert?« Ich bewege den Cursor wild über den Bildschirm, schuldbewusst auf einmal, als könnte Sharma sehen, dass ich Cassie hinterherspioniere, und schließe alle Seiten.

»Werfen Sie einfach einen Blick hinein und kommen Sie ins Kate's, sobald Sie können, ja? Ich bin schon auf dem Weg.« Er legt auf, ohne sich zu verabschieden, und hat nichts auf Latein gesagt. Es muss wirklich etwas Ernstes passiert sein.

Die Schlagzeile *Lokalberühmtheit im Koma: schwanger!* springt mich von der Titelseite an. Ich muss sie zweimal lesen, dann überfliege ich den Artikel. Das meiste davon interessiert mich nicht, also richte ich mein Augenmerk gleich auf das Entscheidende.

»Eine Cassandra Jensen nahestehende Quelle, die nicht genannt werden möchte …«

Ich lasse mich schwer auf den Stuhl sinken. Sie haben ihren vollen Namen genannt und wissen von dem Juice-C-Spot. Der Artikel erwähnt außerdem Buscombe sowie einen »Jonathan Parker«, beschrieben als »Freund des Hauses« (ich stelle mir vor, wie die Journalisten sich anzüglich zuzwinkerten, als sie diesen Ausdruck wählten) und »bekannter Pub-Besucher« der Gegend, der wegen Trunkenheit am Steuer und fahrlässiger Tötung angeklagt wurde. Es ist, als würde ich mich unerwartet beim Reden in einem Spiegel sehen. Eine bekannte Geschichte, aber völlig falsch erzählt. Der kalte Kiesel kullert und rollt, dass mir die ganze Brust wehtut.

Ich merke gar nicht, dass ich »Scheiße, Scheiße« vor mich hin murmle, bis Bobs dicke schwarze Schnauze sich in meine Armbeuge schiebt.

»Oh-oh, das klingt aber gar nicht gut. Was ist los?« David kommt in seinen Boxershorts herein. Er legt mir die Hand auf die Schulter und blickt stirnrunzelnd auf den Computerbildschirm.

»Gott, wie schrecklich. Ist sie eine von deinen Patientinnen?«

Mein Gewissen regt sich, weil ich ihm nichts von Cassie erzählt habe, und noch mehr, weil er immer noch nichts von meiner Schwangerschaft weiß. Blinzelnd versuche ich, meinen Blick wieder zu fokussieren.

»Deshalb schläfst du also so schlecht in letzter Zeit. Du meine Güte, ich wusste nicht mal, dass so etwas möglich ist. Warum hast du denn nichts gesagt?«

»Ich kann dir nicht immer alles über meine Patienten erzählen, David«, fahre ich ihn gereizt an, weil ich gerade den Artikel noch einmal lesen will.

»Nein, aber so etwas? Du erzählst mir von dem Typ mit der religionsfanatischen Frau und von dem Patienten, der keinen Besuch bekommt, aber nicht von einer im Koma liegenden Schwangeren?«

Er macht einen Schritt zurück, als ich aufstehe, schafft Abstand zwischen uns. Es fühlt sich ungewohnt eisig an.

»Warum hast du mir nichts gesagt?«, fragt er verletzt.

»Ich bitte dich, David, sie ist kein pikantes Klatschhäppchen, sondern eine Patientin. Du weißt, warum ich nicht darüber gesprochen habe.«

»Weil du glaubst, ich würde mir Sorgen um dich machen?«

»Nein! Wegen der ärztlichen Schweigepflicht! Hör zu, ich habe jetzt keine Zeit für so etwas, ich muss zur Arbeit.«

Auf dem Weg zum Schlafzimmer höre ich ihn murmeln: »Blödsinn.«

Die Dusche lasse ich ausfallen und putze mir nur die Zähne, während ich mich fertig mache, was jedoch keine Zeit spart. Ich kleckere Zahnpasta auf meine saubere Uniform, es sieht aus wie Vogelkacke. Meine Gedanken überschlagen sich, während ich überlege, wer die Presse informiert haben könnte. Es kommen jede Menge Leute in Frage, denn auf der Station herrscht ein ständiges Kommen und Gehen von Besuchern, Medizinstudenten und Hilfskräften.

Ich fühle mich beobachtet. David lehnt am Türrahmen, den Kopf fragend zur Seite geneigt wie Bob, wenn ein Kaninchen, hinter dem er her war, in einem Loch verschwindet.

»Tut mir leid, Ali, dass ich gleich eingeschnappt war. War blöd von mir.«

Ich gehe auf ihn zu, und wir umarmen und küssen uns. Er muffelt noch ein wenig nach Schlaf.

»Ist schon gut«, sage ich. »Du hast ja zum Teil recht. Ich wollte nicht, dass du dir Gedanken machst.«

»Kommst du mit der Sache klar? Das ist ja schon ziemlich verrückt und kann einem ganz schön nahegehen …«

Jetzt wäre der richtige Moment … jetzt könntest du es ihm sagen. Auf, Alice!

Doch ich mache mich von ihm los und beginne, meine Haare mit Nadeln zurückzustecken. Auf Mascara verzichte ich heute.

»Sie ist schon eine besondere Patientin, aber trotzdem gehört das einfach zum Job, nichts weiter«, flunkere ich und küsse ihn noch einmal. Um Viertel nach sechs sitze ich im Auto und fahre viel zu schnell über die stillen, noch dunklen Straßen zu Cassie.

Lizzie hatte gestern Nacht zusammen mit einer Springerschwester Dienst. Kaum bin ich zur Tür herein, reicht sie mir einen Kaffee. Sie ist noch so jung, dass die Nacht keine Spuren in ihrem Gesicht hinterlassen hat, während ich mich nach einer Nachtschicht immer wie ein Zombie fühle und auch so aussehe.

»Dr. Sharma hat gesagt, dass Sie bald kommen würden, also dachte ich, Sie können bestimmt einen brauchen.«

Ich danke ihr. »Hast du's schon gehört, Lizzie?«

»Dr. Sharma hat es mir gesagt«, antwortet sie. »Ich habe im Internet nachgeguckt, andere Blätter haben die Meldung bereits aufgenommen, die *Daily Mail*, die *Sun* …« Die Erschöpfung mag ihr nicht anzusehen sein, aber sie spricht atemlos und wirkt leicht verstört.

Ich nicke und trinke einen Schluck von dem kochend heißen Kaffee.

»Es werden sich wahrscheinlich ein paar Tage lang Reporter im Krankenhaus herumtreiben, deshalb müssen wir besonders aufpassen, vor allem im Hinblick auf fremde Besucher, okay? Wenn dich jemand etwas fragt, sagst du einfach …«

»Kein Kommentar?«, fällt sie mir ins Wort. »Wie im Fernsehen!«

»Genau, wie im Fernsehen.«

Als ich aufs Schwesternzimmer zugehen will, fragt Lizzie: »Ist so etwas hier schon mal vorgekommen?«

Ich überlege einen Augenblick. »Vor ein paar Jahren hatten wir mal einen Drummer von so einer alten Siebzigerjahre-Band, der sich nach einer massiven Sauf- und Drogenorgie einen Hirnschaden zugezogen hatte. Die Lokalpresse bekam davon Wind, und die arme Rezeptionistin hat einem Reporter doch tatsächlich den Weg zur Station aufgezeichnet.« Lizzie reißt die Augen auf, als ich hinzufüge: »Sie wurde gefeuert.«

Ich klopfe bei Sharma an, der einen Moment braucht, um zu antworten.

»*Intrare!*«

Er hat den Hörer seines Schreibtischtelefons am Ohr. »Unglaublich.« Kopfschüttelnd hält er ihn mir hin.

Ich höre die entfernte, blecherne Stimme eines Anrufbeantworters.

Sharma deutet mit dem Zeigefinger auf die Muschel. »Die Leiterin der Presse- und Kommunikationsstelle hat offenbar immer noch keine Ahnung, was hier los ist.« Seufzend und mit einem weiteren Kopfschütteln legt er auf. »Und den Leiter des Sicherheitsdienstes habe ich auch noch nicht erreichen können.« Er schenkt mir ein kurzes Lächeln, und ein unbekannter Funke, Erregung wohl, belebt seine Miene. »Was glauben Sie, wie es nach draußen gedrungen ist?«

Ein zaghaftes Klopfen an der Tür unterbricht uns.

Sharma interessiert sich sowieso nicht wirklich für meine Meinung. Er ruft sein »*Intrare!*«, und Lizzies frisches Gesicht lugt herein.

»Entschuldigen Sie die Störung«, sagt sie zu Sharma, sieht dann aber mich an. »Charlotte Jensen ist gerade gekommen.«

Charlotte trägt wieder die schlecht sitzenden Jeans und das übergroße Shirt mit Taschen wie in den ersten Tagen nach Cassies Unfall.

»Oh Alice«, sagt sie und zieht die Stirn in Falten, als würde sie die Welt nicht mehr verstehen. »Ich fürchte, Jack regt sich sehr auf über diese ganze Sache. Er telefoniert gerade mit seinem Büro. Offenbar haben Reporter auch schon in der Firma angerufen, und er muss nun sehen, wie er am besten damit umgeht.« Ihre schmale Hand flattert nervös an ihre Schläfe. »Das ist eine ziemlich dumme Geschichte, fürchte ich. Als hätten wir nicht schon genug durchgemacht.«

Ich steuere sie am Arm ins Familienzimmer, in das Jack einen Moment später hereingestürmt kommt wie ein Taifun. Charlotte bedeutet ihm, sich hinzusetzen, aber er ignoriert sie und bleibt stehen.

»Ich weiß, wer das war«, tobt er. »Cassies Stiefvater, Marcus Garrett, da bin ich sicher. Er hat der Presse einen Tipp gegeben, um uns eins auszuwischen, weil wir ihn nicht zu ihr lassen wollten, ganz klar.«

Charlotte setzt sich. »Cassie hat zwar gesagt, er könnte schwierig sein«, entgegnet sie, »aber es klang nie, als wäre er rachsüchtig. Denkst du wirklich, er würde so weit gehen?«

»Ach, komm schon, weißt du nicht mehr, wie blöd er sich Cas gegenüber benommen hat? Er ist rachsüchtig und gestört und ...«

Charlotte bringt ihn mit erhobener Hand zum Schweigen. »Das reicht jetzt, Jack.« Ihre Stimme muss sie dazu nicht heben. »Wir können das nicht einfach Marcus anlasten, ohne andere Möglichkeiten in Betracht zu ziehen. Ich meine, hier ist schließlich immer ziemlich viel los.« Sie wendet sich an mich. »Ich hoffe, Sie nehmen mir die Frage nicht übel, Alice, aber könnte es vielleicht, ich weiß nicht, sicher keine Schwester und kein Arzt, aber eine Aushilfe, eine Putzfrau oder so jemand gewesen sein?«

Ich nicke. »Ja, der Gedanke ist mir ehrlich gesagt auch schon gekommen.«

Jack sagt nichts mehr. Er hat seinen Schuldigen gefunden und bleibt nur noch seiner Mutter zuliebe. Ein Muskel an seinem Unterkiefer tritt vor Anspannung hervor. Eine PR-Frau des Krankenhauses stößt kurz darauf zu uns und spricht mit Charlotte und Jack darüber, wie es vermutlich weitergeht, berät sie, wie sie sich den Medien gegenüber verhalten sollen. Die beiden verbringen den Rest des Vormittags bei Cassie, und ich helfe mit, eine Personalversammlung zu koordinieren. Wir bekommen für die nächsten Tage einen eigenen Sicherheitsmann zugeteilt, und alle werden eindringlich daran erinnert, dass Besucher, die keine engen Verwandten der Patienten sind, sich vorher telefonisch anmelden und die Erlaubnis der Familie haben müssen.

Nach der Besprechung geselle ich mich zu Carol und Mary ins Schwesternzimmer. Carol füllt gerade den Wasserkocher, während Mary laut von ihrem Handybildschirm abliest. Als ich hereinkomme, unterbricht sie sich kurz.

»Hier, das habe ich gemeint«, fährt sie fort. »Im Kommentarteil zu dem Artikel sagt einer, der sich Tim Peckham nennt, dass Jonny Parker ein ganz schöner Schluckspecht sei.«

Carol nickt zustimmend und rümpft die Nase. Vergessend, dass ich in der Nacht auch dabei war, bemerkt sie: »Paula meinte, er hätte eine Fahne gehabt.«

»Ja, aber jetzt kommt's.« Mary liest vor: »›Meine Exfreundin mochte ihn nicht, sie hat sich immer unwohl gefühlt in seiner Nähe. Dann hat er sie an einem Abend im Pub begrapscht, und als ich ihn zur Rede gestellt habe, hat er es abgestritten. Es kam zu einem Streit, und das war das letzte Mal, dass wir ihn gesehen haben. Er ist ein Dreckskerl. Sperrt ihn ein!‹« Mary und Carol sehen sich an, entzückt von ihrem Bösewicht.

»So ein Widerling«, sagt Carol kopfschüttelnd. Der Wasserkocher schaltet sich brodelnd ab. »Möchtest du auch einen Tee, Liebes?«, fragt sie mich. Ich nicke. Mary ist nicht zu stoppen.

»Auf der Website der *Daily Mail* sagen die Leute, er

wäre von ihr besessen gewesen, hätte sie nicht in Ruhe gelassen. Es gibt Augenzeugen von der Silvesterparty, die sie eng umschlungen gesehen haben, als es zwölf schlug, also bevor es zu dem Streit kam und Cassie sich so aufgeregt hat.«

»Wer jetzt?«, frage ich verwirrt. »Wer hat sich gestritten, meine ich?«

»Ali, denk mit! Jonny und Cassie, jede Menge Leute auf der Party haben es gesehen. Sie hatten einen Krach, kurz bevor sie allein nach Hause gegangen ist … weinend und alles. Er hat sich noch eine Stunde lang betrunken, ehe er wie ein Irrer und, was noch schwerer wiegt, sauer auf Cassie nach Hause gefahren ist …«

»Ihr glaubt also nicht, dass es ein Unfall war?«

Mary zieht zur Antwort nur die Augenbrauen hoch.

Ich merke gar nicht, dass ich den Kopf schüttle, bis sie fragt: »Was ist? Warum machst du so ein Gesicht?«

»Ich finde nur … ich weiß nicht.« Ich denke an jene Nacht, an Jonnys Aufgewühltheit. Ich habe genug erlebt, um zu wissen, wie eine echte Tragödie aussieht, so etwas kann man nicht vortäuschen. »Er wirkte einfach am Boden zerstört.«

»Na klar«, schnaubt Mary. »Am Boden zerstört, weil er wusste, dass man ihn schnappen wird.« Sie nippt an ihrem Tee, während sie sich zu Carol an den Tisch setzt. Ich lasse sie allein, ihre Köpfe über die Handys gebeugt, begierig auf weitere Einzelheiten, mit denen sie Jonnys Namen beschmutzen können.

Zwei Stunden später sind sowohl Mary als auch Carol nach Hause gegangen. Ich habe ebenfalls Feierabend und will gerade meine Jacke und die Tasche aus dem Schwesternzimmer holen, als mein Blick auf den Spind fällt, den wir für die persönlichen Dinge der Patienten reservieren.

Von der Ledertasche, die Charlotte für Cassie mitgebracht hat, geht dieser erdige Tiergeruch aus. Sie ist alt und zerknittert, als hätte sie schon viele Abenteuer erlebt. Ich nehme sie heraus, stelle sie auf den Schreibtisch und ziehe den Reißverschluss auf. Charlotte hat alles schön zusammengelegt hineingetan. Ich nehme einen ordentlich gebügelten, gestreiften blauen Pyjama heraus, eine Packung weißer Baumwollunterhosen, einen schlichten BH, einen Kaschmirpulli, Bettsocken und eine Jogginghose aus Baumwolle. Alles ist so gut gepflegt, dass es nagelneu aussieht. Daneben gibt es einen Roman von Kate Atkinson sowie einen Kulturbeutel mit einer elektrischen Zahnbürste und ein paar halb aufgebrauchten Clarins-Produkten darin. Charlotte hat sehr bedacht für ihre Schwiegertochter gepackt, aber ich bin ein bisschen enttäuscht, denn ein Pyjama verrät einem nicht viel über einen Menschen.

Als ich alles wieder hineinlege, stoßen meine Finger auf eine in einer Naht verborgene Innentasche, in der etwas steckt. Ich mache sie auf und ziehe einen kleinen Umschlag heraus. Es steht nichts darauf, und er ist zugeklebt. Ich blicke verstohlen zur Tür, als ich mit dem Daumen unter die Umschlagklappe fahre. Niemand wird etwas merken. Die Klappe löst sich leicht, und innen befindet sich ein aus einem Block herausgerissenes, zusammengefaltetes A4-Blatt. Die Nachricht darauf ist kurz und mit schwarzem Kuli geschrieben.

Jack, ich gehe für eine Weile weg. Ich weiß noch nicht, wie lange. Ich brauche Zeit und Abstand. Bitte ruf mich nicht an und such nicht nach mir. Ich melde mich, wenn ich so weit bin. C.

Ich lese sie dreimal, drehe sie um, suche nach irgendwelchen anderen Hinweisen. Mein Herz schlägt, als wäre es in meinem Brustkorb gefangen. Plötzlich höre ich Stimmen draußen im Gang, die näher kommen. Ich stopfe die restlichen Sachen schnell in die Tasche, ohne sie wieder zusammenzufalten, und schiebe die Tasche in den Spind, gerade als Lizzie zur Tür hereinkommt. Sie sieht nicht, wie ich den Umschlag in meine Hosentasche stecke.

»Alice, da sind Sie ja. Ich habe Sie gesucht. Kann ich kurz mit Ihnen sprechen?«

»Ich wollte gerade gehen ...« Doch dann bemerke ich, wie nervös sie aussieht – soweit ihr rundes, offenes Gesicht überhaupt Nervosität ausdrücken kann –, und weiß, dass es um etwas Wichtiges geht. »Entschuldige, Lizzie, natürlich. Was gibt's?«

Sie ist drauf und dran, in Tränen auszubrechen. Ich lege ihr den Arm um die Schultern, führe sie zu einem Stuhl und gebe ihr ein Papiertaschentuch.

»Lizzie, was ist denn passiert?«

»Oh Gott, entschuldigen Sie, Alice. Ich bin nur ...« Sie fächelt sich mit der Hand Luft zu und wischt sich über die Augen. »Tut mir leid, ich weiß, dass Sie keine Zeit haben, also mache ich es kurz.« Sie atmet schnaufend aus. »Ich werde meine Kündigung einreichen.«

Ich sehe sie verwundert an. »Das ist aber schade. Ich

dachte, es wäre alles in Ordnung. Du hast glücklich und zufrieden auf mich gewirkt.«

Sie nickt energisch und schnäuzt sich fest die Nase. »Das bin ich auch, ich bin glücklich hier.«

»Warum dann, Lizzie?«

Sie sieht mir ins Gesicht, ihre Wimpern nass von Tränen. »Ich war es, Alice. Es ist meine Schuld, dass die Medien das mit Cassie spitzgekriegt haben.«

Ich runzle die Stirn. »Was?«

Sie fängt von Neuem an zu weinen. »Es tut mir so leid, so schrecklich leid, ich wollte das nicht, ehrlich nicht.«

»Okay, wie kam es dazu?«

»Ich war mit Alex aus, wissen Sie, meinem neuen Freund. Wir sind mit seinem Bruder und dessen Freundin bowlen gegangen, und ich war ziemlich nervös, weil die Freundin von seinem Bruder echt toll aussieht. Ich meine, sie sieht aus wie ein Model, und obendrein ist sie witzig und alles. Jedenfalls, ich war eine Idiotin. Ich dachte, sie blickt auf mich herab, weil ich nur eine Krankenschwester bin, und deshalb hab ich ihr von Cassie erzählt. Ich wollte ihr zeigen, dass bei mir auch tolle Sachen passieren. Ich wusste ja nicht, dass ihr Dad Reporter bei der *Sussex Times* ist.« Lizzie atmet abgehackt, stoßweise. Es klingt gequält.

»Oh Lizzie«, sage ich, während sie in ihr Taschentuch wimmert.

Ich stehe auf, nehme sie in den Arm und reibe ihre Schulter. »Komm, schön ruhig atmen.«

Nach ein paar Minuten hat sie sich etwas beruhigt und gibt mir einen Brief.

»Was ist das?«

»Meine Kündigung. Ich dachte, ich mache es besser gleich offiziell.«

»Nein, die akzeptiere ich nicht, Lizzie.«

Sie sieht mich verwirrt an. »Wieso nicht?«

»Ich akzeptiere deine Kündigung nicht, weil es keinen Grund dafür gibt. Hör zu. Du fühlst dich hier wohl, und du bist eine gute Krankenschwester. Du hast einen Fehler gemacht, keine Frage, einen großen Fehler. Du hast die Schweigepflicht verletzt, was schlimme Folgen gehabt hat, aber du hast dich dazu bekannt, und ich bin sicher, dass so etwas nicht noch einmal vorkommt, hab ich recht?«

Lizzie starrt mich an und schüttelt den Kopf. »Nein, nein, ganz bestimmt nicht, ich schwör's.«

»Gut. Niemand hat bisher Probleme bekommen, weil er oder sie verdächtigt wird, mit der Presse gesprochen zu haben. Falls das noch passiert, müssen wir natürlich etwas sagen, aber das ist eher unwahrscheinlich. Meistens wächst recht schnell Gras über solche Sachen.«

Lizzie umarmt mich, drückt ihre feuchte Wange an mein Gesicht und bedankt und entschuldigt sich noch mehrfach, ehe sie schließlich still das Zimmer verlässt.

Ich bleibe noch einen Moment nachdenklich stehen, bis eine Springerschwester hereinpoltert, um ihre Siebensachen zu holen und Feierabend zu machen.

Ich gehe hinaus auf die Station und steuere Cassies Abteil an, beschließe dann aber, die Entdeckung ihrer Nachricht an Jack sowie mein Gespräch mit Lizzie erst einmal zu verdauen, bevor ich nach ihr sehe.

Ich ziehe Franks Vorhang sorgfältig hinter mir zu und setze mich zu ihm. Lizzie hat ihm die Haare gekämmt und die Fingernägel geschnitten. Ich weiß diese kleinen Aufmerksamkeiten zu schätzen und Frank genauso, wette ich. Seine Augen sind geschlossen, aber ich drehe sein Gesicht trotzdem sanft zu mir herum. Der Umschlag knistert in meiner Tasche, und ich weiß, dass ich ihn nicht ignorieren kann. Ich habe versprochen, auf Cassie und ihr Kind aufzupassen. Also beuge ich mich zu Frank vor, damit er mich auch sicher hört.

»Ich habe etwas gefunden, Frank. Eine Nachricht von Cassie an Jack, in der sie ihm mitteilt, dass sie Zeit für sich braucht, eine Ehepause. Sie war in ihrer Tasche versteckt, vielleicht wollte sie sie ihm noch geben oder per Post schicken. Alle sind davon überzeugt, dass es Jonny war, aber ich glaube das einfach nicht.«

Ich blicke in Franks blasses Gesicht. Inzwischen kenne ich ihn gut genug, um zu wissen, dass er nicht schläft. Sein Ausdruck ist aufmerksam, konzentriert.

»Aber das ist noch nicht alles. Ich habe gerade herausgefunden, dass Jack sich irrt. Es war nicht Marcus, der der Presse einen Tipp gegeben hat, und jetzt frage ich mich, womit Jack vielleicht sonst noch falschliegt. Sie hatte ihren Ehering abgenommen und trug stattdessen den Ring ihrer Mutter. Erinnern Sie sich, wie Jonny hierher auf die Station kam, Frank? Er hat etwas zu mir gesagt. Er sagte, sie hätte Angst gehabt, Cassie hätte Angst gehabt.«

Ich möchte wissen, was Frank denkt, was er von alledem hält, doch dann schneidet die Wahrheit durch mein Bewusstsein, sauber und scharf wie eine Klinge. Ich denke an das Schwarzweißfoto, wie unentspannt Cassie darauf aussieht, ihr Lächeln gezwungen und schmal, und an die Kommentare, die sie als »wunderschön« bezeichnen, obwohl sie den Eindruck macht, als stünde sie an einem Abgrund.

»Sie hatte Angst.« Ich beuge mich noch näher zu Frank und flüstere, weil ich selbst kaum glauben kann, was ich da sage. »Cassie hat nicht nach ihrem Hund gesucht, Frank. Sie hatte Angst. Sie lief vor etwas davon.«

17

Frank

Sharma, der aufgeblasene Idiot, bezeichnet den Vorfall doch tatsächlich als »Medien-Leak«.

Die Schwestern haben den Ausdruck übernommen, und ich brauche sie nicht zu sehen, um zu wissen, dass sie ihn mit schnellen Seitenblicken und verborgenem Grinsen verwenden. Sharma scheint das nicht zu merken – Sarkasmus kann man nicht lernen, schätze ich.

Allerdings hatte er recht, was die überregionalen Zeitungen angeht, sie haben die Story ruckzuck aufgegriffen. Papierausgaben sind inzwischen von der Station verbannt, doch die Schwestern haben mir genug berichtet. Der Juice-C-Spot wurde wieder ausgegraben und Cassie in den Artikeln als verwaiste werdende Mum bezeichnet, ein modernes Dornröschen. Sie ist zum neuen Aushängeschild der Kampagne »Zone 30 rettet Leben« der Grafschaft Sussex geworden, und die Verkaufszahlen von Juice-C haben sich fast verdoppelt.

Das Krankenhauspersonal redet mittlerweile so beiläufig über die Reporter wie übers Wetter. Ich stelle sie mir vor, diese Leute, wie sie durch die Flure schleichen, in den Wartebereichen auf ihren Handys herumtippen und darauf hoffen, eine Schwester abfangen zu können oder sonst jemanden, der etwas über Cassie weiß, idealerweise jemanden von dieser Station. Sie sind lästig wie Wespen bei einem Picknick.

Zu jeder anderen Zeit wäre der »Medien-Leak« eine willkommene Unterhaltung für mich gewesen, ein neuer Soundtrack zu den endlosen Stunden, die ich an die magnolienfarbene Decke starre, aber ich kann mich nicht über das Geflüster und Getratsche amüsieren. Obwohl ich weiß, dass sie längst wieder weg ist, scheint etwas von dieser Frau in der Atmosphäre zurückgeblieben zu sein, der Frau, die Cassie überfahren hat. Es ist, als hätte ihr Besuch die Zellstruktur der Station verändert. Die Luft fühlt sich verbraucht an, der Sauerstoff, der in meine Lunge gepumpt wird, irgendwie dünner, weniger nahrhaft. Als fürchtete ich mich vor einem Krankenhauserreger, habe ich kein Vertrauen mehr in 9B. Es ist hier nicht sicher genug für Cassie, nicht sicher genug für ihr Kind.

Ich muss ständig an diese Frau denken. Ich weiß nichts über sie, habe ihr Gesicht nicht gesehen und würde sie bei einer Gegenüberstellung nicht wiedererkennen, aber ich kenne ihre Stimme. Auch wenn sie die Worte ganz leise sagte, mit denen sie ihre brennenden Schuldgefühle zu lindern hoffte, wenigstens für den Moment: »Es tut mir leid, es tut mir so furchtbar leid.«

Ich kenne diese Art von Entschuldigungen, ich habe mich oft genug so bei Lucy und Ange dafür entschuldigt, dass ich sie im Stich gelassen habe, dass ich ein so beschissener Vater und Ehemann war. Ich merke es, wenn jemand etwas aus tiefstem Herzen bedauert, und ich habe es in dieser Nacht gehört.

Doch wie soll einem Menschen verziehen werden, der eine schwangere Frau fast umgebracht hat? Und zulässt, dass jemand anders dafür verantwortlich gemacht wird? Wenn Alice recht hat und Cassie vor etwas davonlief, dann hat diese Frau regelrecht Jagd auf sie gemacht, dann ist es mir egal, was sie sagt oder wie aufrichtig ihre Entschuldigung ist, dann kann es keine Vergebung geben. Nicht, bis alle die Wahrheit kennen, und die Wahrheit ist, fürs Erste zumindest, hier in mir eingeschlossen, mitleiderregend und unnütz wie die Versuche eines Schmetterlings, durch eine Fensterscheibe zu fliegen.

Heute ist alles ruhig, ein träger, ein bisschen gedrückter Sonntag. Alle beten immer um solche Sonntage hier, da die meisten verantwortlichen Ärzte dann zu Hause sind, ihren Braten essen und sich Rotwein hinter die Binde gießen.

Ellen ist vor ein paar Tagen zum letzten Mal fortgerollt worden, in ein Pflegeheim, wie Alice sagt. Es ist ein seltsamer, von Einsamkeit durchdrungener Gedanke, dass sie vielleicht demnächst stirbt und ich es nie erfahren werde, obwohl wir wochenlang nebeneinandergelegen haben.

George Peters ist auf eine andere Station verlegt worden. Seine Frau Celia hat sämtliche Schwestern zum Abschied geküsst. Zum ersten Mal, seit ich auf 9B liege, sind zwei Betten frei – jetzt gibt es nur noch Cassie und mich –, und ich frage mich, ob Patienten, die für diese Station vorgesehen waren, extra woanders untergebracht wurden, um Cassie vor Neugierigen und Medienleuten abzuschirmen. Kleine Gnaden. Die Jensens waren heute noch nicht da, also weniger Kommen und Gehen, und Alice wirkt ruhig, ein bisschen in sich gekehrt, was gut ist, denn so sind die Chancen größer, dass sie mein neues Kunststück bemerkt.

Sie sieht nach, ob Cassies Vorhang geschlossen ist, ehe sie sich zu mir setzt. Sie sagt nichts, sondern sieht mich nur an, Schatten von der Farbe dicker Regenwolken unter den Augen. Mir ist klar, dass sie über Cassie nachdenkt. Sie denkt ständig über sie nach. Ich wünschte, sie würde mehr an sich selbst denken, an ihre eigene Gesundheit zum Beispiel. Aber vielleicht, ganz vielleicht, kann ich ihr ja bald helfen. Ich werde ihr von dieser Frau berichten, damit sie die Polizei verständigen und das Cassie-Drama beenden kann. Das ist jetzt mein großer Moment, ich weiß es! Der Moment, ihr zu signalisieren, dass ihre Erfahrung, ihr Gefühl sie nicht getäuscht haben, dass ich hier bin, dass ich die ganze Zeit da war. Ich blinzle.

Komm schon, Alice!

Doch sie sieht es nicht, weil sie in ihren Schoß blickt und mir von Officer Brooks erzählt, der sie den Brief, den sie in Cassies Tasche gefunden hat, übergeben hat. Nervös die Hände ringend, berichtet sie, Brooks habe ihr zu verstehen gegeben, dass der Brief nichts ändere, sie hätten bereits gewusst, dass Cassie und Jack Probleme hatten. Alle halten Jonny für die Ursache, und sein Alibi scheint nach wie vor nicht zu überzeugen. Alices Unterlippe ist mittlerweile rotviolett wie rohes Fleisch und sieht wund aus, als sie wieder daran nagt. Sie hat sonst niemandem von dem Brief erzählt, weil sie denkt, dass ihr niemand zuhören wird. Ich kenne das Gefühl, etwas zu wissen und stumm zu bleiben.

Schau mich an.

Da – jetzt sieht sie zu mir auf. Ich weiß, dass ich nicht viel Zeit habe, also konzentriere ich mich mit jeder Faser meines Seins und blinzle.

Sie springt auf wie von der Tarantel gestochen.

»Frank?« Ihr Gesicht schwebt über mir, sodass ich die süße Zahnlücke und ihr Grübchen deutlich sehe, und ich glaube, ich habe noch genug Energiereserven für einen zweiten Versuch, also noch einmal angestrengt und – blinzel! Feuerwerksraketen explodieren, und eine kleine Blaskapelle marschiert in meinem Kopf, als sie auf mich herablächelt. Jetzt lacht sie sogar!

»Sie haben geblinzelt, Frank! Sie haben geblinzelt!« Sie streichelt mir übers Gesicht und ruft nach Mary, und mir ist, als wäre etwas Himmlisches in mir erwacht, denn zum ersten Mal seit Monaten habe ich eine Botschaft ausgesandt, ein kurzes Telegramm an die Welt, dass ich noch existiere. Ich bin hier!

Marys kleines Gesicht erscheint neben dem von Alice. Sie fordert mich auf, noch einmal zu blinzeln, und ich tue es, worauf sie sagt: »Oh Frank, Sie absoluter Champion«, und Alice in den Arm nimmt, die mich wieder streichelt und den Tränen nahe ist.

»Können Sie's noch mal versuchen, Frank?«

Wie der Torjäger einer Fußballmannschaft ziele ich auf einen Hattrick ab. Es wird dunkel vor meinen Augen, aber etwas stimmt nicht, meine Lider sind wie Blei. Ich habe die Kontrolle über sie verloren und kann sie nicht öffnen. Sie sind wie zugenäht, und ich brülle vor Verzweiflung tief in mir, weil die Gelegenheit vorbei ist und ich Alice nicht noch einmal lächeln sehe oder höre, wie Mary mich einen Champion nennt. Ich bin in Schwärze getaucht und spüre ihre Enttäuschung auf meinem Gesicht wie einen Sonnenbrand. Zum Glück dauert das jedoch nicht allzu lange, denn Alice redet davon, heute noch einen Scan für mich zu organisieren, solange Sharma Wochenende hat. Sie eilen davon, um in der Radiologie anzurufen und herauszufinden, welcher Assistenzarzt heute Dienst hat.

Ich war so sehr darauf aus, dass mich jemand blinzeln sieht, dass ich mir keine großen Gedanken darüber gemacht habe, was danach passieren würde: Scans, Tests, weiteres Herumstochern und Abtasten. Wie lange wird es dauern, bis ich ihnen von der nächtlichen Besucherin erzählen kann? Wie lange, bis ich Alice für alles danken kann? Wie lange, bis ich meine Luce wieder in die Arme schließen kann? Inzwischen ist mir klar, dass es nicht wie im Film sein wird. Nach der Erfahrung mit den Blinzelversuchen zu urteilen wird meine Wiederherstellung langsam, schmerzhaft und furchtbar frustrierend werden, und der erste Schritt dazu ist ein Hirnscan. Ich bin nicht sicher, ob ich dafür bereit bin, aber auf einmal höre ich diese Stimme wieder – »Es tut mir leid, es tut mir so furchtbar leid« –, und es dämmert mir, dass diese Frau, wer sie auch sein mag, in gewisser Weise meine Rettung ist. Ich werde mich noch mehr anstrengen, um Fortschritte zu machen, werde nicht ruhen, bis ich in der Lage bin, aller Welt von ihr zu berichten … davon, was sie Cassie und ihrem Kind angetan hat. Vielleicht kann dieses Gute all das Schlechte, das ich auf dem Gewissen habe, ein bisschen aufwiegen, vielleicht kann ich mir dann irgendwann die Scheiße, die ich gebaut habe, selbst verzeihen.

Energische Schritte unterbrechen meine Gedanken, und plötzlich, ohne Vorwarnung, werden meine Augenlider hochgezogen, und ein grelles Licht leuchtet in meine Pupillen.

Eine tiefe, warme Stimme sagt mit französischem Akzent: »Mr Ashcroft, ich bin Matthieu Baret, der diensthabende Assistenzarzt.«

Matthieu lässt mein Lid los und nimmt sich sogleich das andere vor, worauf Farben und Muster in meinem Kopf herumwirbeln wie in einem Kaleidoskop. Dann fordert er mich auf zu blinzeln, was mir ein bisschen dreist erscheint, nachdem er an meinen Lidern gezerrt hat, als wollte er sie ausreißen, doch zu meinem Erstaunen und mit relativ wenig Mühe blinzle ich. Einen kurzen Moment lang sehe ich, dass er ein leicht übergewichtiger Schwarzer mit freundlicher Ausstrahlung ist und Alice und Mary mich hinter ihm angrinsen. Er schubst und pikst ein wenig an mir herum, um meine Reflexe zu testen, und sagt den beiden Schwestern, dass sie mich zu einem PET-Scan samt Computertomographie anmelden sollen, was beruhigend gründlich klingt. Bevor er geht, beugt er sich noch so weit zu mir herunter, dass ich seinen warmen Atem spüre.

»Mr Ashcroft«, sagt er übermäßig laut, als spräche er mit einem Fünfjährigen, »wenn Sie mich hören können – Sie sind im Krankenhaus. Sie haben lange im Koma gelegen, aber Sie sind in Sicherheit, und wir werden uns um Sie kümmern.«

Meine Zahnfüllungen rattern, als seine Stimme durch meinen Kopf dröhnt, doch dann dreht er sich wieder zu Alice und Mary um.

»Nun, wollen wir hoffen, dass ein bisschen was von der Wunderkraft von 9B auf das übrige Krankenhaus abstrahlt.« Er gluckst vor sich hin, und Alice stimmt mit ein, damit er nicht allein lacht.

Der Anruf von der Radiologie kommt früher als erwartet, weil ein Termin frei geworden ist. Ich befasse mich nicht näher mit der Frage, warum jemandes Termin abgesagt wurde, keine Zeit zum Nachdenken, keine Chance, mich an meine Bettdecke zu klammern.

Sie benutzen eine Hebevorrichtung, um mich auf eine Rollbahre zu bugsieren wie eine groteske, aber wertvolle Skulptur. Alice hält meinen Tracheotomie-Rüssel, während Mary den Tropfapparat und den Herzmonitor übernimmt, ein kompliziertes Schläuchegewirr.

Ich habe die Station seit einer Ewigkeit nicht mehr verlassen. Eine keck aussehende ältere Dame dreht sich in ihrem Rollstuhl nach mir um, als wir draußen im Gang an ihr vorbeikommen. Ihr bleibt der Mund offen stehen, ihre Miene eine Mischung aus Neugier und Schrecken, so sprechend, als wären Worte auf ihre runzlige Stirn tätowiert. Ich sage mir, dass ich genug habe, und schließe die Augen.

Etwa eine Stunde später bin ich wieder in meinem Bett, meine Augen sind einen Spalt geöffnet, aber seit vorhin vor dem Scan habe ich nicht mehr geblinzelt. Alice hat gesagt, dass Lucy auf dem Weg hierher ist, deshalb spare ich meine Energie für sie auf.

Ich höre mein Mädchen kommen und denke, jetzt ist es so weit, jetzt wird Luce wieder an mich glauben!

Der Vorhang geht ratternd auf, und Lucy kommt in Sicht. Ihre Haare sind zerzaust, ihre Wangen gerötet. »Dad!«, sagt sie, und ich blinzle, woraufhin sie zu weinen anfängt.

Oh Luce, wein doch nicht! Das ist doch gut. Sieh nur!

Ich zwinkere wieder und führe einen kleinen inneren Freudentanz auf, weil sie jetzt mehr lacht als weint. Sie nimmt meine Hand und küsst sie, und ich wünschte, ich könnte mit ihr zusammen lachen und weinen. In dem Moment beugt sie sich über mich, sodass ein paar Tränen auf mich herabfallen, als würde sie meine Gedanken lesen und für mich mit weinen.

Alice taucht hinter ihr auf und legt ihr eine Hand auf die Schulter. »Denken Sie daran, Lucy, wir werden erst mit der Zeit mehr wissen, und außerdem warten wir noch auf die Scan-Ergebnisse.«

Lucy richtet sich auf und wischt mit dem Handrücken über die Augen. Vom Weinen haben sie ein noch satteres Braun bekommen.

»Blinzel, wenn du mich hörst, Dad«, flüstert sie.

Ich blinzle. Es gelingt richtig gut, gezielt und vollständig, und Lucy lacht schniefend und dreht sich zu Alice um, ob sie es auch gesehen hat.

»Du bist die ganze Zeit da gewesen, stimmt's, Dad?« Ich zwinkere wieder zur Antwort.

Dann sprudelt sie vor Fragen nur so über. Wir treffen eine Abmachung: Einmal blinzeln heißt ja, zweimal nein. Ich kann ihr nicht sagen, dass ich noch kein Doppelzwinkern ausprobiert habe.

»Hast du Schmerzen, Dad?«, fragt sie, und ich will gerade ja zur Antwort zwinkern, obwohl es nicht stimmt, weil es Alice möglicherweise dazu veranlasst, ein wenig Morphium zu spendieren, aber meine Lider sind plötzlich wie aus Stein. Ich versuche es mit allen Mitteln, zittere vor Anstrengung, aber es hat keinen Sinn. Für heute ist die Show vorbei, meine Augen klappen zu. Wenigstens muss ich so nicht Lucys enttäuschten Ausdruck sehen.

»Er ist wahrscheinlich erschöpft«, sagt Alice. »War ein großer Tag für ihn. Er muss sich jetzt erst einmal ausruhen.«

Nach einer Pause fragt Lucy: »Kann ich noch ein bisschen bei ihm bleiben?«

»Natürlich, solange Sie möchten.«

Alice geht, und Lucys weiche Hand legt sich auf meine starre Klaue.

Sie neigt sich zum Sprechen so dicht an mein Ohr, dass es kitzelt. Als sie klein war, hat sie mich oft auf diese Weise geweckt. Sie kam zu meiner Seite des Ehebetts und wisperte, um Ange nicht zu stören, dass sie eine Überraschung für mich in der Küche hätte und ich unbedingt sofort aufstehen müsse, um sie nicht zu verpassen.

»Ich bin hier, Dad«, sagt sie nun. »Ich werde dich nie wieder so lange allein lassen, versprochen. Du wirst wieder gesund, das weiß ich. Eines Tages spazierst du hier raus, und ich werde dabei sein und dich anfeuern, und dann gehen wir nach Hause, Dad. Wir gehen zusammen nach Hause.«

Ich werd's versuchen, Luce, ich tue alles, damit du stolz auf mich bist.

Zum ersten Mal sehe ich es vor mir. Ich sehe uns Hand in Hand hier rausgehen und fühle die Brise frischer Luft, als die Krankenhaustür unten endlich aufgleitet, um mich herauszulassen. Meine immer noch geschlossenen Augen fangen an zu brennen, und aus dem rechten quillt es hervor, tropft dick auf meine Wange und zieht eine nasse Spur über mein Gesicht. Ich habe seit Jahren nicht mehr geweint, aber hey, von heute an bin ich ein neuer Mensch!

18

Cassie

Sie schlägt die Augen auf und stellt fest, dass sie mit brennender Nachttischlampe eingeschlafen ist. Das Mexiko-Tagebuch ihrer Mum – voll von Abenteuern wie Peyote-Trips und per Anhalter in einem Ziegentransporter nach Yucatán fahren – liegt aufgeschlagen auf der Bettdecke. Durch die halb geschlossenen Vorhänge sieht sie, dass es noch früh ist, der neue Tag noch tintenblau. Ihre Lider fühlen sich schwer und geschwollen an. Der Schmerz ist anders, als sie erwartet hatte. Sie hatte geglaubt, außer sich vor Zorn zu sein, doch der Verrat wirkt sich subtiler aus, als eine gummiartige Geschwulst der Enttäuschung, die sie überall mit sich herumträgt.

Sie setzt sich auf, woraufhin Maisie ihren kleinen grauen Kopf hebt und ihr struppiger Bart den Rand des Korbs streift, in dem sie laut Auskunft des Tierheims ihr ganzes Leben lang geschlafen hat.

Ihr müde blinzelnder Blick sagt: »Mach, was du willst, aber glaub ja nicht, dass ich schon aufstehe«, wonach sie sich mit einem leisen Seufzer wieder auf die Seite fallen lässt.

Cassie hatte überlegt, Jonny das von Nicky und Jack

zu erzählen, als sie vergangene Woche zum Tierheim fuhren, um Maisie abzuholen. Er hatte sie gefragt, warum Jack seine Meinung bezüglich eines Hundes geändert habe, und sie war drauf und dran gewesen, ihm die Wahrheit zu sagen: dass Maisie ein Symbol von Jacks schlechtem Gewissen darstellte, einen Versuch der Wiedergutmachung. Doch dann hatte sie nur die Achseln gezuckt. Es schien ihr nicht der richtige Moment zu sein, um ihm ihr Herz auszuschütten, denn er war den ganzen vergangenen Monat in London gewesen und hatte ein letztes Mal versucht, seine Frau zur Vernunft zu bringen. Lorna hatte wieder einen ihrer wahnhaften Auftritte gehabt und war in Jonnys alter Firma aufgetaucht, hatte getobt und zu erfahren verlangt, was sich zwischen Jonny und seiner Kollegin abgespielt hätte. Offenbar hatte die arme Frau daraufhin ihre Kündigung angeboten, was Lorna als Schuldeingeständnis aufgefasst hatte. Jonny hatte am nächsten Tag die Scheidung eingereicht, in der Hoffnung, dass der Schock Lorna dazu bewegen würde, endlich professionelle Hilfe anzunehmen.

So beschämend es sein mochte, war es doch eine Erleichterung für Cassie gewesen, sich die Probleme anderer anhören und das Video von Jack und Nicky auf dem Sofa in ihrem Kopf vorübergehend anhalten zu können.

Die Tür des Gästezimmers geht auf, und sie hört die Dielen im Flur unter Jacks Gewicht knarren, als er ins Bad geht. Er wacht immer um sechs Uhr früh auf, selbst an Sonntagen. Seit zwei Wochen ist er wieder zu Hause und schläft im Gästezimmer. Er meinte, mehr als drei Hotelübernachtungen auf Kosten der Firma könne er nicht rechtfertigen. Es ist kurz still, während er pinkelt, dann rauscht die Spülung, und die Dielen knarren erneut, als er zurück ins Bett geht.

Obwohl er sie nicht hören kann, hält Cassie den Atem an. Sie hat ihm versprochen, dass sie heute endlich miteinander reden, dass sie sich anhört, was er zu sagen hat, ohne ihn anzuschreien oder die Tür hinter sich zuzuknallen, doch sie will den Morgen für sich, um erst einmal ins Gleichgewicht zu kommen.

Maisie zappelt in ihrem Korb mit den Beinen, schon verloren in einem Traum. Cassie steht auf und zieht ihre Jeans und einen grauen Kaschmirpulli über, den Charlotte ihr vermacht hat, weil er ihr zu klein geworden sei. Sie dreht ihre Haare, die sie wieder lang wachsen lassen will, so wie vor Jack, zu einem unordentlichen Knoten zusammen und blickt dabei auf den kleinen Hund herunter, fragt sich, ob Maisie in ihrem Traum auf etwas zuläuft oder vor etwas davonrennt.

Der Schuppen riecht anders jetzt im November, die Stickigkeit des Sommers ist verschwunden und durch den trübseligen, erdigen Geruch feuchten Laubs ersetzt worden. Cassie setzt Maisie auf dem Boden ab und bietet ihr ein Kissen an, damit sie darauf weiterschlafen kann, aber Maisie bleibt mitten im Raum stehen und macht einen leichten Buckel, der Schwanz starr, kein Wedeln, die Augen groß vor Verwirrung.

Cassie knipst die beiden Stehlampen an und schaltet den Heizlüfter ein, nur für ein paar Minuten.

»Na los, Maisie«, sagt sie mit Blick auf das Kissen, und schließlich bewegt sich der kleine Terrier mit auf dem Spanholzboden klickenden Klauen – die Hundeart, auf Zehenspitzen zu gehen – langsam auf ihr improvisiertes Bett zu.

In ihre Hände pustend setzt Cassie sich auf den Drehstuhl – Mikes alten Bürostuhl – und lässt den Blick über die rund dreißig Bilder schweifen, die den Raum füllen wie eine bunte Menschenschar. Vor zwei Tagen hat sie sie vom Dachboden geholt, wo Jack sie eingelagert hatte, und hier im Schuppen verteilt. Sie stammen alle von ihrer Mutter, Leinwandgemälde in unterschiedlichen Formaten, und stellen alle in irgendeiner Form Cassie dar. Cassie ganz klein neben einem Londoner Doppeldeckerbus, die etwa fünfjährige Cassie in einem Tutu, ein Stillleben von ihren ausgetretenen Doc Martens mit dem Titel »Cas' Boots«. Ungefähr auf der Hälfte davon ist eine Gestalt in einem graubraunen Mantel zu sehen, die Cassie anschaut. Sie fand den Mann immer etwas unheimlich, doch nun erkennt sie, dass ihre Mum ihn mit Liebe gemalt hat, eine geschwungene schwarze Linie für seinen sanft lächelnden Mund. Vielleicht hat April irgendwann einen Anlauf gemacht, ihr zu sagen, wer er war, doch sie ist wahrscheinlich einfach davongehüpft, zu eingenommen von ihren eigenen Erlebnissen. Es gibt so vieles, was sie nie erfahren wird.

Ihr Handy vibriert in ihrer Hosentasche. Wieder eine Nachricht von Nicky. Ein inzwischen vertrautes, hohles Gefühl der Trauer überkommt sie, das sie schnell abschüttelt, ehe sie die Nachricht ungelesen löscht und das Telefon ausschaltet. Sie enthält garantiert das Gleiche wie Nickys E-Mails und Voice-Mails zuvor, eine flehentliche Bitte, mit ihr zu sprechen, sie alles erklären zu lassen. Cassie hat nur einmal darauf geantwortet und sie aufgefordert, ihre Nummer zu löschen und sie nicht mehr zu kontaktieren, aber sie respektiert nicht einmal das.

Sie wird nächste Woche in die Stadt fahren und ihre Handynummer ändern lassen, und sie sollte sich auch eine neue E-Mail-Adresse einrichten. Die ersten Schritte hin zu einer neuen Cassie, auch wenn sie selbst noch nicht weiß, wer das sein soll.

Sie steht auf und rückt ihre Staffelei in die Mitte des Ateliers. Gestern hat sie mit Bleistift eine Vorskizze auf einen großen bespannten Keilrahmen gezeichnet, und nun wird sie malen, was sie vor sich sieht, eine kleine Huldigung an das Werk ihrer Mutter und ihre gemeinsame Zeit und zugleich eine Vorbereitung auf das neue Leben mit ihrem kleinen Geheimnis.

Maisie fängt an, leise zu schnarchen. Cassie arbeitet rasch beim Anmischen der Farben, sie will nicht zu viel nachdenken. Nachdem sie die Pinselspitze in ein grelles Rot getaucht hat, malt sie mit ausholender Geste lange Schnitte quer über die Leinwand.

Sie weiß nicht, wie lange sie gearbeitet hat, als Maisie plötzlich den Kopf zur Tür hebt und es gleich darauf kurz und verhalten klopft.

»Cas?«

Sie setzt den Pinsel ab. Die Tür geht langsam auf, und sie sagt: »Warte einen Moment.« Die Beine der Staffelei ruckeln, als sie sie herumdreht, damit das Bild nicht zur Tür zeigt. Sie empfindet es nun als zu privat, Jack ihre Arbeit sehen zu lassen.

Er hat die Tür einen Spaltbreit aufgeschoben, und eine Stempelkanne voll Kaffee, schwarz wie Guinness, kommt hindurchgeschwebt.

»Ich dachte, du könntest einen brauchen.«

Sie macht die Tür ganz auf. Jack steht in seinem dunkelblauen Bademantel davor. Sie blinzelt ihn an und merkt auf einmal, dass ihre Augen sich nach einer weiteren schlaflosen Nacht immer noch geschwollen anfühlen. Ihren lockeren Haarknoten lösend, nickt sie. Er ist ein wenig stoppelbärtiger als sonst – irgendwie erinnert er sie an jemanden, sie kommt nicht darauf, an wen –, doch abgesehen davon sieht er aus wie immer, als wären die letzten drei Wochen nicht gewesen. Er reicht ihr einen Becher, halbvoll mit angewärmter (nicht heißer!) Milch, genau so, wie sie es mag. Schweigend nimmt sie ihn, und er schenkt ihr Kaffee ein.

»Danke«, sagt sie.

»Wie läuft es so hier drin?«, fragt er und späht über ihre Schulter hinweg. Sie hat es immer geliebt, ihm ihre Sachen zu zeigen.

»Ganz gut.«

Er nickt und lässt ein wenig den Kopf hängen, wie eine welkende Blume.

»Cas, ich hatte gehofft, dass wir heute Morgen miteinander sprechen können, wenn es dir recht ist?«

Sie verzieht das Gesicht und wünscht, sie könnte Jack und seine Bitten um Vergebung einfach ausblenden, ihn aus ihrem Leben verbannen wie Nicky. Das Gespräch, das sie ihm versprochen hat, wird die Stimmung des ganzen Tages beeinflussen, und es wird so gut wie unmöglich sein, wieder in diesen angenehm gefühllosen Zustand zurückzufinden.

»Lässt du mir noch zwei Stunden Zeit?«

Er nickt. »Okay, sollen wir dann sagen um zehn?«

»Gut, um zehn.« Sie zieht ihren Fuß weg, sodass die Tür ihm vor der Nase zuschlägt, ehe er sich von ihr abwenden kann.

Um Viertel nach zehn verlässt sie den Schuppen. Herbstlaub hängt sich an ihre Stiefel, als sie über den nassen Rasen auf die Küche zugeht. Die jetzt wache Maisie trabt hinterdrein.

Jack sitzt bereits am Küchentisch, als sie hereinkommt, die Sonntagszeitung vor sich ausgebreitet. Sein Blick schnellt zu der Küchenuhr an der Wand, und sie bemerkt mit Befriedigung, dass er die Wangen einsaugt und seine Halsmuskeln angespannt sind. Er ist nervös – gut so.

Sie hat noch nicht gefrühstückt und fühlt sich langsam etwas mau, also macht sie den Kühlschrank auf und findet eine Tupperdose von Charlotte darin. Sie nimmt einen Schokoladenmuffin heraus und legt ihn auf einen kleinen Teller. Jack legt die Zeitung beiseite, dann setzt sie sich ihm gegenüber.

»Okay«, sagt sie, mit Daumen und Zeigefinger an dem Muffin herumpickend. »Bereit.« Sie sieht auf, und er lächelt sie versuchsweise an, um sie gnädig zu stimmen, aber sie blickt wieder auf den Teller. Sie wird nur weinen, wenn sie zurücklächelt, und sie will nicht wieder diejenige sein, die weint.

»Cas, wir müssen darüber reden. So kann es nicht weitergehen.«

Sie nickt, blinzelt die Salzigkeit aus ihren Augen und sieht ihn direkt an. »Schön, und was schlägst du vor?«

»Ich möchte dir alles noch einmal aus meiner Sicht schildern, und dann möchte ich, dass du dir überlegst, ob du mir verzeihen kannst.«

»Du hast mir doch angeblich schon alles gesagt – wie einsam du dich gefühlt hast, dass alles meine Schuld ist, weil ich so viel Zeit mit Jonny verbracht habe, die Fehlgeburt, dass du so viel arbeiten musst, dass du nachgegeben hast, dass Nicky dich aus irgendwelchen verqueren Neidgefühlen mir gegenüber überrumpelt hat.«

Cassie spürt heiße Wut in sich hochsteigen wie Quecksilber in einem Fieberthermometer.

»Cassie, bitte. Wir kommen nicht weiter, wenn du mir jetzt nicht mal richtig zuhörst.«

Er hat natürlich recht. Sie weiß, dass sie sich stur stellt, aber sie ist immer noch zu aufgebracht, und zum Teil, muss sie feststellen, genießt sie ihre Wut auch, sie ist so viel klarer als Traurigkeit.

Cassie formt ein Kügelchen aus den Muffinkrümeln auf ihrem Teller und nickt. »Gut«, sagt sie. »Gut, meinetwegen.«

Er atmet tief aus, entleert seine Lunge völlig, bevor er tief Luft holt und zu reden anfängt. »Nicky hat mich in der Mittagspause angerufen und gesagt, sie würde früher kommen, um dich zu überraschen. Ich fand das ein bisschen merkwürdig, aber sie meinte, sie wolle ein schönes Abendessen für dich kochen und es fertig haben, wenn du nach Hause kommst, so wie früher. Es gab keine Taxis, deshalb hat sie mich angerufen, als sie am Bahnhof ankam. Ich hatte gerade wieder einen Scheißtag und das Gefühl zusammenzuklappen, wenn ich keine Pause mache. Also dachte ich, ich hole sie ab und arbeite noch ein bisschen zu Hause, während sie in der Küche beschäftigt ist.«

»Aber dann hat sie dir ein Bier gebracht, und du konntest einfach nicht mehr an dich halten.«

»Nein, Cassie. Bitte, du hast gesagt, du würdest zuhören. Es hat einfach gutgetan, mit jemandem zu reden, ein bisschen Dampf abzulassen. Ich hätte nie gedacht, dass es so hart sein würde, die Firma zu leiten. Klar wusste ich, dass ich viel zu tun haben würde, aber der Stress hat nichts mit der Arbeitsbelastung zu tun. Die Sache ist, ich bin jetzt verantwortlich für andere Menschen und deren Familien. Wenn wir keinen Erfolg haben, werde ich Entlassungen vornehmen müssen. Mein Dad hat in all seiner Zeit nie einen einzigen Mitarbeiter entlassen, wusstest du das? Und dann haben wir noch das Kind verloren, und ich habe mir gesagt, dass ich nicht so traurig sein darf deswegen, kein Recht dazu habe, weil es für dich noch so viel schwerer sein muss, aber du hast nicht mit mir darüber geredet, du hast mit Jonny geredet.« Er unterbricht sich und reibt sich das Gesicht mit beiden Händen. »Sie hat nichts gesagt. Sie hat mir nur zugehört, und dann hat sie mich geküsst. Ich schwöre dir, Cassie, es war nur der eine Kuss. Mehr nicht, weder vorher noch nachher.«

»So sah es aber nicht aus.«

»Cassie, bitte, es ging alles so schnell. Gerade habe ich noch gesagt, wie sehr ich uns vermisse, dich und mich als Team, und auf einmal küsst sie mich, und dann habe ich dich gesehen, und mir blieb das Herz stehen.«

»Tut mir leid, dass ich euch unterbrochen habe.«

Jack hütet sich, auf ihren Sarkasmus einzusteigen. »Nicky ist neidisch auf dich, Cas. Ich wette, das war sie schon immer.«

»Schwachsinn, wie kann sie neidisch auf mich sein? Keinen Vater, keine Mutter, nur einen verdammt seltsamen Vogel als Stiefvater und jetzt, dank ihr, einen scheißuntreuen Ehemann!«

Jack stützt die Ellbogen auf den Tisch und fährt sich mit den Fingern durch die Haare. »Oh Gott, Cas, bitte sag so was nicht. Ich weiß, dass du wütend bist, du hast weiß Gott das Recht dazu, aber ich habe schreckliche Angst, dass du wegen dieses einen dummen Fehlers alles wegwirfst, was wir haben.«

Cassie schlägt mit den flachen Händen auf den Tisch, als müsste sie Jack aufwecken. »Sie war meine beste Freundin, Jack. Meine beste Freundin, verdammte Scheiße!«

Er hat die Hände immer noch in den Haaren und schüttelt den Kopf. »Ich weiß, Cas, ich weiß, aber du musst mir verzeihen.« Er wischt sich die Augen.

»Nein, muss ich nicht.«

Mit wildem Blick sieht er sie an. »Bitte Cas, zerstör nicht unser Leben wegen eines kleinen blöden Fehltritts.«

»Ich habe überhaupt nichts zerstört«, erwidert sie

und fühlt das Quecksilber in sich hochschießen, doch dann blickt sie in seine rot geränderten Augen und begreift, wie allein sie beide sind.

»Hör mal, soll ich für eine Weile im Büro übernachten?«

»Warum gehst du nicht zu deiner Mutter?«, fragt sie, obwohl sie die Antwort schon kennt.

Er schüttelt erneut den Kopf. »Du weißt, dass ich ihr nichts davon erzählen kann, sie würde sich zu sehr aufregen. Du hast mir versprochen, dass sie nichts davon zu erfahren braucht.«

Cassie stimmt ihm zu, Charlotte wäre am Boden zerstört, noch mehr als Jack ahnt, wenn sie erführe, dass ihr geliebter Sohn in ungeahnter Hinsicht nach seinem Vater schlägt.

»Ich werde Charlotte nichts sagen«, beteuert sie, »und du kannst hierbleiben, aber ich möchte, dass du mich in den nächsten Tagen in Ruhe lässt, okay?«

Jack nickt und stößt ein leises Danke hervor, während ein frohes Lächeln um seine Lippen spielt.

Cassie schiebt den halb gegessenen Muffin von sich. Er schmeckt bitter, und die Schokolade kullert in ihrem Magen herum wie schmutzige Wäsche in der Maschine.

»Und ich denke, wir sollten jetzt zusehen, dass wir Weihnachten und all das mit Anstand hinter uns bringen, und dann im neuen Jahr überlegen, wie es weitergeht.«

Jack nickt wieder, immer noch verhalten lächelnd. »Das hört sich gut an, Cas, wirklich, da bin ich froh«, sagt er, bevor er mit eifersüchtigem Unterton hinzufügt: »Ich nehme an, du hast Jonny von alledem erzählt?«

Cassie mustert ihren Mann, der auf einmal so gewöhnlich, so viel kleiner wirkt als der Mann, den sie geheiratet hat.

»Jack, es geht dich nichts an, was ich meinen Freunden erzähle oder nicht.«

»Ich dachte nur, die Sache sollte vielleicht besser unter uns bleiben.«

Cassie lacht, aber es fühlt sich nicht gut an. Es brennt in ihrer Kehle. »Leck mich, Jack, du machst wohl Witze!«

Wieder reibt er sich übers Gesicht, und dann entfährt es ihr: »Jetzt weiß ich es.«

Er sieht sie fragend an.

»Heute Morgen, als du mir Kaffee gebracht hast, hast du mich an jemanden erinnert, aber ich kam nicht drauf, an wen. Gerade ist es mir eingefallen.«

Jack, der mit einer weiteren Attacke rechnet, sagt: »Lass mich raten, an einen verdammten Idioten?«

Cassie lächelt. »Ja sicher«, antwortet sie und schüttelt beinahe kokett den Kopf, ehe sich wieder diese Kälte um ihr Herz legt und sie merkt, dass es ihr völlig ernst ist. »Du hast mich an deinen Vater erinnert.«

Jacks Gesichtszüge verzerren sich zu einer Grimasse, und plötzlich wünscht sie sich, sie könnte ihn an sich ziehen, könnte das, was sie gerade gesagt hat, aus seinen Ohren entfernen und ihren Kopf an seine Brust lehnen, ihm sagen, dass sie es nicht so gemeint hat, ihn zurück auf sicheres Terrain bringen.

»Was? Warum sagst du so was?«, fragt er. Die Fältchen um seine Augen ziehen sich vor Schmerz zusammen, und sie bemerkt ein Flackern in seinem Blick, ein Aufflackern von Erkenntnis, und denkt nicht zum ersten Mal, dass er auf irgendeiner halbbewussten Ebene über Mike Bescheid weiß, dass er weiß, wer sein Vater wirklich war: ein Lügner, der sein Ehegelöbnis an Charlotte jedes Mal brach, wenn er ein Hotelzimmer buchte, jedes Mal, wenn er seinen Gürtel aufschnallte.

»Ach, nur, weil du ihm jetzt ähnlicher siehst mit den Bartstoppeln, das ist alles«, sagt sie achselzuckend und steht auf.

Jack steht ebenfalls auf, worauf Maisie in ihrem Korb den Kopf hebt, und Cassie merkt, dass seine Traurigkeit dabei ist, in etwas Vertrauteres und Gefährlicheres umzuschlagen.

»Du kannst nicht so etwas sagen und dann einfach weggehen«, sagt er und kommt mit zwei schnellen Schritten auf sie zu. Er will sie am Arm packen, aber sie weicht ihm aus.

»Jack, reg dich ab, ich will mir nur ein Glas Wasser holen.«

»Was weißt du über meinen Vater?« Er folgt ihr um die Kücheninsel herum zur Spüle, um Beachtung bettelnd.

»Ich habe nur gesagt, dass du mich an Mike erinnerst, an Fotos, die ich von ihm gesehen habe, sonst nichts.«

»Ja, aber warum bringst du ihn gerade jetzt ins Spiel, wo wir über all das reden?«

Cassie lässt das Wasser einen Moment laufen, prüft die Temperatur mit dem Finger. Was wäre, wenn sie

Jack sagen würde, was Charlotte ihr über Mikes Affären anvertraut hat? Er scheint sowieso etwas zu ahnen, vielleicht wäre es an der Zeit, dass er der Wahrheit ins Gesicht sieht. Vielleicht würde das ihre Ehe entweder retten oder das Fallbeil, das über ihr hängt, endgültig herabsausen lassen. Doch dann denkt sie an Charlotte, die das Andenken an Mike ihrem Sohn zuliebe zwanzig Jahre lang in Ehren gehalten hat. Sie mag die Wahrheit über Mike kennen, doch es steht ihr nicht zu, sie zu enthüllen. Sie hält das Glas unter den Wasserhahn.

»Hör verflucht noch mal auf, mich zu ignorieren!«

Jack zerrt sie am Arm, sodass das Glas an ihre Retro-Emaillespüle schlägt und zerbricht und eine große Scherbe vom Rand abprallt, die ihre Hand ritzt.

Sie lässt das Glas fallen, während das Wasser immer noch läuft. Eine kleine Blume aus Blut erblüht unterhalb ihres Daumens.

Jack weicht erschrocken einen Schritt zurück. »Verflixt, Cas, ist es schlimm?«

Er reicht ihr ein Stück Küchentuch, aber sie schüttelt den Kopf und saugt lieber an dem kleinen Schnitt. Der metallische Geschmack von Blut füllt ihren Mund.

»Tut mir leid, das wollte ich nicht.«

Die Hand immer noch am Mund, nickt sie. Er hat sie noch nie zuvor im Ärger hart angefasst. Der Schnitt ist winzig, die Blutung hat schon aufgehört. Sie hält die Hand weg von ihm. »Ist schon gut, alles okay.«

»Bist du sicher? Lass mich mal sehen.« Er will ihre Hand nehmen, aber sie zieht sie weg.

»Bitte mach kein Theater, Jack. Lass mich einfach an

meine Malerei zurückgehen, wie du es versprochen hast, okay?«

Sie überlässt es ihm, die Scherben einzusammeln, und geht hinaus in den Garten.

Als die Schuppentür hinter ihr zufällt, erhascht sie eine Bewegung in dem kleinen Spiegel daneben, erschrickt kurz vor ihrem eigenen Bild, unheimlich wie ein Fremder, der zu dicht hinter einem geht. Sie hält inne und starrt sich an, den hellgrauen Pulli, ihre blonden Haare, die ihr bereits über die Schultern fallen, ungebürstet, aber trotzdem vollkommen glatt. Wie ein stark heruntergedimmtes Licht macht die Frau im Spiegel den Eindruck, als würde sie gleich ganz erlöschen. Sie sieht aus wie Charlotte. Cassie wirft den Kopf nach vorn und fährt sich mit den Fingern durch die Haare, immer und immer wieder, streift Charlottes Pullover ab und klatscht sich mit beiden Händen ins Gesicht, um Farbe in ihre Wangen zu bringen. Als sie sich wieder aufrichtet, sieht die Frau, die ihr entgegenblickt, unordentlicher aus, weniger beherrscht, mit verschmiertem Mascara und wirren Haaren, wie ein zerzauster Clown. Sie lächelt, weil sie April in ihr erkennt, ihre tapfere Mum, und ihr wird bewusst, wie lange sie schon tot ist und wie sehr sie ihr fehlt.

19

Alice

Ich stelle mich schlafend, als ich höre, wie David aufsteht. Da ich heute Nachtschicht habe, drängt mich nichts, unser gemütliches Bett zu verlassen. David lässt ein Bad einlaufen, und ich rieche mein feines, teures Badeöl, das er nicht ausstehen kann, also muss es für mich sein. Widerstrebend öffne ich ein Auge, und er küsst mich lächelnd.

»Spring rein«, sagt er. »Ich mache derweil Frühstück.«

Das Badewasser ist ein bisschen zu heiß. Ich bin immer noch vorsichtig genug, um die alten Hebammenwarnungen zu beherzigen, und füge etwas kaltes Wasser hinzu, ehe ich mich in die wohlige, fruchtblasenartige Wärme gleiten lasse. Mein Bauch ragt ein kleines Stück aus dem Wasser heraus, ich bin jetzt in der neunten Woche. Es hat seine Vorteile, wenn viel los ist, die Zeit vergeht schneller. Ich frage mich, ob Cassie vorgeben musste, eine Alkoholpause einzulegen, und wie sie die typische Müdigkeit zu Beginn der Schwangerschaft erklärt hat.

Ich mache ein paar Wellen mit den Händen und sehe zu, wie sie über meinen Bauch hinwegschwappen.

Meine Schwangerschaft (es kommt mir noch zu riskant vor, von einem Baby zu sprechen) beschäftigt mich zwar ständig, aber unterschwelliger als zuvor, wie ein Geheimnis, das zu bewahren befriedigender ist, als es mit jemandem zu teilen. Ich höre David unten in der Küche pfeifen und mit Geschirr klappern und denke, vielleicht ist heute Morgen der richtige Zeitpunkt, es ihm zu sagen. Ich könnte ihn beruhigen, ihm versichern, dass es sich noch nie so gut angefühlt hat, dass es diesmal anders ist.

Doch als ich im Bademantel zu ihm hinunter in die Küche gehe und zusehe, wie er Kaffee kocht, wirkt er so unbeschwert – Lachen und Fröhlichkeit fallen ihm leicht –, dass ich ihm das nicht nehmen möchte. Ein Schatten wird über sein Gesicht fallen, wenn ich es ihm sage, und Furcht wird sich wie feiner, zäher Staub auf uns legen, eine Furcht, die wir noch nicht einmal laut benennen können, um das Unglück nicht heraufzubeschwören.

Als es das letzte Mal passiert ist, haben wir einen Monat lang kaum miteinander gesprochen. Wir waren wie Figuren in einem Zeichentrickfilm, traurige Strichmännchen mit je einer schwarzen Wolke über dem Kopf, in der die Frage »Was soll das alles?« geschrieben stand.

Also sage ich nichts, sondern küsse ihn nur auf den Mund. Eine Nachrichtensprecherin auf Radio 4 liest gerade die Themen des Tages vor. Nach einem Bericht über den neuesten politischen Skandal bringen sie den Interviewausschnitt, den ich schon zigmal gehört habe. Jacks volle, tiefe Stimme, mit der er darum bittet, die Privatsphäre seiner Familie »in dieser überaus schweren Zeit« zu respektieren.

Ich habe David das Interview gestern Abend zum ersten Mal vorgespielt. Er meinte, Jack klinge wie ein Sprecher aus einem dieser Hörspiele am Nachmittag. Statt ihm zuzustimmen, entgegnete ich, es sei der Stress, der das Vibrato in seiner Stimme und die ausgedehnten Pausen bewirke. Ich weiß nicht, warum ich das Bedürfnis hatte, ihn zu verteidigen, vielleicht weil ich immer noch möchte, dass ich falschliege, dass Cassies Kind wenigstens einen Elternteil hat, der gesund und in Freiheit ist.

David wechselt den Sender, woraufhin Jacks Stimme von den klaren Tönen eines Klavierstücks abgelöst wird. David möchte mich heute Morgen voll und ganz bei sich haben. Ich muss fair zu ihm sein und mir Mühe geben. Er hat Croissants, italienischen Schinken und Melonenstücke aufgetischt, dazu frisch gepressten Orangensaft.

»Wenn wir nicht schon verheiratet wären, würde ich jetzt denken, dass du mir einen Antrag machen willst«, sage ich, während ich mich setze und ein Stück Melone mit den Fingern stibitze.

»Mist.« David schlägt sich an die Stirn. »Wir sind wirklich schon verheiratet, oder?«

Ich schneide eine »Blödmann«-Grimasse und nehme mir ein Croissant.

»Tut mir leid«, sage ich dann und schenke uns beiden Orangensaft ein. »Ich weiß, dass ich in letzter Zeit sehr von der Arbeit eingenommen war.«

David setzt sich zu mir und trinkt einen Schluck

Saft. »Ist schon okay, Ali. Ich verstehe, dass dir das wichtig ist.« Den Mund voll Schinken fragt er: »Und was gibt's Neues? Schnüffelt die Presse immer noch bei euch rum?«

Das Buttercroissant zergeht mir auf der Zunge. »Es wird langsam besser.« Ich deute auf das Radio. »Sie senden Wiederholungen.« Wenn sie das volle Interview bringen würden, würde Jack jetzt darüber sprechen, wie gern Cassie und er in einer kleinen Gemeinde wohnten, in der man sich umeinander kümmere, und wie dankbar er für all die Unterstützung sei.

»Und wie geht es Cassie?«

»Sie ist ... eigentlich unverändert.«

Jetzt würde Jack sagen, wie sehr sie sich darauf gefreut hatten, Eltern zu werden, wie gern Cassie Mutter werden wollte.

David sieht mich stirnrunzelnd an. »Alice, was ist los? Was beschäftigt dich?« Er weiß – natürlich weiß er es –, dass ich ihm etwas verschweige.

Ich zwinge mich, die Radiosendung in meinem Kopf abzuschalten. »Es gibt da ein paar Dinge, die mich nicht loslassen.«

»Was denn?«

Wenn ich ihm schon nicht von unserem Kind erzählen kann, denke ich, dann wenigstens von den Ereignissen um Cassie.

»Als Cassie bei uns eingeliefert wurde, hat Charlotte, ihre Schwiegermutter, eine Tasche mit Nachtwäsche und anderen Sachen mitgebracht.«

David ermuntert mich nickend weiterzuerzählen.

»Ich habe einen Brief darin gefunden, eine kurze

Nachricht eher, von Cassie an Jack, in der sie ihm mitteilt, dass sie Zeit für sich allein braucht und für eine Weile weggeht.«

»Okay.«

»Sie hatte ihren Verlobungsring und den Ehering abgenommen. Ich glaube, sie wollte die Flucht ergreifen, David.«

»Im Ernst?«

Laut ausgesprochen klingt es ziemlich verrückt statt stimmig und überlegt wie in meinem Kopf.

»Ich dachte, sie hat nach ihrem Hund gesucht?« Er sieht mich zweifelnd an. »Denk daran, wie Bob immer durchdreht, wenn er Feuerwerk hört. Ein Hund aus dem Tierheim in einem neuen Zuhause wäre garantiert noch schreckhafter. Und weißt du noch, wie du dachtest, du hättest deinen Verlobungsring verloren?« Er steht auf und schenkt sich Kaffee nach.

Das hatte ich tatsächlich vergessen. Als ich im Sommer einmal schwimmen war, hatte ich den Ring in meine Jeanstasche gesteckt und die folgende Woche damit zugebracht, auf der Suche nach ihm das Haus auf den Kopf zu stellen. Ich nehme mir noch ein Croissant.

»Außerdem macht jedes Paar mal schwierige Zeiten durch. Es spricht doch für sich, dass sie Jack den Brief nie gegeben hat. Vielleicht hat sie ihn nur geschrieben, um sich Luft zu machen, und hatte nie wirklich vor, ihn ihm zu geben.«

Meine Gewissheiten lösen sich wie durch einen Zaubertrick in Luft auf, und ich beschließe, David nichts von Jonny zu sagen, dass er aussah wie jemand, der dabei ist, einen geliebten Menschen zu verlieren, oder von dem Tratsch auf der Station über die Vaterschaft.

»Tut mir leid«, sage ich. »Ich weiß auch nicht, warum ich …«

»Du bist eben fürsorglich, Ali, du willst sie beschützen, das ist doch sonnenklar. Bei dieser Patientin steht halt noch mehr auf dem Spiel als normalerweise. Ich verstehe das vollkommen.« David reicht mir eine Tasse Kaffee, und ich trinke einen Schluck. Er ist stark, koffeinhaltig, also stelle ich ihn wieder ab.

David setzt sich wieder zu mir und schlägt die Beine übereinander. Er ist zappeliger als sonst, nervös.

Ich sehe ihn mit zusammengekniffenen Augen an. »Warum bist du so hibbelig?«

Er stellt die Beine wieder gerade, fährt sich durch die Haare, lächelt. Irgendwas ist da im Busch, er wirkt aufgeregt. Vielleicht ein neuer, zahlungskräftiger Kunde? Sodass wir bald genug in unserer Urlaubskasse haben, um endlich die lange Reise zu machen, von der wir immer träumen?

»Ich hab nachgedacht, Ali … Ich fände es wirklich gut, wenn wir die Formulare für die Adoptionsagentur ausfüllen würden.«

Unsere Blicke treffen sich, aber ich sehe sofort weg. Jede Zelle meines Körpers scheint einen kleinen Satz zu machen.

»Ich weiß, du hast dir das zuerst nicht vorstellen können, aber das ist jetzt über ein Jahr her. Und die von der Agentur haben ja gesagt, dass so ein Verfahren ziemlich lange dauert, weißt du, deshalb dachte ich,

ich könnte doch schon mal den vorläufigen Antrag abschicken und sehen, was passiert.«

Ich male mir eine Reihe von Kindern vor uns aus. David und ich zeigen auf eines, nehmen es an der Hand und scannen es wie bei einer dieser Selbstbedienungskassen. Wir bringen das Kind mit zu uns nach Hause und versuchen, es zu unserem Kind zu machen.

Aber was, wenn wir keine Beziehung zueinander bekommen? Wenn das Kind mich nicht mag? Ich versuche, das Leben in mir zu spüren, und sage mir, dass es nicht dazu kommen wird, nicht dazu zu kommen braucht.

»Ali, das ist wirklich erst mal nur ein Antrag. Ich verspreche dir, dass wir mit dem Adoptionsverfahren nur weitermachen, wenn wir beide absolut sicher sind, dass wir das wollen.« Er nimmt meine Hand. »Aber wir waren ja übereingekommen, dass es eine Möglichkeit für uns sein könnte.«

Ich nicke und lächle, gebe mir Mühe, froh, ja enthusiastisch auszusehen.

»Doch, es ist eine gute Idee. Wir sollten schon mal mit dem Papierkram anfangen, die Kugel ins Rollen bringen …«

David grinst mich an, und ich stopfe mir das restliche Croissant in den Mund. Er küsst mich und sagt: »Ich liebe dich«, während er sich seine Schlüssel schnappt und zu seiner morgendlichen Besprechung aufbricht.

Ich erledige am Vormittag ein bisschen Verwaltungskram, esse ein Sandwich und lege mich nachmittags hin, um vor meiner Nachtschicht ein Schläfchen zu halten, komme jedoch nicht zur Ruhe. Meine Gedanken wandern immer wieder zu Jacks Radio-Interview zurück. Er hat von der solidarischen Gemeinschaft in Buscombe gesprochen. Ich bin noch nie dort gewesen, aber es liegt nur rund zwanzig Kilometer von hier entfernt. Es soll schöne Wege dort geben, und ich schulde Bob einen längeren Spaziergang. Ich sehe auf meine Uhr, wohl wissend, dass ich lieber schlafen sollte, wenn ich die Nacht gut überstehen will, doch ich bin einfach zu unruhig. Ich rechne mir aus, dass ich noch genug Zeit für den kleinen Ausflug habe, und nehme mir vor, nur rasch durch den Ort zu fahren, einen Blick auf Cassies Haus zu werfen und dann ein Wäldchen oder eine Wiese zu suchen, wo Bob sich austoben kann. Er rappelt sich freudig auf die Beine, als ich seine Leine von dem Haken an der Tür nehme.

Der größte Teil der Strecke besteht aus einer gesichtslosen doppelspurigen Schnellstraße, Fast-Food-Läden und Kinos am Rand, die jedoch allmählich immer seltener werden. Der Ausschilderung folgend, biege ich von der Schnellstraße ab, und auf einmal öffnet sich die Landschaft wie eine große starke Lunge, die tief Atem holt. Erste Büschel sattgrüner Schösslinge schimmern im Sonnenschein, Narzissen und Schneeglöckchen wiegen sich an den grasbewachsenen Böschungen. Ich lasse das Fenster herunter, und sogar die Luft riecht grün hier draußen, kühl und frisch.

Das Dorfzentrum ist um einen offenen Grasplatz, genannt Buscombe Green, herum angeordnet. Große georgianische Villen stehen um den Anger gleich einem

Ältestenrat, knospende Glyzinienranken um die Haustüren. Ich kann mir gut vorstellen, wie Charlotte aus einer davon heraustritt, als ich um den rechteckigen Platz fahre und an fünf oder sechs schattigen Sträßchen vorbeikomme, die alle möglicherweise zu dem Cottage führen. Mein Handy hat keinen Empfang, und ich habe keine Ahnung, welche Richtung ich einschlagen soll.

Da ich mir nicht eingestehen will, dass ich nicht weiterweiß, biege ich auf gut Glück in eine der Seitenstraßen ab und sehe mich gleich darauf einem alten Geländewagen gegenüber. Ich blicke über meine Schulter zurück und frage mich, wie wir aneinander vorbeikommen sollen, als der Fahrer bereits die Lichthupe betätigt und geübt in eine Ausweichbucht zurücksetzt. Ich fahre langsam weiter und lasse das Fenster herunter. Es ist eine Frau, etwa in meinem Alter, allein im Wagen, leere Kindersitze auf der Rückbank. Sie hat ihr Fenster ebenfalls schon geöffnet, weshalb ich mich hinauslehne und nach dem Weg zur Steeple Lane frage. Ich muss zurück zum Dorfanger, sagt sie, und die Abzweigung neben dem Pub nehmen. Sie will wissen, wo ich genau hin möchte, aber ich antworte ausweichend, dass ich es von dort schon finde, und danke ihr. Als ich schwerfällig in drei Zügen wende, frage ich mich, ob diese Frau Cassie kannte, ob sie miteinander befreundet waren.

Abgesehen von dem kleinen Bach, der an ihr entlangläuft, sieht die Steeple Lane genauso aus wie alle anderen Straßen hier in der Gegend, schmal und von wuchernden Hecken beschattet. Es ist, als würde man durch einen Tunnel fahren. Nach etwa anderthalb Kilometern wird sie breiter, sodass zwei Pkws langsam aneinander vorbeikommen können.

Auf einem kleinen Holzschild in einer Heckenreihe steht: »Achtung, tiefer Graben!« Links sehe ich einen alten Fachwerk-Bauernhof mit ein paar dürren Bäumen im Garten. Am Zaun steht »Steeple Farm«. Ich erinnere mich, von Charlotte gehört zu haben, dass Jonny eins der zum Hof gehörenden Cottages gemietet hat. Ich fahre weiter, will nicht zu lange hinstarren, denn er könnte schließlich zu Hause sein. Nach weiteren anderthalb Kilometern überquert die Straße den Bach und wird wieder enger, und dann sehe ich rechts ein Schild: »Steeple Cottage«. Ich bin da. Das war also das Zuhause von Cassie und Jack.

Das Haus ist von der Einfahrt aus nicht zu sehen, also muss ich irgendwo parken. Ich fahre dicht an den Straßenrand und sage mir, dass ich mich nur mal schnell umsehen werde. Ich lasse das Fenster ein Stück herab und überhöre Bobs empörtes Bellen, als ich die Tür verriegle.

Die gekieste Einfahrt zum Cottage ist von Bäumen gesäumt und macht einen scharfen Knick nach links, bevor sie in einem kleinen kreisförmigen Platz vor einem hübschen Haus aus roten Ziegelsteinen endet. Da ich von unterwegs im Krankenhaus angerufen habe, weiß ich, dass Jack bei Cassie ist, aber ich will trotzdem nicht gesehen werden und lehne mich mit dem Rücken an einen der Bäume, die sich an das Cottage zu kauern scheinen, als wollten sie mit der Welt nichts zu tun haben.

Das Haus ist älter, als ich dachte, und vollkommen symmetrisch gebaut. Zwei große rechteckige Sprossenfenster beherrschen das Erdgeschoss zu beiden Seiten der Natursteinterrasse. Zwei weitere Fenster liegen direkt darüber, wo wahrscheinlich die Schlafzimmer sind, und oben glotzt ein rundes Dachbodenfenster aus der Fassade wie ein Zyklopenauge. Zierliche Osterglocken schmücken die Blumenbeete an der Hauswand, und ich stelle mir Cassie beim Einpflanzen der Zwiebeln vor, die Hände in der Erde. Keine Ahnung, warum, aber das Bild ruft ein Gefühl der Einsamkeit in mir hervor.

Bedrohliche Wolken ballen sich am Himmel zusammen und schlucken das Sonnenlicht. Spatzen sausen im Wellenflug vorbei, und eine einzelne Fledermaus jagt im Sturzflug nach unsichtbaren Insekten. Als ich aufs Haus zugehe, dämpft Moos das Geräusch meiner Schritte, bis ich zu einem Kiesweg komme. Sofort geht ein Sicherheitslicht an und taucht mich in seinen hellen Schein. Geblendet vergesse ich, dass ich nichts Unrechtes tue. Plötzlich fühle ich mich als Eindringling. Das Haus will mich hier nicht haben. Es hat mich entdeckt und zeigt mir die kalte Schulter. Ich wende mich von ihm ab und gehe auf dem Gartenpfad zurück, meine Schritte überlaut auf dem Kies. Die Sicherheitsstrahler bohren sich in meinen Rücken, scheinen mich im Auftrag des Cottages wegzustoßen. Auch die Bäume haben sich verändert, sind nun fast schwarz vor dem dämmrigen Himmel. Ihre Äste wirken schmerzvoll, wie arthritische Hände. Das im Wind raschelnde junge Laub verbreitet ein Gemunkel von meinem Besuch. Ein Kaninchen hüpft nur wenige Meter vor mir über den Weg, in seinem Versteck aufgestört. Es sieht erschrocken aus, genauso wie ich vermutlich. Ich möchte losrennen, doch das würde nur meine Angst offenbaren und alles noch schlimmer machen. Endlich biege ich um das Ende des Gartenpfads und eile aufs Auto zu.

Erst als die Wagentür sich klickend schließt, atme ich auf. Bob ist auf den Beifahrersitz geklettert und wedelt mit dem Schwanz. Mein Herz hämmert in meiner Brust; jetzt bin ich in Sicherheit. Ich lege einen Arm um Bob, küsse ihn auf den Kopf und lache über mich selbst. Ich war schon immer gut darin, mir selber Angst zu machen. Als kleines Mädchen habe ich mir Haie im Schwimmbecken vorgestellt oder Zombies im Kleiderschrank. Zum Glück sind David und ich nicht hier herausgezogen – ich würde mir in kürzester Zeit einbilden, dass der Wind meinen Namen ruft. Ich frage mich, ob Cassie ihren je zwischen den Silberbirken geflüstert hörte, ob sie sich je von Einsamkeit erdrückt fühlte wie von einer schweren Decke. Ich blicke in den Rückspiegel. Das Cottage ist immer noch beleuchtet. Wie lange bleiben diese Lichter an? Sie müssten doch gleich wieder ausgehen.

Bob neben mir winselt und tappt mit den Vorderpfoten auf den Sitz, um mich an den versprochenen Spaziergang zu erinnern. Ich lasse den Motor an und fahre langsam auf der kleinen Landstraße weiter, weg von dem Cottage. Nach ein paar hundert Metern halte ich an. Es hat leicht zu regnen begonnen, und ich denke daran, dass es laut Wetterbericht gegen Abend noch schlimmer werden soll. Ich werde Bob hier rauslassen, damit er ein wenig herumtollen kann, und dann schleunigst nach Hause und ins Kate's fahren, um meine Schicht anzutreten. Bob macht einen Satz über mich hinweg und springt hinaus auf die verlassene Straße, als ich meine Tür öffne. Ich muss an die entlaufene Maisie denken und rufe ihn, damit er nicht zu weit wegläuft, doch er hört nicht. Ihn erneut rufend, folge ich ihm um eine Wegbiegung.

Bob hat jemanden entdeckt. Er trottet auf einen Mann in einer dunklen Wachsjacke zu, der allein neben einem nach Müll aussehenden Haufen am Straßenrand steht. Der Mann dreht sich zu Bob um, als der sich direkt neben ihm auf die Hinterläufe niederlässt, die Brust rausgestreckt wie ein Zenturio, und mit dem Schwanz über den Asphalt wischt. Er reckt dem Fremden seine Schnauze entgegen und beschnuppert ihn.

»Ach herrje, entschuldigen Sie bitte«, rufe ich und setze mich in Trab, um Bob wegzuziehen. »Aus, Bob!«

Doch der Mann lächelt freundlich auf ihn herab. Er hat ziemlich lange weiße Haare, die unter seiner Mütze hervorquellen, und die Krankenschwester in mir erkennt sofort Hüftprobleme an seiner leicht schiefen Haltung. Irgendwo habe ich ihn schon einmal gesehen. Genau, auf dem Parkplatz, als er aus dem Auto stieg. Dann blickt er mich an, und ich kriege einen kleinen Schreck, denn es ist Marcus Garrett, der mich da anlächelt – ich erkenne ihn vom Foto wieder. Er weiß natürlich nicht, wer ich bin, und streichelt unbefangen Bobs seidigen Kopf.

»Ich schätze, er riecht die Pasteten, die ich im Dorf

gekauft habe«, sagt er glucksend und deutet auf die braune Papiertüte, die aus einer seiner großen Jackentaschen herauslugt.

Ich starre ihn an, und er zieht die Augenbrauen hoch, auf eine Reaktion wartend. Ich halte Bob am Halsband fest und räuspere mich, um meine Überraschung abzuschütteln.

»Ja, er liebt Pasteten. Mein Mann und ich sagen immer, dass mehr Schwein als Hund in ihm steckt, stimmt's, Bobby?« Bob lässt die Hand des Mannes nicht aus den Augen, die sich der Tüte nähert und ein Stück abbricht, das wie eine halbe Pastete aussieht.

»Hätten Sie was dagegen, wenn ich ihm ein Stückchen gebe?«

Ich schüttle den Kopf und lasse Bob los, der sich gierig, als hätte er seit Tagen nichts zu fressen bekommen, auf den ansehnlichen, goldbraun glänzenden Happen stürzt.

Immer noch lächelnd tätschelt Marcus ihm den Rücken. »Guter Junge.«

Dann sehe ich, dass das, was ich für Müll hielt, in Wirklichkeit eine kleine Gedenkstätte am Rand dieser unauffälligen Landstraße ist, neben der der Bach gurgelt und zischt. Hier ist sie also angefahren worden. Die Blumen sind nicht mehr als solche zu erkennen, die meisten zu matschigem braunem Mulch verwelkt. Anscheinend hat niemand es übers Herz gebracht, sie wegzuwerfen. Marcus folgt meinem Blick, und mir wird bewusst, dass ich keine Uniform trage. Für ihn bin ich einfach irgendeine Spaziergängerin mit Hund, sodass ich ihn bedenkenlos aushorchen kann.

»Ja, deswegen treffen Sie mich hier an, fürchte ich«, sagt er mit schwerer Stimme und deutet mit dem Kopf auf den Haufen verrotteter Blumen.

Ich nehme meinen Mut zusammen und beruhige mich damit, dass ich mich Cassies wegen verstelle, nicht zu meinem eigenen Vorteil.

»Ach Gott, hat es hier einen Unfall gegeben? Jemand, den Sie kannten?«

Marcus seufzt, und als er antwortet, bemerke ich die gleiche Dankbarkeit an ihm, wie ich sie von Hunderten erschütterter, fassungsloser Angehöriger im Kate's kenne, das gleiche Verlangen nach Trost, selbst von einer unbekannten Krankenschwester. Der Mann ist so verzweifelt, dass er sich sogar einer Fremden anvertraut, die gerade ihren Hund ausführt.

»Eine junge Frau, eine schöne junge Frau, meine Stieftochter – also ja, ich kenne sie«, sagt er. »Ich kenne sie«, wiederholt er, als müsste er sich das selbst bestätigen.

»Wird sie wieder gesund?«

Marcus zuckt die Achseln. »Ich weiß es nicht, ich weiß es wirklich nicht.« Seine Stimme ist brüchig wie eine leere Muschelschale.

Ich lasse mein Schweigen für mich fragen.

»Ihr Mann lässt mich nicht zu ihr.« Er wendet sich mir zu und sieht mich mit traurigen Augen an. »Ich habe ihn nie gemocht. Er ist aufbrausend, richtig jähzornig. Sie hätten nie heiraten dürfen. Er behauptet, sie zu lieben, aber er hat sie nie wirklich gekannt, nicht so wie ich.«

Der Regen tropft platschend auf meinen Mantel. Ich

denke an Jack und daran, wie überzeugt er war, dass Marcus den Medien von Cassie erzählt hat. Als ich den alten Mann nun so offen reden höre und selbst erlebe, wie er seine ungeordneten Gedanken so distanzlos einer Fremden gegenüber äußert, verstehe ich, warum Jack ihn in Verdacht hatte.

Marcus stößt einen langgezogenen Seufzer aus. »Deshalb komme ich stattdessen hierher, um an sie zu denken und mich ihr nahe zu fühlen. Ich habe meiner April nämlich versprochen, auf sie aufzupassen, verstehen Sie.«

Er starrt in den Bach hinunter, als hätte er dort etwas verloren. Regentropfen bilden konzentrische Kreise auf der dunklen Oberfläche des träge dahinströmenden Wassers, in dem Cassie lag.

»Das habe ich auch vorher schon gemacht, wissen Sie … vor dem Unfall. Ich habe sie im Auge behalten, einfach hin und wieder nach ihr gesehen, um mich zu vergewissern, dass es ihr gut geht.« Er blickt kurz zu mir auf.

»Und war es so? Ging es ihr gut vor dem Unfall, meine ich?«

Marcus blickt seitlich zum Straßenrand und lässt den Kopf hängen wie aus Mitgefühl mit den Blumen. Da merke ich, dass er sich abgewandt hat, weil er weint.

»Sie war nicht glücklich, daran erinnere ich mich jetzt. Ich habe gemerkt, dass sie nicht glücklich ist. Sie sollte wissen, dass ich für sie da bin, dass ich ihr helfen würde, sobald sie ihren Fehler erkennt.«

»Welchen Fehler?«

Marcus wischt seine Tränen nicht weg, als er antwortet: »Diesen Mann zu heiraten.«

Ich erstarre, weiß nicht, warum er Jacks Namen nicht aussprechen kann.

»Marcus, was glauben Sie, wer sie angefahren hat?«

Kaum ist es heraus, erkenne ich meinen Schnitzer, aber Marcus scheint zu erregt und verwirrt zu sein, um etwas zu merken.

Der Regen wird stärker und trommelt mit winzigen Fäusten auf die Erde ein, als er in Hagel übergeht.

»Er war irgendwie immer so wütend auf sie. Ich glaube, er wollte gar keine Frau, er wollte seine Freiheit. Deshalb hat er auch …« Marcus starrt mich mit offenem Mund an. »Sie haben mich gerade bei meinem Vornamen genannt.« Seine Miene verdüstert sich. »Wer sind Sie?«

»Nein, nein, Entschuldigung … ich … Sie haben sich verhört …« Mist, Mist, Mist.

Marcus schüttelt den Kopf und blickt zum Himmel, als suchte er Rat und Hilfe bei einer höheren Macht, als sähe er seine April dort oben in den Wolken. Er zieht die Schultern bis zu den Ohren hoch, um sich vor dem Hagel zu schützen, um sich vor mir zu schützen.

»Nein, ich schwöre Ihnen, ich …« Doch er kehrt mir abrupt den Rücken zu und humpelt davon. Ich sehe ihm noch einen Moment nach, bevor ich mich wieder zu dem Blumenhügel umdrehe. Alice, du Idiotin. Trotz der dicken Eiskörner, die beständig vom Himmel fallen, schwitze ich auf einmal in meinem Regenmantel. Irgendetwas stimmt nicht mit Marcus, mal abgesehen vom Alter und seiner Trauer.

Bob fängt neben mir an zu winseln. Wir sollten schleunigst zum Auto zurückgehen, aber ich muss mich zuerst kurz sammeln. Ich blicke auf die Blumen und bücke mich, um ein Foto aufzuheben, das an einem Strauß braun gewordener Sonnenblumen lehnt.

Es ist eines von Cassie, etwa zu der Zeit des Juice-C-Spots, und dieser rothaarigen Frau, die ich auf ihrer Facebook-Seite gesehen habe, Nicky Breton. Nicky sieht Cassie lächelnd von der Seite an, scheint sie geradezu anzuhimmeln. Cassie ist sich ihrer Ausstrahlung offenbar nicht bewusst und lächelt unbefangen in die Kamera, als gäbe es nichts Böses auf der Welt.

Aus Bobs Winseln wird ein Bellen, und er dreht sich unruhig im Kreis, erschrocken über den Hagelschlag und begierig, ins Trockene zu kommen. Ich lehne das Foto wieder an die Blumen, möglichst so, dass es vorm Wetter geschützt ist, doch es nützt nichts, es wird von den Eisklümpchen getroffen und hin und her geschubst. Ich bin noch nie gläubig gewesen, doch als ich da stehe, an der Stelle, an der Cassie überfahren wurde, geht mein hoffnungsvolles Wünschen fließend in ein Gebet über, und durch das Hagelprasseln und meine anschwellende Furcht hindurch murmele ich: »Bitte, bitte.« Ich weiß nicht, ob für Cassie oder mich selbst.

Die Furcht fühlt sich immer mehr an wie Augen, die mich verfolgen, und ich frage mich, ob Marcus wirklich weg ist oder mich noch beobachtet, so wie er Cassie immer beobachtet hat. Schaudernd werfe ich noch einen Blick auf die Blumen, ehe ich Bob rufe und endlich mit ihm zum Auto zurückkehre. Die herannahende Nacht gleicht dunklen Händen, die mich vor sich herstoßen, und der schimmernde Asphalt wird zum rettenden Pfad ans sichere Ziel. Ein Auto brummt rastlos hinter mir, ohne Licht. Kann der Fahrer uns sehen? Ich packe Bob am Halsband und zerre ihn schnell auf die andere Straßenseite, weg vom Bach. Marcus schaltet das Licht erst ein, als er an uns vorbeifährt. Ich starre ihn an, aber er hält den Blick fest geradeaus gerichtet, wie auf der Suche nach jemand anders.

Das Öl zischt und knallt in der Pfanne, als ich die Hähnchenschenkel mit der Hautseite nach unten hineinlege. Bob sitzt daneben und lässt mich nicht aus den Augen. Hin und wieder leckt er sich die Lefzen, um mich daran zu erinnern, wie furchtbar hungrig er ist. Wir wissen beide, dass ich letztlich nachgeben werde. Ich schiebe die brutzelnden Hähnchenteile herum und versuche dabei, meine Gedanken zu ordnen.

Marcus geht es nicht gut, und er taucht immer wieder unangekündigt irgendwo auf. Er war bei Jack und Cassie zu Hause, kurz bevor sie ihre Fehlgeburt hatte. Ich weiß, dass er im Krankenhaus war und heute dort am Unfallort. Mein Magen krampft sich zusammen, als ich daran denke, was er gesagt hat, dass Jack gar nicht verheiratet sein wollte, dass er seine Freiheit wollte. Aber Marcus war verwirrt und benahm sich seltsam. Kann ich ihm glauben? Das Zischen in der Pfanne wird lauter, und Bob, der keine aggressiven Geräusche mag, selbst wenn sie von einem köstlichen Duft begleitet werden, zieht sich in seinen Korb im Hauswirtschaftsraum zurück.

Ich sehe Marcus am Steuer seines Autos, wie er uns

an den Straßenrand zwang wie ein Rowdy, seine Augen starr und blicklos.

Mein Handy, das auf dem Tisch liegt, beginnt zu vibrieren, zappelt herum wie ein Käfer auf dem Rücken. Es ist Jess. Ich nehme es zur Hand, bin mir jedoch nicht sicher, ob ich jetzt mit ihr sprechen will. Sie merkt immer sofort, wenn etwas los ist, und mir ist im Moment nicht danach, mich zu rechtfertigen. Als ich gerade beschließe, nicht ranzugehen, durchfährt mich ein Schmerz, als würde mich jemand in den Bauch beißen und zugleich treten. Ich schreie auf und gehe in die Knie. Der Schock raubt mir den Atem, und ich schließe meine Arme fest um meinen Bauch, als bräuchte ich nur eine fürsorgliche Umarmung gegen diesen höllischen Schmerz. Mit der rechten Hand umklammere ich immer noch das Telefon, drücke fast den Bildschirm ein. Ich muss auf die »Annehmen«-Taste gekommen sein, denn ich höre Jess' ferne Stimme, die fragt: »Ali? Ali? Bist du da?«

Ich schreie wieder, als ein neuer Schmerz mich zerreißt. Es fühlt sich an, als würde ich bei lebendigem Leib aufgefressen. Jess ruft: »Ali, was ist los? Bist du da?«, und ich stoße ein Stöhnen aus, das zu ihrem Namen wird, und drücke mit zittrigem Finger auf die Lautsprechertaste. Plötzlich erfüllt das Leben in ihrer Küche meine Küche. Musik spielt im Hintergrund, irgendetwas mit spanischer Gitarre, und Tim telefoniert offenbar ebenfalls oder hat Besuch, denn sein tiefes, volltönendes Lachen, sonst so angenehm und beruhigend, dröhnt an mein Ohr.

Ha, ha, ha!

Es klingt höhnisch.

Ha, ha, ha!

»Ali? Alice?« Jess unterbricht sich und sagt vom Hörer weggewandt: »Herrgott noch mal, Tim, kannst du vielleicht mal die Klappe halten? Irgendwas ist mit Ali.« Mir entfährt ein weiteres Stöhnen, als der Schmerz sich tiefer in mich hineinfrisst.

Tim hört stets auf Jess. Das Lachen verstummt sofort, und auch die spanischen Gitarren werden abgewürgt. Bob kommt herbei, um nachzusehen, was los ist. Sein schwarzer Seehundkopf hängt herab, und er beschnuppert mich unsicher. Ich mache ihm Angst, all dieser Lärm macht ihm Angst.

»Ali, passiert es schon wieder?« Als ich die sechste hatte, war ich zufällig bei Jess zu Hause, daher kennt sie dieses Stöhnen. Ich kann nur bestätigend grunzen und Bob schwach zuflüstern: »Ist schon gut, Bobby, ist schon gut.«

Da Jess nicht auflegen will, ruft sie David mit Tims Handy an. Er wird etwas über eine Stunde brauchen, verkündet sie in einem atemlosen Ton, den sie wahrscheinlich für gefasst und beruhigend hält. Sie will einen Krankenwagen rufen, aber ich schreie: »Nein, keinen Krankenwagen!«, und sie merkt, dass es mir ernst ist. Dann will sie herüberfahren, würde jedoch um diese Zeit beinahe genauso lange brauchen wie David, und außerdem kenne ich diesen Kampf und will ihn allein ausfechten. Nach Luft ringend überzeuge ich sie davon, dass sie mir am Telefon eine größere Hilfe ist.

Der einzige klare Gedanke, den ich fassen kann, ist,

dass David mich nicht zusammengesunken und wimmernd auf dem Küchenfußboden vorfinden darf. Das würde ihn fertigmachen. Also ziehe ich mich langsam wie ein verletztes Tier an der Besteckschublade hoch. Bob wedelt zögerlich mit dem Schwanz. Vornübergebeugt, das Handy an meinen Bauch gedrückt, sodass Jess' Stimme nur noch dumpf zu hören ist, schlurfe ich zu der glühenden Herdplatte. Das Fleisch ist auf der Unterseite verbrannt, die Haut kohlschwarz. Winzige Fettspritzer treffen mich im Gesicht. Ich könnte weinen über die Verschwendung, aber dazu ist keine Zeit. Mir bleiben höchstens ein, zwei Minuten, um es vor dem nächsten Krampf ins Bad zu schaffen, wie ich aus Erfahrung weiß. Ich stelle die Herdplatte ab und steige die Treppe hinauf, mich an der Wand abstützend. Es geht wieder los, kaum dass ich das Schlafzimmer erreiche. Ich krümme mich heftig, als mein Unterleib in Stücke gerissen wird, schaffe es aber bis zum Bett. Ich werfe das Handy auf die Tagesdecke, während Jess mich ermahnt, Ruhe zu bewahren, setze mich auf die Bettkante und atme stoßweise ein und aus. Die Wehenatmung beherrsche ich instinktiv, obwohl ich nie so weit gekommen bin … nicht mal einen Kurs gemacht habe.

Nach ein paar Minuten fühle ich mich wieder kräftig genug und stehe auf, zitternd wie eine straff gespannte Schnur und klebrig vor Schweiß. Ich schnappe mir das Telefon und wanke, schneller diesmal, zielstrebiger, zum Medizinschränkchen im Bad, in dem ich etwas Morphin vom letzten Mal aufbewahrt habe, als hätte ich schon gewusst, dass es wieder passieren würde. Ich schlucke zwei Tabletten, und dann spüre ich das erste Nachgeben, ein Sich-Ablösen tief in der Bauchmitte, das furchtbar vertraute Gefühl, von innen nach außen gekehrt zu werden. Rasch setze ich mich auf die Toilette, als das Blut auch schon herausschießt, und konzentriere mich auf die Schmerzen, die in ein paar Monaten freudige, willkommene Schmerzen gewesen wären, während sie mich jetzt qualvoll an die Wahrheit erinnern, die ich schon so oft verleugnet habe. Ich stütze den Kopf in die Hände und weine hemmungslos.

So findet David mich, auf der Toilette hockend, mit rot verschwollenem Gesicht. Er stellt keine Fragen, sondern wirft lediglich einen Blick auf das Morphin, das inzwischen alles gnädig abmildert und verschwimmen lässt.

Er nimmt mein Handy und sagt Jess, dass er jetzt zu Hause ist und sich um mich kümmert. Wie ich Jess gebeten habe, erinnert sie ihn noch daran, im Kate's anzurufen und Bescheid zu sagen, dass ich nicht zu meiner Nachtschicht kommen kann. Danach wäscht er mich, steckt mich in einen Schlafanzug und redet dabei die ganze Zeit beruhigend auf mich ein, sagt mir, dass alles in Ordnung kommt, dass er mich liebt.

Er trägt mich zum Bett und legt sich in Löffelstellung zu mir. Kurz darauf spüre ich ihn zucken und merke, dass er weint. Ich möchte mich umdrehen und ihn in die Arme nehmen, aber das Morphium ist zu stark, und ich lasse los und falle in einen todesähnlichen chemischen Schlaf.

Als ich erwache, liegen nur verdrehte Bettlaken neben mir. Ich setze mich auf.

»Hallo, Ali«, sagt David sanft. Er hat den Sessel ans Bett herangezogen, und sein Gesicht ist verquollen von Schlafmangel. Ich fühle mich, als hätte ich zwei Flaschen schweren Rotwein getrunken; ein pochender Kopfschmerz lauert wie ein heraufziehender Sturm direkt hinter meinen Augen. Die Krämpfe haben sich zu einem dumpfen Grollen in meinem Unterleib abgemildert. Meine Zunge klebt am Gaumen, also greife ich nach dem Wasser auf dem Nachttisch, aber David hält mich zurück.

»Wie geht es dir?«, fragt er, während er mir ein frisch eingeschenktes Glas reicht.

Ich merke, dass ich darauf nicht antworten kann, und hebe nur kurz die Schultern. Ich weiß nicht, wie es mir geht, ich muss erst einmal zu mir kommen.

»Warum hast du mir nichts gesagt, Ali?« Sein Gesicht ist von Ratlosigkeit zerfurcht. »Ich habe die ganze Nacht darüber nachgegrübelt, warum du mir nichts davon gesagt hast. Ich …« Er lässt den Kopf hängen.

Es bricht mir das Herz, und ich rutsche an die Bettkante und grabe meine Hand in seine Locken, versuche, ihn zu trösten, als der Schmerz, wie eine Erinnerung an gestern Abend, mich erneut durchzuckt. Alles, was ich sagen kann, ist: »Es tut mir leid, David, es tut mir so leid.«

Er setzt sich zu mir aufs Bett, und ich lege meine Arme um ihn, lehne mich an ihn.

»Ich habe überlegt, mich sterilisieren zu lassen, damit das aufhört. Ich ertrage es nicht mehr, dich so leiden zu sehen und nichts tun zu können, hilflos dabeizustehen …«

Wir klammern uns aneinander und sagen nichts mehr, und nach einer Weile stelle ich fest, dass ich statt der gewohnten Einsamkeit nach einer weiteren enttäuschten Hoffnung etwas anderes empfinde, eine Möglichkeit zur Veränderung, einen Funken neuer Zuversicht.

Auf einmal schreckt es mich weniger, aus diesem furchtbaren Kreislauf auszusteigen, als in ihm gefangen zu sein, und obwohl es mir noch beinahe blasphemisch vorkommt, auch nur daran zu denken, merke ich, dass ich bereit bin, die Segel zu streichen, bereit, mich mit der Tatsache abzufinden, dass ich kein Kind austragen kann.

Wir bleiben den ganzen Tag im Bett, weinen und trösten uns abwechselnd, bis David neben mir einschläft und ich dem Rhythmus seines Atems lausche, während ich ebenfalls auf Schlaf hoffe.

20

Frank

Lucy hat ihr Versprechen gehalten und ist seit meinem ersten Scan vor vier Tagen jeden Nachmittag zu Besuch gekommen. Heute sitzt sie mit hochgezogenen Beinen auf dem Besucherstuhl, kaut an ihren Fingernägeln und blättert in der Hochglanzbroschüre eines Reha-Zentrums in Birmingham.

»Hier heißt es, Dad, dass sie ein spezielles Schwimmbecken haben, um die Patienten dabei zu unterstützen, ihre Muskelkraft zurückzugewinnen.« Sie sieht mich an und macht »Oh, là là!«, als wäre ich zu einem dekadenten Spa unterwegs. Ich stelle mir lauter Leute wie mich vor, die wie Quallen im Pool herumtreiben.

Gerade versuche ich, zweimal für »nein« zu blinzeln, weil ich noch nicht »Steck mich ja nie in ein verdammtes Schwimmbecken« blinzeln kann, als Lizzie herbeikommt.

»Hallo, Lucy, hallo, Frank«, sagt sie. »Das ist Dr. Sarah Marsh, unsere leitende Sprachtherapeutin. Sie wird Ihnen beiden jetzt die Tafel zur Blinzelkommunikation vorstellen, von der ich Ihnen erzählt habe.«

Eine ältere Frau mit krausen grauen Haaren und einer Brille, die jeden Augenblick von ihrer Nase zu rutschen und auf mich herunterzufallen droht, lächelt mich an.

»Hallo, Mr Ashcroft. Darf ich Sie Frank nennen?«

Ich blinzle einmal, dann gibt sie Lucy die Hand.

Sie beginnt mit ihren Erläuterungen, bei denen ich immer mal wieder gedanklich abschalte. Die Blinzeltafel ist eine A3-große Kunststofftafel, auf der das Alphabet senkrecht in verschiedene Farbzonen unterteilt ist. Rot für die Buchstaben A bis D, gelb für E bis H und so weiter. Dr. Marsh erklärt uns voller Begeisterung, dass Lucy die Tafel bald für mich personalisieren und Wörter hinzufügen kann, die ich häufig benutze, sodass ich nur darauf zu gucken brauche, ohne mich durch die ganze verdammte Tafel blinzeln zu müssen.

»Ich hoffe, Sie stören sich nicht an Flüchen«, wirft Lucy grinsend ein.

Sarah Marsh runzelt leicht irritiert die Stirn. »Versuchen wir es einfach mal, ja?«

Sie hält mir die Tafel vors Gesicht und sagt so laut, dass mir die Ohren dröhnen: »Rot.«

Ich blinzle.

»Gut, das bedeutet, dass sein erster Buchstabe sich in der ersten Buchstabenreihe befindet«, erklärt sie Lucy überflüssigerweise, ehe sie wieder in meine Richtung dröhnt: »A?«

Ich blinzele.

»Jetzt wissen wir also, dass sein Wort mit A beginnt.«

Doch dann werde ich zu aufgeregt und vermassle den nächsten Buchstaben, blinzle schon bei K statt bei L, weshalb das folgende I dann nur Unsinn ergibt.

»A, K, I?«, fragt Dr. Marsh unsicher.

»›Aki‹, Dad? Mir fällt kein Wort ein, das mit ›Aki‹ beginnt …«

Sie sehen mich beide verwirrt an, vielleicht auch besorgt, dass ich sie doch nicht mehr alle beisammen habe.

Ich versuche zweimal zu blinzeln, bin aber zu erschöpft und lasse meine Augen einfach zufallen.

»Ich glaube, das hat ihn ziemlich geschlaucht«, sagt Lucy.

»Ist ja auch ein großer Schritt.« Dr. Marsh klingt enttäuscht, auch wenn sie es sich nicht anmerken lassen will. »Man muss es langsam angehen, das war schließlich nur eine kleine Kostprobe heute.«

Die Therapeutin geht, und ich höre Luce ein paarmal »Aki, A.K.I. …« vor sich hin murmeln.

Im Dunkeln mache ich mir Sorgen, dass sie an meinen Fortschritten zweifeln und mein Blinzeln am Ende doch nur für Muskelzucken halten könnte.

Doch dann kommt ein Facharzt ans Bett, den ich nicht kenne, und teilt uns mit, dass einer der neuen Hirnscans recht ermutigend aussehe. Es scheint tatsächlich ein paar Lichtschimmer in der Breimasse in meinem Kopf zu geben.

So eine Gehirnuntersuchung ist irgendwie etwas sehr Persönliches. Ich hoffe, dass sie nicht allzu genau dabei vorgehen – schrecklich, daran zu denken, was sie alles sehen könnten. Ich stelle mir vor, wie die Weißkittel beim Anblick der Ergebnisse das Gesicht verziehen. »Ach herrje, seht mal, all das Violett hier für Reue und dann diese großen roten Blitze? Wut.

Frank Ashcroft ist kein Mann, der mit sich im Reinen ist.«

Lucy drückt mir einen Kuss auf die Wange und sagt: »Ich komme morgen wieder, Dad. Wir können es dann weiter mit der Tafel versuchen. Ich freue mich schon darauf, wenn du das erste Wort sagst!« Ich höre das Lächeln in ihrer Stimme, ein breites Lächeln, um mich anzuspornen, um uns beiden Mut zuzusprechen.

Ich lausche auf ihre sich entfernenden Schritte und frage mich, wo Alice ist. Sie war jetzt seit drei Tagen nicht hier. Ich habe gehört, wie Carol zu Lizzie sagte, sie hätte »eine ihrer Migränen«, was mir völlig neu ist; sie hat bisher nie etwas von Migräne erwähnt. Ich nehme mir vor, diesen »Aki«-Quatsch bald aufzuklären und zu blinzeln, was ich gemeint habe. Das wird sie aufmuntern und ihre Migräne vergessen lassen.

In den vergangenen vier Tagen war viel los. Ich versuche jetzt, die Augen offen zu halten, wenn ich zu meinem täglichen Scan gerollt werde, schließlich muss ich mich daran gewöhnen, von Leuten angestarrt zu werden. Erstaunlich, dass es mir immer noch etwas ausmacht, was Fremde von mir denken. Wenn ich gerade nicht gescannt werde oder mit Lucy zusammen bin, werde ich von einer Physiotherapeutin geknetet und gewalkt, oder irgendein Arzt leuchtet mir in die Pupillen. Der Hauptunterschied ist, dass sie mir jetzt sagen, wo sie kneten oder stochern werden, und nicht einfach loslegen wie vorher. Kleine Gnaden. Vor jeder Sitzung fragen sie: »Wie geht es Ihnen, Frank?«, was total nervt, weil ich nach wie vor ein maulfauler Typ bin, der nur mit ja oder nein antwortet.

Im gleichen Maß, wie es bei mir jetzt hektischer zugeht, ist es bei meiner Nachbarin ruhiger geworden. Die Reporter haben anscheinend das Interesse an ihr verloren, zumindest vorläufig. Ihre Kameras und Mikrofone richten sie jetzt auf einen Radiomoderator aus der Gegend, der, wie sich herausgestellt hat, zu viel Gefallen an jungen Mädchen findet.

Jack kommt jeden Tag. Er sitzt bei seiner Frau und spielt Musik, meistens beruhigendes klassisches Zeug, oder liest ihr aus der Zeitung vor. Immer nur Politik- und Sportnachrichten, all die Kriegsschrecken und sonstiges Elend behält er für sich, wofür ich ihm dankbar bin.

Charlotte kommt ebenfalls jeden Tag her. Sie beschäftigt sich immer gern mit irgendwas, feilt Cassie die Nägel oder wäscht ihr die Haare, aber manchmal sitzt sie auch einfach nur da und wartet – die Hände auf Cassies Bauch gelegt, den Blick auf ihr Gesicht gerichtet – auf eine Regung des Babys. Sie hat geweint, als sie es zum ersten Mal treten fühlte. Mutter und Sohn sind so auf ihre Cassie fixiert, dass sie mich gar nicht wahrnehmen. Ich könnte über Nacht knallviolett mit rosa Punkten werden, und sie würden es nicht merken. Ist aber auch verständlich.

Die träge Frühlingssonne ist längst untergegangen, und ich habe nach der Nachmittagsvisite ein bisschen geschlafen, also muss es früher Abend sein, als Alice eintrifft. Sie bleibt kurz bei Cassies Vorhang stehen, ehe sie zu mir kommt. Mein Kopf ist nach vorn geneigt, sodass ich nur die Umrisse meiner dünnen, nutzlosen Beine sehe, doch sie richtet meinen Blick nach oben, als sie mich begrüßt. Wir sehen uns ins Gesicht, und ich weiß sofort, dass es keine Migräne war.

Sie wirkt ausgemergelt, als wären ihr Tropfen für Tropfen die Lebensgeister, ihr ganzes Alice-Sein, entzogen worden. Sie nagt auf ihrer Unterlippe, blickt mir in die Augen und schüttelt zweimal den Kopf, mehr ist nicht nötig. Ich weiß Bescheid. Ich weiß, dass es wieder passiert ist. Sie wischt sich unwillig eine einzelne Träne ab und sieht kurz weg, bevor wir hören, wie Cassies Vorhang aufgezogen wird.

»Alice, sind Sie wieder da?« Charlotte ist heute Abend später dran als sonst.

Ich beobachte, wie Alice sich im Nu zusammenreißt und eine professionelle Miene aufsetzt. Sie geht zu Charlotte hinüber, sodass ich nur noch ihren Hinterkopf sehe.

»Hallo, Charlotte, ja, tut mir leid. Ich musste wegen einer fürchterlichen Migräne ein paar Tage zu Hause bleiben.«

Charlottes Haare fallen zur Seite, als sie mit schräg geneigtem Kopf zuhört.

»Ist jetzt aber viel besser«, fährt Alice fort, »deshalb dachte ich, ich schaue mal kurz herein und sehe nach dem Rechten. Morgen früh komme ich dann wieder normal zur Arbeit.«

Sie spricht sachlich, kurz angebunden. Ich höre eine kleine Warnung an Charlotte heraus, keine Fragen zu stellen.

Charlotte guckt ein wenig skeptisch drein. Sie scheint ihr nicht zu glauben, hat die Warnung aber wohl verstanden und hütet sich, zu viel Neugier zu zeigen.

»Nun, dann muten Sie sich nicht gleich zu viel zu, Alice. Ich sollte eigentlich schon längst weg sein, aber die Kleine ist so munter heute Abend. Ich habe einfach nur hier gestanden und gefühlt, wie sie strampelt. Wirklich erstaunlich, wie viel Energie sie hat. Fühlen Sie mal.«

Alice folgt ihr zu Cassies Bett, hält die Hände aber auf dem Rücken verschränkt. Charlotte meint es wahrscheinlich gut, aber ich wünschte, sie würde Alice in Ruhe lassen.

»Ehrlich gesagt wollte ich nicht lange bleiben, Charlotte. Ich ... ich bin noch nicht wieder ganz auf der Höhe, deshalb sollte ich ...«

Charlotte sieht sie fragend an, als wäre sie ein Rätsel, das es zu lösen gilt. Dann blickt sie auf ihre Hände, die auf Cassies Bettdecke ruhen, und ich glaube, sie begreift endlich. Vielleicht hat sie wie ich die neue Leere in Alice bemerkt, den Verlust.

Sie nickt ihr zu und versucht ein aufmunterndes Lächeln. »Natürlich, Alice, das verstehe ich. Sie sollten nach Hause gehen und sich ausruhen. Lassen Sie sich von Ihrem Mann ein schönes Abendessen kochen.«

Alice nickt ebenfalls. »Bleiben Sie noch ein bisschen?«, fragt sie Charlotte. »Dann sage ich Paula Bescheid.«

»Ja, ich habe diese Creme mitgebracht, von der ich Ihnen erzählt habe – die die Elastizität der Haut fördert, wissen Sie? Ich glaube, ich reibe Cassie noch eben damit ein und fahre dann auch nach Hause.«

»Gut, dann sehen wir uns irgendwann morgen«, sagt Alice. Sie wirft noch einen fachmännischen Blick auf Cassie und lässt ihn für eine Sekunde auf dem Babybauch verweilen. Ihr Lächeln schwindet, sobald sie den beiden den Rücken zukehrt. Sie zieht den Vorhang hinter sich zu, aber weil sie schnell wegwill, nimmt sie sich nicht die Zeit, die Lücke ganz zu schließen. Ehe sie geht, sieht sie noch kurz zu mir und wünscht mir mit den Augen eine gute Nacht.

Ich fühle mit ihr, ihre Schritte klingen so einsam, als sie die Station verlässt.

Um mich von dem beängstigend freien Fall von Alices Verlust abzulenken, beobachte ich, was Charlotte macht. Sie zieht ihren Mantel aus und legt ihn sorgsam über den Besucherstuhl. Dann nimmt sie eine weiße Dose aus ihrer Handtasche und zupft an dem Verschlusssiegel herum, bis der Deckel leise seufzend aufgeht. Sie schlägt die Decke zurück und ballt sie am Fußende zusammen. Cassies Beine sehen dünn aus, haben diese Magerkeit sehr alter Menschen, deren Muskeln immer mehr verkümmern. Charlotte schiebt das Nachthemd hoch und legt den angeschwollenen Bauch frei. Ich habe ihn länger nicht unbedeckt gesehen; der Bauchnabel steht nun hervor wie eine kleine saftige Weintraube. Die Wölbung ist beeindruckend und lässt Cassies Gestalt noch zierlicher erscheinen. Oder umgekehrt, der Bauch wirkt durch ihre schrumpfende Körpermasse noch größer, als wäre er ein Wesen für sich, als wäre das Baby schon da, was es irgendwie ja auch ist, schätze ich.

Charlotte setzt sich nicht, sondern bleibt neben

Cassie stehen, während sie ihre Hand in die Dose taucht und einen großen Klecks weiße Creme herausstreicht. Sie wärmt ihn zwischen den Handflächen an, ehe sie ihn mit fließenden, kreisförmigen Bewegungen auf Cassies Bauch verteilt, als würde sie einen Kuchen glasieren. Den Blick hält sie konzentriert auf ihre Hände gerichtet, die jetzt beide voll Creme sind. Dann beginnt sie etwas zu murmeln, wobei ihre Stimme gepresst klingt, tiefer als sonst.

»Oh, meine kleine Freya«, sagt sie zärtlich lächelnd. Doch dann hält sie inne, erstarrt für einen Moment. »Du sollst wissen, dass dein Daddy das alles nicht gewollt hat.« Sie blickt flüchtig auf Cassies Gesicht, und die Wärme in ihrer Stimme erkaltet zu einem Zischen. »Ich habe sie gewarnt.« Dann fährt sie fort, mit knappen, kreisenden Bewegungen zu massieren, Cassies Bauch so unschuldig wie ein gepelltes Frühstücksei, weiß und glänzend.

21

Cassie

Jack, gut aussehend in seinem Smoking, einen dunkelroten Seidenschal über die Schulter geworfen, hält Cassie die Taxitür auf und bietet Charlotte dann mit schwungvoller Geste den Beifahrersitz an. Als er sich hinten neben sie setzt, sieht Cassie Charlotte im Seitenspiegel lächeln, stolz auf den witzigen, galanten Mann, den sie großgezogen hat.

Das diesjährige Motto der traditionellen Silvesterparty bei den Clarks lautet »Die wilden Zwanziger«. Cassie hat vergessen, sich ein Kostüm zu überlegen, und trägt nun eine etwas merkwürdige Zusammenstellung: ein schwarzes Samtkleid, das sie vor zehn Jahren mal in einem Secondhandladen erstanden hat, rote Abendhandschuhe von Charlotte und ihre Wachsjacke für den Fall, dass es noch regnet, wenn sie später zu Fuß nach Hause gehen. Das synthetische Material des Kleides scheuert an ihrer Haut, und sie merkt, dass die Feinstrumpfhose schon an ihren Hüften heruntergerutscht ist und sich unangenehm zwischen ihren Oberschenkeln zusammenknüllt. Zum hundertsten Mal verwünscht sie sich dafür, dass sie eingewilligt hat, mit auf die Party zu kommen. Sie könnte jetzt bei

Maisie zu Hause im Warmen sitzen, gemütlich unter eine Decke gekuschelt, aber sie hat es Jack in einem schwachen Moment versprochen, und jetzt muss sie da durch. Weihnachten war eine Qual. Sein schlechtes Gewissen hatte Jack in einen schnulzigen Sitcom-Abklatsch seiner selbst verwandelt. Auch in den Wochen zuvor war er schon unerträglich gewesen und hatte mit allen Mitteln versucht, sich bei ihr anzubiedern. Zu Weihnachten hatte er ihr einen teuren roten Mantel geschenkt, den sie sich nicht leisten konnten und der ihr nicht mal besonders gefiel. Er hatte das Haus geputzt und ihr angeboten, sie zu massieren. Er hatte sie dazu gebracht, für Fotos zu posieren, die er anschließend mit Komplimenten versehen auf Facebook postete. Nach den Kommentaren zu urteilen hatte anscheinend niemand bemerkt, wie viel Mühe sie ihr Lächeln gekostet hatte. Die Leute sehen nur, was sie sehen wollen.

Cassie kennt ihren Mann nicht mehr. Ist das seine Art, sich abzusichern, damit alle glauben, dass er sein Möglichstes getan hat, um ihre Ehe zu retten, falls sie letzten Endes scheitert? Inzwischen traut sie ihm alles zu. Sie hat keine Ahnung, was sich hinter diesen bernsteinfarbenen Augen abspielt, wozu er fähig ist.

Ihr Handy brummt in der Tasche ihrer Wachsjacke. Sie hat es immer noch nicht geschafft, ihre Nummer ändern zu lassen. Sie wirft einen Blick auf die SMS, deren erste Zeile lautet: »Frohes Neues«.

»Verdammt noch mal«, murmelt sie und löscht Nickys Nachricht ungelesen. Ihre Schwiegermutter, der nicht aufgefallen zu sein scheint, wie gezwungen und unnatürlich alles zwischen Jack und ihr ist, dreht sich leicht stirnrunzelnd halb nach hinten um.

»Was für ein besonderes Vergnügen, mit meinen beiden Lieblingsfrauen auszugehen«, flötet Jack und tätschelt Cassies Knie auf eine unpassend kumpelhafte Art. Charlotte bekommt wieder nichts mit, und Cassie sieht sie erneut im Seitenspiegel in sich hineinlächeln.

Sie überlegt, was sie sagen würde, wenn ihre Schwiegermutter nicht mit ihnen im Auto säße. Zum Beispiel: »Ach, heute sind wir also deine Lieblingsfrauen, ja?«, oder: »An welcher Stelle kommt dann Nicky?«, oder so was Ähnliches. Stattdessen zieht sie nur ihr Knie von Jacks Hand weg, während der Taxifahrer sagt: »Auf geht's.« Beim Abfahren kracht ein verfrühter Feuerwerkskörper los, und es gibt Cassie einen Stich ins Herz, als sie Maisies erschrockenes Bellen im Cottage hört.

Die Farm der Clarks ist um einen gepflasterten Hof herum angeordnet, die großen Steinplatten unregelmäßig wie schlechte Zähne. Die Familie hat die Viehzucht vor über zehn Jahren aufgegeben und das alte Stallgebäude zu einem Bed & Breakfast umgebaut. Die zahlreichen Schichten pastelliger Farben können jedoch den Geruch nach Rost und Silage nicht überdecken, der in den Wänden der alten Farm zu sitzen scheint. An der Hintertür gibt es eine riesige Sammlung schlammverkrusteter Gummistiefel und Stapel von alten Zeitungen, weiß der Teufel wozu. Cassie erkennt niemanden von den etwa ein Dutzend Gästen wieder, die sich in der Küche versammelt haben und mit billigem Art-déco-Kopfschmuck und hastig angeklebten Schnurrbärten um die Wette glänzen. Neben dem über Generationen abgenutzten Holztisch und dem alten Bauernküchenschrank sehen sie aus, als wären sie auf der falschen Party gelandet.

Jack und sie bekommen jeder ein Glas Sekt von der aufgeregten Gastgeberin in die Hand gedrückt, die offensichtlich vergessen hat, dass sie letztes Jahr schon da waren, frisch zurück aus ihren Flitterwochen. Sie zeigt ihnen den Durchgang hinüber zur Scheune, ehe sie einem als Matrose verkleideten jungen Mann den Weg zur Toilette erklärt. Die Stimmung ist aufgeputscht, als wären alle über Weihnachten durchgeschüttelt worden wie Cola in einer Dose, die heute, am abschließenden Abend der Festsaison, langsam an der Aufreißlasche geöffnet wird.

Paare und Familien, aufgebläht und aufgedreht durch das viele Zusammensein, sehen Jack und Cassie mit einer Mischung aus Wiedererkennen und Solidarität an, als sie den Hauptraum der Scheune betreten.

Gott, sind wir das?, fragt sich Cassie. Sehen wir in ihren Augen genauso aus?

Sie trinkt einen Schluck Sekt und denkt: wahrscheinlich noch schlimmer.

Ein gemeinsam einsames Paar sticht hervor. Es schreit seinen Zustand geradezu heraus, besonders laut für diejenigen, die ihn selbst kennen. Cassie weiß das inzwischen. Schneller Jazz dröhnt aus den großen schwarzen Lautsprechern, und sie merkt, wie sich die Härchen an ihren Armen aufstellen, als die schrille Musik über ihre Haut vibriert. Sie kann Jazz nicht ausstehen, er macht sie gereizt.

Jack trinkt seinen Sekt mit wenigen großen Schlucken aus. Seine Miene wird weicher, als sie ihm ihr Glas unter dem Vorwand reicht, der Inhalt sei ihr zu süß. Sie weiß, er wird es als gutes Zeichen auffassen, wird auf Tauwetter zwischen ihnen hoffen.

Er hält sie am Handgelenk fest, als sie sich abwenden will.

»Cassie«, flüstert er, »ich wollte dir nur sagen, dass ich es wirklich zu schätzen weiß, dass du heute Abend mitgekommen bist. Ich möchte mehr denn je einen Neuanfang. Ich verspreche dir, dass ich alles wiedergutmachen werde.«

»Die bezaubernden Jensens!«

Sie drehen sich zu Martha um, einer alten Freundin von Jack, die ebenfalls in Buscombe aufgewachsen ist. Cassie entwindet sich Jacks Griff. Um Marthas breite Schultern liegt eine schwarze Seidenstola mit langen Fransen, und ihr Mann Paul trägt ein Monokel, das herunterfällt, als er Cassie zur Begrüßung auf die Wange küsst.

Cassie ist Martha im vergangenen Jahr ein paarmal zufällig über den Weg gelaufen, und nun fällt ihr mit einem Anflug von Beschämung ein, dass sie nie auf die SMS geantwortet hat, mit der Martha vorschlug, mal zusammen was trinken zu gehen. Soll sie sich jetzt dafür entschuldigen? Oder lieber so tun, als hätte sie die Nachricht nie bekommen? Sie fühlt sich plötzlich überfordert, als hätten die letzten Wochen die Regeln gesellschaftlichen Umgangs aus ihrem Gedächtnis getilgt.

Als spürte sie ihr Unbehagen, fängt Martha gar nicht erst ein Gespräch mit ihr an, sondern scherzt mit

Paul und Jack, sodass Cassie sich etwas überflüssig vorkommt, während die Wachsjacke über ihrem Arm sie zum Schwitzen bringt. Keiner von den dreien scheint darauf zu achten, als sie sich zu dem Tisch mit den Getränken entfernt. Ihre Kehle fühlt sich sofort freier an, und sie nimmt sich einen Orangensaft.

Sie trifft auf Maggie, die Frisörin des Ortes, deren Brüste in einem engen violetten Kleid aus einer mindestens fünf Jahrzehnte späteren Epoche als der des Partymottos zusammengequetscht sind. Maggie quasselt sie damit voll, wie schlecht die Straßenbauarbeiten im Dorf fürs Geschäft seien. Cassie bohrt ihre Fußspitzen in den Boden, um sich vom Weglaufen abzuhalten, während Maggie mit spitzen Fingern nach einer ihrer Haarsträhnen greift, als würde sie jemandes Müll aufheben, und mit einem kleinen Seufzer bemühter Geduld sagt, dass sie ihre Haare ab und zu schneiden lassen müsse, auch wenn sie sie lang wachsen lassen wolle. Dann fasst eine ältere Frau Maggie bei der Hand, und Cassie entfernt sich ein Stück, als die beiden mit schrillen Stimmen gleichzeitig aufeinander einreden.

Ein Saxophon kreischt durch die Lautsprecher.

Cassie sieht zu Jack hinüber. Paul ist verschwunden, und Martha nickt lächelnd, als Jack ihr etwas ins Ohr flüstert. Was sagt er ihr da?

Der Orangensaft brennt in ihrem Magen wie Säure.

Das hier ist nichts für sie, sie gehört nicht hierher. Sie fühlt sich, als wäre sie im Leben einer anderen Person aufgewacht.

Hinter ihr lachen zwei Männer miteinander wie schreiende Gänse. Es klingt aufgesetzt, freudlos.

Jack hat recht, es ist Zeit für einen Neuanfang, aber langsam glaubt sie, dass sie den allein machen muss. Diese Existenz zusammenknüllen wie eine verworfene Skizze und noch einmal von vorn anfangen.

Sie blickt sich in dem Raum um. Wo ist Jonny? Er war über Weihnachten zwei Wochen bei seiner Mutter in Edinburgh. Sie wird den Abend nicht überstehen, wenn sie nicht bald auf ein freundliches Gesicht trifft, doch um sich herum sieht sie nur hochgezogene Augenbrauen und zu einem höhnischen Lächeln gekräuselte Lippen. Sie fühlt sich bloßgestellt, nackt, als wüssten alle, dass ihr Mann sie mit ihrer besten Freundin betrogen hat. Ha! Obendrein ist sie schwanger und hat keinen verdammten Schimmer, was sie tun soll. Ha, ha, ha!

Sie ballt die Fäuste unter ihrer Jacke, dass die Fingernägel sich in die Handballen graben. Der Schmerz bringt sie zur Ruhe, und sie hält ihren Blick fest auf die Tür gerichtet, als sie darauf zugeht, sich seitlich an aufgedunsenen Leibern vorbeizwängt. Sie watet durch den Partylärm hindurch, der beinahe körperlich spürbar ist wie ein zähes Gelee, der warme Weinatem, das Gelächter, die dissonante Musik.

Sie öffnet die Tür nach draußen, und die letzten Minuten des Jahres scheinen sich höhlenartig vor ihr aufzutun. Mit langen, gierigen Zügen atmet sie die eisige Nachtluft ein. Der Rasen vor der Scheune ist ein bescheidenes kleines Rechteck, leicht terrassenartig erhoben, und am anderen Ende steht Jonny, rauchend, in Jeans und einem weißen T-Shirt. Er unterhält sich mit einem älteren Mann mit Backenbart, der eine

Zigarre wie einen Stift zwischen den Fingern hält. Sie scheinen die Einzigen zu sein, die sich nicht um den Dresscode scheren.

Cassie atmet eine langgezogene weiße Wolke der Erleichterung aus. Sie will gerade Jonnys Namen rufen, als eine Hand auf ihrer Schulter sie zurückhält. Charlotte sieht sie mit demselben beunruhigten Ausdruck an wie im Taxi.

»Cassie, geht es dir gut?«, erkundigt sie sich, wobei sich ihr Kopf zur Seite neigt.

Es ginge ihr bestens, wenn man sie jetzt einfach mal mit einem guten Freund sprechen ließe, denkt Cassie, verzieht die Lippen aber zu einem höflichen Lächeln.

»Nur ein bisschen Kopfweh, Charlotte. Ich schnappe mal ein paar Minuten frische Luft, dann komme ich wieder rein.«

Charlottes Blick schnellt zu Jonny hinüber. Er schnippt gerade Zigarettenasche auf den Rasen, wiegt sich auf den Fersen und lacht über eine Bemerkung des älteren Herrn, der den geckenhaften Salonlöwen der zwanziger Jahre auch ohne Kostüm bestens verkörpert.

Drinnen hat jemand die Musik leiser gestellt, und eine männliche Stimme ruft: »Okay, Leute, schnappt euch alle was zu trinken und stellt euch für den Silvester-Countdown auf.«

»Du solltest wieder reingehen, Charlotte. Ich komme gleich nach.«

Sie spürt die Augen ihrer Schwiegermutter auf ihrem Rücken, als sie sie stehen lässt und über den Rasen auf Jonny zugeht.

Der ältere Mann ist zum Glück gegangen, wahrscheinlich um mit den anderen das alte Jahr abzuzählen. Jonny hat sie endlich entdeckt, winkt und kommt ihr entgegen.

»Hey, ich habe dich schon gesucht!«, sagt er. Als sie sich umarmen, will sie ihn gar nicht mehr loslassen. Es tut so gut, von jemandem in die Arme genommen zu werden, dem sie vertraut, der sie kennt. Sie küsst ihn auf die Wange.

Das Partygetümmel verstummt plötzlich, und eine aufgeladene, zappelige Stille, die nicht lange anhalten kann, verbreitet sich von drinnen.

»Gott, ich kann dir gar nicht sagen, wie ich mich freue, dich zu sehen«, sagt sie und nimmt seine Hand.

Er blickt sie mit einem schiefen Lächeln an, rückt ein wenig von ihr ab und nimmt einen kräftigen Zug aus einer Weinflasche. Cassie kennt diesen abwesenden Ausdruck in seinen Augen, als wäre er zu sich selbst auf Abstand gegangen. Seine Gesten sind unnatürlich und übertrieben.

»Ich freu mich auch, Cas«, sagt er und drückt ihre Hand. »Du glaubst ja nicht, was für ein Zirkus mich hier gleich wieder empfangen hat. Über Weihnachten ist Lorna offenbar noch mehr übergeschnappt. Irgendwie hat sie rausgekriegt, dass du das Mädchen aus der Juice-C-Werbung bist, und vorhin am Telefon ist sie total ausgeflippt, hat behauptet, wir würden miteinander schlafen …«

Im Haus beginnen die Leute mit dem Countdown. »10, 9, 8 …«

Jonny ist so betrunken, dass er schon vergessen hat,

was er sagen wollte. Er nimmt auch ihre andere Hand und stimmt in den Chor mit ein. »5, 4, 3, 2, 1 … Frohes Neujahr!«

Er hebt sie hoch und wirbelt sie lachend mit unsicher schwankenden Beinen herum, merkt es nicht mal, als sie ihm auf den Rücken boxt und schreit, dass er sie herunterlassen soll. In der Scheune fangen alle an »Auld Lang Syne« zu grölen, und sie sieht verschwommen ein paar Leute zusammen an der Hintertür stehen, die Champagner trinken und sich umarmen und küssen, als wollten sie sich dazu gratulieren, wieder ein Jahr überlebt zu haben. Endlich setzt Jonny sie auf dem Rasen ab.

»Verdammt, Jonny, puh. Jetzt ist mir schlecht«, sagt sie, sich den Kopf haltend. Er bietet ihr die Weinflasche an, aber sie winkt ab.

Er sieht sie fragend an. »Was ist los?«

»Deine Frau denkt, dass wir eine Affäre miteinander haben, das ist los.«

Jonny korrigiert sie mit wackelig erhobenem Finger. »Exfrau.«

»Hör mit dem blöden Geflapse auf, es ist mir ernst.«

»Mir auch. So dämliche Beschuldigungen kann man nur ganz ernsthaft weglachen.«

Auf einmal ist ihr nach Weinen zumute. Sie hatte sich so darauf gefreut, Jonny zu sehen, und jetzt ist er so betrunken und so mit seinen eigenen Problemen beschäftigt, dass er sie gar nicht richtig wahrnimmt. Aber sie braucht seine Hilfe. Sie muss wenigstens versuchen, mit ihm zu sprechen.

Entschlossen fasst sie ihn am Arm, um ihn in eine

ruhige Ecke des Gartens zu ziehen. Es sind jetzt mehr Leute draußen, und eine als Partygirl der Zwanziger gekleidete Frau verteilt Wunderkerzen. Cassie will es nicht riskieren, dass jemand mithört, wenn sie Jonny sagt, dass sie schwanger ist und sich mit dem Gedanken trägt, Jack zu verlassen.

Doch Jonny versteht sie falsch, reißt ihre Hand in die Höhe und zieht sie in einen ungelenken, holprigen Tanz, die Weinflasche in ihr Kreuz gedrückt. Er dreht sie herum und will sie wie beim Tango rückwärts über seinen Arm biegen, aber sie sind nicht im Takt und stolpern, sodass er sie auffangen und in seine Arme ziehen muss, damit sie nicht fällt. Lachend hält er sie fest, sein schaler Weinatem auf ihrer Haut, sein Herzschlag an ihrer Brust. Sie stößt ihn weg.

»Herrgott noch mal, Jonny, hör auf mit dem Scheiß!«, schimpft sie. Ein heißes Brennen sammelt sich in ihren Augen, und sie spürt die stieren Blicke der anderen Gäste auf sich. Ihr wird schwer ums Herz, weil sie merkt, dass sie es ihm nicht sagen kann, nicht jetzt, da er zu gleichgültig und leichtfertig vom Alkohol ist für das zarte Geheimnis, das sie nun schon seit drei Monaten mit sich herumträgt.

Endlich stutzt er, als sie sich die dicken, schnell fließenden Tränen abwischt, die sie schon zu lange zurückgehalten hat. Doch sie weint nicht um sich selbst, sondern um ihr ungeborenes Kind. Sie wird nicht zulassen, dass es in diese vergiftete Atmosphäre voller Argwohn hineingeboren wird. Jonny, auf einmal ernst geworden, legt den Arm um sie.

»Oh Mist, entschuldige, Cas. Warum bist du so

durcheinander?«, fragt er, doch sie schüttelt seinen Arm ab.

»Ich bin durcheinander, weil ich eine Scheißangst habe, Jonny. Ich habe Angst, kapiert?« Über seine Schulter hinweg sieht sie, wie ein paar Leute sie auf diese glotzäugige Art anstarren, mit der sie sonst Trash-TV schauen, begierig, nur nichts Schreckliches zu verpassen, das anderen zustößt. Arschlöcher. Sogleich bereut sie es, Jonny gesagt zu haben, dass sie Angst hat. Das ist jetzt nicht der richtige Zeitpunkt, um ihm ihre Befürchtungen wegen der Zukunft ihres Kindes anzuvertrauen. Sie will keine Szene. Sie wendet sich halb von ihm ab, kann aber nicht aufhören zu weinen. Die Tränen tun zu gut, spülen die gebrochene, zaudernde Person hinweg, zu der sie erschreckenderweise geworden ist, seit sie die beiden zusammen gesehen hat.

»Oh Gott, Cas«, sagt Jonny mit aufgerissenen Augen, aber vom Wein undeutlicher Stimme. »Es tut mir leid, ich wollte dich nicht …«

»Nein, es hat nichts mit dir zu tun, es ist … es ist schon gut, ich bin okay, ehrlich. Ich habe überreagiert und werde mich jetzt einfach auf den Heimweg machen.« Sie nickt ihm zu. »Ich will einfach nur nach Hause«, bekräftigt sie.

»Okay, ich fahre dich.«

Ihre Wangen sind nass, ihre Hände schwarz gefleckt von der Wimperntusche. Sie lächelt in sein betroffenes Gesicht, schüttelt aber den Kopf. »Nein, ehrlich, Jonny, mir geht's gut, keine Sorge. Wir können morgen miteinander reden, wenn ich ausgeschlafen bin und du einen fürchterlichen Kater hast. Ich brauche deine Hilfe, aber wegen etwas anderem, und jetzt gehe ich zu Fuß nach Hause. Dauert maximal eine Viertelstunde, also kein Problem, okay?«

»Bitte lass mich dich nach Hause fahren.«

Wenn es nur um sie ginge, hätte sie vielleicht eingewilligt, aber jetzt ist es nicht nur ihre eigene Sicherheit, an die sie denken muss. Sie muss ihr Baby heil von hier wegbringen.

Zärtlich streichelt sie ihm übers Gesicht. »Nein, ich möchte zu Fuß gehen. Das wird mir guttun. Ich komme bestens klar, versprochen.«

»Sagst du Jack nicht Bescheid, dass du gehst?«

Auf der Wiese neben der Farm kracht eine Feuerwerksrakete los, gefolgt von einem schwachen Lichtschimmer. Die Menge stößt ein zaghaftes »Ohhh« aus.

Cassie schüttelt den Kopf. »Sag ihm nicht, dass ich geweint habe, ja? Ich will nicht, dass er sich Sorgen macht. Wenn du ihn oder Charlotte siehst, sag einfach, dass ich nach Hause gegangen bin, um nach Maisie zu sehen, wegen der Böller und allem.«

Jonny sieht sie forschend an, aber sein Blick ist stumpf vom Wein.

»Viel Spaß noch«, sagt sie und drückt seinen Arm. »Ich komme morgen zu dir rüber, okay?«

»Frohes neues Jahr, Cas«, sagt er und küsst sie auf die Wange, bevor sie sich dem Pfad zu dem Tor zuwendet, das direkt hinaus auf die Steeple Lane führt. Nach und nach verklingt der Partylärm, und sie hört den vom vielen Regen angeschwollenen Bach weiter vorn. Ihr Handy kündigt summend eine Nachricht an.

Sie vermutet, dass sie von Jack ist, der sich schon fragt, wo sie steckt, doch sie ist weder von ihm noch von Nicky, sondern von Marcus.

> Frohes neues Jahr, Cassie. Ich feiere ruhig bei mir zu Hause und wollte dir nur sagen, dass ich an dich denke. LG, Marcus.

Ihre Augen werden wieder feucht, und eine Träne landet wie eine kleine Wasserbombe auf dem Bildschirm und lässt die Nachricht verschwimmen. Sie stellt sich vor, wie Marcus allein in seinem stillen Wohnzimmer sitzt, einen Whisky wackelig auf die Armlehne seines alten Lieblingssessels gestellt, nur seine verblassenden Erinnerungen zur Gesellschaft. Mit einem Ruck der Überraschung stellt sie fest, dass sie am liebsten dort bei ihm wäre. Sie möchte in dem Haus sein, das ihre Mutter als ihr Zuhause betrachtete, bei dem Mann, der der Partner, der Ehemann ihrer Mum war, der sie geliebt hat und sie beinahe genauso gut kannte wie sie selbst. Marcus braucht sie, und sie braucht ihn.

Natürlich. Sie lacht beinahe, als sie ihr Handy wieder in die Jackentasche fallen lässt; es ist so naheliegend. Sie kann nicht hier über ihre Zukunft, die Zukunft ihres Kindes entscheiden. Sie braucht eine Pause, Zeit und Raum für sich, fern von dieser erdrückenden Situation, und dann kann sie Marcus endlich auch zu einem Arzt bringen. Ermuntert von ihrem Entschluss, geht sie weiter. Sie wird jetzt den Wunsch ihrer Mutter ehren, wird sich um Marcus kümmern und es zulassen, dass er sich um sie kümmert. Gleich morgen als Erstes wird sie ihn anrufen und ihm sagen, dass sie für eine Weile zu Besuch kommt. Er wird überglücklich sein. Dann wird sie hinüber zu Jonny gehen, noch ehe Jack aufwacht, und ihn bitten, sie zum Bahnhof zu fahren. Wenn sie Glück hat und er nicht allzu schlimm verkatert ist, fährt er sie vielleicht sogar bis nach Portsmouth. Auf der Isle of Wight wird es friedlich sein. Sie wird Platz haben und Zeit zum Nachdenken und zum Malen, falls sie Lust dazu hat. Ihre Mum hat dort schließlich auch Trost gefunden.

Sie führt die Hand an ihren Unterleib und denkt daran, wie ihre Mutter ganz allein von Mexiko nach Hause gereist ist, ihr Bauch schon rund von ihr. Vielleicht färbt etwas von Aprils Mut auf sie ab, wenn sie am Meer ist und über die hohen Klippen spaziert, die sie beide so geliebt haben.

Sie ist jetzt an dem Tor, das auf die Straße führt, und will es gerade öffnen, als sie einen Zweig knacken hört und stehen bleibt. Ein Prickeln läuft über ihren Rücken, als würde sie beobachtet.

»Hallo?« Ihre Stimme klingt piepsig und einsam in der Nacht, doch es gibt keine Antwort außer dem Knarren der Bäume und dem fernen, trunkenen Partygelächter. Eine weitere Feuerwerksrakete zischt hoch, grellbunt vor dem dunklen Himmel, und erhellt die nähere Umgebung mit ihrem kurzen, unnatürlichen Schein.

Sie ist allein, und die Steeple Lane mit dem gluckernden Bach nebendran liegt direkt vor ihr. Die Rakete erlischt, und um sie herum wird es wieder dunkel. Sie wendet sich nach links, in Richtung des Cottages.

Es kommt ihr richtig vor, hier allein entlangzugehen, weg von der Menge, hinein in die erste Nacht des neuen Jahres, auf eine Zukunft zu, die sie, wie ihr mit neuer Energie bewusst wird, selbst in der Hand hat. Der Wind frischt auf, und sie schaudert. Sie zieht die Jacke enger um sich, die sich eiskalt auf ihrer Haut anfühlt. Ihr Atem wirbelt in dichten weißen Wolken um sie herum, jedes eisige Einatmen sticht in ihre Lunge. Ihr Mund füllt sich mit einem ungewohnten Geschmack, der sie an etwas erinnert, etwas Metallisches, und als sie tiefer in die Nacht hineingeht, fällt ihr ein, wonach es schmeckt. Es schmeckt nach Blut.

22

Alice

»Alice, was machst du denn hier?« Paula sieht von ihrem Platz am Empfang auf, die Zeitung von gestern vor sich ausgebreitet. Falls sie sich freut, mich zu sehen, ist ihr nichts davon anzumerken. »Ich dachte, du hättest heute frei?«

Ich versuche, den Anflug von Belustigung zu ignorieren, der über ihre breiten blassen Züge huscht. Vermutlich reden alle schon darüber, dass ich ständig auf der Station bin, kein Privatleben habe.

Ich zucke die Achseln. »Ich habe etwas in meinem Spind vergessen und dachte, ich komme schnell vorbei und hole es.«

»Du meine Güte, es ist sieben Uhr morgens, Alice!«

»Paula, ich bin früh schlafen gegangen und früh aufgewacht, okay?«

Jetzt ist es an ihr, die Achseln zu zucken.

»Wie war Cassies Nacht?«, frage ich.

Paula faltet ihre Zeitung zusammen.

»Ach, sie ist ruhig wie ein Lämmchen«, antwortet sie seufzend. »Es ist Frank, mit dem es nicht zum Besten steht, fürchte ich. Der Assistenzarzt war vorhin eine Zeitlang bei ihm.« Paula zieht die Nase kraus.

»Seine Lunge hat sich angehört, so was hab ich noch nicht erlebt. Ich hätte auf eine Lungenentzündung getippt, aber der Arzt meinte, es ist wohl eher eine Infektion, die durch Überanstrengung in den letzten Tagen ausgelöst wurde, nicht genug Schlaf und all so was. Ich habe gerade seine Trachealkanüle gereinigt, ihm seine Antibiotika gegeben und es ihm bequem gemacht.« Sie macht eine Pause und fügt dann wie zur Beteuerung, dass sie nicht gebummelt hat, hinzu: »Kurz bevor du kamst, habe ich seine Einträge vervollständigt. Ist alles auf dem neuesten Stand.« Damit leckt sie Daumen und Zeigefinger an und schlägt die Zeitung wieder auf.

Paula hat Frank halb auf die linke Seite gelegt. Seine Augen sind offen, als hätte er mich – oder jemand anders – schon erwartet. Sobald er mich sieht, blinzelt er. Paula hat recht, seine Lunge ist verschleimt und rasselt bei jedem Atemzug. Ich werfe meine Tasche auf den Besucherstuhl und drehe ihn auf den Rücken. Äderchen ziehen sich wie winzige rote Flüsse durch das Weiße seiner Augen. Er ist erschöpft.

»Frank, was ist passiert?« Er starrt mich an, und ich könnte mich ohrfeigen, weil ich ihm keine Entscheidungsfrage gestellt habe.

»Stimmt etwas nicht?«

Er blinzelt »ja«.

»Soll ich die Tafel holen?«

Blinzel.

»Gut, wir können es ein Weilchen versuchen, aber danach müssen Sie sich ausruhen, versprochen?«

Blinzel. Ich habe jedoch das deutliche Gefühl, dass er nur ja sagt, damit ich die Klappe halte und die Tafel hole. Ich ziehe sie von ihrem Platz hinter seinem Bett hervor.

Er beginnt zu blinzeln, sobald ich sie ihm hinhalte, viel zu schnell. Ich kenne mich mit der Tafel noch nicht so gut aus und muss zwischen ihm und den Buchstaben hin und her blicken, weshalb ich ein paar Blinzler verpasse und nicht verstehe, was er sagen will. Ein Ziehen geht durch meine Brust, und ich habe Angst, in Tränen auszubrechen. Er braucht mich, und ich verstehe ihn nicht.

»Es tut mir leid, Frank, ich …« Seine Augen haben einen Ausdruck wilder Verzweiflung, den ich nicht an ihm kenne.

»Sollen wir noch mal von vorn anfangen?«

Er blinzelt, schwächer diesmal. Jedes Zwinkern raubt ihm Kraft.

»Gut, gehen wir's ein bisschen langsamer an.« Ich glaube, dass er L blinzelt, doch dann folgt ein erschöpftes, krampfhaftes Flattern seiner Lider, sodass ich wieder durcheinanderkomme. Seine Augäpfel zucken in ihren eingesunkenen Höhlen. Ich höre ihm die innere Anstrengung an, als der Katarrh durch seine Brust hallt, und merke, dass wir nicht weitermachen können.

»Frank, das genügt jetzt erst mal, es tut mir leid. Sie müssen sich unbedingt ausruhen. Ich komme später wieder, dann machen wir weiter, ja? Versprochen.«

Er blinzelt zweimal, doch in dem Moment höre ich Mary »Guten Morgen« rufen und Paula vor den Baustellen auf der A27 warnen und weiß, dass es Zeit für mich ist zu gehen. Paulas Spott kann ich verkraften, aber Mary wird meine lahmen Ausreden sofort durchschauen und wissen, dass mit mir etwas nicht stimmt. Ich habe jetzt nicht die Energie, sie davon zu überzeugen, dass alles in Ordnung ist. Ich schnappe mir meine Tasche und ignoriere Franks aufgebrachtes Blinzeln, streichle ihm über die Wange und sage ihm erneut, nachdrücklicher diesmal, dass er schlafen muss. Als ich Mary ins Schwesternzimmer gehen höre, ziehe ich seinen Vorhang auf und verlasse eilig die Station.

Mary hatte recht – selbst so früh am Morgen ist der Verkehr dicht und zäh, sodass ich doppelt so lange nach Hause brauche wie sonst. Ich mache mir Sorgen um Frank, sage mir aber, dass er sich erholen und es mit ihm bergauf gehen wird, sobald die Antibiotika wirken und die Infektion abklingt. Im stockenden Verkehr sehe ich frühe Osterglocken am Wiesenrain neben der Straße ihre Köpfe schütteln, während meine Gedanken wie magnetisch angezogen zu Cassie zurückkehren, und dann weiß ich, was ich mit meinem freien Tag anfangen werde.

Kaum dass ich zu Hause bin, packe ich Bob in den Kofferraum und fahre wieder los. David wird erst nachmittags aus London zurückkommen. Da die Zugverbindungen in letzter Zeit so unzuverlässig sind, hat er dort in einem Hotel übernachtet, um es zu einem frühmorgendlichen Meeting zu schaffen. Am Telefon mit ihm gestern Abend habe ich davon geredet, Bob heute zu einem windigen Strandspaziergang mitzunehmen, vielleicht bei Birling Gap, doch als wir uns in den Verkehr auf der Hauptstraße einfädeln, ist mir schon klar, dass ich nicht den Wegweisern zur Küste folgen werde. Stattdessen halte ich an einer Tankstelle, wo ich einen großen Strauß rote und gelbe Tulpen kaufe, und mache mich auf den Weg nach Buscombe.

Der Morgenhimmel ist bilderbuchblau über den friedlich verschlafenen Hügeln der South Sussex Downs. Bob steckt die Nase zum Fenster hinaus, als ich es herunterlasse; die Luft riecht kühl und frisch, wie ausgetauscht. Ein hübsches Dorf in der Umgebung zu besichtigen ist ja wohl nicht verboten, oder? Heute ist Mittwoch, also wird Jack in der Firma sein, und falls ich Charlotte begegnen sollte, werde ich behaupten, eine in der Nähe wohnende Freundin zu besuchen. Wenn sie mir nicht glaubt, ist mir das auch egal. Da ich nun zweifelsfrei weiß, dass ich nie Mutter werden kann, fühle ich mich seltsam unbezwingbar, kühner in meiner neuen, wehrhafteren Haut. Wenn ich schon mein eigenes Kind nicht austragen und beschützen kann, kann ich immer noch versuchen, Cassies zu beschützen, sage ich mir, als ich in die von Hecken beschattete Steeple Lane einbiege.

Ich trete auf die Bremse, als ich an dem Schild zur Steeple Farm und dem dazugehörigen Cottage vorbeikomme. Bob reckt den Kopf zu einem betagt aussehenden Schäferhund hinaus, der auf der kurzen geschotterten Zufahrt zu der Farm liegt. Der Schäferhund erhebt sich arthritisch, wirft den Kopf in die Luft, als hielte er sich noch für einen Welpen, und kommt die Auffahrt heruntergetrottet. Dabei bellt er Bob an, als solle er entweder herauskommen und hallo sagen oder aus seinem Revier verschwinden. Ich fahre gerade wieder an, als ein Mann, den ich noch nicht sehen kann, ruft: »Dennis!« Er pfeift und ruft erneut. »Hierher, Dennis!«

Bob fliegt beinahe vom Rücksitz, weil ich erneut heftig bremse. Ich denke an meine Krankenschwesterausbildung. Habe ich da etwa einen Kurs verpasst, zum Beispiel »Warum Sie nicht den Hauptverdächtigen im Fall von fahrlässiger Tötung Ihrer Patientin aufsuchen sollten«? Bin ich jetzt total übergeschnappt? Der Schäferhund bellt immer noch, schüttelt mit Imponiergehabe seine Mähne und kommt näher. Ich rühre mich nicht vom Fleck. Ich muss ihn sehen. Deshalb bin ich hier, das ist der eigentliche Grund. Bob ist derweil auf den Vordersitz gesprungen und verlangt winselnd, herausgelassen zu werden. Doch ich starre nur an ihm vorbei auf den großen blonden Mann, der in abgeschnittenen Jeans und alten, wadenhohen braunen Lederstiefeln mit langen Schritten die Auffahrt herunterkommt. Jonny.

»Dennis!«, ruft er, diesmal mit einem warnenden Unterton. Er bleibt stehen und sieht zu mir her. Ich bin nicht sicher, ob er mich erkennt, als ich über Bobs Schulter hinweg zu ihm hinausspähe. Er beschattet seine Augen mit der Hand, hoch aufgerichtet, und ein paar Sekunden lang regt sich keiner von uns. Ich frage mich, ob das der Moment ist, den ich später bereuen werde. Werde ich, wenn er in der Erinnerung noch einmal vor mir abläuft, mir selber zubrüllen: »Verdammt noch mal, kehr um, Alice!«? Doch ich kehre nicht um, ich kann nicht. Dennis wirkt unentschlossen, blickt von Jonny zu Bob und zurück, bis er schließlich die Pattsituation auflöst, indem er endgültig auf uns zuläuft, woraufhin Bob anfängt, auf dem Beifahrersitz herumzutänzeln und ebenfalls zu bellen.

Jonny folgt seinem Hund zögerlich. Seine langen Beine und Arme schlenkern, als wären sie an dünnen Fäden aufgehängt. Seine Bewegungen haben etwas Jungenhaftes, doch als er näher kommt, sehe ich seine hager vorstehenden Wangenknochen und die sprechenden Sorgenfalten, die sein Gesicht durchziehen. Ich lasse das Fenster noch weiter herab und halte Bob am Halsband fest, der drauf und dran ist, sich hindurchzuzwängen. Jonny geht in die Hocke, und wir sehen uns über meinen Hund hinweg an.

»Kann ich Ihnen helfen?«, fragt er höflich.

Seine Miene verdüstert sich, als er mich deutlicher sieht. Er erkennt mich, kann mich aber offenbar nicht einordnen.

»Jonny?«, sage ich schüchtern.

Er runzelt die Stirn, sogleich auf der Hut. Dennis spürt sein Misstrauen und fängt an zu knurren. Jonny legt ihm beruhigend die Hand auf den Hals.

»Wer sind Sie?«, fragt er.

Bob springt mit heraus, als ich aussteige, sodass ich ihn am Halsband zurück auf den Beifahrersitz zerren und schnell die Tür zumachen muss, ehe ich ums Auto herum auf Jonny zugehe. Er hat den zweifelnden, unsicheren Blick eines Menschen, der erst vor Kurzem gelernt hat, anderen nicht zu trauen. »Ich bin Alice«, stelle ich mich vor. »Ich bin eine der Krankenschwestern, die sich um Cassie kümmern.«

Jetzt dämmert es ihm, er nickt und deutet mit dem Finger auf mich. »Das stimmt, das stimmt … Sie waren da, als ich versucht habe, sie zu sehen.«

»Genau, das war ich.«

»Sie haben mich nicht zu ihr gelassen.«

»Das konnte ich nicht. Verstehen Sie, wir müssen …«

Er unterbricht mich, indem er beschwichtigend die Hände hebt. »Nein, schon gut, ich verstehe das. Es war dumm von mir, im Nachhinein gesehen. Ich habe keinem damit einen Gefallen getan, am wenigsten mir selbst.« Er schüttelt leicht den Kopf. »Ist alles okay mit ihr? Es ist doch nichts passiert?«

Ich beiße mir auf die Unterlippe und erkenne, dass ich nur eine Chance habe, eine einzige Chance, bevor er wieder dichtmacht und mir den Rücken zukehrt. »Wäre es Ihnen recht, wenn ich mein Auto in Ihrer Einfahrt abstelle? Vielleicht könnten wir kurz hineingehen und uns unterhalten?«

Seine Bewegungen haben etwas Zuckendes, Ruckartiges an sich, als hätte er zu viel starken Kaffee getrunken, um wach zu bleiben. Ich kenne das. Und obwohl er zehn Jahre älter aussieht als bei unserer ersten Begegnung, erkenne ich auch den Ausdruck wieder, den er jetzt hat, so ein gewisses Leuchten in seinen Augen, das man nicht vortäuschen kann, und weiß – wie schon beim ersten Mal –, dass er sie liebt, nicht notwendigerweise auf eine romantische Art, er liebt sie einfach.

Er nickt. »Aber sagen Sie mir bitte erst einmal, ob sie …«

»Sie ist noch am Leben, Jonny.«

Er atmet auf und schließt kurz die Augen, ein schneller Dank ans Universum, ehe er sich halb zu dem Cottage umwendet. »Sie erzählen mir, wie es ihr geht? Ich kann nach dem Baby fragen?«

»Ja, ich sage Ihnen alles, was Sie wissen wollen.«

Er blickt einen Moment an mir vorbei, als suche er auf der Straße hinter mir nach einer Antwort.

»Dann kommen Sie. Ich setze den Kessel auf.«

Jonny erzählt, dass in seinem Haus früher, als die Farm noch Milchwirtschaft betrieb, der Viehhirte lebte. Drinnen sieht es aus, als hätte Dennis eine Zeitlang sturmfreie Bude gehabt. Ich steige über einen großen, gut zernagten Stock hinweg, von dem Splitter über den ganzen Fußboden verteilt sind. Die Hälfte des Küchentischs ist mit aufgeschlagenen Zeitungen bedeckt, die andere Hälfte wird von einer kleinen Armee aus leeren Weinflaschen und Dosen beherrscht. Die Spüle ist vollgetürmt mit Tassen und Töpfen, die vor Schmutz schillern. Ein ganzer Fliegenzirkus schwirrt um den überquellenden Mülleimer in der Ecke. Eins der Mitglieder hat eine Bruchlandung erlitten und zappelt rücklings quer über die Anrichte. Jonny tritt die Tür der Waschmaschine mit einem Fuß zu, doch sie schwingt gleich wieder auf, und entlässt einen Wäschehaufen aus der Öffnung.

»Entschuldigen Sie, dass es zurzeit so ein Saustall ist«, sagt er, schaltet den Wasserkocher an und späht auf der Suche nach sauberen Bechern optimistisch in einen Schrank. »Ich war länger nicht hier, bin auch nicht mehr gern hier, aus naheliegenden Gründen.« Er dreht sich zu mir um. »Stört es Sie, Tee aus einem Glas zu trinken?«

Ich schüttle den Kopf, immer noch stehend.

»Mist, ich habe keine Milch. Geht auch Kamille?«

»Perfekt«, sage ich, während er einen Pulli, Hundefutter und ein paar Landkarten von einem Stuhl räumt.

»Ich habe immer Kamille für Cassie gekauft«, sagt er und fordert mich auf, Platz zu nehmen. »Das war ihre Lieblingssorte.«

Ich lächle ihn an, dankbar für dieses kleine Detail, das sie mir wieder ein Stück näherbringt. Als ich mich setze, male ich mir aus, wie sie hier auf diesem Stuhl saß, ihren Kamillentee trank und durch das kleine Fenster hinüber zum Farmhaus blickte. Dieser Raum war das Hauptquartier ihrer Freundschaft, hier kochte sie ihre Marmeladen, hier fühlte sie sich geborgen. Ich möchte, dass er mir noch mehr von ihr erzählt, und frage: »Kam sie oft herüber?«

»Ja, besonders im Sommer. Wir haben den ganzen Kram für die Marmeladen hier in einem leeren Zimmer aufbewahrt. Sie hatte einen Schlüssel, sodass sie kommen und gehen konnte, wann sie wollte, auch wenn ich nicht da war.« Er stellt ein innen beschlagenes Glas vor mir ab, in dem ein Teebeutel schwimmt, schlaff wie eine Qualle. Mit einem Schnalzlaut weckt er eine grau getigerte Katze, die mir gar nicht aufgefallen war und ziemlich angesäuert wirkt, und befördert sie sanft auf den Boden, damit er sich auf den Stuhl mir gegenüber setzen kann. Sein Schlüsselbein ragt mager aus seinem T-Shirt heraus, und ich bemerke, dass die Haut um seine Fingernägel verschorft und zerbissen ist. Er trinkt keinen Tee.

»Gut, können Sie mir jetzt sagen, wie es ihr geht?«

Ich atme tief durch. Ich bin so weit gekommen, ich darf jetzt nicht die Nerven verlieren. »Das werde ich,

Jonny, ich verspreche es, aber zuerst möchte ich hören, was in jener Nacht geschehen ist. Es von Ihnen hören.«

Er sieht mich alarmiert an und fährt sich mit der Hand durch die Haare. Ich habe mich nicht an die Abmachung gehalten und komme mir grausam vor, aber ich kann Cassie nicht helfen, wenn ich nicht die Wahrheit kenne.

»Sie hatte ihren Ehering abgelegt, Jonny. Ich glaube nicht, dass sie nach Maisie gesucht hat, ich glaube, sie wollte Jack verlassen, und jemand hat sie auf der Straße überrascht. Sie haben gesagt, dass sie Angst hatte.«

Er nickt und lehnt sich zurück, reibt sich die Augen mit beiden Händen. »Sie hat auf der Party geweint. Alle dachten, ich hätte sie zum Weinen gebracht, weil da etwas zwischen uns lief, aber das ist Quatsch. Inzwischen denke ich, dass sie geweint hat, weil sie schwanger war und nicht wusste, was sie tun sollte.«

»Wegen des Kindes?«

»Nein. Ich weiß, dass sie das Kind wollte, vor allem nach ihrer Fehlgeburt. Sie wusste nicht, was sie wegen Jack machen sollte.«

»Sie meinen, sie war nicht glücklich mit ihm?«

Jonny verschränkt die Hände, blickt auf seine Nägel und fängt an, daran herumzupicken. Ich vermute, dass er das auch gemacht hat, als er stundenlang auf dem Polizeirevier vernommen wurde.

»Rückblickend glaube ich, dass sich irgendetwas verändert hat. Ich weiß nicht, was, aber sie wirkte auf einmal eher kühl als glücklich, was Jack angeht. Ich war oft weg und hatte so viel Mist um die Ohren mit meiner Ex. Dauernd habe ich Cassie damit vollgejammert, wie gestört Lorna ist, aber jetzt wünschte ich natürlich, ich hätte sie mehr nach ihrer Ehe gefragt, ihr mehr zugehört.« Er unterbricht sich und sieht mich an. »Der einzige Mensch, der uns jetzt sagen kann, was sich zwischen den beiden abgespielt hat, ist Jack, und der wird den Teufel tun, also ...« Er zuckte die Achseln. »Wissen Sie, wenn man genauer darüber nachdenkt – die Beziehung mit Jack, hierherzuziehen ... das war doch alles ziemlich überstürzt. Sie hatte immer in London gelebt, und dann, nur wenige Monate nach dem Tod ihrer Mutter, hat sie sich mit Jack zusammengetan. Ich denke, er hat ihr so etwas wie ein vorgefertigtes Leben geboten, einen Ausweg aus diesem Gefühl von Verlassenheit, das sie zu der Zeit beherrscht haben muss. Ein Zuhause, ein Ehemann, die Chance, eine eigene Familie zu gründen – der totale Gegenentwurf zu dem, wie sie aufgewachsen ist. Er hat wahrscheinlich vorgegeben, sie zu verstehen, ihre Trauer zu verstehen, aber das tat er nicht, nicht wirklich.«

»Also was hat sich verändert?«, frage ich.

»Ich weiß es nicht genau, doch ich vermute, dass sie durch die Schwangerschaft aufgewacht ist und festgestellt hat, dass ihr scheinbar perfektes Leben mit Jack in Wahrheit nicht zu ihr passt.«

»Sie glauben also, dass sie ihn in der Nacht verlassen wollte. Sie sagten, sie sei durcheinander gewesen?«

»Ja, durcheinander, weil sie Angst hatte, Angst vor der Zukunft, Angst vor der Entscheidung, ob sie bei Jack bleiben oder ihn verlassen soll.«

»Doch dann hat sie sich entschieden zu gehen.«

»Ja, das denke ich. Sie hat zu mir gesagt, dass alles in Ordnung wäre, dass sie nur nach Hause gehen und nach Maisie sehen wolle, und dann ging sie. Hat mich noch gebeten, Jack Bescheid zu sagen.«

»Aber warum musste sie noch in derselben Nacht fort? Warum hat sie nicht wenigstens bis zum Morgen gewartet?«

Jonny hebt ratlos die Hände. »Darüber zerbreche ich mir auch die ganze Zeit den Kopf. Bevor sie die Party verließ, meinte sie, dass sie am nächsten Morgen zu mir rüberkommen wolle, dass sie meine Hilfe bräuchte, aber sie sagte nicht, wobei.«

»Was haben Sie gemacht, nachdem sie gegangen war?«

»Ich bin noch zwei, drei Stunden geblieben und dann nach Hause gefahren, so gegen drei Uhr morgens. Natürlich hätte ich nicht fahren dürfen, das habe ich auch zugegeben, aber ich erinnere mich deutlich an die Fahrt, und es ist nichts passiert. Ich muss direkt an ihr vorbeigekommen sein, als sie dort unten lag.« Er bohrt seinen Daumennagel so fest in die Nagelhaut des anderen Daumens, dass es blutet. Mit einer Grimasse wischt er die Hand an seiner Jeans ab. »Und dann, als ich nach Hause kam, war meine Exfrau dort. Sie ist psychisch krank und neigt dazu, wegen allem eine Szene zu machen. Ich war zu betrunken, um ruhig und vernünftig mit ihr umzugehen, und habe ein paar schlimme Sachen gesagt. Irgendwann ist sie davongestürmt und hat gemeint, dass sie mich nie wiedersehen will. Um es mir heimzuzahlen, hat sie meine Aussage gegenüber der Polizei zuerst nicht bestätigt.

Und kurz nachdem Lorna weg war, ist Maisie an der Hintertür aufgetaucht und hat ein Riesentheater gemacht. Sobald ich die Tür geöffnet habe, ist Dennis mit ihr losgerannt, und sie haben nicht gehorcht, als ich sie gerufen habe. Zuerst dachte ich, es läge am Feuerwerk, aber sie rannten schnurstracks die Straße runter und bellten wie verrückt.«

»Die Hunde haben sie gefunden?«

»Sie wussten, dass sie dort lag. Maisie muss alles miterlebt haben. Ich habe noch zu Cassie runtergerufen und es zuerst für irgendeinen makabren Scherz gehalten, weil sie so friedlich aussah, als würde sie absichtlich dort treiben. Aber dann habe ich das Blut gesehen ...« Jonny schließt kurz die Augen, als wollte er sein Bewusstsein davor verschließen, die Erinnerung wegwischen.

»Sonst haben Sie niemanden gesehen?«, frage ich, um ihn zum Weiterreden zu bringen.

»Nein, aber wie ich der Polizei schon sagte, bin ich auf dem Heimweg von der Party an einem alten Kombi vorbeigekommen, der am Straßenrand stand, ganz in der Nähe der Stelle, wo sie angefahren wurde. Ich erinnere mich so gut daran, weil das Fernlicht eingeschaltet war und mich im Rückspiegel geblendet hat.«

Mir wird flau im Magen. »Könnte es ein Volvo gewesen sein, Jonny?« Ich denke daran, wie Marcus sich bei der Ankunft auf dem Krankenhausparkplatz aus seinem Wagen hievte. Daran, wie er auf der schmalen Landstraße an mir und Bob vorbeigefahren ist, mit diesem leeren, starren Blick.

»Ja, könnte sein. Ich hab immer wieder darüber

nachgegrübelt und kann nicht mit Bestimmtheit sagen, was für eine Marke es war, aber es könnte so etwas wie ein Volvo-Kombi gewesen sein. Warum? Kennen Sie …«

Doch ich unterbreche ihn, will zuerst meine Fragen beantwortet haben, ehe ich seine beantworte. »Hat Cassie je über ihren Stiefvater gesprochen, über Marcus?«

»Nicht oft. Ich meine, sie hat mir mal erzählt, dass er völlig zusammengebrochen ist, als ihre Mum starb, dass er überhaupt nicht mit seiner Trauer klarkam. Sie meinte, dass sie sich ein bisschen Sorgen um ihn mache, dass er irgendwie seltsam würde. Meine Großmutter war dement, und was Cassie über ihn erzählte, hat mich an die Anfänge ihrer Krankheit erinnert.« Ich stimme ihm nickend zu, das Gleiche habe ich auch schon gedacht. »Ich glaube, Cas hatte ein schlechtes Gewissen, weil sie Marcus nicht öfter besucht hat, aber immer, wenn sie ihn sah, machte sie das irgendwie fertig. Außerdem haben Jack und Marcus sich nie verstanden.« Jonny macht eine Pause, und ich habe den Eindruck, dass er abwägt, ob er mir noch etwas anderes anvertrauen soll.

»Was ist?«

Er schüttelt den Kopf, als wäre es nicht weiter erwähnenswert.

»Was?«, wiederhole ich.

»Ich habe nur gerade daran gedacht, dass Cas sich mal darüber ausgelassen hat, wie unterschiedlich Menschen mit den Tiefschlägen in ihrem Leben zurechtkommen. Sie meinte, Marcus hätte sich von seinem Kummer auffressen lassen, während Charlotte, deren Mann starb, als Jack noch jung war, ihrem Sohn zuliebe darüber hinausgewachsen ist.« Jonny schweigt einen Moment. »Sie hat Charlotte wirklich bewundert.«

Ich denke daran, mit welcher Ruhe Charlotte ihr Leben meistert, als würde sie nicht ab und zu davon gebeutelt wie wir alle. Es fällt leicht, sie zu bewundern.

»Gehen wir also mal davon aus, dass Cassie beschlossen hatte, Jack zu verlassen. Als sie sagte, sie hätte Angst, sprach sie da von ihm, oder könnte sie auch jemand anders gemeint haben?«

Jonny sieht mich an und schüttelt den Kopf, als würde er diese Fragen nur allzu gut kennen. »Nein, sie meinte Jack. Sie sagte mal, dass er ziemlich aufbrausend sein könne. Er ist es nicht gewohnt, nicht seinen Willen zu bekommen.«

»Haben Sie das alles auch der Polizei gesagt?«

»Natürlich, aber sie glaubt mir nicht. Ich bin einer, der betrunken Auto fährt, Abschaum in ihren Augen. Die Schlussfolgerung lag einfach nahe, dass ich Cassie angefahren habe. Sie haben Wochen gebraucht, um endlich die Wahrheit aus Lorna herauszubringen, nämlich dass sie hier bei mir war und ich es nicht gewesen sein kann.«

Er rückt mit seinem Stuhl näher an mich heran, sein Blick flehend und verzweifelt wie bei seinem Auftauchen auf der Station.

»Wie geht es ihr, jetzt ehrlich? Was macht das Kind? Ich bekomme keinerlei Informationen außer dem Mist, der in den Zeitungen steht.«

Ich schildere ihm, wie gut das Kind gedeiht, wie aktiv es ist, und erzähle, dass wir Cassie und dem Kleinen Musik vorspielen, dass alle Schwestern ein spezielles Training für die Geburt bekommen und wir uns auf jede Eventualität vorbereiten. Er nickt gelegentlich und lächelt sogar, als ich ihm sage, dass es ein Mädchen wird, murmelt ein paarmal »gut, gut«.

Ich möchte ihm noch mehr Fragen über Jack und sein aufbrausendes Temperament und über Marcus stellen, aber wir werden vom lauten Klingeln eines Telefons im Nebenzimmer unterbrochen. Jonny entschuldigt sich und geht ran, wobei sein Ton unvermittelt nüchtern und sachlich wird. Er lässt seinen Gesprächspartner eine Weile reden, bevor er sagt: »Gut. Das ist eine gute Nachricht.« Er klingt erleichtert. Dann sagt er, dass er gerade Besuch habe, und fragt, ob er in ein paar Minuten zurückrufen könne.

Als er wieder in die Küche kommt, sehe ich, dass der Anruf ihn verändert hat. Er reibt sich den Arm, lockert die Schultern, stützt eine Hand in die Hüfte.

»Das war meine Anwältin. Die Polizei nimmt jetzt Lornas Aussage zu Protokoll, und sie denkt, dass die Anklage in den nächsten Tagen fallen gelassen wird.« Er reibt sich mit den Daumen die Schläfen, und seine Augen glänzen.

Ich weiß nicht, was ich sagen soll.

»Sie meint, dass die Ermittler sich jetzt noch einmal die ersten Zeugenaussagen vornehmen. Ich wette, sie werden auch noch mal mit Jack reden. Ich muss meine Anwältin zurückrufen, deshalb …«

»Das ist bestimmt eine große Erleichterung für Sie, Jonny«, sage ich und stehe auf zum Zeichen, dass ich gehe.

Er schüttelt den Kopf, als ginge das alles über seinen Verstand, und ich denke, dass er jetzt allein sein muss, um die Neuigkeit zu verdauen, sie wirklich zu glauben.

Am liebsten möchte ich ihn umarmen, aber wir geben uns nur die Hand. Ich tätschle kurz seinen Oberarm; er ist so dünn, und seine Muskeln spannen sich vor Überraschung an, als hätte ihn lange niemand berührt.

»Passen Sie auf sich auf, Jonny, ja?«

»Was werden Sie jetzt tun?«

Eine gute Frage, mit der ich nicht gerechnet habe. »Ich gehe mit meinem Hund spazieren«, antworte ich dümmlich, als wäre das ein ganz normaler freier Tag für mich, als hätten wir nicht gerade über fahrlässige Tötung und Ähnliches gesprochen. »Aber danach werde ich Brooks anrufen«, füge ich hinzu, »und ihr sagen, dass sie Jack noch einmal vernehmen muss.«

Jonny nickt stumm, und sobald die Tür sich hinter mir schließt, höre ich ihn schnaufen, ein tief aus der Brust kommendes Aufatmen, weil er nun wieder frei ist und ein normales Leben führen kann.

Der Schotter knirscht unter meinen Füßen, als ich zum Auto zurückgehe. Bob schläft tief und fest auf dem Rücksitz und wacht erst auf, als ich die Tür zuziehe. Langsam fahre ich zurück zu der Stelle, an der Cassie in den Graben geschleudert wurde. Es ist alles so anders heute, die Sonne leuchtet durch das junge Laub hindurch wie durch Buntglasfenster, der Bach plätschert fröhlich vor sich hin. Die kleine Gedenkstätte ist immer noch da. Ich lege meine üppigen Tulpen ganz vorn hin, sie wirken geradezu obszön lebendig neben den verdorrten braunen Überresten der älteren Blumen. Sie verrutschen ein wenig, und als ich versuche, sie stabiler anzuordnen, fällt mir ein Foto weiter hinten ins Auge. Auch dieses kenne ich von Cassies Facebook-Seite, es ist das aus dem Hospiz zusammen mit Marcus und April.

Ich hebe es auf, es ist kaum verwittert. Auf die Rückseite hat jemand mit schwarzer Tinte vier Worte geschrieben, die mit ihrem Bedauern den ganzen Platz einnehmen: »Es tut mir leid.«

Ich falte das Bild in der Mitte, stecke es in die Tasche und bleibe einen Moment still stehen, damit mein Atem sich beruhigt. Sie hatte Angst vor Jack. Er dachte, sie hätte eine Affäre mit Jonny, und ist ihr in der Nacht hinterhergefahren. Ich beuge den Kopf und schließe die Augen, lausche dem Gesang des Windes in den Bäumen. Ich habe ihm geglaubt. Ich dachte, sein Schmerz könnte nicht gespielt sein. Ich habe mich geirrt. Der Wind wird stärker, ich fühle ihn wie eine lenkende Hand im Rücken, die mich sanft auf mein Auto zuschiebt, und zum ersten Mal seit Langem bin ich innerlich klar und ruhig, weil ich nicht mehr überlegen muss, was ich tun soll. Mein Versprechen an Cassie hat mir die Entscheidung abgenommen, und mein Auto holpert über die unebene Straße, als ich, so schnell es geht, davonfahre.

23

Frank

Die bunte Buchstabentafel schwebt vor mir, doch die Farben verschwimmen vor Lucys bangem Gesicht dahinter. Sie lässt mich nicht aus den Augen und sehnt beinahe genauso verzweifelt wie ich jeden mühsam signalisierten Buchstaben herbei. Ich schaffe mal gerade »J« und »A«, ehe mir vor Anstrengung wieder der Kopf schwirrt und meine Lider schwer werden. Immerhin, es ist ein Fortschritt, schon besser als vorhin mit Alice. Ich spüre, wie Lucy die Tafel herunternimmt, und wünschte, sie würden mein Beatmungsgerät wieder hochschalten, denn der Sauerstoff scheint nicht auszureichen, um durch den Schlamassel in meiner Lunge hindurchzudringen. Der junge Assistenzarzt von gestern Abend hat gesagt, ich hätte eine durch Überanstrengung verursachte Infektion. Mein zweimaliges »Nein«-Blinzeln hat er übersehen, als er ankündigte, man würde mir starke, intravenöse Antibiotika dagegen verabreichen.

Ich will diese Scheißantibiotika nicht!

Doch darüber habe ich natürlich nicht zu entscheiden. Mein Körper gehört nicht mehr mir, sondern den Leuten in den weißen Kitteln. Mary hat mir heute Morgen eine zweite Ladung direkt in den Tropf injiziert, kurz nachdem Alice gegangen war. Ich spüre die Medikamente durch meine Adern rauschen, und sosehr ich auch dagegen ankämpfe, wird doch alles nach und nach gedämpfter und langsamer, als wäre die Welt aus Watte. Meine Lunge fühlt sich schwer und nutzlos an, ist zu schleimigen, tropfenden Lappen geworden. Doch das ist egal, ich kann mich nicht ausruhen, darf mich nicht ausruhen, bis ich jemandem erzählt habe, was Charlotte zu Cassie gesagt hat. Auch wenn ich nichts über Cassie weiß – nicht einmal, wie ihr Lachen klingt, ob ihre Augen blau oder grün sind, wie sie ihren Tee trinkt –, weiß ich doch, dass sie hier nicht sicher ist. Sie ist nicht sicher, und ich bin der Einzige, der ihr helfen kann.

Ich zwinge mich, die Augen zu öffnen. Lucys hübsches Gesicht blickt mir entgegen. Sie streicht sich ein paar dunkle Haarsträhnen hinter die Ohren, ehe sie meine Augen mit der Salzlösung betupft, wie Mary es ihr gezeigt hat.

Als sie fertig ist, lächelt sie mich an und fragt: »Wie fühlst du dich, Dad?«

Ich blinzle einmal, um sie zu beruhigen, ihr vorzumachen, dass es mir einigermaßen gut geht. Sie spielt an ihrem Nasenring herum, die Stirn nachdenklich gerunzelt.

»Alice meinte, du willst nicht, dass ich Mum oder Oma Ashcroft oder sonst jemandem sage, dass du blinzeln kannst, dass es dir besser geht. Bist du sicher, Dad? Meinst du nicht, es wäre …«

Ich unterbreche sie mit zweimaligem festem Zwinkern. Nein!

»Aber Dad, ich glaube, Mum würde …«

Zwinker, zwinker – nein!

Lucy blickt in ihren Schoß, Enttäuschung zuckt über ihr Gesicht, und es zieht mir das Herz zusammen.

»Alice sagt, du willst warten, bis du besser kommunizieren, mehr Worte formulieren kannst, ehe wir es anderen erzählen. Ist das richtig, Dad?«

Blinzel!

Ja, mein Herz, ich muss mich zuerst noch mehr erholen, um der Welt von der nächtlichen Besucherin erzählen zu können, von Charlottes Warnung an Cassie und dass es Jack war, der versucht hat, seine Frau umzubringen. Wenn wir es jetzt schon bekannt machen, könnte jemand herausbekommen, dass ich die Wahrheit über Jack weiß. Bis jetzt haben weder er noch seine Mutter Fragen über die zusätzlichen Behandlungen gestellt, die ich hier auf der Station bekomme, und das soll auch so bleiben.

Meine Lider werden bleiern, und ich höre Lucy sagen: »Okay, das reicht, bitte versuch jetzt zu schlafen, Dad.«

Doch sobald meine Augen geschlossen sind, zieht die nächtliche Besucherin in meinen Gedanken herauf wie schlechtes Wetter und bittet Cassie immer wieder um Vergebung. Weswegen? Die Frage löst einen Adrenalinschub aus, der stärker wirkt als die Medikamente und mich die Augen wieder öffnen lässt. Wegen etwas, das mit Jack zu tun hat? Waren sie in jener Nacht zusammen? Jedenfalls weiß ich, dass ich nicht ruhen kann, nicht jetzt.

Ich gebe Lucy blinzelnd zu verstehen, dass ich die Tafel möchte. Sie schüttelt zuerst den Kopf.

»Nein, Dad. Du musst dich ausruhen.«

Ich blinzle wieder, nachdrücklich und entschieden.

Lucy blickt zweifelnd auf mich herab, die Stirn in Falten.

Tut mir leid, mein Schatz, aber du musst das jetzt für mich tun.

Ein drittes Mal bitte ich zwinkernd um die Tafel.

Lucy sieht sich ratsuchend auf der Station um, aber wir sind allein. Mary ist am Bett des neuen Patienten in ein Gespräch mit einem Weißkittel vertieft. Ich weiß nicht, wie der oder die Neue heißt, die Person wurde heute Morgen hereingefahren, kurz nachdem Alice wieder weg war, aber es hört sich an, als sei Mary nicht glücklich über ihr Hiersein. Ich bekomme Bruchstücke der Unterhaltung mit – »multiples Organversagen«, »Mangel an Pflegekräften« – und schließe daraus, dass sie es problematisch findet, einen weiteren Patienten mit hohem Pflegebedarf bei jeweils nur zwei diensthabenden Schwestern hier auf 9B zu versorgen.

Lucy nimmt achselzuckend die Blinzeltafel zur Hand. »Okay, aber nur fünf Minuten, Dad. Dann gehe ich und lasse dich richtig ausschlafen. Abgemacht?«

Sie macht direkt weiter, wohl wissend, dass ich kein Blinzeln an eine Bestätigung verschwenden werde.

»Also, wir waren bei J, A stehen geblieben.« Sie richtet ihr Augenmerk voll auf mich, damit ihr kein kostbares Zwinkern entgeht, und fährt mit dem Finger die erste Spalte der Tafel hinunter. »Rot?«

Blinzel.

»Gut, Rot. A, B, C…«

Blinzel.

»C, aha. J, A, C… Willst du ›Jack‹ buchstabieren, den Namen von Cassies Mann?«

Blinzel!

Gut gemacht, Lucy!

Sie strahlt mich an und ruft durch den Gang. »Mary, Mary! Dad hat gerade ein Wort buchstabiert!«

Mary eilt herbei, kommt außer Atem an meinem Bett an. »Das nenne ich aber nicht Ausruhen!«, sagt sie mit einem tadelnden Zungenschnalzen zu mir, zwinkert Lucy jedoch dabei zu. »Kommen Sie, Frank, ich kann eine Aufmunterung brauchen. Haben Sie es endlich geschafft, meinen Namen zu buchstabieren?«

Die Aufregung beschert mir einen neuen Energieschub. Ich blinzle zweimal.

»Frecher Lümmel«, sagt sie mit nachgeahmtem West-Country-Akzent. Ich liebe es, wenn sie mich so veräppelt.

Lucy lacht ungeduldig. »Nein, er hat ›Jack‹ buchstabiert. Ich glaube, er will uns sagen, dass er mehr weiß, als wir bisher dachten, dass er genau mitbekommt, was hier auf der Station mit den anderen Patienten passiert, mit Cassie vor allem. Habe ich recht, Dad?«

Ich bringe noch ein Blinzeln zustande, ehe mir wieder die Lider zufallen.

Immerhin bin ich nun ein kleines Stück näher dran zu sagen, was ich weiß. Mein wichtigstes Wort bislang. Nun muss ich es mit einem anderen, möglichst aussagekräftigen verbinden. »Böse«? Oder vielleicht lieber »Polizei«?

Doch Lucy küsst mich und sagt: »Jetzt lasse ich dich aber schlafen, Dad.« Sie ignoriert mein Blinzeln, mit dem ich sie bitte zu bleiben. Mary ist schon wieder gegangen, und als ich allein bin, spüre ich, wie mein Bewusstsein erneut den Drogen nachgibt. Meine Gedanken tropfen aus meinem Gehirn wie schmelzendes Eis. Wenigstens fühlt sich meine Lunge jetzt weniger verklebt an. Ein, aus, ein, aus. Ich zähle mit dem Beatmungsgerät und denke plötzlich daran, was Alice wohl gerade an ihrem sonnigen freien Tag macht. Vielleicht ist sie an die Küste gefahren und wirft am Strand Stöckchen für Bob, während der Wind ihre Haare um ihr Gesicht tanzen lässt. Bald wird ihr jemand erzählen, dass ich Jacks Namen buchstabiert habe, und sie wird begreifen, was ich ihr vorhin zu sagen versuchte. Sie wird erkennen, dass Jack uns alle hinters Licht geführt hat, und zur Polizei gehen, und dann wird endlich reiner Tisch gemacht mit diesem ganzen Durcheinander. Sagt man so? Ich bin nicht sicher. Mein Verstand schwappt hin und her, sucht den sicheren Hafen von Alices Gesicht. Ich sehe sie vor mir, lächelnd, ihre Zahnlücke, wie stolz sie auf mich sein wird, weil ich geholfen habe. Wie viel besser es ihr mit alledem gehen wird. Ein, aus, ein, aus, und endlich gebe ich nach und gleite davon in die grenzenlose Dunkelheit.

Ich wache von einem schmatzenden Geräusch auf, wie von Stiefeln, die durch Schlamm stapfen. Es dauert einen Moment, bis ich kapiere, dass es aus meiner Lunge kommt. Mir scheint, ich habe sehr lange geschlafen.

Jemand hat mich gereinigt, während ich bewusstlos war, aber meine Bronchien verschleimen offenbar schnell wieder. Ich merke, wie die Dunkelheit mich erneut zu sich hinzieht, doch dann denke ich an diese Hände, die spröde über Cassie schwebten, und ein Schreck durchfährt mich und verursacht mir Herzklopfen. Durch die Geräusche meiner Organe hindurch höre ich unbekannte Schritte herannahen. Ich bin sicher, dass Mary gesagt hat, sie hätten meine Physio wegen der Infektion abgesagt, also befehle ich mir, mich zu entspannen, da es sicher um Cassie geht. Doch dann wird mein Vorhang aufgezogen, und Lizzie verkündet: »Frank, Überraschung, Ihre Nichte ist hier.«

Meine Nichte?

»Also, vergessen Sie nicht, er ist ein wenig benommen durch die Infektion und die Medikamente …«

Ich weiß, dass Paul Söhne hat, dass ich Neffen habe, aber an eine Nichte kann ich mich nicht erinnern.

Gleich mehrere Alarme gehen im Abteil des neuen Patienten los, und sogleich ist hektisches Gerenne im Gang zu hören.

»Oh Gott«, sagt Lizzie. »Entschuldigen Sie, wir haben heute alle Hände voll zu tun. Ich komme wieder, so schnell ich kann …« Sie eilt davon, reiht sich in den Ansturm zur Rettung des Unbekannten ein.

Vielleicht ist die kleine Gehirnwindung, in der die Erinnerung an meine Nichte gespeichert war, ja bei dem Schlaganfall draufgegangen oder von den Medikamenten aufgeweicht worden.

Ich liege zum Fenster gedreht, auf der rechten Seite, sodass ich diese Nichte nur flüchtig sehe, aber ich höre sie herankommen. Ihre Schritte sind schwer, als trüge sie dicke Lederstiefel. Sie riecht rauchig, aber auch ein bisschen süß, wie nach Räucherstäbchen. Sie riecht wie ein Hippie.

Gott, lass meine Nichte kein Hippie sein.

Am rechten Fußende meines Betts bleibt sie stehen. Sie trägt Jeans, ihre Beine sind lang und schlank, aber sie hat einen festen Stand. Darüber trägt sie einen grünen Mantel, den sie jetzt auszieht und über den Besucherstuhl legt. Ihr langer roter Zopf windet sich schlangengleich über ihren Rücken, aber das ist auch schon alles, was ich an Einzelheiten von meiner Position ausmachen kann, zumal meine Augen verklebt sind und vor Erschöpfung schmerzen. Ich höre, dass sie die abgegriffene Mappe zur Hand nimmt, in der die Schwestern meine Daten notieren, und sie anschließend an ihren Platz am Bettende zurücksteckt. Dann kommt sie näher und mustert mich, als würde sie ein Bakterium durch ein Mikroskop studieren. Sie atmet tief und bewusst durch die Nase ein, legt mir eine kühle Hand auf die Stirn und beugt sich an mein Ohr. »Hallo, Onkel Frank«, sagt sie.

Mein Magen krampft sich zusammen, als ich sie wiedererkenne.

Sie ist zurück.

Ich denke daran, wie sie sich über Cassie beugte, von Reue geschüttelt.

Was hast du getan?

In mir tobt ein Sturm aus Flüchen, doch in ihren Augen wirke ich natürlich still wie ein Mühlteich. Ich bin gezwungen, ihr ins Gesicht zu sehen, während sie forschend auf mich herabstarrt. Sie hat starke, ausgeprägte Züge und einen alabasterfarbenen, mit Sommersprossen gesprenkelten Teint.

Warum bist du hier?

Am Ende der Station steht ein Whiteboard mit den Namen der Patienten darauf, sie muss meinen dort gelesen haben. Ihre Augen sind vor Neugier leicht zusammengekniffen, während sie mich inspiziert, doch sie schreckt nicht vor mir zurück, ist offenbar hart im Nehmen. Die Alarmgeräusche von meinem lauten neuen Nachbarn schrillen derweil weiter.

Sie greift nach einem gerahmten Foto auf meinem Nachtschrank – dem von Lucy und mir auf unserem Angelausflug in Wales. Luce hat es gestern mitgebracht und auf das Schränkchen gestellt, allerdings zu hoch, als dass ich es anschauen könnte, und nun sehe ich nur die schwarzsamtene Rückseite des Rahmens. Aber ich weiß, dass es an einem der glücklichsten Tage meines Lebens gemacht wurde. Lucy ist darauf etwa zehn. Ich knie neben ihr, und wir tragen beide eine von den alten Schiebermützen meines Vaters und lächeln in die Kamera. Lucy grinst so breit, dass ihre Augen nur noch schmale Schlitze sind. Wir halten je eine Meerforelle in die Höhe, die wir in dem hinter uns sichtbaren Fluss Towy gefangen haben. Lucy hat jede Menge Fische gefangen, und das Exemplar, das sie in die Kamera hält, ist doppelt so groß wie mein einziger Fang, worüber sie sich immer wieder aufs Neue kaputtlachen konnte. Die fremde Frau wirft nur einen kurzen Blick darauf, ehe sie es mit einem traurigen kleinen Seufzer wieder an seinen Platz stellt, außerhalb meines Blickfelds.

Dann wendet sie sich abrupt von mir ab, und ich weiß auf einmal, warum sie hier ist.

Nein!

Die Vorhänge flattern leicht durch die Bewegung, doch trotz der schweren Stiefel geht sie fast lautlos zu Cassie hinüber.

Sie betrachtet sie von oben bis unten, und dann sehe ich, wie sie ihr mit dem Zeigefinger einmal über die Wange streichelt. »Ich hätte es sein sollen, Cassie, nicht du. Ich hätte an deiner Stelle sein sollen.«

»Bei was hättest du an ihrer Stelle sein sollen, Nicky?«

Ich war so auf diese Frau, diese Nicky, konzentriert, um trotz des Alarmgeheuls mitzubekommen, was sie sagt, dass ich Charlottes energische Schritte auf dem Linoleumboden überhört habe.

Nicky wirbelt zu ihr herum. In dem Moment verstummen ein oder zwei der Apparate, nur einer fährt mit seinem elektronischen Klagegeheul fort.

Charlotte geht auf Nicky zu und will sie am Arm von Cassies Bett wegziehen, doch Nicky reißt sich los und kommt herüber zu meinem Abteil. Als Charlotte ihr folgt, sehe ich, wie ihr aufgesetztes Lächeln in einen Ausdruck der Wut übergeht, bleich und hart wie eine Faust. Sie schließt meinen Vorhang hinter sich, ehe sie sich auf der anderen Seite meines Betts vor Nicky aufbaut.

Gott sei Dank, jetzt ist Cassie erst mal gerettet.

»Was machst du hier?«, will Charlotte wissen.

»Ich musste lügen, damit sie mich zu ihr lassen«, erklärt Nicky. »Jack hat mir nicht erlaubt, sie zu besuchen, also blieb mir nichts anderes übrig.« Sie zieht eine Grimasse, aber ihr Ton ist sanfter, als sie fortfährt. »Ich wollte für ihn da sein, für das Baby. Ich dachte, er braucht mich jetzt, wo er Cassie nicht mehr hat. Aber er lässt sich nicht von mir helfen, er ignoriert mich einfach, genau wie Cassie.«

Charlotte beugt sich über mein Bett zu ihr vor. Ich höre, welche Beherrschung es sie kostet, ruhig zu sprechen. »Hast du das damit gemeint, dass du an ihrer Stelle hättest sein sollen? Du wolltest mit Jack zusammen sein?«

Nicky schüttelt den Kopf und weicht ihrem Blick aus. »Ich habe das alles nicht gewollt«, sagt sie. »Ich wollte mich nur mit ihr versöhnen. Aber sie hat nicht auf meine Anrufe reagiert. Ich habe keine andere Möglichkeit gesehen und bin in der Nacht zu ihr gefahren, damit sie mit mir redet.«

Sie war also in der Nacht dort.

Nicky hält die Arme an ihre Seiten gepresst, öffnet abwechselnd die Hand und ballt sie zur Faust. Sie ist nervös, und Charlotte merkt das.

»Du bist in der Silvesternacht zu ihr gefahren …«, sagt Charlotte mit gepresster Stimme.

Nickys Gesicht wird seltsam ausdruckslos, als ihr aufgeht, was sie da gerade gesagt hat. Unwillkürlich macht sie einen Schritt zurück und stößt mit der Hüfte gegen die Ecke meines Nachtschranks. Es muss wehtun, aber sie zuckt nicht mit der Wimper.

»Du bist in der Nacht hergefahren, Nicky, aber nicht, um dich bei Cassie zu entschuldigen, sondern um meinen Sohn für dich zu gewinnen, ihn seiner

Frau wegzunehmen. Als du Cassie mit ihrer Tasche auf der Straße gesehen hast, dachtest du, das ist deine Chance, jetzt kannst du haben, was du immer gewollt hast: Cassies Leben.«

Sie war es also doch.

Nickys Starre löst sich, sie ringt nach Luft, atmet hektisch und beginnt zu hyperventilieren: »Nein, nein, nein, ich …«

Ich hatte von Anfang an recht.

Charlotte fällt ihr ins Wort. »Du warst es … du warst es, Nicky. Du wolltest sie umbringen!«

Nicky hält sich den Kopf mit beiden Händen, ihre Augen zucken wild, und sie gibt ein langgezogenes Stöhnen von sich, ehe sie ruft: »Ich wollte sie um Verzeihung bitten für das, was sie gesehen hat!«

Charlotte stutzt, damit hat sie offenbar nicht gerechnet. Ihr Blick bohrt sich in Nicky, die immer keuchender atmet. Ihre Brust hebt und senkt sich, als versuche etwas, daraus zu entkommen.

»Was hat sie gesehen?«, fragt Charlotte streng.

»Mich und Jack«, antwortet Nicky leise. »Sie hat uns gesehen.«

Meine Bettdecke verschiebt sich, als Charlotte ihre Hände hineinkrallt.

»Woher soll ich wissen, dass du mich nicht anlügst?«, zischt sie Nicky an.

»Sie hat uns zusammen gesehen, Charlotte, damals im Herbst. Ich wollte übers Wochenende zu Besuch kommen und bin ein paar Stunden früher angereist, um Cassie zu überraschen. Jack war zu Hause, und ich habe mich gefreut, mich ein bisschen mit ihm unterhalten zu können. Er hatte einen schlechten Tag im Büro gehabt und war früher gegangen. Wir haben uns auf dem Sofa unterhalten. Er hat mir von seinem Stress erzählt, wegen der Firma, wegen der Fehlgeburt, weil er merkte, dass Cassie nicht glücklich war, und nicht wusste, was er tun sollte. Ich glaube, uns war beiden nicht klar, was da passierte, aber auf einmal haben wir uns geküsst, und Cassie hat uns durchs Fenster gesehen. Sie hat gesehen, wie wir uns geküsst haben.«

Feine Fältchen ziehen sich wie Bruchlinien über Charlottes Gesicht. Ihr Blick zuckt peitschenartig über Nickys Züge, auf der Suche nach einer Lüge.

Auf einmal geht sie um das Fußende meines Betts herum. Im ersten Augenblick denke ich, dass sie Nicky schlagen will. Der gewalttätige Zug, den ich neulich abends an ihr bemerkt habe, tritt wieder hervor, als wäre etwas in ihr freigesetzt worden, das sich nicht mehr unterdrücken lässt.

»Er ist nicht … er ist nicht so.« Sie klingt ruhig, stößt aber jedes Wort zwischen zusammengebissenen Zähnen hervor.

Nicky starrt sie nur an, die Hände zu Fäusten geballt. »Doch, Charlotte.«

»Du hast ihn dazu getrieben. Du bist schuld.« Charlottes Mund verzerrt sich hässlich beim Sprechen.

»Ich bin nicht schuldlos, das sage ich auch nicht, aber ich habe ihn nicht dazu getrieben, Charlotte«, erwidert sie, ehe sie schwach hinzufügt: »Es war außerdem nur ein Kuss.«

»Nur ein Kuss? Es ist nie nur ein Kuss!«

Nicky zuckt zusammen, als Charlotte noch näher kommt.

Charlotte muss an sich halten, als würde sie einen wild gewordenen Hund an der Leine halten. Mit zorniger Geste deutet sie hinüber zu Cassie. »Sie hätte ihn in der Nacht nicht verlassen«, zischt sie. »Wir wären jetzt nicht hier, wenn es nur ein Kuss gewesen wäre!«

Doch Charlottes Zorn hat nicht die rohe Energie frischer Empörung. Sie wirkt nicht erschrocken darüber, er ist ihr vertraut, beinahe wie schon öfter geprobt, als hätte sie ähnliche Szenen schon häufig spätnachts in ihrem Kopf durchgespielt und bekäme von Nicky nun endlich eine Bühne geboten.

Nicky senkt den Blick auf mein Bett. Tränen schwimmen in ihren Augen, doch ihre Worte kommen klar und deutlich heraus. »Ich bin kurz nach Mitternacht von einer Party weg. Bin ins Auto gestiegen und losgefahren. Als ich zum Cottage kam, war alles dunkel. Es war sehr kalt. Die Sicherheitsbeleuchtung draußen ging an, alles war mit Reif überzogen, bis auf…« Sie unterbricht sich, schöpft Atem und sieht Charlotte an. »Bis auf Jacks Auto. Ich habe die Hand darauf gelegt – es war noch warm. Er musste gerade erst gekommen sein.«

Jack.

»Was soll das heißen?«

»Ich habe mir immer wieder gesagt, dass es einen anderen Grund dafür geben muss, warum sein Auto noch warm war. Dass es Jonny war, der sie angefahren hat, vor allem, nachdem Jonny verhaftet wurde. Doch tief drinnen habe ich wohl immer gewusst, dass es Jack war. Ich glaube nicht, dass ich die Erste war, es hat sicher andere Frauen vor mir gegeben. Er hat Cassie nicht mehr gewollt …«

»Hör auf, Nicky …«

»Er ist ihr nachgefahren, stimmt's? Ich weiß, dass er es war.«

Charlotte spricht gesetzter als Nicky und mit Autorität in der Stimme. »Ich kann jetzt sofort die Polizei anrufen. Sie werden sich die Aufnahmen der Überwachungskameras ansehen und feststellen, dass du in der Nacht nach Buscombe gefahren bist. Du hattest getrunken … und du hattest ein Motiv.«

Nicky legt erneut die Hände an ihren Kopf, als würden Charlottes Worte ihr wie Nadeln in die Ohren stechen.

»Du dachtest, du könntest ihn dir einfach nehmen, aber es hat nicht geklappt, stimmt's, Nicky? Sieh dich nur an, immer noch allein, immer noch Single …«

Charlotte verstummt plötzlich und sieht zum Gang hin. Schritte nähern sich, und dann zieht Lizzie meinen Vorhang auf.

Charlotte lächelt sie an, als wäre alles in schönster Ordnung.

»Oh, hallo, Charlotte«, sagt Lizzie, während sie an mein Bett tritt, und ich höre leichte Verwunderung in ihrem Ton, doch sie scheint nichts von der vergifteten Atmosphäre in meinem Abteil zu bemerken.

»Äh, tut mir leid, dass ich Sie allein lassen musste, Ms Breton«, entschuldigt sie sich bei Nicky und fügt vertraulich hinzu: »Ein kleiner Notfall, fürchte ich.«

Nicky stößt wieder gegen meinen Rollschrank, als

sie sich in Bewegung setzt. »Nein, nein, schon gut, ich muss jetzt sowieso los.«

Ihre Stimme zittert, sie hebt ihre Tasche vom Boden auf und klammert sich an den Schulterriemen wie an eine Rettungsleine, als Charlotte sagt: »Nun, es war schön, sich mit Ihnen zu unterhalten. Tut immer gut, ein offenes Ohr zu finden, nicht wahr?« Ihre Stimme schwankt kein bisschen, ihr Blick flackert nicht, und sie wird nicht rot.

Nicky erwidert nichts darauf und sieht Charlotte auch nicht an. Sie nickt nur knapp und drängt sich an den beiden Frauen vorbei. Ihre Stiefel hallen schwer im Gang wider, als sie davoneilt, und mir wird klar, dass sie nicht hier war, um sich zu verteidigen. Sie war hier, um endlich die Wahrheit zu sagen.

Jacks Auto war noch warm.

Lizzie blickt ein wenig verstört drein wegen Nickys abruptem Abgang. »Auf Wiedersehen«, ruft sie ihr noch nach, bevor sie Charlotte fragt: »Habe ich etwas Falsches gesagt?«

Jack wollte Nicky, er begehrte andere Frauen.

Charlotte starrt auf die Stelle, an der Nicky eben noch stand, und muss sich sichtlich einen Ruck geben. Lächelnd antwortet sie: »Sie ist nur ein wenig aufgewühlt, das ist alles. Ich glaube, es war schwer für sie, ihren Onkel so zu sehen.«

Cassie war ihm im Weg.

Das Telefon am Empfang klingelt. Lizzie sieht hinüber in der vergeblichen Hoffnung, dass jemand anders rangeht. »Gott, heute ist wieder so ein Tag, fürchte ich«, sagt sie und eilt davon.

Sobald sie weg ist, sinkt Charlotte regelrecht in sich zusammen, während sie lang und tief ausatmet. Sie hält sich mit beiden Händen am Ende meines Betts fest und sagt ein leises Mantra: »Sie wird dafür bezahlen, sie wird dafür bezahlen.« Mit geschlossenen Augen schüttelt sie den Kopf. »Niemand hat es gesehen, niemand weiß es. Es war nicht seine Schuld.«

Ihre Worte schwirren in meinem Kopf herum wie ein Bienenschwarm.

Sie beschuldigt Nicky nicht, weil sie wirklich glaubt, dass sie es getan hat, sondern um Jack zu schützen.

Anscheinend spürt sie mein Gaffen, denn plötzlich schlägt sie die Augen auf, und ich merke, dass sie einen Schatten sieht, den schattenhaften Geist von Frank Ashcroft hinter meinem dumpfen Blick vorbeihuschen sieht, und ohne es zu wollen, blinzle ich.

Mist.

Sie starrt mich an.

»Sie haben geblinzelt«, sagt sie mit vor Schreck matter Stimme. Ich konzentriere mich auf die Muskeln um meine Augen, zwinge sie, sich zu entspannen und nicht mal ansatzweise zu zucken.

Sie lächelt nicht wie alle anderen, wenn sie mich blinzeln gesehen haben. Nein, ihr Ausdruck verhärtet sich wie vorhin bei Nicky.

Dann dreht sie sich um und ruft: »Lizzie!« Sie zieht meinen Vorhang weiter auf. »Lizzie!«, ruft sie wieder, erregt jetzt, und Lizzie kommt mit hektisch gerötetem Gesicht herbeigelaufen.

»Tut mir wirklich leid, Charlotte. Ehrlich, ich weiß nicht, was heute los ist …«

»Er hat gerade geblinzelt«, unterbricht Charlotte sie und zeigt mit dem Finger auf mich.

Lizzies junges Gesicht verzieht sich zu einem breiten Lächeln, als wäre sie drauf und dran, ein köstliches Geheimnis preiszugeben.

Nein, Lizzie, nicht!

»Frank wollte es nicht an die große Glocke hängen, stimmt's, Frank? Bis er so weit ist, dass er ganze Wörter sagen kann.« Sie zwinkert mir zu. »Aber da Sie nun dahintergekommen sind, Charlotte, kann ich Ihnen ja sagen, dass er tatsächlich Fortschritte macht.«

Hör auf, Lizzie!

»Aber Doktor Sharma hat doch gesagt, er sei im Wachkoma.«

»Na ja, das dachte er zuerst, aber diesmal hat er sich geirrt. Zum Glück, kann ich nur sagen.« Lizzie sieht mich wieder an. »Stimmt's, Frank?«

Ich zeige keine Regung.

»Ach, er ist wahrscheinlich nur müde jetzt. Er kuriert gerade eine Infektion aus, und die Antibiotika machen ihn schlapp«, erklärt Lizzie, während sie meine Akte zur Hand nimmt, um die Messwerte einzutragen. »Ehrlich gesagt wundert es mich, dass Sie und Jack noch nichts davon mitbekommen haben, Charlotte. Frank ist nämlich unser Superstar, er hat angefangen, Worte zu blinzeln. Obwohl er unter der Infektion leidet, war er heute wild entschlossen weiterzumachen, habe ich gehört. Mary meinte, er wäre geradezu versessen darauf gewesen und hätte keine Ruhe gegeben, bis er Jacks Namen geblinzelt hat!« Sie sieht Charlotte erwartungsvoll an und guckt kurz enttäuscht, weil sie keine Reaktion erhält, was sie jedoch nicht vom Weiterplappern abhält. »Frank war die ganze Zeit bei Bewusstsein. Er kriegt alles mit, was wir sagen, und versteht es vollkommen. Stimmt's, Frank?«

Herrgott noch mal, Lizzie …

Beide Frauen sehen mich an – Lizzie lächelnd, Charlotte bleich und mit verkniffenen Lippen, als könnte sie ihren Mund nur so im Zaum halten.

»Die Ärzte glauben sogar, dass er ein übersensibles Gehör hat und eine Stecknadel fallen hören kann. Aber keine Sorge, Frank hat mir versprochen, unsere kleinen Geheimnisse nicht weiterzuerzählen, hab ich recht, Frank?«

Ich reagiere nicht. Lizzie wirkt zunehmend irritiert von der sonst immer so verbindlichen Charlotte.

»Ist alles in Ordnung mit Ihnen? Sie sind auf einmal ganz blass.«

Charlotte starrt mich immer noch an, und ihr Blick brennt sich schlimmer in meine Netzhaut als die Taschenlampen der Ärzte.

»Ja, Lizzie, alles gut. Ich freue mich nur für Frank und bin erstaunt, dass wir es nicht gemerkt haben.« Charlotte klingt mechanisch, wie ein Automat.

»Ich denke immer, vielleicht kann Frank bis zur Geburt des Kindes wieder mit uns sprechen! Wäre das nicht toll?«, sagt Lizzie, doch ihr Lächeln schwindet, weil Charlottes Augen, hart wie Geschosse, immer noch auf mich gerichtet sind.

Ich habe gehört, was du zu Cassie gesagt hast.

Ich wette, sie kann meine Gedanken lesen.

Ich habe alles gehört, was du zu Nicky gesagt hast.

»Sie haben alles gehört«, sagt sie so gedehnt, dass ich die Bewegung des Speichels in ihrem Mund wahrnehme.

»Entschuldigung, was haben Sie gesagt, Charlotte?« Lizzie blickt von der Mappe auf.

Sein Auto war noch warm.

»Ich sagte nur, was für eine wunderbare Nachricht das doch ist.« Charlotte lächelt, und Lizzie erwidert ihr Lächeln, froh, dass sie endlich zu ihr durchgedrungen zu sein scheint.

Er wollte sie aus dem Weg haben.

Am anderen Ende der Station kreischt wieder ein Notalarm los und verbreitet Panikstimmung.

Es war Jack.

Lizzie steckt meine Mappe in den Halter am Bettende. »Ach herrje, nicht schon wieder«, sagt sie mit einem flüchtigen Blick zu mir.

Nein, nein, Lizzie, du kannst jetzt nicht …

Ich blinzle zweimal und dann wieder zweimal, doch Lizzie sieht mich nicht, weil sie sich schon umgedreht hat, um mit den anderen Schwestern und Ärzten zu dem Notfall zu eilen.

Aber Charlotte sieht mich.

Der Alarm scheint durch meine Organe zu schrillen. Mein Herzmonitor fängt an zu piepen, als sie sich nach beiden Seiten umschaut, ruhig den Vorhang zuzieht und dann wieder herkommt. »Sie haben es gehört. Sie haben gehört, was ich über Jack gesagt habe.«

Ich denke an Luce, an Alice. Ihnen zuliebe muss ich reglos bleiben, Cassie zuliebe, ihrem Kind zuliebe.

Charlotte fixiert mich, als würde sie tief in mir etwas erkennen, von dem ich selbst nichts weiß.

»Ich weiß, dass Sie da sind, Frank. Ich weiß, dass Sie Dinge gehört haben, die Sie nicht hören sollten.«

Ihre Augen weiten sich ob der Tragweite ihrer Erkenntnis, und eines ihrer Lider fängt an zu zucken. Sie geht ein Stück auf Abstand zu mir und dreht sich halb weg, sodass ich sie nicht mehr sehen kann. In verzweifeltem Ton stößt sie hervor: »Mein Gott, er weiß es, er weiß es.«

Auf einmal wird es um mein Bett herum ganz still, und diese Stille ist schlimmer als alles, was sie gesagt hat. Mein Herz wird zu einem Eisklumpen in meiner Brust, weil ich ihre Gedanken höre, bevor ihre Worte mich erreichen.

»Frank, es tut mir leid. Es tut mir wirklich sehr leid.«

Es tut dir leid, dass dein Sohn seine Frau fast umgebracht hat?

»Sie hätten nichts davon hören dürfen, Frank.«

Oder dass du bereit bist zu lügen, um ihn zu schützen?

Dann ragt sie wieder über mir auf und starrt auf mich herab. Ihr Blick ist seltsam abwesend, als hätte sie sich zeitweilig von sich selbst entfernt. Ihr Lid pulsiert immer noch, doch sie ist voll konzentriert. Obwohl ich mich nicht rühren kann, erstarre ich.

Am anderen Ende der Station zählt ein füllig klingender Mann laut etwas mit, offenbar versucht er eine Herz-Lungen-Wiederbelebung bei dem neuen Patienten. Durch die Alarmgeräusche und die gerufenen

Anweisungen hindurch höre ich ein dumpfes Knacken wie von Zweigen, als er dem Patienten die Rippen bricht. Ich schicke all meine Gedanken und Willenskraft zu ihnen hinüber, damit wenigstens einer, irgendjemand, sich umdreht und gewahr wird, was hier vor sich geht.

Charlotte beugt den Kopf zu mir herunter. »Es tut mir leid, dass Sie alles mitgehört haben, Frank«, zischt sie erneut, und ihr Flüstern geht mir durch Mark und Bein. »Aber Sie haben eine Tochter; Sie wissen, dass man bis zum Äußersten geht, um sein Kind zu beschützen. Sie würden dasselbe tun, wenn Sie dazu gezwungen wären. Sie würden dasselbe tun ...«

Die Zeit scheint sich unendlich vor mir auszudehnen. Ich höre nichts mehr von dem lärmenden Drama um den neuen Patienten, von dem Geschrei der Menschen, die ihn retten sollen. Mein Blick bleibt starr, ich blinzle nicht. Ihre Hand zittert, als sie anfängt, am Ventil meiner Atemkanüle zu drehen.

Nein, oh mein Gott, nein.

Ein merkwürdiges Gurgeln kommt aus meiner Kehle, wie von Wasser, das in einen Abfluss gesaugt wird.

Bitte, Charlotte, bitte.

Dann ist da plötzlich kein Atem mehr, kein Rasseln in meiner Brust, und das ist neu und beinahe angenehm, bis meine Lunge sich vor Panik zusammenkrampft. Meine Atmung hat aufgehört. Seit Monaten liege ich hier völlig still, doch das ist etwas anderes, eine unnatürliche Reglosigkeit wie bei einer plötzlich gefrorenen Welle.

So will ich nicht sterben.

Kochendes, geschmolzenes Metall wird in meine Lunge gegossen, die sich verhärtet.

Ich wollte Alice alles sagen.

Charlotte lehnt zusammengekauert in der Ecke neben meinem Stuhl, die Hände vor den Mund geschlagen, als müsste sie einen Schrei unterdrücken.

Ich wollte Lucy stolz machen.

Tränen strömen aus ihren Augen, die sie aber weiter fest auf mich gerichtet hält. Dann sehe ich alles nur noch verschwommen, die Farben laufen ineinander wie bei einem Aquarell, worüber ich froh bin; ihr Gesicht soll nicht mein letzter Anblick sein.

Ich wollte eines Tages hier herausspazieren, an Lucys Seite.

Alles verschmilzt zu Stille, selbst das absurde Orchester empörter Alarmgeräusche verstummt zu friedlicher Ruhe.

Verzeih mir, Luce, ich habe dich schon wieder enttäuscht. Es tut mir so leid.

Lucy muss gespürt haben, dass ich sie brauche, denn auf einmal kommt sie an mein Bett gerannt.

Ah, Luce, da bist du ja!

Sie ist wieder ein kleines Mädchen, ihre Ponyfransen ragen unter einer der alten Schiebermützen meines Vaters heraus. Vorn hat sie eine breite Zahnlücke, und ihre Wangen sind von der frischen Luft gerötet. Lachend nimmt sie meine Hand und zieht mich mit sich. Wir sind nicht mehr im Krankenhaus, sondern wieder in dem Flieger, aber diesmal will sie nicht, dass ich mich zurück auf meinen Platz setze. Sie will, dass ich springe, ich soll mit ihr aus dem Flugzeug springen. Ich sage ihr, dass sie verrückt ist, doch als ich auf die Wolken unter uns blicke, denke ich, was für eine Erleichterung es sein würde loszulassen, und auf einmal weiß ich, dass es das Richtige ist, das Einzige, was ich tun kann. Lucys kleine Hand zuckt in meiner. Mit glücklich funkelnden Augen sieht sie mich an. »Fertig, Dad?«

Und dann fallen wir.

24

Cassie

Maisie zittert am ganzen Körper und macht bei jedem fernen Feuerwerkskrachen und -zischen einen Satz, als hätte sie Angst vor dem neuen Jahr, vor den Veränderungen, die es mit sich bringt.

Cassie will alles für die Isle of Wight zusammenpacken, bevor Jack nach Hause kommt. Sie weiß nicht, wie viel Zeit ihr noch bleibt, und hält daher nur kurz inne, um den kleinen Hund zu beruhigen. Mit einem Blick auf ihr Handy stellt sie fest, dass es schon nach eins ist. Sie hat sich Zeit gelassen beim Nachhauselaufen, hat tief die klare Nachtluft eingeatmet. Die Dunkelheit war wie Balsam für ihre Seele, und sie hatte das Gefühl, ewig so weitergehen zu können, endlich im Einklang mit der Erde unter ihren Füßen. Sie zieht die alte Lederreisetasche ihrer Mum aus dem Schrank im Gästezimmer, deren vertrauter Tiergeruch ihr entgegenschlägt. Sie wird nur das Nötigste für eine Woche mitnehmen. Kommodenschubladen öffnend, legt sie zwei Paar Jeans, Unterwäsche, Pullis und T-Shirts heraus. Das Fotoalbum und die Tagebücher ihrer Mum legt sie unten in die Tasche, vielleicht können Marcus und sie sich das alles zusammen ansehen. Der Kulturbeutel kann bis morgen früh warten, damit Jack nicht merkt, dass ihre Sachen fehlen, falls er nachher noch ins Bad geht. Sie will heute Nacht kein Drama mehr riskieren, das würde die Dinge nur komplizieren und ihre Entscheidung durch Geschrei und Tränen trüben, während praktisches Handeln so viel klarer und einfacher ist. Trotz allem will sie Jack möglichst wenig verletzen. Sie hält ihn im Grunde nicht für einen schlechten Menschen. Er ist nur fehlgeleitet, so wie sie es auch war.

Cassie konzentriert sich.

Was ist mit dem Schuppen? Sie denkt an ihre Malfarben, die verschmierten, zerdrückten Tuben, die mangels Pflege steifen Pinsel. In ein, zwei Tagen wird sie sich neue gönnen. Sie wird früh am Morgen mit Maisie aufbrechen, sobald es hell wird. Wenn alles nach Plan läuft, muss sie Jack nicht einmal mehr sehen und kann gegen Mittag bei Marcus sein.

Die Tasche ist nur halb voll. Sie könnte noch viel mehr mitnehmen, aber der Gedanke, leicht zu reisen, gefällt ihr. Sie schiebt die Tasche unters Bett. Gut. Was als Nächstes?

Sie kramt in ihrer Schmuckkassette, bis sie den alten Türkisring ihrer Mutter findet. Ihr Verlobungs- und der Ehering stecken am Finger fest, als wollten sie sich nicht von ihr trennen. Sie dreht und zieht und zögert nicht, sie in die Kassette fallen zu lassen. Soll Jack sie doch finden und erkennen, wie ernst die Sache ist. Der Türkisring ihrer Mum ist schwerer, kühler, kompakter, seiner selbst gewisser als Jacks dünne Ringe. Er fühlt sich passend an.

Wie soll sie Jack mitteilen, dass sie eine Zeitlang verreist? Er wird einiges getrunken haben und wahrscheinlich nicht vor zehn Uhr aufstehen, dann wird er im Schuppen nachsehen, ihn leer vorfinden und sie anrufen, danach vermutlich Jonny. Sie hat Jonny schon genug mit hineingezogen, sie kann nicht von ihm erwarten, dass er Jack Bescheid sagt. Er würde die volle Wucht von Jacks Wut abbekommen, und das wäre nicht fair. Eine SMS wäre zu geringschätzig, zu unpersönlich. Jack hat etwas Besseres verdient.

Sie zieht das kratzige Synthetikkleid aus und ihren Schlafanzug an und lockt Maisie unterm Bett hervor, wo die Hündin immer noch bebend und verschüchtert hockt, obwohl die Knallerei endlich aufgehört hat. Das Erdgeschoss ist in ein trübes Dunkel getaucht, die Möbel und ihre anderen gemeinsamen Besitztümer scheinen sie zu bespitzeln wie Wächter. Sie macht Licht, schaltet den Wasserkocher an und reißt eine Seite aus einem Notizbuch heraus. Mit schwarzem Kuli schreibt sie, was ihr in den Sinn kommt:

Jack, ich gehe für eine Weile weg. Ich weiß noch nicht, wie lange. Ich brauche Zeit und Abstand. Bitte ruf mich nicht an und such nicht nach mir. Ich melde mich, wenn ich so weit bin. C.

Anschließend gießt sie kochendes Wasser auf einen Beutel Kamillentee. Sie wird die Notiz heute Nacht bei sich behalten und morgen früh auf den Tisch legen, damit Jack sie findet, wenn sie schon fort ist. Gerade will sie das Licht ausmachen und nach oben gehen, als ein gelblicher Schein von draußen in die Küche dringt, wie auf der Suche nach etwas. Im ersten Augenblick denkt Cassie, dass jemand mit einer Taschenlampe vor dem Haus steht, vielleicht Jonny, der nach ihr sehen will, bis sie das Knirschen von Reifen auf dem Kies hört und erkennt, dass es Autoscheinwerfer sind. Mist. Ist Jack schon zurück? Wenn sie sich jetzt schnell nach oben schleicht, kann sie ins Bett kriechen und sich schlafend stellen, um ihm aus dem Weg zu gehen. Sie klopft auf ihren Oberschenkel und ruft »Maisie!«, aber die kleine Hündin ist schon wieder verschwunden, ihr Stummelschwanz ragt unterm Sofa hervor. Sie müsste sie am Halsband hervorziehen, um es rechtzeitig mit ihr nach oben zu schaffen, aber es ist bereits zu spät. Gedämpfte Worte sind zu hören, das Zuschlagen einer Wagentür und neues Reifenknirschen, als der Wagen wendet. Dann das metallische Klappern eines Schlüssels im Schloss. Cassie fühlt sich bloßgestellt. Sie wünschte, sie könnte sich verstecken wie Maisie, zu ihr unters Sofa kriechen. Stattdessen schiebt sie nur hastig den Brief in ihre Schlafanzugtasche und greift nach ihrem Tee, während die Tür aufgeht. Ihr wird sofort leichter ums Herz, als Charlotte hereinkommt.

»Charlotte, was machst du denn hier?«, fragt sie möglichst unbefangen. »Ich dachte, es wäre Jack.« Mit langsamen Bewegungen, schimmernd in ihrem Paillettenkleid, hängt Charlotte ihren schwarzen Mantel an einen der Garderobenhaken neben der Tür. Durch das Fenster sieht Cassie das Taxi blinkend aus der Einfahrt biegen. Warum ist sie hier?

Ihre Schwiegermutter streift ihre Kitten-Heel-

Pumps in der Diele ab und anschließend ihre Handschuhe. Sie wirkt auf einmal so klein, wie ein Kind, das Verkleiden mit dem Glitzerkleid seiner Mutter spielt. Als sie Cassies Becher sieht, fragt sie: »Ach, ob du mir wohl auch so einen machen könntest, Cas?«

Cassie rührt sich nicht von der Stelle. »Tut mir leid, Charlotte«, sagt sie, »ich wollte eigentlich gerade ins Bett gehen.«

Charlotte überhört das und setzt sich leise seufzend an den Tisch. »Ich muss nur kurz mit dir reden. Du bist früh weggegangen heute Abend. Jack hat eine Ewigkeit nach dir gesucht.«

»Ich war einfach nicht in der Stimmung, und außerdem habe ich mir Sorgen um Maisie gemacht wegen all dem Lärm.«

Charlotte blickt pointiert auf den Küchenstuhl gegenüber. »Komm schon, Cas«, sagt sie, »ich wäre um diese Zeit nicht hier, wenn es nicht wichtig wäre.«

Es fällt kein Wort, während Cassie ihr eine Tasse Kräutertee aufgießt.

Obwohl sie sich danach sehnt, wieder allein zu sein, will Cassie nicht, dass ihre Schwiegermutter sich unnötig aufregt, also stellt sie den Tee vor ihr ab und setzt sich zu ihr. Sie wird ihr ein paar Minuten lang zuhören, schnell ihren Tee trinken und in zehn Minuten wieder oben sein, wo sie ein letztes Mal ihre Tasche kontrollieren wird, bevor sie sich endlich ins Bett legen und auf den Sonnenaufgang warten kann.

Charlotte hat ihre Hände flach auf den Tisch gelegt und taxiert sie, als sähe sie sie zum ersten Mal. »Was auch immer da läuft, es muss aufhören, Cassie.«

Cassie merkt, wie ihr Gesicht sich zu einem Fragezeichen verzieht.

»Bitte, Cassie, erweise mir wenigstens den Respekt, nicht so zu tun, als wüsstest du nicht, wovon ich rede. Ich habe dich und Jonny zusammen gesehen. Schon damals auf dem Gourmetfestival habe ich gemerkt, wie er dich angesehen hat. Nicht dass ich dachte, dass sich da schon etwas zwischen euch abspielte, aber es war klar, dass er es wollte. Deshalb habe ich dir von Mike erzählt. Ich dachte, du würdest es verstehen. Ich habe dir das nicht zum Spaß erzählt, sondern zur Warnung, damit du vorsichtig bist.«

Cassie starrt nur auf Charlottes sich bewegenden Mund, zu verblüfft, um selbst etwas zu sagen.

»Ich wollte, dass du begreifst, was ich alles getan habe, um Jack zu schützen, welche Opfer ich gebracht habe, damit er zu seinem verstorbenen Vater weiter als einem Vorbild aufsehen konnte. Ich wollte, dass du es erfährst, weil ich hoffte, dass es dich zur Vernunft bringt, dich davon abhält, deine Ehe zu zerstören. Seit du die Fehlgeburt hattest, hast du dich verändert. Zuerst fand ich das begreiflich, aber jetzt sehe ich, wie du und Jonny weiter miteinander turtelt wie zuvor.« Sie bohrt ihren Blick in Cassie. »Ich werde nicht zulassen, dass du meinen Sohn zerstörst.«

Cassie lacht beinahe laut vor Empörung. »Entschuldige, aber so was höre ich mir nicht an.« Kopfschüttelnd steht sie auf, aber Charlotte ist schneller und hält sie am Handgelenk fest.

»Wage es nicht, mich einfach stehen zu lassen.«

Cassie befreit sich aus dem Griff ihrer Schwiegermutter und schlägt mit der Faust auf den Tisch. »Bist du denn wirklich so blind? Glaubst du immer noch, ich bin es, die fremdgeht? Rede mit Jack, frag ihn, was wirklich los ist. Mir reicht's, ich gehe ins Bett.«

Sie pfeift nach Maisie, die unter dem Sofa hervorkriecht und mit gesenktem Kopf, ohne Blickkontakt, auf sie zutrottet, als wäre sie gerade ausgescholten worden. Cassie bückt sich, um sie zu streicheln. Sie ist wie ausgewechselt, ein ganz anderer Hund, verstört und furchtsam. Cassie blickt auf den Türkisring an ihrer rechten Hand, die auf Maisies Kopf liegt, und macht sich bewusst, dass Charlotte immer ihr die Schuld geben wird, wenn sie es jetzt dabei belässt. Die Verantwortung würde ihr zugeschoben werden, sollte ihre Ehe tatsächlich scheitern, sollte ihr Kind bei getrennten Eltern aufwachsen. Sie denkt an das ungeborene Baby, zwölf Wochen alt. Selbst wenn ihr Leben hier vorbei sein sollte, wird sie trotzdem immer unauflöslich mit Charlotte und Jack verbunden sein. Charlotte muss die Wahrheit erfahren. Sie kann nicht länger mitspielen und Charlotte vor der Wahrheit über Jack und Jack vor der Wahrheit über Mike bewahren. Entschlossen dreht sie sich zu ihrer Schwiegermutter um, die sich wieder gesetzt hat, die Hände um den Teebecher gelegt, und sie nicht aus den Augen lässt.

»Charlotte, Jack ist es, der eine Affäre hatte, nicht ich. Mit meiner Freundin Nicky. Ich habe die beiden zusammen gesehen.«

Charlotte funkelt sie an, und etwas Seltsames spielt sich auf ihrer Miene ab, als hätte die Wahrheit ein schlafendes Wesen in ihr geweckt, dem nicht gefällt, was es hört.

»Du lügst. Du lügst, um dich selbst reinzuwaschen.« Charlotte steht abrupt auf und beugt sich über den Tisch zu ihr vor. Maisie, die die gespannte Atmosphäre spürt, schleicht zur Küche hinaus und rollt sich am Fuß der Treppe u-förmig zusammen. Charlotte wirkt auf einmal ganz anders auf Cassie. Wo sie vorher Stärke sah, bemerkt sie nun etwas Angstvolles und Unberechenbares, das ihr irgendwie bekannt vorkommt.

»Charlotte, ich finde, du solltest mit Jack über Mike und seine Affären sprechen. Es ist nur recht und billig, wenn er es erfährt. Er ist jetzt ein erwachsener Mann, kein kleiner Junge mehr.« Sanfter fügt sie hinzu: »Zuerst wird er wütend werden, sicher, aber dann wird er sich beruhigen und ehrlich zu sich selbst sein können. Ich glaube nämlich, dass er bereits einen Verdacht hat.«

Charlotte sieht sie entsetzt an.

»Du hast es ihm gesagt?«

»Nein, nein, ich habe ihm nichts gesagt, ich schwör's.« Cassie hebt beschwichtigend die Hände.

Charlotte kommt auf sie zu und spuckt ihr ihre Drohung förmlich entgegen. »Wenn du ihm irgendwas von dem erzählt hast, was ich dir im Vertrauen gesagt habe, dann … dann …« Vor Zorn bringt sie zuerst kein Wort mehr heraus, doch dann schreit sie: »Ich will nur meinen Sohn beschützen!«

»Tja, ich denke, es ist Zeit, damit aufzuhören.« Cassie unterbricht den Blickkontakt. Wut knistert derart zwischen ihnen, dass das Atmen schwerfällt, und sie fühlt ihr Herz in ihrer Brust klopfen.

Charlotte starrt sie immer noch an, taxiert sie. »Was willst du eigentlich mit alledem erreichen, Cassie?«

»Ich …« Cassie unterbricht sich und denkt daran, Charlotte von ihrer Schwangerschaft zu erzählen, ihr zu sagen, dass ihr Kind mit der Wahrheit aufwachsen soll, genauso wie sie selbst, auch wenn die Wahrheit nicht schön ist, sagt jedoch nur: »Ich gehe jetzt und übernachte heute bei Jonny.« Charlottes Gesicht zuckt vor Entrüstung, doch Cassie hebt erneut die Hände, abwehrend diesmal. »Denk, was du willst, es ist mir mittlerweile scheißegal.« Die Ehrlichkeit ihrer Worte wirkt köstlich befreiend. Es ist ihr egal! Auf einmal kann sie es nicht erwarten, hier nur noch eine Erinnerung zu sein. Sie geht zur Treppe. Maisie springt auf, erschrocken von all den abrupten Bewegungen, und folgt ihr hinauf. Oben angekommen hören sie ein lautes Krachen, als Charlottes Becher an der Küchenwand zerbricht.

Das Zimmer dreht sich um Cassie, als sie alles zusammensucht, was sie eigentlich erst am Morgen einpacken wollte. Zahnbürste, Gesichtslotion … Die Nachricht an Jack fällt ihr ein, und sie schiebt sie in das Innenfach der Ledertasche. Sie kann sie ihm jetzt nicht hinlegen, Charlotte soll sie nicht lesen. Rasch zieht sie ihren Schlafanzug aus, schnappt sich die Jeans, die sie zum Malen trägt, und zieht einen Pullover über, wobei sie gleichzeitig die Füße in ihre alten Converse zwängt. Dann versucht sie, Jonny zu simsen, dass sie jetzt gleich zu ihm rüberkommt, aber der Empfang ist gerade wieder schlecht. Sie wird es von unterwegs noch einmal probieren, denn sie muss sich beeilen, ehe sie sich wieder beruhigt und ihre Entschlossenheit ins Wanken gerät. Alles sieht auf einmal anders aus, die Farben und alltäglichen Formen des Zimmers, das sie mit Jack geteilt hat, neu und kontrastreicher gemacht durch ihre Entscheidung zu gehen, und zwar sofort. Als wäre es das Schlafzimmer anderer Leute, ein Rückzugsort von Fremden. Ihr Körper fühlt sich unzerstörbar an, geschmeidig vor Kraft. Sie steckt gerade Maisies Leine und ihre Leckerli in die Tasche, als sie die Tür zum Garten zuknallen hört und erstarrt, auf weitere Geräusche lauscht. Sie glaubt, das Ticken der Küchenuhr zu hören, doch sonst ist alles still. Sie ist weg, Charlotte ist gegangen, will offenbar zu Fuß nach Hause laufen.

Der Reißverschluss scheint vor Erleichterung aufzulachen, als Cassie ihn schwungvoll zuzieht und die Tasche über ihre Schulter wirft. Maisie bleibt dicht an ihrer Seite, als sie hinaus auf den Treppenabsatz geht und erneut die Ohren spitzt. Nichts. Die Stille ist so vollkommen wie stets nur, wenn kein anderes atmendes Lebewesen den Raum mit einem teilt.

Ihre Füße scheinen ein Echo auf der Treppe zu erzeugen. Charlotte ist zur Hintertür hinaus – sie nimmt immer den Weg über die Felder, der nach einer kleinen Brücke auf die zu ihrem Haus führende Dorfstraße mündet. Sie wird in zehn Minuten zu Hause sein. Jonnys Cottage liegt, Gott sei Dank, in der anderen Richtung. Charlotte hat das Licht in der Küche angelassen, und ein großer nasser Fleck tropft die weiße Wand hinterm Esstisch hinunter. Cassie macht einen großen Schritt über das zerbrochene Porzellan hinweg und versucht, sich nicht auszumalen, wie Jack betrunken nach Hause kommt und sich an den Scherben schneidet. Sie öffnet die Schublade, in der sie irgendwelchen Haushalts-Krimskrams aufbewahren, und wühlt durch alte Ladegeräte, Stücke von Schnur und Gebrauchsanweisungen. Die Taschenlampe ist nicht da. Scheiß drauf. Sie hat Maisie und die Taschenlampenfunktion ihres Handys. Außerdem kennen sie den Weg in- und auswendig, das wird schon gehen. Sie muss jetzt los, ehe ihre Erregung in Furcht umschlägt und ihre Klarheit benebelt. Ihr Blick wandert ein letztes Mal durch die Küche und bleibt an etwas leuchtend Blauem hängen. Sie geht hinüber zu dem schlichten Silberrahmen.

Maisie bellt, hält das Klirren des an der Kücheninsel zerbrechenden Glases wohl für eine Fortsetzung des Feuerwerks. Cassie schüttelt die Scherben auf den Boden, ehe sie das Foto vorsichtig aus dem Rahmen zupft. Sie betrachtet April mit ihrem pfauenblauen Kopftuch, die ihr ermutigend zuzulächeln, sie anzutreiben scheint, und steckt das Foto in die Tasche. Ihre Mum wäre stolz auf sie heute Nacht.

Sie macht die Haustür auf und fühlt sich wieder in die Dunkelheit hineingesogen, als sie über die Einfahrt und hinaus auf die Straße geht. Die kalte Luft sticht mit jedem Atemzug in ihre Lunge, doch ihre Beine fühlen sich geschmeidig an, ihres neuen Ziels gewiss. Der Bach gluckert fröhlich neben ihr, während über ihr die Zweige der Weißbirken knacken. Sie braucht die Handy-Taschenlampe gar nicht, denn die Wolken haben sich verzogen, während sie im Haus war, und der Mond leuchtet besonders hell heute Nacht, wie frisch poliert, bereit für das neue Jahr.

Zu ihrer eigenen Verwunderung beginnt sie zu summen, irgendetwas Ausgedachtes, Kindliches. Es ist nur Unsinn, aber das ist ihr egal, und sie schämt sich nicht.

Maisie ist davongetollt, weshalb ihr Summen in einen Ruf nach dem kleinen Hund übergeht.

»Maisie!« Sie lauscht, ehe sie noch einmal ruft, lauscht wieder und geht weiter. Maisie wird irgendwo auf einer Wiese herumjagen, taub und blind für alles außer der Witterung von Kaninchen. Die Henkel der Tasche schneiden in ihre Schulter. Sie hebt sie an und lockert ihren Nacken.

Die Autoscheinwerfer hinter ihr überraschen sie, stören sie in ihrem privaten Moment des Alleinseins. Als sie sich umdreht, wird sie geblendet. Das Auto kommt ihr bekannt vor, mehr als das, es ist der Wagen, den sie ständig vor ihrem Cottage stehen sieht, mit dem Jack jeden Tag zur Arbeit fährt. Mist, Mist, Mist. Ihr bleibt nichts anderes übrig – sie winkt ihm zu, wirft dabei Schatten auf den Asphalt, ihre Arme grotesk lang. Er muss stinksauer sein, wenn er ihr hinterherfährt. Vielleicht hat Charlotte ihn angerufen und ihm von ihrem Streit berichtet, auch dass sie ihr das von ihm und Nicky erzählt hat. Sie beschließt, vorn zu der Ausweichstelle zu traben, doch Jack muss wirklich außer sich sein, denn statt zu verlangsamen, beschleunigt er noch. Der Scheinwerfer hüpfen auf der unebenen Straße auf und nieder. Sie winkt wieder, ruft seinen Namen, die Tasche rutscht ihr von der Schulter.

Das Auto trifft sie mit voller Wucht an der Seite, sodass sie in einer verrückten Pirouette hin zum Graben wirbelt. Ihre Füße kommen nicht mit, und sie stürzt nach hinten; Dornen reißen ihre Hände auf, als sie sich vergeblich an der Heckenreihe festzuhalten versucht. Sie hört sich schreien, es klingt fern und fremd, und ihr Kopf schlägt klatschend wie ein Stück Fleisch auf etwas Hartem auf. Das Wasser durchbohrt sie mit Millionen eisiger Nadeln, doch sie passt genau in das Bachbett hinein. Sie öffnet die Augen, sieht, wie ihre weißen Atemwolken sich vor dem tintenschwarzen Himmel auflösen. Sie führt eine Hand zwischen ihre Beine und hält sie hoch, kann aber kein Blut sehen. Es regnet immer noch. Maisie bellt, und sie versucht mit bleiernen Lippen, ihren Namen zu flüstern, um sie zu beruhigen, bringt aber keinen Laut heraus. Dann hört sie die Wagentür aufgehen und absatzklackende Schritte über sich. Sie halten inne. Erleichterung überflutet Cassie, als sie sich klackend wieder entfernen. Das Auto springt röhrend an, und ihr wird mit einem Mal leicht ums Herz, denn jetzt, endlich, ist sie allein. Sie kann sich ausruhen. Sie ist frei.

25

Alice

Bob wacht auf, als ich endlich in unsere Einfahrt einbiege. Ich mache die Heckklappe auf und lasse ihn ein Weilchen im Garten herumrennen, obwohl es angefangen hat zu regnen. Der Arme hat seinen versprochenen Spaziergang nun doch nicht bekommen. David ist noch nicht zu Hause, worüber ich froh bin. Er würde mir sofort ansehen, dass etwas nicht stimmt, und mir lauter Fragen stellen, die ich nicht beantworten könnte.

Es ist kurz vor fünf Uhr nachmittags. Ich gehe rasch nach oben, um die Visitenkarte im Büro zu suchen, die Brooks mir gegeben hat, schenke mir dann ein Glas Wasser ein und beobachte Bob, der draußen herumtollt, überglücklich, aus dem Auto heraus zu sein, während ich ihre Dienstnummer wähle. Sie geht nach dem zweiten Klingeln ran.

»Brooks«, meldet sie sich geistesabwesend.

»Hallo?«, sage ich, wieder unsicher, wie ich sie anreden soll.

»Wer spricht dort?« Sie hat keine Zeit für Höflichkeiten.

»Hier ist Alice Marlowe, die Krankenschwester aus dem Kate's, die für Cassie Jensen zuständig ist.«

»Ah, ja. Wie geht es Ihnen?« Jetzt ist sie ganz Ohr, was mir mehr Selbstvertrauen gibt.

»Ich habe gehört, dass die Anklage gegen Jonny Parker fallen gelassen wird.«

»Von Mr Jensen?«

Darauf antworte ich nicht, es ist jetzt nicht von Bedeutung, woher ich das weiß. »Ich habe ein paar Informationen, die ich Ihnen mitteilen muss.«

»Okay, können Sie es mir am Telefon sagen?«

»Nein, ich möchte Sie lieber persönlich sprechen. Kann ich gleich zu Ihnen aufs Revier kommen?«

Sie überlegt einen Moment, wägt vielleicht ab, ob ich es wert bin, irgendwelche anderen Dinge aufzuschieben, die sie noch vor Feierabend erledigen wollte.

»Ich könnte in einer Stunde da sein«, füge ich hinzu.

»Gut, Schwester Marlowe, ist mir recht. Dann sehen wir uns um sechs hier auf dem Revier.«

»Danke«, sage ich in den Hörer, doch sie hat schon aufgelegt.

Ich locke Bob mit ein paar Überresten unseres Hühnercurrys von gestern Abend hinein und ignoriere mein schlechtes Gewissen, als ich ihn beim Abschließen der Haustür drinnen winseln höre. Gerade will ich wieder ins Auto steigen, als ein merkwürdiges Brummen in meiner Handtasche mich stutzen lässt. Ich wühle darin herum und ziehe den Klinik-Pager für Notfälle heraus, der rot blinkt und heiß läuft. Er ist ausschließlich für kritische Situationen reserviert und bisher kaum je losgegangen. Ich weiß sofort, was das zu bedeuten hat: Es ist etwas mit Cassie passiert.

»Oh Gott«, entfährt es mir, als ich die Beifahrertür öffne, meine Tasche auf den Sitz werfe und wieder darin herumkrame, diesmal nach meinem Handy.

Während ich mich ans Steuer setze und den Motor anlasse, rufe ich auf 9B an. Das Herz schlägt mir bis zum Hals, und in meinem Kopf jagen sich die Katastrophenszenarien. Herzstillstand bei Cassie, plötzlicher Abfall oder Anstieg der Herzfrequenz des Babys, ein zu früher Kaiserschnitt.

Niemand meldet sich am Empfang. Ich stoße zurück und wende, schlittere mit den Hinterreifen über den Rasen und versuche es erneut auf 9B, als ich aus der Einfahrt fahre. Dabei sehe ich mich nicht richtig um, sodass ein anderer Fahrer von links quietschend eine Notbremsung hinlegen muss. »Dämliche Kuh!«, brüllt er durchs Fenster und schüttelt den Kopf über mein Telefonieren, ehe er weiterfährt, aber das ist mir egal, ich registriere ihn kaum. Weder Mary noch Carol nehmen ab, also rufe ich in der Krankenhauszentrale an, wo man mich jedoch nur wieder zu 9B durchstellt.

»Verdammt!«, schreie ich und werfe das Handy auf den Beifahrersitz. Ich kann nur an Cassie denken und dass sie mich braucht und ich nicht da bin, also trete ich aufs Gas und achte nicht auf das Gehupe der anderen, als ich mich durch den Stoßverkehr schlängele.

Es sind nur noch ein paar Minuten bis zum Kate's, als mein Handy klingelt. Ich schnappe es mir in der Hoffnung, dass es eine der Kolleginnen ist oder zumindest jemand aus dem Krankenhaus. Aber es ist David. Ich zögere, überlege, nicht ranzugehen, aber er ist inzwischen bestimmt zu Hause und fragt sich, wo ich bin. Er wird nicht lockerlassen, bis ich mich melde.

»David?«

»Ali? Wo bist du? Hast du nicht gesagt, du würdest zu …«

»David, es gibt einen Notfall«, unterbreche ich ihn.

»Einen Notfall?«

»Es ist was mit Cassie, ich fahre gerade ins Krankenhaus. Ich weiß nicht, wann ich nach Hause komme. Tut mir leid, ich bin fast da, ich muss Schluss machen. Ich liebe dich.«

Ehe er etwas erwidern kann, lege ich auf und schalte das Telefon aus. Ich weiß, dass er wieder anrufen wird, und ich kann die Besorgnis in seinem Ton im Moment nicht verkraften. Ich parke, lasse Tasche und Mantel im Auto und nehme nur meine Ausweiskarte mit, ehe ich über den Parkplatz renne, am Hauptempfang vorbei und durch den Gang zur Station. Völlig außer Atem, muss ich mich zwingen, das letzte Stück langsamer zu gehen. Der kleine Wartebereich vor 9B ist leer bis auf eine schmale, leicht gekrümmte Gestalt, die sich auf einem der Kunststoffstühle vor- und zurückwiegt wie eine Kreatur, die durch zu langes Eingesperrtsein in einem Käfig verrückt geworden ist. Sie hebt den Kopf, aber ich sehe sogar aus der Entfernung, dass Charlottes Blick leer ist, sie nimmt mich höchstens verschwommen wahr. Wo ist Jack? Zuerst will ich stehen bleiben und sie fragen, was passiert ist, doch dann denke ich an Cassies Kind und weiß, dass ich es selbst herausfinden muss. Ich laufe weiter.

Der Empfang ist verlassen, die Vorhänge um die

Betten herum sind alle zugezogen. Die Beleuchtung ist auf die hellste, brutalste Stufe gestellt. Auch die Neonröhren im Schwesternzimmer brennen, aber ich sehe niemanden darin. Noch nie war die Station so leer, es ist geradezu unheimlich. Die Nerven gehen mit mir durch und zwingen mich, mein Tempo wieder zu verlangsamen.

Ich komme zu Franks Abteil. Auf einmal will ich ihn als Ersten sehen, als könnte ein kurzer Blick auf ihn mir Mut machen. Ich ziehe seinen Vorhang auf. Er ist nicht da, nichts als zerknüllte Laken auf dem Bett. Seine Buchstabiertafel ist auf den Boden gefallen, und seine lebenserhaltenden Apparate stehen nutzlos herum, nur noch Metallkisten mit leeren Bildschirmen. Sein Herzmonitor blinkt unaufhörlich, wie schockiert über Franks plötzliche Abwesenheit. Ich muss mich einen Moment am Ende des Bettrahmens abstützen, weil sich alles um mich herum dreht, bevor ich mich zu Cassies Bett umwende und auch ihren Vorhang mit einer einzigen Bewegung aufziehe. Ich höre mich aufschreien und schlage die Hände vor den Mund, denn wo Cassies Bett sein sollte, sind bloß noch der kleine Glorienschein aus Fotos und eine weitere klaffende Leere.

»Alice?«

Lizzie steht am anderen Ende des Gangs, ihr Gesicht blass vor Sorge, ihre Haare wirr von den furchtbaren Anforderungen ihrer Schicht. Sie kommt auf mich zu und sieht aus, als wollte sie sich mir an den Hals werfen, doch ich fasse sie an den Armen und zwinge sie, mir ins Gesicht zu blicken. Ich kann sie nicht trösten, bis ich weiß, was passiert ist.

»Wo sind sie?«, presse ich hervor.

Lizzie reißt die Augen auf, als könnte sie selbst kaum glauben, was sie sagt. »Frank ist tot, Alice. Wir wissen nicht, wie es dazu gekommen ist … eine Komplikation mit seiner Tracheotomie, die Infektion muss sich verschlimmert haben …« Sie verstummt, die Worte zu neu noch, zu schwierig auszusprechen. »Wir haben heute eine neue Patientin bekommen, multiples Organversagen. Sie ist ständig kollabiert, und Mary und ich hatten alle Hände voll mit ihr zu tun. Charlotte hat uns alarmiert, dass mit Frank etwas nicht stimmt – sie ist die Letzte, die ihn lebend gesehen hat, sie und seine Nichte.« Lizzie schnieft heftig, dann fügt sie hinzu: »Dr. Sharma spricht gerade mit den MTAs und versucht herauszufinden, woran es lag.«

Ich starre sie an. Meine Beine sind wie Pudding, und ich muss mich an ihr festhalten, als ich mich zwinge zu fragen. Ich muss es wissen.

»Cassie?«

Lizzie nickt, wobei ihr die Tränen aus den Augen stürzen. »Sie ist okay, alles in Ordnung. Ihr Blutdruck ist plötzlich in die Höhe geschossen, und Dr. Longe dachte, sie müsste einen Kaiserschnitt vornehmen – deshalb haben wir dich angepiepst. Cassie ist unten im Vorbereitungsraum, aber sobald sie von hier weggebracht wurde, hat sich ihr Blutdruck wieder normalisiert. Sie behalten sie noch zur Beobachtung unten, doch es ist offenbar alles okay.«

Endlich lasse ich Lizzies Arm los und starre wieder auf Franks leeres Bett. Ich muss jemand Lebendigen spüren, daher umarme ich sie und fühle, wie sie bebt.

Etwas ist hier vollkommen verkehrt; meine Gedanken überschlagen sich. Franks Abteil scheint sein Fehlen geradezu herauszuschreien. Gerade war er doch noch hier. Er war hier, aber er war nicht allein. Ich schiebe Lizzie von mir, gröber als beabsichtigt.

»Du hast gesagt, seine Nichte sei bei ihm gewesen?«

Lizzie nickt. »Ich habe mir ihren Ausweis zeigen lassen, Alice. Nicola irgendwas. Ich war froh, dass Charlotte da war, und …«

Ich schneide ihr das Wort ab. »Hieß sie Breton, Lizzie? Mit Nachnamen?«

Lizzie nickt mehrmals, verwirrt wegen meiner Heftigkeit, und fängt wieder an zu weinen. »Sie schien nett zu sein, aber als ich zurückkam und sie mit Charlotte reden sah, ist sie ganz plötzlich gegangen. Charlotte meinte, dass es ihr schwer zu schaffen machte, ihren Onkel so zu sehen.«

»Waren sie allein miteinander, Charlotte und Frank?«

Lizzie sieht mich verzweifelt an aus Angst, etwas falsch gemacht zu haben. »Ja, aber nicht lange, Alice, ehrlich. Die neue Patientin, sie hat alle Aufmerksamkeit in Anspruch genommen, ich musste …«

Wieder unterbreche ich sie. »Sag mir, was los war, als du zu Frank und den beiden Frauen zurückkamst. Beschreib mir genau, was passiert ist.«

Bei meinem Drängen werden ihre Augen groß vor Panik, aber sie atmet tief durch und nimmt sich zusammen.

»Franks Nichte, diese Nicky, ist also gegangen, und während ich seine Werte notiert habe, habe ich mich ein bisschen mit Charlotte unterhalten. Sie hatte mich gerufen, weil sie Frank blinzeln gesehen hatte. Ich weiß, er wollte das noch nicht allgemein bekannt machen, dass er sich so mitteilen kann, aber Charlotte hat es erraten. Also habe ich ihr gesagt, dass er alles hört … hörte«, verbessert sie sich und sieht aus, als würde sie gleich wieder in Tränen ausbrechen.

Ich packe sie an den Oberarmen und schüttle sie leicht. »Was dann, Lizzie? Was ist dann passiert?«

»Die neue Patientin hatte wieder einen Kollaps, deshalb habe ich Charlotte mit Frank allein gelassen, und ein paar Minuten später kam sie durch die Station gerannt und rief, dass was mit ihm wäre.« Sie weint nun wieder hemmungslos und murmelt irgendetwas von Jack in ihr Papiertaschentuch.

»Was sagst du? Ich habe dich nicht verstanden, Lizzie.«

»Ich hab nur gesagt, dass er heute Morgen noch Jacks Namen geblinzelt hat.«

Lizzies Schultern beben, und in meiner peripheren Wahrnehmung scheint die Station zu schrumpfen. Ich denke an heute Morgen zurück. An den ernsten Ausdruck, der statt des gewohnten schelmischen in Franks Augen getreten war. Obwohl er durch seine Infektion geschwächt war, obwohl die Medikamente ihn müde gemacht haben mussten, wollte er nicht aufgeben. Er wollte mir etwas sagen. Ich hatte ihm versprochen, bald zurückzukommen, und habe ihn im Stich gelassen.

Ich bringe kein Wort heraus. Lizzie heult weiter in ihr Taschentuch, ihre Nackenmuskeln sind angespannt. Ich denke an Frank, wie er versucht hat, Buchstabe für Buchstabe mühevoll zusammenzusetzen. Ich hätte ihn retten können, ich hätte hier sein sollen.

»Er hat alles gehört.« Meine Stimme klingt matt, aber Lizzie blickt von ihrem Taschentuch auf und nickt.

»Ja, ich glaube, er hat mehr gehört als wir alle zusammen.«

Sie hat recht. Frank wusste wahrscheinlich mehr über Jack und Cassie als wir anderen.

Ich starre auf sein leeres Bett und denke wieder an den Morgen zurück, wie seine Augen vor Anstrengung fast hervortraten, wie ich ihn missverstand. Er wollte nicht »L« blinzeln, sondern »J«. Er wollte mich warnen. Er wollte »Jack« buchstabieren.

Mein Kopf ist erstaunlich leer, als würden die Informationen, die ich gerade erhalten habe, Schlange stehen und darauf warten, von meinem Ohr in mein Gehirn zu gelangen, um zu zusammenhängenden Gedanken verarbeitet zu werden.

Frank wusste, dass es Jack war, und Charlotte hat herausgefunden, dass Frank bei klarem Bewusstsein war.

»Wo willst du hin, Alice?«, ruft Lizzie mir tränenheiser hinterher, aber ich laufe bereits ans andere Ende der Station, an Sharmas Büro vorbei, am Empfang vorbei und nach links durch die Eingangstür. Die kleine gebeugte Gestalt von vorhin wiegt sich immer noch auf der Stuhlreihe vor und zurück.

Charlotte ist gealtert, ihre Falten sind wie Narben in ihrem Gesicht, ihre Haare hängen als schlaffer Vorhang davor herab. Ihre Augen sind gerötet und geschwollen.

Ich bleibe vor ihr stehen, und zum ersten Mal lächeln wir uns zur Begrüßung nicht an. Sie dreht ihren Ehering unaufhörlich am Finger herum. Ich blicke auf sie herab und höre mich sagen: »Frank ist tot, Charlotte.« Sie hält kurz inne, zieht die Augenbrauen hoch und nickt, fährt dann fort, an dem Ring herumzudrehen. »Es tut mir leid, das zu hören«, sagt sie leise. »Ich habe versucht, Hilfe zu holen.«

Mein Augenmerk bleibt fest auf ihr verhärmtes Gesicht gerichtet, was meine Entschlossenheit stärkt und mir hilft, die um mich herumwirbelnde Welt anzuhalten.

»Sie waren bei Frank, nicht wahr, Charlotte?«

Ihre Lippen zucken, als wollte sie etwas sagen, doch sie gibt keinen Laut von sich.

»Jacks Name war Franks letztes Wort, wissen Sie.«

Sie hebt langsam den Blick, sieht mich aber immer noch nicht an. Als wögen meine Worte zu schwer und sie hätte keine Kraft, zu mir aufzusehen.

Sie weiß es.

»Aber er hat es nicht einfach geblinzelt, um zu beweisen, dass er Jacks Namen kennt. Er wollte uns warnen, das weiß ich jetzt.«

Sie lässt ihre Hände in den Schoß fallen. »Das ist alles ihre Schuld. Nickys. Sie hat gelogen, um zu Cassie zu gelangen. Sie kommt einfach mit ihren Schuldgefühlen nicht zurecht.«

Doch ich lasse mich nicht von ihr ablenken, jetzt nicht mehr. »Jack hat Cassie angefahren«, sage ich und finde es erstaunlich, wie eine so kurze, schlichte Aussage alles verändert. »Frank wusste das, und Sie haben Panik bekommen.«

Sie steht plötzlich auf, ihr sonst so freundliches Gesicht eine wutverzerrte Maske, und zeigt mit dem Finger in den Korridor, durch den Nicky vor Kurzem gegangen ist. »Das ist alles ihre Schuld. Sie wollte sich nehmen, was ihr nicht gehörte. Ich habe nur meinen Sohn beschützt.« Charlotte sieht mich an, ihre Miene wird weicher, und sie zieht die Stirn in Falten. Ich kenne diesen Ausdruck gut, kenne ihn von meiner Familie, meinen Freundinnen. Charlotte bedauert mich. Trotz allem bedauert sie mich noch.

»Das ist wahrscheinlich schwer für Sie zu verstehen«, sagt sie, »aber der Beschützerinstinkt einer Mutter ist stärker als alles, was Sie sich vorstellen können. Sie haben ja keine Ahnung, wie das war, Tag für Tag hierherzukommen und zu beten, dass es unser Kind ist, meine Enkelin, Jacks Tochter, es aber nicht sicher zu wissen.«

Keine von uns beiden hört ihn kommen. Er spricht so leise und wir sind so aufeinander fixiert, dass wir uns erst mit Verzögerung zu ihm umdrehen, als Jack sagt: »Ich bin Freyas Vater.«

Seine Stimme wirkt elektrisierend auf Charlotte. Plötzlich steht sie wieder fester auf den Beinen, geht auf ihn zu und breitet die Arme aus. Doch Jack schüttelt den Kopf und weicht ihr gezielt aus.

»Mum, was ist hier los?« Er blickt von seiner Mutter zu mir, und ich merke, dass er mein Entsetzen spürt. »Mum!«, sagt er, lauter diesmal.

»Jack, Nicky war hier. Sie hat alle möglichen Lügen über dich erzählt. Aber es ist gut jetzt, es kommt alles wieder in Ordnung.« Sie will ihn beruhigen, doch es funktioniert nicht.

Sein Gesicht verfinstert sich. »Sie hat dir erzählt, was sich zwischen uns abgespielt hat.«

Charlotte nickt. »Aber ich weiß, dass sie daran schuld war, Jack. Ich weiß, dass sie hinter allem steckt.«

»Nein, Mum.« Er kneift die Augen beim Reden schmerzlich zusammen, aber seine Stimme klingt volltönend, als wäre er zugleich erleichtert. »Nicky hat recht. Ich habe Cassie auf die schlimmstmögliche Art hintergangen. Ich muss nun damit leben, dass ich sie so enttäuscht habe.« Er sieht mich an, und in dem Moment weiß ich so sicher, wie dass ich Luft zum Atmen brauche, dass er sie liebt. »Aber ich werde alles tun, um es wiedergutzumachen. Ich habe mich zu sehr geschämt, um jemandem von Nicky zu erzählen. Sie hat mich immer wieder angerufen, mich nicht in Ruhe gelassen. Ich hatte Angst, dass die Polizei denken könnte, wir hätten eine ausgewachsene Affäre miteinander, und darin ein Motiv für mich sieht, Cassie zu schaden. Es war eine Horrorvorstellung, dass Freya am Ende ganz ohne einen Elternteil zur Welt kommt, der sie liebt und sich um sie kümmert.« Sein Blick richtet sich auf den Gang der Station, dorthin, wo Cassie bisher gelegen hat. »Ich bin nicht gut genug für sie. Ich habe daran gedacht, sie um ihretwillen zu verlassen, doch dann habe ich über Weihnachten versucht, mir mehr Mühe zu geben. Das hat aber nur dazu geführt, dass sie sich noch mehr von mir zurückgezogen hat. Mir war klar, dass ich sie zu sehr bedrängte, aber ich wusste nicht, was ich sonst tun sollte. Ich war frustriert, wütend auf mich selbst, nicht bereit zu akzeptieren, was ich insgeheim schon wusste. Sie liebte mich nicht mehr. Ich hätte sie gehen lassen sollen.«

»Nein, Jack, nein. Es war falsch von ihr, dich in der Nacht verlassen zu wollen. Sie hatte es verdient!« Charlottes Stimme klingt so spröde, als könnte sie bei jeder Silbe brechen.

Jack starrt seine Mutter an, als sähe er sie mit neuen Augen. »Ich komme gerade von der Polizeiwache. Sie haben mich erneut über diese Nacht befragt. Sie wollten wissen, wo ich üblicherweise zu Hause meine Autoschlüssel aufbewahre. Ich sagte, in der kleinen Schale auf der Dielenkommode. Die Frage kam mir zuerst merkwürdig vor.« Er holt tief Luft. »Aber dann ist es mir eingefallen. Du hast zu mir gesagt, Cassie sei Maisie nachgelaufen. Ich wollte losfahren und sie suchen, konnte aber meinen Autoschlüssel nicht finden. Er lag nicht in der Schale. Du hattest ihn, stimmt's, Mum?«

Charlotte rührt sich nicht. Ihre Miene ist erstarrt, ihre Augen bohren sich in ihren Sohn.

»Du hast gesagt, ich sei betrunken gewesen. Aber ich erinnere mich, wie deine Hand gezittert hat, als du mir ein Glas Wasser eingeschenkt hast.«

»Jack …«, sagt sie und hebt die Hand, wie um den Sturm zu beruhigen, der sich in ihm zusammenbraut, aber es ist unmöglich, sie kann ihn jetzt nicht mehr aufhalten.

»Und ich dachte, Sie können nicht Auto fahren,

Charlotte?«, frage ich dazwischen, und Jack dreht sich zu mir um. Seine Augen schimmern golden, die Farbe noch intensiviert durch die Wucht des Begreifens.

»Sie behauptet immer, sie könne nicht fahren, aber das stimmt nicht, hab ich recht, Mum?« Sein brennender Blick wandert von mir zurück zu seiner Mutter, und es ist, als wäre eine über meiner Haut züngelnde Flamme ausgelöscht worden.

»Du kannst sehr wohl fahren, du tust es nur nicht gern. Dad hat dich immer überallhin chauffiert. Dann hattest du diesen Unfall, kurz nach seinem Tod. Ich war mit dir im Auto, und das hat dir einen solchen Schrecken eingejagt, dass du nie mehr gefahren bist. Bis zu jener Nacht.«

Mich überläuft eine Gänsehaut. Charlotte schüttelt den Kopf, als könnten Jacks Vorwürfe sich nicht festsetzen, solange sie sich bewegt. Doch er fixiert sie unnachgiebig, und allmählich hört sie damit auf. Ihr Blick verschleiert sich, als die Szenen jener Nacht erneut vor ihr ablaufen.

»Sie wollte zu ihm. Sie wollte dir dasselbe antun, was Mike mir angetan hat, Jack, und das konnte ich … das konnte ich nicht zulassen. Nicht nach alldem, was wir zusammen durchgemacht haben, nicht nach all dieser Zeit. Ich wollte zu Fuß nach Hause gehen, aber es war glatt, gefährlich mit meinen Absätzen. Deshalb bin ich zurück zum Cottage gegangen, und da habe ich festgestellt, dass sie weg war. Sie hatte dich verlassen. Also bin ich ihr nachgefahren. Ich wollte sie aufhalten, sie umstimmen, nichts weiter, aber sie fing auf einmal an zu rennen, als sie das Auto sah. Sie muss gedacht haben, dass du es bist, Jack. Sie lief vor dir davon. Sie hatte eine Reisetasche dabei, genau wie Mike damals. Es war, als würde sie uns alles vor die Füße werfen, all die Liebe und Fürsorge, die wir ihr gegeben haben. Mike wollte auch fortlaufen. Ich habe ihn gewarnt, dass er das nicht tun soll, dass ich es nicht zulassen würde. Es war leicht, seine Herztabletten in dem Fläschchen gegen Aspirin auszutauschen. Sie sahen fast genauso aus, kleine weiße Pillen. Ich dachte, wenn er einen ordentlichen Schreck bekommt, weiß er wieder, wie sehr er mich braucht. Wie sehr er uns braucht. Cassie wollte ich auch einen Schreck einjagen, damit sie einsieht, wie sehr sie dich braucht, Jack … Ich dachte, sie würden beide nach Hause kommen.«

Auf einmal will ich nur noch hier weg, aber die Luft selbst scheint schwer auf mir zu lasten und hindert mich daran, mich zu bewegen. Ich will die Welt wieder geraderücken, will eine Welt, in der ich Charlotte für ihre selbstlose Liebe bewundern und auf Franks Genesung hoffen kann.

Jack steht stocksteif da, während er den Schock über den Einriss seines Lebensgebäudes zu verkraften versucht, das mit jedem Wort seiner Mutter mehr zusammenstürzt.

Aber wir sind immer noch nicht fertig. Es gibt noch mehr, das ich wissen muss.

»Frank war auf dem Weg der Besserung, Charlotte«, sage ich, und meine Stimme klingt fremd in dieser neuen Welt.

Charlotte wendet den Blick nicht von ihrem Sohn ab. Ich fühle die Wände ringsherum sich ausdehnen und zusammenziehen, ausdehnen und zusammenziehen, als würde das Krankenhaus atmen, als sie sagt: »Ich habe seinen Apparat nur ein bisschen heruntergeschaltet. Ich dachte, er würde das Bewusstsein verlieren … vergessen, was er gehört hat. Das ist alles. Er dachte, es war Jack.« Sie verstummt einen Moment, räuspert sich. »Ich musste dich doch beschützen. Du wirst das verstehen, wenn du selbst ein Kind hast.« Dann sieht sie kurz zu mir und zieht eine Grimasse. »Das Personal hat uns nicht informiert, dass sein Zustand sich gebessert hat. Die Schwestern sind schuld. Sie hätten uns sagen sollen, dass er uns hören kann.«

Die Wände pulsieren immer noch, schneller jetzt, im Takt mit meinem Herzschlag. Ich bin viel zu aufgewühlt, um etwas zu erwidern.

Jack schüttelt den Kopf über die Frau, der er sein ganzes Leben lang fraglos vertraut hat. »Sprich nicht von ›uns‹«, sagt er leise. »Ich habe nichts mit dir zu schaffen.«

Charlotte will auf ihn zugehen, doch er weicht ihr erneut aus.

»Bitte, Jack, sei doch nicht so.«

Aus dem Augenwinkel sehe ich die atmenden Wände erzittern. Das ganze Krankenhaus, alles, was ich kenne, wird einstürzen, und wir werden alle zu Staub werden. Jack scheint es ebenfalls zu spüren. Ich merke, wie seine Fassung Risse bekommt. Er schwankt, er fällt auf die Knie. Ich sehe die Welt in seinen Augen zersplittern wie ein fallen gelassener Spiegel. Er starrt seine Mutter mit gerunzelten Brauen an, als wäre seine Sicht verzerrt, als könnte er sie nicht mehr erkennen.

Charlotte geht ebenfalls in die Knie, ruft seinen Namen, rüttelt ihn an den Schultern, fleht ihn an. »Jack, oh Jack, bitte, Jack …«

Als ich mich von ihnen abwende, heult draußen eine Krankenwagensirene in den höchsten Tönen los, unterwegs zu einer anderen Tragödie, und obwohl das aggressive Geräusch mir in den Ohren wehtut, bin ich doch froh, dass es Jacks Schreie übertönt.

26

Cassie

Sie erinnert sich nicht, hier herausgewandert zu sein, so weit hinaus auf die Klippen. Zwanzig Meter unter ihr schwappt die Brandung gegen die Felsen, guttural und gischtig. Eigentlich erinnert sie sich nicht mal, wie sie überhaupt hierhergekommen ist, aber als sie aufs Meer hinausblickt, spielt das keine Rolle mehr, denn der Sonnenuntergang ist fantastisch, der Himmel voller Pink- und Orangetöne, wie errötet über seine eigene Schönheit.

Ihre Füße haben sich schon an das schartige Vulkangestein gewöhnt, und sie klettert weiter bis ans Ende der Felsnase, wo ihre Mutter auf sie wartet. April hat einen knallblauen Badeanzug an und das Gesicht dem Meer zugewandt, die Hände in die Hüften gestemmt, die Haare dicht und lang, die Wangen voll lebenssprühender Farbe. Sie ist wieder gesund. Eine aufgeschreckte Krabbe kreuzt Cassies Weg und entlockt ihr einen kleinen Schrei. Bei dem Geräusch dreht ihre Mum sich um, und Cassie sieht, dass ihr Gesicht leuchtet und sie übermütig lacht wie früher.

»Komm her, Cas!«, ruft sie ihr zu. »Sieh nur, was für ein umwerfender Sonnenuntergang.«

Cassie ist schon fast bei ihr. Gleich wird sie die Hand nach ihr ausstrecken und sie berühren, doch plötzlich, ohne einen Laut, springt ihre Mutter von der Klippe, und kurz darauf gibt es ein Klatschen, als das Meer sie verschluckt. Cassie steht nun am Rand, wo April eben noch war, und ruft: »Mum?«, doch an der Stelle, wo sie gerade eingetaucht ist, bauscht sich jetzt ein Hochzeitskleid aus weißem Schaum. Panik erfasst Cassie, ehe der Kopf ihrer Mum genau in der Mitte auftaucht, eine Meeresbraut. Sie johlt und lacht und tummelt sich gewandt wie ein Delphin in den Wellen.

»Das Wasser ist wunderbar«, ruft sie zu ihrer Tochter herauf. »Spring rein! Von hier unten ist es noch schöner!« Cassie zögert, weshalb April erneut ruft: »Komm schon, Cas! Es ist absolut ungefährlich.«

Ihre Zehen rutschen schüchtern bis zur Felskante vor. Sie blickt wieder hinaus – die ruhige See erstreckt sich schillernd wie Quecksilber bis zum Horizont, wo sie auf den Farbenrausch des Himmels trifft. Sie stellt sich vor, wie der Ozean um den Globus wogt, während hier und da einzelne Wolken, ähnlich zerrupften Wattebäuschen, über das Panorama treiben. Das Wasser unten ist dunkel, aber die Brandung wirkt auf einmal stiller, und sie hört sie schmatzend gegen die Felsen schlagen. Ihre Mum schwimmt inzwischen auf dem Rücken wie ein vergnügter Otter und summt mit geschlossenen Augen. Cassie möchte Hand in Hand mit ihr schwimmen, aber sie hat Angst vor dem Sprung und sieht nirgends eine Möglichkeit, wieder herauszukommen, wenn man erst einmal drin ist. Typisch ihre Mum, nicht vorher an so etwas zu denken.

Der plötzlich neben ihr auftauchende Mann erschreckt sie so sehr, dass sie beinahe unfreiwillig von der Klippe stürzt.

»Hallo, Cassie«, sagt er mit einem ausgeprägten West-Country-Akzent.

Sie dreht sich zu ihm um. Er ist älter als sie, näher am Alter ihrer Mutter, und kommt ihr irgendwie bekannt vor. Sie kramt in ihrem Gedächtnis nach einem Namen, jedoch vergeblich. Wasser rinnt von seiner gebräunten Haut wie Regen von einer Scheibe, und kleine Tropfen hängen in seinen kastanienbraunen Haaren und an seinen Wimpern. Cassie blickt an sich herab und stellt fest, dass ihre eigene Haut mit angetrocknetem Schweiß überzogen ist. Sie kommt sich schmutzig vor im Vergleich zu ihm, doch er deutet lächelnd mit dem Kopf auf den Ausblick.

»Nicht schlecht, was?«, sagt er sanft. Sie fühlt sich sicher neben ihm. Er richtet sein Lächeln hinunter auf ihre Mum, die nun mit spritzenden Armzügen Rückenschwimmen macht, bevor er sich wieder ihr zuwendet. »Springst du rein?«, fragt er.

Cassie erwidert sein Lächeln scheu und zuckt die Achseln.

»Komm rein, Cas, es ist so viel toller hier unten!«, ruft ihre Mum und taucht unter. In der Dämmerung schimmert sie unter der Wasseroberfläche wie eine Meerjungfrau.

»Das Wasser ist herrlich heute, so erfrischend. Komm mit, es wird dir gefallen«, sagt der Mann und fasst mit seiner nassen Hand nach ihrer trockenen, aber es fühlt sich nicht unangenehm an, weil er sie so sanft hält. Wenn sie nur wüsste, woher sie ihn kennt, warum sie ihm vertraut. Cassie sieht wieder zu ihrer Mutter hinunter, die nun Wasser tritt und zu ihnen hinauflächelt.

»Kommt schon, ihr beiden!« Der Klang ihrer Stimme lockt sie noch ein Stück näher an den Rand.

Der Mann sieht sie an und beginnt zu zählen. »Eins, zwei, drei!«

Sie lassen sich nicht los. Ihre verschränkten Hände stoßen in den Himmel, als sie in die laue, rosafarbene Luft springen, und in diesem Augenblick des Schwebens weiß Cassie, dass sie gut daran getan haben, sie zum Springen zu überreden. Sie möchte sauber sein, sie will sich neu fühlen.

Und sie fallen.

Epilog

Bob leckt mir die Hand, als ich den letzten Koffer ins Auto lade. Seit gut einer Stunde hockt er mit sorgenvoller Miene, umgeben von Kisten, im Kofferraum, aus lauter Angst, dass wir ihn zusammen mit dem Haus zurücklassen könnten. Er hat uns immer noch nicht unseren zweiwöchigen Urlaub in Italien verziehen. Es ist ein glühend heißer Augusttag, das Laub rollt sich in der Hitze zusammen, und der angeschmolzene Asphalt ist wie Melasse. Ein Tag, um mit einem Buch und einem kalten Bier im Schatten zu liegen, und nicht, um einen Umzug über die Bühne zu bringen, aber die Möbelpacker sind schon weg, und wir müssen ihnen nur noch zu unserem neuen, kleinen Cottage an der Küste hinterherfahren. David hat versprochen, dass wir nackt ins Meer springen werden, sobald wir angekommen sind. Ich möchte unser neues Leben mit einem Gefühl der Freiheit beginnen, denn wir sind frei. Mit Davids Abfindung und dem Erlös aus dem Verkauf des Hauses müssten wir erst mal ein Jahr lang gut über die Runden kommen. Geplant ist, dass David endlich sein eigenes Architektenbüro in dem kleinen umgebauten Stall neben dem Cottage einrichtet und ich Teilzeit als Gemeindeschwester arbeite, während ich eine Psychotherapie-Ausbildung in Exeter mache. Diesmal haben wir unsere Zukunft in einem staubigen Mietwagen abgesteckt, mit dem wir durch die sanften Hügel und Weinberge der Toskana und Umbriens gefahren sind. Die Erfahrung hat uns gelehrt, dass wir unseren Weg finden werden, so oder so, selbst wenn unsere Pläne nicht eins zu eins aufgehen.

Einen Tag, bevor wir nach Italien aufgebrochen sind, war Franks Beerdigung. David hat meine Hand gehalten, als sein Sarg an uns vorbeigetragen wurde, auf dem das Foto von ihm und Lucy bei ihrem Angelausflug prangte. Ich hatte keine Gelegenheit, mit Lucy zu sprechen, denn sie war die ganze Zeit von Verwandten umringt, die offenbar keinen Moment ihrer Trauer verpassen wollten. Ich habe Davids Hand nur losgelassen, um ihr zum Abschied zuzuwinken, als wir gingen. Sie winkte zurück, ein kurzer, verwirrter Gruß, als hätte sie vergessen, wer ich bin, oder würde mich außerhalb des Krankenhauses nicht erkennen. Der Tag, an dem Frank starb, verfolgt mich immer noch. Ich trage mein gebrochenes Versprechen mit mir herum wie eine Glasscherbe, die tief in meiner Seite steckt. Ob ich sie je herausbekommen werde, weiß ich nicht. Ich denke jeden Tag an ihn. Er war es, der uns zu Charlotte geführt hat. Ohne ihn hätte sie möglicherweise alles weiter vertuschen können. In gewisser Weise hat er uns alle gerettet.

Freya wurde, wie zu Ehren ihrer Großmutter mütterlicherseits, am 29. April geboren, knapp vor der neunundzwanzigsten Woche. Elizabeth Longe führte den Kaiserschnitt durch, nachdem sie so lange abgewartet hatte, wie es ging. Cassies Zustand hatte sich schon seit einer Weile verschlechtert, und sowohl ihrer als auch Freyas Puls waren seit Franks Tod unregelmäßig gewesen. Jack lud mich ein, Freya in Augenschein zu nehmen, als sie gerade mal zwei Tage alt war. Sie lag in einem Brutkasten, der lächerlich groß für sie schien. Ihr winziger Körper war mit feinem Flaum bedeckt, und ihre Augen blickten groß, das Leben eine unerwartete Überraschung. Als wir nebeneinander vor dem Brutkasten standen, spürte ich ein neues, friedvolles In-sich-Ruhen bei Jack, als würde er nie wieder etwas brauchen, wenn er nur immer dort an ihrer Seite bleiben könnte.

Brooks brauchte auf dem Revier nicht lange auf mich zu warten. Das Krankenhaus rief wegen Franks Tod dort an, und als man ihr sagte, dass er mit gewissen Vorgängen auf 9B im Zusammenhang stehe, dachte sie sich natürlich ihren Teil und konnte sich mein Nichterscheinen erklären. Sie hat Charlotte dann auch selbst festgenommen. Charlotte leistete keinen Widerstand, ihre Arme hingen schlaff herab, als Brooks ihr die Handschellen anlegte. Dabei flehte sie Jack die ganze Zeit mit den Augen an, doch er würdigte sie keines Blickes.

Charlotte hat sich in allen Anklagepunkten schuldig bekannt. David hat mir berichtet, dass die Urteilsverkündung wegen ihrer schlechten psychischen Verfassung – irgendeine Form von verdrängtem posttraumatischem Stress – ständig verschoben wird. Die Medien konnten ihr Glück kaum fassen, als sie von der Sache erfuhren. »Charlotte Jensen« ist seitdem in der Boulevardpresse zu einem Inbegriff des Bösen geworden.

Ich bin nicht sicher, was ich davon halten soll, und ich weiß auch nicht, was aus Nicky geworden ist. Hin und wieder kommt sie mir flüchtig in den Sinn wie eine schlechte Erinnerung, und dann frage ich mich, ob sie eine Art von innerem Frieden gefunden hat, eine Möglichkeit, sich selbst zu verzeihen. Brooks meinte, Jonny sei zurück nach London gezogen – wohin genau, sagte sie nicht, und ich habe sie nicht danach gefragt. Er wird sicher einige Zeit brauchen, um sein Leben wieder in den Griff zu bekommen, aber ich denke, er wird es schaffen. Ich hoffe, dass er glücklich ist.

Und da sind wir nun. Ich schiebe meine Sonnenbrille hoch und setze mich einen Moment auf den Rand des Kofferraums, spiele mit Bobs samtigem Ohr und betrachte das Haus, das uns nicht mehr gehört. Ich denke an den Tag vor fast acht Jahren, als wir hier unsere Siebensachen ausgepackt haben. Ich war so voller Zukunftshoffnung, richtete in Gedanken schon die Kinderzimmer und Spielecken ein, und jetzt ziehen wir wieder aus, nur wir drei, alles anders als gedacht.

David ist noch drinnen, also mache ich meine Handtasche auf und nehme den Brief von Jack heraus, der übers Kate's an mich adressiert ist. Sharma wollte ihn wohl öffnen, aber Mary konnte ihn ihm entreißen, ehe er dazu kam.

Jack und Freya wohnen jetzt in Brixton, nicht weit von der Gegend, in der Cassie aufgewachsen ist. Falls sie dort bleiben, könnte Freya in denselben Kindergarten gehen wie einst ihre Mum. Manchmal, hin und wieder, scheint das Leben doch so etwas wie eine zweite Chance herauszurücken.

Jack schreibt in seinem Brief, dass sich die Kleine gut entwickle und regelmäßig zunehme, allerdings zu fasziniert von der Welt sei, um viel zu schlafen. Charlotte hat er nicht erwähnt. Aber er hat zwei Fotos beigelegt, eines von Freya, nur in Windelhose und weißem Sonnenhütchen, ihr Gesichtsausdruck irgendwo zwischen Lachen und Greinen, die süßen Speckröllchen eine natürliche Polstermatte. Das andere Foto zeigte eine Gruppe von etwa dreißig Leuten in bunter Kleidung, die barfuß im Halbkreis auf einer Klippe stehen. Der weite Himmel ist ein mit wirbeligen Pinselstrichen gemaltes Aquarell des Sonnenuntergangs am Horizont, zu dem sich die ruhige blaue Fläche des Meeres erstreckt. Jack schreibt, dass es bei der Trauerfeier für Cassie auf der Isle of Wight gemacht wurde, dort, wo auch Aprils Asche verstreut worden war. Manche der Gäste halten sich an den Händen, andere haben die Augen geschlossen wie zum Gebet. Marcus ist unter ihnen und hat den Blick gesenkt, während ein leises Lächeln um seine Lippen spielt. Er hält Freya in einem hellblauen Strampelanzug auf dem Arm, die mit ihrem pummeligen Fäustchen an seinen weißen Haaren zieht. Ich möchte wissen, ob er inzwischen eine Diagnose hat, und hoffe, dass jemand auf ihn aufpasst. Als ich den Brief und die Fotos wieder in die Tasche stecke, zu den Adoptionsformularen, die ich gestern Abend spät noch fertig ausgefüllt habe, kommt David mit der allerletzten Kiste aus dem Haus und macht zum letzten Mal die Tür hinter sich zu. Er bewegt sich langsamer als gewöhnlich und blinzelt mit zusammengekniffenen Augen in die helle Sonne.

Nachdem er die Kiste auf den Rücksitz gestellt hat, kommt er zu mir herum, hockt sich neben mich und legt mir die Hand aufs bloße Knie.

»Okay, das war's. Bereit zum Aufbruch?«

Ich nicke, wir küssen uns, und mir wird bewusst, dass unser Leben, auch wenn es anders verläuft als geplant, genauso erfüllt ist wie erhofft.

Als wir losfahren, sehe ich David von der Seite an, der schon mit dem Radio mitsingt, und bin genau wie damals vor acht Jahren voller Zukunftshoffnung. Ich fühle mich reich beschenkt, denn hier ist sie, meine kleine Familie, und sie ist alles, was ich brauche.

Dank

Als Erstes möchte ich meiner brillanten Agentin Nelle Andrew danken, die schon an dieses Buch geglaubt hat, bevor ich überhaupt wusste, dass ich es schreiben kann.

Ein Riesendankeschön außerdem an die hochtalentierte Lucy Malagoni bei *Little, Brown* dafür, dass sie immer noch einen Schritt weitergegangen ist, und an das ganze Verlagsteam für seine tolle Arbeit und sein Engagement.

Ich danke meinem Patenonkel Tom Shields für den weisen Ratschlag: »Verzichte nicht darauf, etwas zu tun, nur weil es schwer ist.«

Dank an meine lieben Freundinnen und Freunde, die mich stets zum Lachen bringen oder mir eine Schulter zum Ausweinen anbieten, und an das Stonehouse dafür, dass es uns all die Jahre eine Zuflucht war.

Ein großes Dankeschön an meine wunderbaren Schwestern Laura Pettifer und Catherine Williams – wir drei werden immer die Elgar-Girls sein.

Tiefste Dankbarkeit empfinde ich gegenüber meinen Eltern Edward und Sandy Elgar, die genauso unerschütterlich an dieses Buch geglaubt haben, wie sie mich immer geliebt haben.

Zum Schluss möchte ich meinem Mann James Legend Linard dafür danken, dass er jeden Tag an meiner Seite ist. Ich liebe dich.

Paula Daly
Der Mädchensucher

352 Seiten
auch als E-Book erhältlich

Lisa Kallisto, heillos überforderte Mutter dreier Kinder, ist verzweifelt: Lucinda, eine Freundin ihrer Tochter, ist spurlos verschwunden – dabei hätte sie in Lisas Obhut sein sollen, denn es war geplant, dass das Mädchen die Nacht bei den Kallistos verbringt. Da kurz zuvor bereits eine andere Schülerin entführt und vergewaltigt wurde, vermutet die Polizei, dass Lucinda demselben Täter in die Hände fiel. Um ihr Versagen wiedergutzumachen, begibt sich Lisa auf die verzweifelte Suche nach Lucinda. Ohne zu ahnen, welch gut gehüteten Geheimnissen ihrer englischen Kleinstadtidylle sie dabei auf die Spur kommt ...
Der Roman erschien ursprünglich unter dem Titel „Die Schuld einer Mutter" als gebundenes Buch im Manhattan Verlag.